碧凌剑

印星林 —— 著

中国文联出版社

图书在版编目（CIP）数据

碧凌剑 / 印星林著 . -- 北京：中国文联出版社，
2025.1. -- （印星林作品集）. -- ISBN 978 - 7 - 5190
- 5731 - 2

Ⅰ . I247.5

中国国家版本馆 CIP 数据核字第 2024S0X296 号

著　　者　印星林
责任编辑　李　民　周　欣
责任校对　秀　点
装帧设计　小宝书装

出版发行　中国文联出版社
地　　址　北京市朝阳区农展馆南里 10 号　　　　邮编　100125
电　　话　010 - 85923025（发行部）　　　　85923091（总编室）
经　　销　全国新华书店等
印　　刷　三河市华东印刷有限公司

开　　本　710 毫米×1000 毫米　　1/16
印　　张　28
字　　数　380 千字
版　　次　2025 年 1 月第 1 版第 1 次印刷
定　　价　95.00 元

序

大概半年前星林给我发了他的《印星林文集》电子稿，嘱我作序，我满怀期待地打开文件，不禁为之愕然——内含电影文学作品集五部：《绝地战将》《埭上花》《国宝追踪》《桃花运行动》以及《武松降虎》；电视剧剧本集：《不负青春不负卿》；更有纪实文学：《光影追梦》；小说：《碧凌剑》《啸长风》与《乱世八艳》。整部文集洋洋洒洒一百六十多万字，涵盖了小说、电影文学剧本、电视文学剧本等多种体裁，琳琅满目，令人一时不知从何读起。

坦率讲，当时的我并未将此全然放在心上，除了因为自己琐事缠身，难以静下心来品味如此浩瀚的书籍，还因为我一向都认为作序是名人名家的事，是锦上添花的事情。我非名人名家，况且才疏学浅，即使添花之心有余也力不足以添花，更妄论有花可添。几番推辞未果，问及缘由，他只说："你懂我。"

我与星林可谓亦师亦友，20世纪90年代初，星林考入南京大学中文系作家班，我做过一段时间他们班的班主任，所以一直以来他对我都持弟子之礼，总是称呼我为"张老师"，我也习惯应答，毕竟我的职业就是教师。就这样，一段长达三十年的交往，由此拉开了序幕。

星林出身于书香门第，我第一次到他老家时，见到了他九十多岁的老祖母，老人家随口便能吟咏诗词歌赋。这让我对星林拥有如此深厚的文学功底不再感到惊奇。看着他家那百年沧桑的老屋，尽管破落，但仍能从细节处窥见当年的荣华。我戏谑他是个破落户，他笑称自己是最后一个少爷。住在那锈迹斑斑的老屋里，喝着他自家酿的小麦酒，吃着新鲜的蔬菜，啃着刚会打鸣的小公鸡，听老祖母讲述家族往事，真是别有一番滋味。所以当我读星林的小说时，对很多场景都历历在目。往事已矣，如今老祖母不在了，老屋也拆掉盖了三层小楼。星林在写另一部《流连红尘》，是不是对老屋、对老祖母乃至整个家族的怀念，我不得而知。

星林是有少爷的命，却没有少爷的运。他出生时正赶上"文化大革命"，他父亲是小学校长，在"文革"中去逝。孤儿寡母，世态炎凉，生活之艰辛可想而知。上小学三年级的星林，也许实在是饿极了，跟几个同龄小孩去偷集体土地上的玉米。当别的小孩带着"战利品"回家时，家长直夸儿子有本事，而星林带着偷来的玉米回家时，却被一字不识的母亲罚跪在父亲的遗像前，母亲手持藤条，边抽边流泪：我不指望你成才，只希望你成人，不要让人戳着脊梁骨，骂这孩子没有人教养。

星林由于严重偏科，高考毫无悬念地名落孙山，在那个年代作为一个农村青年，何谈出路，更别说前途。他在老家的那四年里当过代课老师，干过翻砂工、搬运工、电焊工。那期间，他不乏漂泊流浪的经历，为了糊口，他还做过秘书、通信员等工作，凡是能维持生计，他都勇于尝试。如果你看过小说《平凡的世界》，主人翁孙少平就是星林的写照。为什么说命运掌握在有准备的人手里？星林在任何艰难困苦的情况下，手里始终有本书，这个习惯一直延续到现在。在那四年里，星林完成了中文大专自学考试，自学日语四级，发表了小说、报告文学、新闻等二十多万字，这背后蕴含的不懈努力与坚韧毅力，令人赞叹不已！

后来，真是一个偶然的机会，泰兴党史办派星林去采写曾经在泰兴战斗过的革命老同志的英雄事迹，其中就有南京电影制片厂老厂长张佩生，他看了星林为其撰写的文章后，慧眼独具，决定招星林作为厂里的临时工。于是星林从泰兴来到了南京，他的命运之门从此打开。尽管住在厂里的楼梯间，星林却拥有了一个宝库——海量专业书籍任他阅读，众多可望而不可即的编剧、导演等艺术家近在眼前，可以随时请教。他求知若渴，沉浸在不懈的学习与创作中，这两年临时工的生涯为他以后的成就奠定了坚实的基础。

果然，星林写的第一部电影《天地良心》就获得了国家"五个一工程"奖，后来又写了《无雪的冬天》《又见阳光》《同学》等十几部电影和电视剧，都或多或少产生了不俗的影响。正当厂里要正式收编他的时候，他却下海经商了。这不奇怪，当市场经济的大潮袭来，有多少国人能扛得住日进斗金的诱惑，把守着半死不活的文学？但是星林的一句话让我无言以对：当文学成为经济的工具的时候，不知道是文学的悲哀还是文人的悲哀？

读书时他不是班里最优秀的学生，还在外面开着一家广告公司，生意上倒是红红火火，后来还在南京大学中文系捐资设立了奖教金，以示对老师的敬重和感恩。但我总觉得凭他的天资聪慧，对文学勤奋吃苦的精神，经商可惜了。我劝过他几次，但他固执己见，那份少爷脾气一点没变。

从作家班毕业后，星林并没有沿着文学创作的道路走下去，而是继续他的经商生涯。后来，据我所知，伴随着中国经济发展的潮起潮落，转型升级，他的生意也是起起伏伏，几经挫折。后来，他终于放弃了纯粹的生意，不再办公司、开工厂，而是跑到北京跟文化打交道去了。其实他是公司破产避债而去的，听说当时他背负了沉重的债务负担，最终通过从事枪手写作，才还清了一百多万元的债务。

星林在北京的时候，我刚好去北京讲课，我们有过一次深谈。我听江小渔（我的另一个引以为豪的学生，著名音乐人，春节联欢晚会的总策划）讲，他在北京文艺圈很吃得开。我问星林是什么感觉？他哂然一笑，调侃道：什么叫吃得开？人模狗样，醉生梦死。我很惊讶他为什么会有这种感觉，就问他来北京是不是后悔了？他深深地叹息道：这倒没有，来北京就像人生打开了一扇窗，人生本来就是过程而不是结果。不过，我以为北京是中国文化的高地，其实不然，这里什么都有，却没有文化。

再后来，星林又回到南京，做起了电影，成了江苏星瑞影业公司的老总，并且做得风生水起，成为江苏省内屈指可数的民营电影公司，拍了好多部电影。我在央视电影频道上看到他们公司出品的《良心作证》《永贻芬芳》《步步惊心》《黑白道》《爱你烦不了》《垛上花》等二十几部电影，他不是编剧就是导演或是制片人。他们公司出品的电影，让我看到了星林这些年在文学创作包括电影创作方面实实在在的成绩和进步。我确信如此评说他应该是一点不为过的。

及至我静下心来认真读了星林的这几部长篇小说、电影、电视剧剧本的创作，我才深信，这些年来他一直在努力，在积累，在等待着创作上的厚积薄发。艺术作品向来仁者见仁、智者见智，但从中还是可以窥见作者的思想和境界。从作品中可以看出星林对社会、历史、文化、人生都有他独到的见解和评判。他是个思想者，同时也是个浪漫主义者，他的痛苦在于思想很浪漫现实很骨感。他无法把握这个世界的时候，选择冷眼观世态，归隐待人生。从这么多年他走过的路可以看出，星林是个孤独的堂吉诃德式文化人，但他从来不承认自己是个文化人。

当然，如果我把自己当作星林的老师，"教不严，师之惰"，还是可以对他的这几部作品创作提出一些更严格、更高的要求。例如，有些作品的叙述显得过于匆忙，影响了对人物性格的深度刻画；有些故事因为社会历史背景的复杂而采取了躲闪和回避的方式，影响了作品主题的深化与升华，等等。我语重心长地告诫他：要创作出脍炙人口、流传于世的艺术佳作，你面临的挑战还很多，道路还很长。

星林却笑笑：我就个文学票友，张老师别对我要求那么高好不好，以后恐怕再也没有时间进行创作了。原来他又在忙着开发健康AI管家平台，对中老年健康做到预测、预防、预警，推广到全国，将惠及千家万户。我虽有些无奈，但对他的健康 AI 管家平台还是满怀期待！

星林就是个天马行空、我行我素、没落无为的少爷。

是为序。

张建勤

2023 年 5 月 6 日于紫金山北麓寓所

（作者为南京大学金陵学院艺术学院院长、书记）

●●●●●● 目录

2

4

第一章　围　猎

漫天大雪，下了整整三天三夜，下得雍丘城白茫茫一片，下得满城人心惶惶。

国王姒鸿站在王宫大殿外，看着漫天飞雪，不由得想起巫医所说，白鹿常在大雪之际出没，转身下令去郊外围猎。

谁能想到，就因为这次不着调的围猎，给杞国带来腥风血雨，差点国破家亡。正五品带刀侍卫杨睿的命运却从此跌入深渊，这是后话。

战马嘶鸣，一队王宫侍卫簇拥着国王姒鸿和近臣呼啸出城，朝城外的望月山而去。

望月山，依傍雍丘城，因传说"白鹿望月"而得名，是杞国的第一名山。像白鹿、油雉、金足虫这种珍禽异兽也只有在大雪封山时才会出没。

国王心心念念就想猎到一只白鹿，传说白鹿得日月之精华，饮其血可延年益寿、长生不老。可他没有想到，在大山腹地的一处溪涧边，一场猎鹿的生死大战正在上演。

"都给我听好了，谁都不准伤害它，给我抓活的。"祝无忌率几名手下将一只通体透亮、毛发雪白的白鹿围在溪涧边的山崖下。

众人围上前去。

危急关头，白鹿竟现出人形，还是位美貌少女，娇斥："哪里来的狂徒，敢对本姑娘无礼？"一挥手，一柄袖剑已然在手，直接划向了祝无忌的面门。

"咦，居然现出化身？"祝无忌自恃是七夺教的少主，哪里将一只白鹿精放在眼里？他身形一闪，避过她的袖剑，嬉皮笑脸道："你我有缘，就随我去黑水岛当少夫人吧。"说着，直接就将手朝姑娘的香腮伸了过去。

谁承想此鹿亦非等闲之辈，她是白虎门长老花婆婆的得意弟子游云，修习"玉灵大法"造诣颇深。此次来望月山，是尊师命采集"山精"，此物是修炼分身之术的一味奇药，整个杞国仅望月山偶有产出，且深植厚雪之内，不易被人发觉。

游云虽然性情温顺，可自恃冰清玉洁，哪里受过此等侮辱？袖剑在掌中翻转，直刺祝无忌的眼睛。

祝无忌脚下微微一动，身体如旋风一般已经到了游云的身后，一把将她抱住。

游云反手就是一巴掌，正中他的脸颊。

"有个性，我喜欢。"祝无忌后退两步，不怒反喜道。

祝无忌又要上前。

游云大急，忽然袖剑微微一颤，化为三支雪白的尖镖，分射祝无忌的双眼和胸膛。

祝无忌"哧溜"一下身体突然绕到了游云的另一侧，但其中一镖还是刺中了他的肩头。祝无忌大怒，一张嘴，吐出了一团乌云般的黑气，直喷游云的面门，淫笑道："你就从了我吧。"

游云顿感一阵恶心，脑子也晕了起来，又渐渐显回真身白鹿。

祝无忌趁势将她一把搂在了怀中，可能镖上有毒，他两眼开始发直，也逐渐现出原形，一条黑蟒蛇。

祝无忌的手下大惊失色，纷纷向后退去。各自找地方隐藏起来，生怕一个不及被误伤，

大雪沉沉而下。望月山仿佛坠入雪国，四处雪白，一片白茫茫。唯有高挺的古树，如铁剑锋刃，直刺苍穹，给这片雪域增添一点料峭苍茫。

"这么大雪，能寻得异兽吗？"杨睿心里嘀咕道。

"快看，前面好像有动静"，"安静安静"，队伍前方传来兴奋而又紧

张的叮嘱，只见山崖一处溪涧边，一条黑蟒死死缠住了一头白鹿。

白鹿通体雪白，正在狠命挣扎。

一白一黑，踏雪碎玉，死死纠缠，直舞得天昏地暗。

国王姒鸿大喜，道："谁去把那白鹿给本王捉来？"

话音刚落，杨睿出列，躬身道："国王殿下，臣去。"

国王点头，杨睿"唰"的一下抽出腰间的长剑，踏雪向前，几步便已经到了黑蟒身边，手起刀落，黑蟒还没有来得及松开白鹿逃跑，就差点断成了两截，兀自张着血盆大口勾着头盯着杨睿看，凶光中透着怨毒与绝望。

……

杨睿心里一凛，稍一迟疑，手中剑未再落下。

白鹿得脱束缚，"噌"地一跃，已经没入了茫茫白雪中，徒留雪地上粗大的黑蟒与大片血迹。

众人见状，失去白鹿，均感一丝失望，杨睿更觉得有辱王命，羞愧低头，不敢看国王。

国王虽然内心不悦，却也未作深究，哈哈一笑，道："想来这白鹿与我无缘，随它去吧。咱们再去前面看看。"

一行人再向深山寻了两个沟谷，除了射得两只油雉，别无所获，好在众人见国王兴致勃勃，不以为意，各自心里才稍微松了口气。

黑蟒身受重伤，又变回人形。

见猎队走远，祝无忌的手下慌忙冲出来，抬起奄奄一息的祝无忌奔逃而去。

……

一路上杨睿心神不宁，忐忑不安。

二王子姒朔骑马来到杨睿跟前，调侃道："杨弟，父王又没有责怪你，干吗还哭丧着个脸？"

杨睿拉了拉马缰绳，摇摇头，道："我有种不好的预感，此事不会就此罢了。"

二王子哈哈大笑："我们天不怕地不怕的杨睿，什么时候变得这么唯唯诺诺？"

杨睿自小在宫中长大，与二王子姒朔成莫逆之交，尽管有时候被姒朔欺负，但是二人感情甚笃。谁让人家的父亲是国王，而自己的老子只是一个将军呢？所幸平时姒朔也带他玩，偷御厨、吓宫女之类的事情没少干，久而久之，外人都说杨睿是二王子的狗腿子，杨睿也不以为意。

本来今天杨睿想在国王和姒朔面前露一手，可没曾想却被那白鹿硬生生从自己的手底下溜走了，这怎么不让他气馁？而黑蟒那个怨毒的眼神，更使得杨睿惴惴不安。

杨睿看看二王子，欲言又止。

这时，猎队随从赶上，道："大王有令，天色已晚，打道回城。"

猎队原路返回，途经来时溪涧边，忽有人狐疑一惊，道："咦，那条黑蟒呢？"

大家四处寻找，周遭雪地上除了皑皑白雪，先前被杨睿斩杀的那条黑蟒已经不翼而飞。

不仅如此，连雪地上那大片血迹也都消失不见了，就像这里什么都没有发生过一样。

杨睿与二王子相互一望，内心也是颇感诧异。

姒鸿道："这倒是奇了。"

二王子略一迟疑道："父王，这大山深处，异虫猛兽叼食动物也是常事，父王不必介怀。天色不早了，父王万金之体，还请早些回宫。"

姒鸿点头，在众随从的护拥下，返程回去了。

杨睿内心如十五个木桶打水，七上八下，他边走边回头张望，心绪不宁，心道："猛兽叼食黑蟒，倒也说得通，但这雪地上那么多的血迹哪里去了呢？"

第二章　不　测

黑水岛上一片慌乱，祝无忌被安放在七夺教大厅，已不省人事。女眷们早哭成一团，教主祝亥气得暴跳如雷、七窍生烟。

琥珀急匆匆地进来，关切道："教主，少主怎么了？"

祝亥咬牙切齿地命令道："你带人速去雍丘城，把杨睿给我碎尸万段，让那姒鸿死无葬身之地，我要杞国万劫不复！"到最后几乎是在声嘶力竭地咆哮。

琥珀惊讶道："您要针对国王姒鸿？"

祝亥吼道："对，从此以后，我七夺教与杞国不共戴天。"

琥珀领命而去。

……

杞国这座都城原先并不在此处，而是在离此地以西八百里的葛城，后因王族祸乱，迁都来到这望月山下。至姒鸿登上了王位，又大兴土木，将一座不大的王城硬是扩建成了现在的规模，气派非凡，以至于周边流民会集，渔耕商猎纷纷而起，一派繁荣景象。

这一晚，国王姒鸿要在赏月楼前大置酒宴，欢送衡将军杨继善再赴边关。朝中群臣毕至，太子姒羽、二王子姒朔、国相李奉贤、五刑大夫燕千里、一品神勇将军石英等悉数到场。

杨继善领着副将宁蓝、其子杨睿早早到了赏月楼静候国王的尊驾。

国王姒鸿等人一到，宫人便将宴席铺开，君臣举杯相邀，其乐融融，开怀畅饮。

时值隆冬，大雪初歇，天上虽无圆月，一派朦胧，四下里却映着华灯，很是通亮。

杞国盛产黄黍、青梅，历来酿酒之风盛行，王宫用酒则更为讲究，不仅酒质上乘，且酒具尤绝，都是用白玉打磨而成，玲珑剔透，酒液入盏，明亮通彻，酒香弥散，令人赏心悦目。

国王姒鸿令杨继善坐在自己身边，酒过三巡，想起杨继善即将再赴边关，又是几年不得相见，内心感慨，道："杨爱卿，这么多年来，你一直镇守边关，多有辛劳，本王平时很是想念你，却难以相见，今天你我君臣痛饮一番。"言罢，一饮而尽。

杨继善是一个忠君之士，此时眼见姒鸿如此推心置腹待他，不禁热泪盈眶，他端起玉盏，长身而起，道："大王抬爱，杨继善荣幸之至。杨继善此生别无他求，七尺之躯只为忠君报国，只要有我杨继善在，杨继善敢以命为誓，决不让异族踏进我疆土一步。"言罢，郑重抬起玉盏，欲饮了盏中美酒。

忽然，一滴殷红的黏稠液体从天而降滴入了杨继善的酒盏之中，随即化散开去，煞是刺眼。

四下群臣尽皆欢娱豪饮，并没有谁发觉有任何异常。

杨继善蹙眉，酒在盏中，却没有立即饮下，抬头望向上空，心中一惊，暗叫不好，却见原本朦朦胧胧的天空，不知何时已经变得腥然恐怖，血红的厚云如排山倒海般直压下来。与此同时，豆大的雨珠倾倒而下。

不，不是雨珠，而是血珠。

天降血雨，伴随着恶浪般的狂风。

突如其来的变幻仅在瞬间，狂风裹挟着血雨席卷着大地，席散盘飞。

赏月楼前顿时乱作一团，杨继善挡在姒鸿身前，叫道："保护大王！"

早有杨睿、宁蓝、姒朔等合拢上前，护着国王姒鸿退向赏月楼内暂避。

血雨铺天盖地，整个王城都笼罩在一片血腥之中，众多大树被狂风连根拔起，地上积起了齐膝的血污，恐怖异常。

姒鸿等在望月楼内惶恐地朝外观看，个个胆战心惊。

国相李奉贤喃喃自语道："怎么突如其来有这样的异常天象呢？"

姒朔凑近姒鸿身边，小心翼翼道："父王，莫非咱们今天出猎冲撞了神灵？"

他此言一出，在场众人不由得想起了白天杨睿斩杀黑蟒之事，尤其是后来黑蟒以及地上的血污在雪地上凭空消失不见了，这让所有人现在想起来仍然心有余悸。

姒鸿脸色铁青，一言不发，只是愣愣地看着窗棂外，噼里啪啦的血雨溅洒在楼外的花坛之上，神情漠然，若有所思。

杨睿听得姒朔如此一说，内心害怕了，把惶恐、无助的目光投向身边的父亲杨继善。

杨继善一生征战沙场，历经生死无数，此时见儿子如此胆怯害怕，于心不忍，大声道："大王，诸位贤仁莫要慌乱。咱们杞国历经数百年辉煌过往，现今大王更是敬天爱民，受万人景仰，上天怎么可能无端降罪？今日犬子杨睿斩杀恶蟒，也是为天地除一大害，大家无须担心"

他的这一番话虽然明地里是说与众人，实则是说给诚惶诚恐的杨睿听的，意在安慰他，让他不要过于紧张。

杨睿听得父亲豪气冲天这一言，内心果然平静了许多，只是恍惚不语。

这一场惊天血雨一连下了一天一夜，以至于整个王城都沉浸在一片血海汪洋之中。血雨过后，天空忽然放晴，烈日灼灼，宛如酷夏，原本祥和的王城一时间狼藉不堪，臭不可闻。

国相李奉贤与朝中官师率人探访城中的灾情，见屋舍损塌无数，牲畜和百姓都死伤无数，所到之处，触目惊心。

一时之间，坊间人心惶惶，有传言天神将降祸人间，大家都有种大祸临头的感觉。

国王姒鸿深感忧虑，一种莫名的不祥愁云涌上心头，压得他喘不过气来，他隐隐约约感觉有大事即将发生，便下令王城的禁军加强戒备，以防不测之变。

即便如此，不测还是发生了。

第三章　祸　至

王城禁军统领兼一品神勇将军石英在巡查王宫的时候，发现戒备森严的宫中居然有狼形怪兽出没，而且还不止一只。

紧接着就是发现了宫人的尸体，大量的尸体，有宫女的，有禁军的，甚至还有花匠的，所有的这些尸体都几乎集中在了二王子姒朔的府邸周围。

怪兽来无影去无踪。

五刑大夫燕千里掌管斑狱司十余年，经年累月探案无数，经验丰富，可他对此时宫中发生的一系列伤人案件，一时之间竟没有丝毫头绪，只得多派禁军守护几个重要的处所，比如国王姒鸿的寝宫、太子府、二王子姒朔的府邸、国相府等。

这几天来，杨睿在衡将军府内足不出户，他被父亲杨继善禁足在家中。

杨睿内心虽然很不情愿，但是他知道，这是父亲对自己采取的保护措施，也只得依循。

本来杨继善此时应该是在去边关的路上了，但是由于王城之内一连发生了这么多诡异之事，他也不得不推迟了动身的行程。

守护边关保境安民固然重要，但是守护国王的安危则更重要，何况边关还有自己的另外一位副将、威武将军马元鹏在代理军中事务，于是杨继善便提请国王姒鸿允许，暂且留了下来。

……

一项四蛟宝鼎轿子缓缓落座于衡将军府的大门前，杨继善出门相迎，他知道是二王子姒朔到了。

姒朔与杨睿两个人从小一起在宫中长大，关系甚密，几日不见，一定是彼此想念了。

果然，姒朔走出轿来，径直问道："杨将军，杨睿这几日在家做些什么？怎么没见他出来？"

杨继善哈哈一笑，道："王子殿下，杨睿这几天身体有些不适，还劳你亲自前来探望，真是令人诚惶诚恐。"转头对家奴道："快去叫睿儿出来见过王子殿下。"

姒朔摆摆手，道："不必不必，我去找他玩。"说着，便抬腿跑进了衡将军府内，喊："杨睿！杨睿！"

杨睿这几天在家待得实在是无聊至极，此时见姒朔来找自己，不禁大喜，立即迎了出来，道："王子，你怎么来啦？我还正在想你呢，我房内有鸡油糕，拿来给你尝尝？"

姒朔道："鸡油糕有什么好吃的？走，我们一起去骑马。"拉着杨睿转身就走。

杨继善虽然不想让儿子杨睿出门，可是姒朔贵为王子，亲自前来找杨睿玩耍，他也得卖这个人情，便目送他们乐呵呵地去了。

杨睿与姒朔十几年的玩伴，亲密无间，他知道姒朔是一个心思缜密、胸怀大志的人，此时正值王城多事之秋，他怎么可能有心思来专门找自己玩耍？内心定有事情想找自己倾诉。

二人来到厩馆，各自挑了一匹骏马，扬鞭朝城外去了……

姒朔道："对最近发生的这些事，你是怎么看的？"

杨睿迟疑，道："我也不知道，听说斑狱司的燕大夫正在彻查。"

姒朔道："燕千里的才能我是从来不怀疑的，但是事情过去了这么多天，还是一点头绪都没有，你不觉得有些奇怪吗？"

杨睿不知道姒朔的意思，道："殿下，你的看法是？"

姒朔勒住了马，二人停了下来，他道："你有没有发现，异兽伤人，伤的全都是我府上的人？你不觉得这事有蹊跷吗？"

杨睿一愣，道："殿下，你是说，有人想伤害你？"

姒朔道："我也不敢就此断定，但是除了这个，我实在想不出还有别的什么原因。以至于伤的全都是我府上的人，而太子府的人却毫发无损。"

杨睿惊，脱口而出："你是说太子？"

姒朔长叹，道："我哥向来性格温和，我相信这件事情应该与他无关，但是他身边的人到底是什么心思，就无法得知了。"

杨睿点点头，道："嗯，殿下你自己要多保重，我听说燕大夫已经加强了对你府上的保卫。"

姒朔顿了顿，忽然问道："杨睿，如果有一天有人要加害于我，你会如何处置？"

杨睿道："如果有人想加害殿下，我定当挡在前面，宁愿舍了我的性命，也要保护你的安全。我杨睿此生定不负殿下厚爱，只要殿下吩咐之事，哪怕赴汤蹈火我也在所不辞。"

姒朔赞道："好，有你这句话，真不枉你我相交一场。那如果我要让你去杀人呢？"

杨睿一愕，道："只要不违正义之道，我也谨遵殿下之命。"

姒朔把话题转了，笑着逗杨睿道："哦，对了，莺莺这几天很想你呢？"

莺莺是姒朔府上的丫鬟，也是二王子府上仆人家奴哉的养女。十八年前，莺莺是家奴哉捡来的弃婴。十八年后，莺莺已经出落得苗条水灵。

杨睿平时喜欢逗她玩，一开始她对杨睿近乎纨绔子弟般的挑逗很生厌，可是慢慢地她也习惯了，再后来，似乎没了杨睿的挑逗她还倒有些不习惯，这时候杨睿内心明白，他已经把莺莺的心给俘获了。

杨睿百无聊赖地道："这丫头不会真的把我当她的初恋了吧？我都还没有想好呢。"

姒朔哈哈大笑，道："哈哈哈哈，你小子早知今日何必当初？"

杨睿面红耳赤道："我跟她可什么都没干。"

……

这一夜，风高月黑。杨睿辗转反侧怎么也睡不着，他不断地回想起白天姒朔跟他说过的话，总感觉到哪里有什么不对，越想越奇怪。

正恍惚间，衡将军府外不远处，隐隐约约传来急促的鸣锣声，其间还夹杂着有人高呼"快来救火"的声音。

杨睿披衣冲出了门，见父亲与宁蓝叔叔已经在院内翘足朝外探望。

宁蓝侧耳细听，惊道："好像是太子府那边传来的，不好，太子府失火了。"

杨继善道："不要慌，宁兄弟，你陪我一起去看看，带上兵器，以防不测。"

宁蓝点头，反身去屋内取来长剑，与杨继善一起朝院外奔去。

杨睿也已经取了佩剑，道："我也去。"便跟了上去。

杨继善三人赶到之时，太子府内已经火光冲天。

众杂役宫人手忙脚乱，急于灭火，纷纷担水浇灌，乱作一团。

杨继善高声叫道："太子殿下何在？"

有禁军数人将太子从烟熏火燎中搀扶着跌跌撞撞走了出来，已经是满脸灰黑，被呛得狼狈不堪。

杨继善仗剑上前扶起，道："太子殿下，杨继善来迟，还请恕——"罪字还没有说出口，一道炫目的白光从黑烟滚滚的火幕中直射而出，朝杨继善身边的杨睿心口飞来。

杨继善不及细辨，挥剑而击，只听"叮"一声细微的声响，一柄短刃被杨继善斩断，一截掉在了地上，而另外一截则划破了太子的臂膀，不知飞到了何处。

与此同时，两名黑衣蒙面人如一阵疾风般从黑幕中扑了出来，直取太子和杨睿。

第四章　琥　珀

杨继善叫道："保护太子！"

宁蓝抢步与杨继善拦住了两个蒙面人，缠斗在一起。

杨睿"唰"一下抽出了佩剑，挡在了太子身前，道："快随我护送太子离开这里。"数名禁军慌慌张张地簇拥着太子退后。

两名蒙面人一高一矮，身形飘忽诡异，如同鬼魅一般，两个人使的都是短刃，却能在电光火石间精准地荡开杨继善、宁蓝手中的长剑。

杨继善、宁蓝二人的武功均出自名震天下的"西侯寨"，这么多年来他们从一个普通禁军士卒，慢慢磨砺成为朝中一品大将军，自然身经百战，实际应敌厮杀能力绝对是一流的高手，可是此时此刻两人联手，居然拿不下这两个蒙面刺客，这大大出乎了杨继善的意外。

此时的杨继善已经看出了这两个蒙面人的底细，原来这个高个子蒙面人的武艺与矮个子蒙面人相差甚远，矮个子蒙面人出招之狠辣，极具邪门歪道的路数，令人防不胜防。

两个蒙面人似乎无心与杨继善、宁蓝缠斗，其中那个矮个子蒙面人发出两记凌厉的招式，逼退杨继善一步，脚下步子一滑，直直飘向了杨睿他们，一剑刺向了太子。

杨继善大惊，想要飞身相救却已迟了半步。

杨睿毕竟是将门虎子，而且他从小习武，也是王城禁军带剑侍卫，此时见蒙面人侧面一剑刺向太子，他想都没想，身体一侧，挡在了太子的身前，手中长剑一横，欲拦住刺来的一剑，哪知道对方剑尖一偏径直刺向了杨睿的胸口。

原来对方一击，明里是偷袭太子，实则是冲着杨睿而来。

就在这转瞬之间，杨继善已经近至跟前，剑光划出一道银虹劈向了蒙面人的背脊。他的这一招明显是逼迫对方回剑去挡，想以此来化解杨睿的一剑之危。

蒙面人果然回剑，荡开了杨继善的一击，可是没想到杨继善剑招并未使用，蒙面人荡开的一剑，正好使杨继善的剑锋划出了一道弧光，拦腰斩在了蒙面人的腰上。另一个蒙面人想来相助，却被宁蓝的剑光封断了去路，奋力抵挡。

忽然哨声大作，神勇将军石英率大批禁军赶到，喝："不要放走刺客！"

太子心有余悸，叫道："石将军，快去帮助宁将军。"

石英欺身上前，与宁蓝以二敌一，高个子蒙面人立即疲于应对。

石英在朝中被封神勇将军，地位尚在宁蓝之上，他使一杆金枪，出招刁钻，狠辣，不几个回合，高个子蒙面人便腿部中枪，扑通跪倒。石英以迅雷不及掩耳之势一枪挑中高个子蒙面人的颈脖，高个子蒙面人顿时身首异处。

矮个子蒙面人见势不妙，跃身飞一般掠过杨继善的头顶，朝宫门方向而去。

杨继善正要提剑追赶，石英道："杨将军，保护太子要紧，免得中了对方的调虎离山之计。"

杨继善一想，石英所言有理，便快步贴近太子，持剑守护。

杨睿不甘矮个子蒙面人就此逃遁，叫道："我去追。"提剑追去。

……

矮个子蒙面人腰部伤势甚重，行动脚力均大打折扣。

前几日血雨倾盆，整个王城一片泥泞，但是由于矮个子蒙面人脚底有烧焦的炭灰，杨睿循迹追踪，很快便追到了城外的一处高冈上。

蒙面人一手捂着腰间汩汩流血的伤口，渐渐弯下了腰来，短刃撑地，大口大口地喘息，看似十分痛苦。

不知道什么时候起，天上的乌云散尽，夜空里竟然悬挂着一轮皎洁的明月。

杨睿不敢大意，持剑上前，沉声喝道："你到底是什么人？为什么要刺杀太子？"

蒙面人一言不发，保持着原有的姿态，一动不动。

杨睿顿时有一种被人蔑视的感觉，快上几步，一剑披挂而下，蒙面人抬刃一挡，可是由于伤重脱力，手里的短刃竟然被杨睿的长剑震飞了。

杨睿一剑挑去了蒙面人头上的黑纱，露出了一头青丝般的秀发。

月色下她清秀的脸庞令杨睿的心头一荡。

"你——"杨睿大感意外，道："你怎么是个女的？"

黑衣女子约摸二十岁年龄，此时虽然身上有伤，束手待毙，眼神中却看不到她有丝毫的慌张和胆怯，冷冷道："要杀便杀，不必多言。"

杨睿忽然一下子不知所措，本来他还想将这个刺客抓回去，好在国王面前立一功，可此时见对方居然是个女人，楚楚可怜，便不由得犯了恻然之心，道："你—— 你和太子有仇？还是受什么人指使？为什么要加害于他？"

黑衣女子道："谁说我要加害太子？我要杀他的话，还能等到你们来的时候再动手？"

杨睿道："那你是冲谁而来？"

黑衣女子冷眼看了一下杨睿，道："你。"

杨睿大奇，道："我？你为什么要来杀我？我可不认识你啊。再说你既然要杀的是我，却为什么要跑到太子府去放火呢？"

黑衣女子幽幽道："今天我没有成功杀你，反正左右都是一死，你又何必问这么多呢？你动手吧。"说罢双眼一闭，眼角边两颗清亮的泪珠滚落了出来。

杨睿一时之间竟不知道如何是好。男人之所以称其为男人，其中有一个必备的条件，那就是怜香惜玉。尤其是面对美貌女子哭泣流泪的时候。

此时，眼前这个黑衣女子两行珍珠般的泪水，一下子让杨睿那颗急迫想邀功请赏的心软了下来。

也许是冲动，又也许是杨睿的大丈夫之心，他居然冒出了这样一句莫名其妙的话来："唉，既然姑娘不是来行刺太子，而是来杀我的，我也幸亏没有成为你的刀下之鬼，那你走吧。"

黑衣女子简直不敢相信自己的耳朵，她睁开眼睛，瞪着一双水汪汪的眼睛看着杨睿，道："你真的放我走？"

杨睿收剑入鞘，道："真的，姑娘你走吧。"身体闪开，让出一条道来。

黑衣女子将信将疑，道："那你回去如何复命？"

杨睿很有风度地一挥手，道："我已经答应放姑娘离开，你又何必问那么多呢？你走吧！"他说这句话的时候，的的确确感觉到了自己的高尚与伟大。

黑衣女子缓步离开，走出去几步，忽然回头，道："公子，从今天开始，你要格外小心，后面还会遇到更大的麻烦。"

杨睿一愕，他知道再怎么追问，也不会有什么结果，但是自己做了好事得留名呀，也顺便把对方的名字留一下，便道："姑娘，我叫杨睿，你——你叫什么名字？"

黑衣女子头也不回地一瘸一拐走了，回应了杨睿两个字："琥珀！"

第五章　出　逃

第二天早晨杨继善去早朝，日上三竿的时候还没有回将军府，对此杨睿并没有觉得有什么异常，父亲是"衡将军"，是百将之首，朝廷的栋梁，朝中的很多军机大事都要父亲来参与决断，忙一点是正常的事。

可是，到了日近当午的时候，杨睿仍然不见父亲回来，这就有一些不正常了。父亲是个大孝子，他回京都述职的这段时间，几乎每天都要陪奶奶进餐。

奴朔府上的家奴哉急匆匆赶来。

家奴哉好歹也是二王子府上的老奴，可是现在他却如一只耗子一样"嗖"地钻进了衡将军府。

家奴哉道："公子，大事不好了，天大的灾祸来了，你赶紧逃吧。"

杨睿丈二和尚摸不着头脑，笑着问道："哉伯伯，你这是怎么啦？"

家奴哉一个劲催促："快，快从后门走，再不走就来不及了。"

杨睿自小在奴朔府上玩，家奴哉膝下只有莺莺一个养女，他早就将杨睿当成了义子一般。

从家奴哉的表情举止可以判断出，家奴哉并不是在跟自己开玩笑，他的内心立即涌现出了一种不祥的预感。

家奴哉颤抖着推杨睿去后门，道："杨将军已经被斑狱司的燕大人给囚禁起来了，连宁蓝将军也牵扯了进来，一起被斑狱司的人带走了。二王子让我来赶紧通知你快跑，斑狱司的人马上就要来抓你了。"

杨睿大惊失色："啊？燕大人抓了我爹？以什么罪名？"

燕千里为"五刑大夫"，官居一品，而杨继善则被封"衡将军"，为百将之首，也是朝廷的一品武将，从官阶来说，燕千里与杨继善平起平坐。

可是燕千里掌管着全国的刑律、国家的安全，因此实际上他可以查办除了国王、太子以及王子之外的任何人，包括国相李奉贤。

家奴哉将杨睿推送到了衡将军府的后门，道："他们说是你故意放跑了刺客，令尊杨将军有与刺客同谋之嫌。"

杨睿懵了，喃喃自语："与刺客同谋？这——这怎么可能呢？"

家奴哉急喊："快走呀，再不走就来不及了。家里有二王子帮忙照看着，你走。"

这时，隐隐约约从前门传来一阵嘈杂的声音："快，快，守住大门，别让人跑了。"

杨睿一下子警醒过来，看样子是天降大祸于我们杨家，以父亲杨继善此等威名尚且已经被抓，自己一个小小的禁军护卫，身微言轻，又怎能分辩？

幸亏家奴哉早到一步，否则自己此时不正如一只待宰的羔羊吗？留得青山在，不怕没柴烧，此时不跑更待何时？

杨睿惊慌失措，道："那——那你替我向莺莺告个别，就说我一定会回来的。"

家奴哉急着跳脚，挥手道："你快走吧，祖宗！"

杨睿身为禁军，时常巡城，对城内地形非常熟悉，一路狂奔，捡一僻静小道，很轻易地便出城去了。

此时，杨睿见城外的各路口有三三两两的禁军在奔忙，心想："他们不会是在搜寻我吧？唉，落难的王公不如狗，落魄的凤凰不如鸡，更别说我只是一个将军的儿子？可是又能去哪里呢？"他脑子飞转，决定去边关。

父亲杨继善长期在边关任职，那里有他的众多部下，尤其是威武将军马元鹏更是父亲的爱将，或许他可以帮助自己一家洗脱罪名。

于是，杨睿便朝北而去。

一路上，杨睿见到各处镇驿都张贴着自己的画像，他知道自己已经被通缉了。

由于逃出来的时候很仓促，身上穿的一身衣裳没有来得及换，别人一看他就可以判断出他并非寻常百姓，这样的装扮上路，无异于自寻死路。

想到这里，杨睿便趁着晚上，偷偷地潜入了一破落的山村，他摸进一户人家，准备盗得一身粗麻破袄穿在身上，将原先身上的一套好衣裳给置换了下来。

杨睿的脚刚一踏进那户农家土院内，便感觉有一些异样，他听到一侧的偏房里有一阵窸窸窣窣的声音，其间还夹杂着女人又像笑又像哭的声音。

"偷情？"杨睿的脑子里一下子蹦出了这两个字来。因为这声音他太熟悉了，他经常陪二王子姒朔玩，姒朔和一些宫女玩的时候，杨睿在隔壁就能听到这样的声音。

杨睿突然好奇心大起，宫女偷情他见得多了，可是乡下的农妇偷情到底是怎样的情景？他蹑手蹑脚地趴在柴门缝里窥望，原来这是一杂草间，一个身材魁梧的壮汉将一赤裸上身的尖脸妇女压在身下，一双乌黑粗糙的大手正在妇女的身上乱摸。

农妇道："死鬼，轻点儿，你把老娘弄疼了。"

壮汉喘着粗气道："老子的一头驴去年就借给你男人去外地做买卖，到现在也不见他回来还给我，你还嫌老子的手重？"

农妇笑骂道："你就心疼你的驴，你怎么不心疼心疼我？我家里已经快断粮了，你难道想眼睁睁地看着我娘俩饿死不管？"

壮汉不满地道："我又借驴给你男人，又借粮给你娘俩？你才让我快活了几回？"

听到这里，杨睿差一点失声笑了出来，他赶紧趁这对男女热酣之时，摸到了一间屋子内，他脱下了自己身上的衣服，又随便捡了几件土炕上的衣服换上，默默念叨："我这可不是偷，我是换来的，锦衣换粗麻，这笔买卖你赚大了。"

换上粗布麻衣的杨睿当时还不觉得别扭，他在山村后的土地庙里蜷缩了一宿，待到第二天清晨，庙前正好有一方池塘，他边洗脸，边看水中的倒影，不觉失声笑了起来："我怎么变成这样一副模样？这德性就是我爹站在面前也不一定能认出我来啊。"

想起父亲，杨睿又不禁悲从中来，站起来回头看了看远方的山峦，那里是王城的方向，"好端端的，我杨家怎么就突然飞来这等横祸呢？"

此时的杨睿不知不觉又想起昨夜农家的那对偷情的男女来，又哑然失笑。

"不知道莺莺现在在干什么？"杨睿心道："莺莺虽然出身低贱，只是二王子府上的一个奴婢，可是相貌可人，性格也甜，只可惜不知道什么时候才能与她相见了。"

杨睿一路向北，过了杞国境内最北边的一条河——通天河，再往北去，远方就是地势高耸的山峦地带，寒风萧飒，层峦叠嶂下，有齐腰高的枯草连绵起伏，一派边塞风情。

站在通天河的对岸，杨睿最后一次回头望去，顿时心头一阵难过："难道繁花似锦就此无缘？"

杨睿心想："也不知道父亲在狱中怎么样了，母亲和奶奶在家会不会也受到牵连？宁蓝叔叔身为父亲的副将，长期以来受到了朝中神勇将军石英的排挤，此时他身陷囹圄，岂不是正好给了石将军一个打击他的好机会？唉！"

"我这一去，也不知道什么时候才能再回来了，生我养我的故土啊，请受我杨睿一拜！"我们没有理由怀疑，此时此刻杨睿从内心深处发出的这一句叹息的虔诚度，因为他已经从一个锦衣玉食的公子几乎一夜之间变成了乞丐。

不，应该比乞丐还要惨，此时的杨睿身负着两个身份的标签——丧家犬和通缉犯。

杨睿长跪在河的对岸，匍匐良久，终于爬起来，头也不回地朝前去了。

……

青羊驿，杞国边陲的一个宁静的小镇。据说这里是因为水草丰茂，盛产一种青毛角羊而得名。此时寒风萧萧，水成冰，草已枯，唯独一座土石垒成的镇子在寒风中矗立，显得异常萧条。

"青羊驿，黄沙满关柳木稀——"杨睿在一阵暮歌中走进了青羊驿。

青羊驿，顾名思义此地为青羊栖息之地，羊肉应该很是有名，杨睿已经两天没有吃东西了，他饿得走路都有点打飘了。

进得镇来，见偌大的一个镇子熙熙攘攘，街道两边的食铺内热气蒸腾，源源不断地飘出阵阵羊肉的香味。

杨睿走进了一家店铺，大咧咧坐下，扬声道："小哥，给我来一盘羊肉，一罐酒。"

店家答应一声，转身去了。

杨睿这时候才想起来一件事情，他一摸口袋，暗自叫苦不迭："哎呀，没有钱买单。"

原来他在那乡野农家偷换人家衣服之时，居然忘记了把袖口里的些许碎金粒掏出来。此时自己身上穿的这身衣服内除了虱子，什么都没有，袖口比他的肚子还要瘪呢。

"这可如何是好？"杨睿再是出身将门，也知道吃东西要给钱的道理，更何况还是一顿香喷喷的羊肉餐！但是肚子不争气，里面已经"兵荒马乱"了。

于是，杨睿做出了一个大胆的决策——先吃饭，后商量，最好是不用给钱。

杨睿心想："不是都说和气生财吗？不知道今天遇到的这个店老板和气不和气？"

如果实在不行的话，杨睿还有最后一招可使，他身上还有一件东西，那就是他的贴身禁军令牌。

杨睿是衡将军杨继善之子，他是禁军中等级最高的"云军"——国王是龙，云军就是围绕在龙身边的侍卫。这令牌是纯金打造，值钱姑且不说，它是一种荣誉，杨睿一直将它视为生命。

羊肉和美酒上桌了。

可以毫不夸张地说，青羊驿的羊肉是独树一帜的，它比起王宫里御厨做的羊肉丝毫不逊色，是将鲜活的肥羊宰杀，羊血、羊肠洗净剥干，与大卸八块的肥羊一起冷水下锅，烧开后撇去血沫，加入盐粒、五味果等熬制而成，不仅保持了羊肉鲜美的原汁原味，更是色泽诱人，异香扑鼻。

杨睿沉着冷静，明明身无分文，却吃得很有派头，专心致志，旁若无人。

就在杨睿大快朵颐的时候，羊肉铺内进来了五个人，坐在了杨睿的对面。

杨睿偷眼看了他们一眼，不由得心里一惊，从这几个人的装束打扮看，杨睿一下子就认出了他们的身份，他们正是斑狱司的捕头。

所幸此时的杨睿蓬头垢面，又是一副寻常百姓的打扮，几个捕头并没有注意他。

一个捕头喊道："店家，好酒好菜赶紧给我们端上，大爷几个吃饱了好赶路。"

店家不敢怠慢，连连称诺。

另一位捕头埋怨道："燕大人着实是吃饱了撑的，那杨睿都已经跑了这么多天了，还怎么可能追得上？这不是白费力气吗？"

一年纪稍大点的捕头道："唉，咱们当差的管那么多干吗？上面要咱们怎么做咱们就怎么做，只要朝廷不少咱们的饷钱就是了。"

一个瘦捕头哈哈大笑，道："老二说得没错，说不定咱们运气好，还真的将那杨睿给逮住了，岂不是大功一件？说不定官升三级，和那个宁蓝一样，混个副将干干。"

年纪大点的捕头道："还副将呢，据说那姓宁的在牢狱中宁死不屈，还破口大骂，说朝中有奸佞，被牢头连骨头都打断了。"

杨睿一边低头吃着，一边不动声色，静静听他们对话，不由得背脊一阵发凉。

一捕头道："燕大人已经在全国到处张榜缉拿杨睿了，抓住他是迟早的事情。"

杨睿心想："得赶紧脱身，再不悄悄溜走，店家来就走不了了。"他故作镇定地站起来，像没事人一样朝门外走去。

就在这时候，店家给几位捕头把酒菜端来了，见杨睿要走，赶忙拦住，笑道："客官，您忘记付钱了吧？"

第六章　借　马

杨睿内心叫苦不迭，支支吾吾道："店家，我——我正想找你说个事情，咱们借一步说话。"说着将店家朝门外拉。

哪知道店家一甩胳膊，立马变脸道："怎么？你可别跟我说今日忘记带钱哦，你这样的人我可是见多了。"

杨睿大窘，斜眼偷偷瞄了一眼几个捕头，却发现他们正将五双眼睛齐刷刷地盯着自己看，目光中有咄咄逼人之势。

溜，溜之大吉。

可是还没有等到杨睿抬脚，五个捕头已经向他合拢了过来。

其中那个瘦捕头阴沉着脸道："怎么啦？你想吃白食？"

杨睿赶紧赔笑道："几位官爷，你们误会了。我只是今天出门急，忘记带钱了。"

五个捕头哈哈大笑，其中一个骂道："他娘的，都这时候了你还在撒谎？我看你獐头鼠目，非奸即盗，今天撞见我们'催命五鬼'算你倒霉。"他说着众人一拥而上。

若在平时，区区几个捕头，杨睿怎么可能将他们放在眼里，可是此时的杨睿知道他不能与他们斗，眼下最要紧的是脱身。

对方五个捕头已经抽出了腰间的配刀将杨睿围在了中心。

看样子今天想脱身，没那么容易了。怎么办？那就开打吧！

此时的杨睿手里虽然没有兵刃，可是他自信要在数招之内解决掉几个捕头还是可以做到的，毕竟护卫国王的禁军都有一副好身手。

杨睿眼睛一扫，决定先捡那病歪歪的瘦捕头下手。

吃柿子先挑个软的尝尝。杨睿双足一发力，人已经到了瘦捕头的面前，探手去抢对方手里的刀。

然而，这次杨睿失算了。因为他今天遇到的不是普通的捕头，而是斑狱司排名仅次于"石门三鹰"的"催命五鬼"。

瘦捕头叫一声："果然是个贼人！"急退一步，"唰"的一刀拦腰便砍。

其他四人也纷纷挥刀砍向杨睿，刀锋凛冽。

杨睿的双臂险些被劈了下来，幸亏躲闪得巧妙，可身上的破麻衣也被对方的刀锋划拉了下来。

只听得"叮"一声清脆的响动，杨睿贴身揣收的令牌掉在了地上。

五个捕头一下子愣住了，盯着地上金光闪闪的令牌看了足足有好几秒，你看看我，我看看你，最后一起看着杨睿，异口同声地叫了起来："云纹禁军令牌？""你真的是头号通缉犯杨睿？""哈哈哈哈，这下咱五兄弟要升官发财啦！"

杨睿没想到自己的运气如此差，竟然遇到了这五个怪人，眼下想逃看样子是不可能了，只能放手一搏。

杨睿的武艺得益于他的父亲杨继善将军，走的是铁桥硬马的扎实路数，而"催命五鬼"是燕千里为了扩充斑狱司的缉捕能力，从坊间招募的高手，他们在当朝廷的鹰犬之前，个个杀人越货，心狠手辣。

此时"催命五鬼"围住了杨睿，就等于是天上突然垂下了一具梯子，只要他们将杨睿抓住，飞黄腾达指日可待。

巨大的利益面前，"催命五鬼"个个喜得内心怦怦直跳，面目狰狞地朝赤手空拳的杨睿紧逼了过来。

突然，几声"嘚嘚"马蹄声从外面传来，随即一阵悦耳的铃铛声响起，众人抬头望去，只见一个蓝衣劲装、十八九岁的少女头披粉色纱巾，手执一条银丝软鞭走了进来，笑吟吟斥道："五个打一个，还要不要脸？"

吓得早已躲在桌子底下的店家斜着脑袋指指杨睿，哆哆嗦嗦道："他，他吃东西不给钱，还想开溜。幸亏有几位官爷在此，为小的主持公道。"

蓝衣少女手臂一抬，一小锭金子扔到了店家的面前，道："够了吗？"

店家见钱眼开，眼睛乐得眯成一条缝，连说："够够，再吃几顿都还有富余。"

蓝衣少女朝杨睿喊："小子，你的账我已经替你结了，怎么还不走？"

杨睿知道自己今天是无论如何也不能轻易脱身，又何必连累一个萍水相逢的漂亮女孩呢？何况人家还好心好意帮自己付了酒肉钱！便道："谢谢姑娘的美意，杨睿感激不尽，恐怕只有来生才能报答了，你赶紧走吧，不要管我。"

"催命五鬼"虽为官差，可是他们的本质是十恶不赦的大盗，五人见蓝衣少女长相俊秀鲜活，让人恨不得咬上一口，生吞下肚，不禁一个个目露淫光。

蓝衣少女瞪着一双美目看着杨睿，不解地道："区区一锭金子，还需要什么报答？为什么让我不要管？你不让我管，我偏偏就非管不可了。"话音刚落，手里的银鞭一抖，已将数步之外的杨睿卷住，手臂一扬，百十斤重的杨睿竟然被她的一条软鞭，给轻轻松松地卷起来直接扔出了铺子外。

更绝的是，杨睿身子飞出了铺外，而落下的时候居然既轻飘又稳当。

"催命五鬼"面面相觑，大怒："敢坏我们'催命五鬼'的大事，活得不耐烦了？"一起扑了上去。

蓝衣少女咯咯直笑，拍手道："好玩，好玩！"略一转身，飘然就到了铺子外面。

见杨睿正站在自己停在门外的一匹枣红马旁边，蓝衣少女道："这五个怪人干吗不让你走？还愣着干吗？这匹马就暂时借给你了。"说话间，抬手就是几鞭，将"催命五鬼"封在了铺子内。

杨睿大喜，暗叫："真是天助我也！"朝蓝衣少女一鞠躬，道："感谢姑娘救命之恩，如日后有缘相见，定当重谢！"翻身上马，绝尘而去，身后传来了蓝衣少女咯咯的笑声。

蓝衣少女踮起脚来朝杨睿扬声道："以后记得还我的马。咯咯咯咯。"

杨睿骑马一口气跑出去几十里，忽然一勒马停了下来，心道："刚才幸亏得这个女孩相救，真的没有想到她小小年纪，本领居然如此高强，还承蒙她借马给我。"想到这里，杨睿内心"哎呀"一声，"杨睿啊杨睿，你真是太混蛋了，人家借马给你是一番好意，可是她把马借给了你，她自己不是没有脚力了吗？"

一想及此，杨睿立刻掉转马头，他一路颠簸多日，深知在这荒野边陲，没有马赶路的日子有多苦。

其实真正让杨睿下定决心返回去的另外一个原因，是他还是放心不下那个蓝衣少女，毕竟人家是一个娇滴滴的小姑娘，危难之际她替自己解了围，怎么可能就这样一走了之呢？

当杨睿重新回到青羊镇的时候，天色将沉，一轮月亮轻飘飘地浮在了东边的天际间，飕飕的寒风随意吹着，驿镇上空无一人。

第七章　出　手

杨睿来到原先那个羊肉馆门前，眼前的情景让他大吃一惊——

泥石垒起的铺子门前，躺着横七竖八的五具尸体，正是"催命五鬼"，他们的兵器散落在地上，身上有多处被刀划过的伤口，血渍已经风干了。他再快步跑进铺子里，却见店家也趴伏在地上，背上有一道深深的刀伤，早已经气绝身亡。

杨睿皱眉，心道："唉，这姑娘下手怎么这么狠？杀死'催命五鬼'也就算了，怎么连店家也不放过呢？"忽然，他转念一想，"不对啊，我明明记得那姑娘使的兵器是一条软鞭，怎么这些死者的身上全部都是刀伤呢？"

碧
凌
剑

难道那姑娘还有其他的帮手？

杨睿本来对那蓝衣少女心头充满好感，可是此时目睹店内外的几具尸体，不由得心生异样的情绪。

他草草地将店家的尸体埋了，看到门外地上"催命五鬼"的尸体，稍微迟疑了一下，走上前去，分别在他们的尸体上踢了一脚，自言自语道："你们这几个恶人，虽然你们生前想要了我的性命，可是你们的尸体还得让我帮忙掩埋，可怜你我同朝为差，如今却落得如此惨状。"

……

因为担心再有什么变故，杨睿掩埋了那几具尸体之后，便匆匆离去，他牵着蓝衣少女那匹枣红色的骏马，孤独地朝北边去了。

月挂天上，杨睿一人一马走上了一道高高的山梁。

他边走边想着遇到的那个蓝衣少女，心里一阵嘀咕："这姑娘到底是什么人？长得那么漂亮不说，武艺居然那么厉害？仅凭一条软鞭，几下就能将我从'催命五鬼'的手里救了出来，这样的本领在咱们禁军之中，估计连神勇将军石英也未必能做到。从她出手阔绰，又是给我垫付金子又是赠马匹来看，她的家境应该非常殷实。"

"唉，杨睿啊杨睿，在你惶惶不可终日如丧家之犬的时候，能遇到这样的贵人，这可是你上辈子修来的福气啊。"杨睿正胡思乱想着，忽然身后隐隐约约传来几声凄厉的叫声。

杨睿一惊，回头看去，只见身后的远处有一个影影绰绰的人影朝前面飘忽而来，速度极快，转眼已经到了跟前。

杨睿再细看，只见一个走路有点跛、脸色灰黑的独眼人从自己身边走过，他约摸五十岁年纪，身穿一件黄麻大袍，手里拎着一个竹制笼子，里面关着一只似鼠非鼠、似兔非兔的小动物，身上泛着银白色的油光，正在极力地扒拉着笼子，龇牙咧嘴想挣脱而出，原来那一声声凄厉的叫声是它发出来的。

黄袍跛脚怪人从杨睿身边风一般而过，正眼都不瞧杨睿一下。他手里竹笼里的那个小精灵使劲朝杨睿叫啸，声音如泣如诉，似乎在呼喊着"救救我"。

杨睿见笼中的那小崽子可怜兮兮的，便道："这位大叔，你上哪儿去呀？"

黄袍人脚步微顿，斜眼回头看了一眼杨睿，嘴角边撇出了一丝不屑的微笑，理都不理，径直朝前走。

杨睿道："你——你笼子里是什么？能不能把它给放了？"

黄袍人一愣，停下脚步，道："你来放。"说着将手里的竹笼递上前去。

杨睿朝前走了两步，又停下来了，道："你把它放了不就行了吗？举手之劳的小事情嘛。"

黄袍人哈哈大笑，道："再多管闲事，我把你也装进这个笼子里，你信不信？"

杨睿怒气上冲，道："你癞蛤蟆打哈欠，口气不小。我倒要看看你怎么把我装进这笼子里。"说着跨步上前，一伸手就要去抢黄袍人手里的竹笼。

就在杨睿的手指刚要触及竹笼的瞬间，黄袍人手臂轻轻一抖。

杨睿五指抓空，他刚想再反手去探时，黄袍人不疾不徐，抬腿就是一脚，实实踢中了杨睿的胸口，将他踢得身子上浮，又跌落，扑通一声，双膝跪在了地上。

黄袍人一脚踏在了杨睿的背上，冷冷地道："臭小子，你再找死，别怪本尊不客气，快滚——"他话还没有说完，被杨睿一把抱住了腿脚，顺势一掀，黄袍人身体站立不稳，差一点跌倒，手里的竹笼也脱手掉在了地上。

竹笼子本来就是黄袍人在路上随手采竹胡乱编的一个小筐，跌落在地，立时散架，里面银白色的小精灵趁机逃了。

黄袍人大怒，一脚踢中了杨睿的下颚，将他踢得身体在空中打了两个转，重重摔在了地上，便晕死了过去。

……

杨睿躺在这荒野之中，不知过了多久，远处传来凄厉的狼嚎。

一匹狼。

两匹狼。

三匹狼。

七八十匹狼。

无数匹狼组成的狼群大阵，呈弧形朝杨睿逼近，它们一个个都龇牙咧嘴，赤红的眼睛里迸射着幽光。

杨睿连自己置身何处都不知道，他已经全身动弹不得，只能眼睁睁地看着群狼来到自己的面前，一百步，八十步，五十步，三十步，二十步，十步……

忽然，群狼停住了，一个人从狼群中一跃而起，竟然盘腿悬浮在了半空，朝杨睿大喊："快快受死吧，快快受死吧！"

杨睿定睛一看，那人却是五刑大夫燕千里。杨睿使劲想挣扎，却连一根手指也动不了，急喊："燕大人，你与我父同朝为官，素来无冤无仇，为何要这样苦苦相逼呢？"

燕千里只是仰天大笑，笑而不语，笑声瘆人。笑声骤停，群狼争先恐后扑向了杨睿。

杨睿吓得肝胆俱裂，哀号道："不不不，别咬我！"

突然之间杨睿的手脚乱舞，居然能动了——原来他是做了一个噩梦。

第八章 逗 喜

杨睿一骨碌爬了坐起来，大汗涔涔，左顾右盼，只见天上西边的一轮月亮快要沉入了远方的苍茫之中，哪里有什么狼群？

擦擦汗，冷汗。杨睿挣扎着站了起来，此时他才恍惚记起先前发生的事情，举目四望，冷月、荒原，别无他物。

黄袍人的那一脚把杨睿踢得当场闭了气，直到现在他的五脏六腑还如翻江倒海一般。

"他奶奶的，这是什么怪人啊？如此蛮横？"杨睿内心不服，但是不服又能怎么样？人家不光是蛮横，而且本领高强。

黄袍人看似随随便便的一脚，将禁军出身的杨睿踢晕了，也踢醒了，"高手在民间！不得不服气。我连一个路人都打不过，还谈什么替父亲申冤昭雪？"

"喂，狼真的来啦！"杨睿耳边突然响起了一声叫嚣，他转头一看，大惊失色："妈呀，你怎么冒出来了？"

——原先从竹笼里逃脱的那个小精灵，居然蹲在了他的肩膀上。

杨睿顾不得质问肩膀上的那个家伙，他抬头望去，果然见前面的荒丘下有四匹野狼正瞪着寒光朝自己缓慢地走来。

一跤跌倒。杨睿肩膀上的小精灵"哎哟"一声，埋怨道："几匹狼就把你吓成这样？能不能沉稳一点？"

杨睿颤声道："你，才真正把我吓到了。你是何方圣灵啊？居然会开口说人话？"

那精灵从地上爬起来，拍拍身上的灰尘，道："切，说人话有什么难的？不说人话那才叫丧良心。我叫逗喜，认识一下。"说着伸出了一只爪子抓住了杨睿的手，道："别这么紧张嘛，你先别怀疑我的身份，先看看怎么样把这些黑毛红眼的饿狼给打发了吧，它们可都是好多天没有吃过东西的危险分子哦。"

杨睿朝前望去，几匹狼已经到了跟前，离自己尚且只有一步之遥。

一个寻常人能斗过一匹狼吗？不能。

杨睿不是寻常人，他是国王的禁军护卫。他一个人可以对付两匹狼。

但是，此时在杨睿面前的饿狼有四匹。

"小心！"逗喜一声叫喊，杨睿反应迅速，闪身避过了一匹狼的攻击。

其他三匹狼几乎同时朝杨睿扑了过来。

逗喜跳到了一块大石上，拍手喊："杨睿！加油！杨睿！加油！"

杨睿毕竟是侍卫出身，虽然此时手无寸铁，可是他的拳脚功夫还在，抡起拳头猛砸狼的头颅，一匹狼被当场砸晕，翻倒在地。

可是他的一条大腿和一只小腿被另外的两匹狼给咬住了，数寸的狼牙深嵌进了他的肉中。

人一旦吃疼，肢体迸发的力量就会瞬间瓦解，杨睿被另外的三匹狼给扑倒了。

30　　逗喜叫道："哎呀，你连几匹狼都打不过？关键时刻还得让我出马啊？"它说着，已经闪电一般扑了下来，一口啄住了一匹狼的眼睛，那狼一声哀嚎，松开了杨睿，转脖子朝逗喜咬去。

逗喜闪电般跳开，又去啄另外一头狼的眼睛。

野狼龇牙想撕咬逗喜，逗喜长鸣一声，发出了一阵令人眩晕的啼啸，快速闪跳着躲避，叫道："喂，你到底行不行啊？我可快要撑不住啦。"

杨睿浑身鲜血淋漓，爬起来挥掌劈向了一匹狼的颈脖。

逗喜"刺溜"一下又跳到了大石头上，欢天喜地地大喊："主人来啦！主人来啦！"

月光下，一道白色的弧光闪动，一个白衣女子风驰电掣般从天而降，她挥动着手里的一柄短剑，以迅雷不及掩耳之势，瞬间刺穿了一匹狼的脖子。

恶狼发出了一声低沉的嚎叫，倒伏在地上，双腿蹬了几下，就此不动了。

另外两头狼见势不妙，一哄散去，逃得无影无踪。

杨睿惊魂未定，打量着面前的这个白衣女子，见她年龄似乎与自己一般大小，秀发披肩，长得白皙圆润，很是可爱。他刚想开口向她道谢，却见逗喜已经一下子跃到了她的肩头。

逗喜伸出它那红嫩嫩的小舌头舔了舔白衣女子的脸庞，委屈道："主人，你怎么才来啊？我差一点见不到你了，呜呜——"

白衣女子嗔目，道："你这样顽劣，早晚有一天会被恶人拐了去炖汤喝了。"她转过脸来，对杨睿微微欠身，道："多谢公子救命之恩！"

杨睿一愣，道："姑娘，刚才明明是你救了我，我还没向你说谢呢，你又何出此言？"

白衣女子微笑不语，抚摸着肩头的逗喜，道："走，咱们回家吧！"

杨睿道："原来这小家伙是姑娘饲养的宠物！难怪这么玲珑可爱，竟然还会说话。真是让我大开眼界。"

白衣女子道："公子有所不知，这孽障生性顽劣，与我在山中修炼结缘，倒也打发了我不少无聊的时光。昨日突然发觉它不见了，便一路追寻，却不想与公子相见。"

杨睿道："哦，原来如此。我先前看到它被一黄袍怪人装在竹笼子里——"

他的话还没有说完，便被逗喜打断，两只小爪子直摇，道："罢罢罢，到此为止好不好？人家这样的糗事，你怎么能老挂在嘴边炫耀呢？"

杨睿哈哈大笑，道："哈哈哈哈，我救了你一命，你不感激我倒也算了，还不让我提啊？"

逗喜的脑袋摇得跟拨浪鼓似的，道："提不得，提不得！"

白衣女子道："公子这是要往哪里去？"

"我可不是什么公子，我是王宫侍卫——杨睿。"杨睿突然意识到什么，支支吾吾道："还是叫我公子吧。我啊？去——去北边。"

白衣女子道："杨公子连夜赶路，风餐露宿的，不妨先随我去歇歇脚，养足了精神再走也不迟。"

杨睿闻言大喜，道："姑娘要带我去什么地方？方不方便？"

白衣女子道："我叫游云，你就叫我云儿吧。"她朝远方的一座连绵不断的隐隐青山指了指，道："就在那里。"

第九章　进　山

俗话说，望山跑死马。杨睿和游云共骑一马，朝前面的群山而去。从月落到凌晨，才到达山下。

小精灵逗喜则趴伏在游云的肩头，一路呼呼大睡。

到了山下，杨睿见此山倒也不是很高，只是群峰绵延，加上视界开阔，一眼望去天空与山峰相连，因此显得雄奇峻拔。

群山在朝雾中一派蒸腾气象，天边泛出丝丝霞光，一轮红日正冉冉升起，山间不知名的怪鸟在"咕咕"而鸣，此起彼伏。

高的山，低的天，平的原，杨睿顿时感觉自己置身在一处仙境之中。

逗喜似乎有超凡的感知力，刚到进山的入口处，它就打了一个哈欠，睁开惺忪的眼睛，道："我逗喜大人又回来啦。"

游云下马登山，杨睿牵着马紧紧相随。

山道是用青石铺就，一路上，山道两旁岩石突兀，松柏遒劲。

杨睿抬眼望去，山顶依稀露出飞檐翘角，似乎是一处不错的建筑群落，不禁暗自赞道："想不到在这荒蛮的苦寒之地，居然还有这样的一个所在，看样子这游云也不是一般人家的女子。"

沿着山道拾级而上，来到一处地势平坦的空地，前面立着一面巨石垒起的坊门，两根大圆柱石头耸立，上面分别刻着一只气势凶猛的白虎，最上面的一块横梁上镶嵌着三个大字："白虎门"。

杨睿心里一惊，心道："难道这就是传说中的白虎山？"

对于白虎山，杨睿曾经听父亲提起过，说它是杞国第一仙山。

山中之人个个修仙悟道，有各种各样的神通，想不到今天自己居然真的有缘来到这里。

他正思量着，游云停下了脚步，道："前面就是咱们白虎门的禁地了，你把马拴好，我先带你去伙房歇歇，千万不可以随便走动。切记。"

杨睿不便多问，将马拴在了一处僻静的松林下，随着游云穿过了一片竹海，前面出现了一处宽阔的大路。

游云放缓了脚步，朝前探视了几眼，拉着杨睿选择了一条通向密林的碎石岔道而入。

杨睿疑道："干吗大路不走走小路？"

游云还没有说话，逗喜道："好心提醒你，那条路上有看门狗。"

杨睿不明就里，只得跟在游云后面，心想："这云儿神神秘秘的，她不会是富家小姐看中落魄公子了吧？看她的打扮，倒有几分大家闺秀的气质，论相貌身材，也是一等一的标致，倒也不输莺莺。哎呀，我怎么把借马给我的那个姑娘给忘记了呢？她虽然性子野了一点，可对我还真的不错，想不到我杨睿虽然逢此大难，落魄成这个样子，却颇有美人缘。"

他们约摸在密林中走了半炷香工夫，拐过几道断崖，来到了一处石屋前。

石屋前，有一个道童十二三岁年纪，正抱着几根烧火棍往一侧的偏门走去，门内热气腾腾，不断飘出阵阵馒头的香味。

道童见到了游云，迎了上来，道："师姐，你这一夜去了哪里？花婆婆正找你呢，已经打发人过来询问了两次。"

游云上前，从怀里掏出了一根短笛递给了道童，道："师姐送你的。"

道童面露喜色，放下手里的柴枝，接过，道："嘻嘻，又想让我帮你圆谎？"

游云道："师姐给你带来了一个朋友，在你这里住两天，跟你做个伴，咋样？"

道童打量了几眼杨睿，凑到游云跟前，压着声道："师姐，你是不是看上这小子了？"

游云脸上一下子绯红，笑骂道："你这个死空心儿，敢拿师姐开涮？

看我不撕烂你的嘴。"

杨睿也被道童说得不好意思，忸怩道："这位小兄弟说笑呢！叨扰你了。"

道童老气横秋地摆摆手，道："叨扰肯定是叨扰的，不过你既然是我师姐的朋友嘛，暂住几日倒也无所谓，不过咱们得有言在先，我这里可不是白吃白住的，你得帮我干活。"

杨睿笑道："那是自然。"

游云道："那我先去了，明天我再来找你。记住我的话，千万不要随意走动。"她说着，便转身走了。

逗喜"嗖"的一下跳到了杨睿的肩头，舔着自己的小爪子，道："我且留在这里陪他们一起玩。我可不想回去看花婆婆的脸色。"

游云无奈，道："你爱在这里，就由你吧，正好也可以陪杨公子消遣解闷。"说着自顾自地去了。

原来道童叫空心儿，是白虎门伙房的一劈柴小道童。

杨睿随空心儿进得白虎门伙房，见一排大石灶上摆放着几个大的竹制蒸笼，里面正蒸着馒头。里面还有一个烧火工叫马相搏，年龄比空心儿大几岁，长得虎头虎脑，不擅言辞，见到杨睿，只是看了一眼，并未打招呼。

杨睿心道："都说白虎山是仙山圣地，原来他们吃的也是五谷杂粮。不知道这山间还有哪些神秘之人？看这两个人似乎也没有什么特别之处嘛。"

就在这时，空心儿和马相搏已经用四个大的篾竹筐装上了刚出笼的馒头，对杨睿道："走，随我一起去给火坨坨送饭去。"说着，递过一根扁担给杨睿，他自己则大摇大摆地走在前面引路。

杨睿道："刚才游云姑娘走的时候吩咐过我不可随便走动的。"

空心儿毫不在意，摆摆手，道："我也说过，你得帮我干活的嘛，不然我怎么收留你呢？"说着大摇大摆地出了伙房。

杨睿道："是，是，我听你的。"接过扁担，挑起两筐馒头跟在空心儿身后。

马相搏也挑起两筐馒头走在最后。杨睿见他自始至终一言不发，便压声问空心儿："这个马相搏兄弟是不是个哑巴？"

空心儿一愣，随即哈哈大笑，道："猜中了，他就是个哑巴！"

马相搏似乎也没有听见，只顾着挑着两筐馒头快步朝前去了。

第十章　争　执

杨睿挑着两筐馒头跟着空心儿和马相搏朝弯弯曲曲的幽径而去，一路上到处都是散落的石雕异兽，龙凤龟鳞，应有尽有，更多的则是叫不出名字的动物，均栩栩如生。

行了一会儿，前面出现一处大殿，殿梁上刻着"过堂"两个字。

有众人在殿前练剑，"唰唰"之声，不绝于耳。

见四筐馒头到了，纷纷把剑放下，一起围了上来，每个人从竹筐里拿两个在手，纷纷后退走了。

也有的见杨睿面生，问："空心儿，这人是谁啊？"

杨睿感觉到大家都用异样的目光看着自己。

他们大多是十八九岁的少年，个个气宇轩昂，精神抖擞。此时，他们正一个个朝杨睿指指点点，窃窃私语。

逗喜一下子不知道从哪里蹦了出来，指着众人道："你们一个个想干吗？这可是我的救命恩人，大伙快快让开。"

就在这时，来了一个二十几岁的年轻人，身穿一件黑色麻袍，表情严肃。

众人一见，纷纷恭恭敬敬喊一声："大师兄！""杜寅大师兄来了！"

杨睿打量了一下这位"大师兄"，只见他颧骨挺立，腰板刚直，两道剑眉直立，满目透着一股逼人的气息。

杜寅走近杨睿，道："你是从哪里来？"

杨睿支支吾吾道："我——我——"此时想起游云对他嘱咐的话，让他不要随意走动，估计就是担心他会遇到白虎门的这些弟子。

空心儿上前道："大师兄，他——他是我的朋友，你别为难他。"

杜寅冷冷地道："你的朋友？你不知道白虎门的规矩吗？"

空心儿闻言，颤声道："大师兄，我——我知道错了。"

杜寅盯着杨睿道："你到底是什么人？为什么要上咱们白虎山？"

杨睿本来就内心压抑，憋着太多的苦楚和委屈，此时见杜寅一副咄咄逼人的样子，不禁气往上冲，道："你们这白虎山有什么好的？谁稀罕你们这里？是你们的人请我来的。你不欢迎我，我可以走啊。"说着，抬腿就走。

杜寅身形一晃，挡在了杨睿的面前，道："想走？白虎门是你随随便便，想来就来想走就走的地方吗？"

杨睿大怒，道："别说你们这座破山沟了，王宫禁苑我都随意出入，看你今天怎么拦我。"一闪身，从杜寅的身边抢步过去。

杜寅低喝一声："口气不小，我让你跪下求饶。"张臂拂击杨睿的肩头。

杨睿肩头一歪，躲了过去，却没想到杜寅突然出腿，一脚踢中杨睿的膝弯处。

杨睿顿时感到膝盖一麻，"咕咚"一下单膝跪地。

杜寅趁势抬起另外一只脚，踩压住了杨睿，喝道："怎么样？我就这样留你。"

杨睿突然想起昨天也是被黄袍怪人这样压着跪在地上，此时又遭到这样的羞辱，不禁勃然大怒，他咬着牙想站起来，可就是无能为力。

逗喜见状，一跃而起，跳到了杜寅的跟前，阻止道："大师兄，看在我的面子上，别再为难他了。"

杜寅冷笑道："你的面子？你只不过是咱们白虎山那妖女养的一只宠物，你有什么面子可言？"

逗喜叉腰，大声吼道："喂，你说话能不能别这么损？你敢当着我主人说这话吗？"

杜寅道："你主人算什么？除非花婆子亲自来求我。"

突然，站在旁边一直未发一言、杨睿差一点将他当哑巴的马相搏挺身而出，道："大师兄，你不尊重游云师姐也就算了，竟然敢目无尊长，直呼师叔花婆子，太过分了吧？"

杜寅扭头看了一眼马相搏，冷冷地道："我还轮不到你来教训，今天这小子违反了本门规矩，私自进山，我就有权处置，你不服气？"

空心儿道："大师兄，这杨公子是我带来的，我也要将他带回去。你放开他。"

杜寅道："我要是不放呢？"

空心儿道："大师兄，我知道你高高在上，一向看不起我们这些师弟，尤其是我和马师兄，就是因为我们两个只是伙房的下人。可是今天是我们两个人把杨公子带来的，我们肯定得将他带走。你要是不依，那只能得罪了。"伸手去拉杨睿。

杜寅缠臂一绕，将空心儿反手扭住了臂膀，道："就凭你？"

空心儿疼得龇牙咧嘴，喊："马师兄，快来帮我！"

平日里众人都对杜寅言听计从，此时见他治得空心儿狼狈不堪，不由得哈哈大笑，站在一旁看笑话。

马相搏快步上前，出掌击向杜寅的肩头。

杜寅单手一挡，马相搏猛地身子前倾，另一只手急速出拳朝杜寅的小腹部击去，杜寅只得朝后一跃，顿时杨睿与空心儿被解救了出来。

杜寅一惊，道："你这是从哪里学来的功夫？"

原来刚才马相搏化解杜寅使用的一招，正是白虎门的绝学"啸天功"

里的一式"灵猢盗酒"。

只是看样子马相搏尚是初学，招法的运用还不纯熟，否则刚才他袭击杜寅小腹的一拳，对方势必躲闪不过去。

啸天功是白虎门的玄功，只有与掌教弟子级别相当的人才有资格修习，马相搏是伙房的一个烧火道童，他是从哪里学来的啸天功呢？

马相搏也不回答，径自拾起地上的竹筐，拉着空心儿就走。

杨睿也赶紧挑起两个空筐，跟着马相搏准备离去。

杜寅叫道："不许走！"拦住了杨睿等人的去路。

马相搏冷色道："大师兄，请你让开！"

杜寅道："你一个烧火的童子，偷学本门绝技，我要带你去见掌门。"他指着杨睿道："还有他，掌门有严训，外人不得进山，这样一个来历不明的人，怎么可以说走就走？"

第十一章　刺　伤

马相搏道："大师兄，你别欺人太甚。"避开杜寅，从他身边走过去。

杜寅在众公子面前哪里丢过这样的面子？他双手前探，抓住了马相搏肩头的担子，奋力一扯，将空竹筐扯下来，一脚踏散了，道："你太狂妄了吧？"

马相搏脸色涨得通红，道："你——你赔我的竹筐。"一掌击向杜寅。

杜寅本来可以避其锋芒，闪躲开去，但是他有意要在众公子面前露一手，便不避不让，而是直接出掌相迎，只听"啪"的一声响，二人掌力相交，均"噔噔"退了两步。

杜寅震惊了。他刚才的一掌虽然只使出了五成的功力，可是他本以为可以直接将马相搏震飞，哪知道不仅没震飞对方，自己反而被马相搏的掌力反弹得倒退了两步。

瞬间，杜寅脸色铁青，沉声道："再接我一招。"

只见杜寅身上的衣服立刻鼓荡了起来，可是空心儿知道，杜寅这是要发起凶狠的一击了，急忙叫道："马师兄小心！"

空心儿的话音刚落，杜寅已经凌空一掌击出。

马相搏并没有慌乱，他一把将身边的杨睿推开，侧身躲过了杜寅的一掌，顺手捡起地上的一把长剑，反手上挑，"刺"一声，剑刃划破了杜寅的衣袖。

杜寅大怒，也抓起地上的一把剑，与马相搏斗在了一起。

杨睿自忖自己的剑术在所有禁军中应该算是一流的，可是他刚看了杜寅与马相搏斗了几招之后，便暗自叹服。

杜寅剑招凌厉凶狠，招招欲取马相搏要害，而马相搏出招却显得沉稳，甚至有一些笨拙，却偏偏能在分毫之间将杜寅的招式化去。

杨睿不由得暗暗赞叹，心道："真是人不可貌相，这马相搏看似窝囊废一个，居然有这么好的身手。"

众人都在给杜寅加油，喊："大师兄加油！大师兄加油！"

逗喜在一旁急得直跺脚，叫道："别打了，别打了！"

杨睿也很着急，他催促空心儿道："这可怎么办呢？得赶紧想个办法，阻止他们再打下去了。"他说话间，杜寅与马相搏已经又斗了数招。

马相搏毕竟是一个火工，他身上的武艺仅是靠机缘巧合习来的数招而已，一时凭着勇猛无畏拼搏一下尚可。

时间一长，杜寅身上技艺的全面性与耐力终究凸显了出来，他"唰唰"几剑，逼得马相搏频频遇险。

杨睿再也不能袖手旁观，尽管他知道自己加入战团其实也起不了太大的作用。他拾起地上的一把剑，"叮"一下格开了杜寅刺向马相搏的一剑。

杜寅对马相搏的进攻虽然看似辛辣，可毕竟他们有同门之谊，可是他对杨睿的出招却是毫不留情。

仅三招一过，杨睿便感吃力，内心一乱，步法迟滞，被杜寅一剑刺中左臂，顿时鲜血长流。

逗喜见状又急又怒，它怪叫一声："你敢伤我的救命恩人？"闪电般扑上前去，出其不意一爪抓在了杜寅的面门上，渗出了三道血印。

杜寅怒喝："大胆孽畜！你找死！"剑光闪动，点刺正要窜后的逗喜。杜寅的这一剑，以气催招，剑气充盈，逗喜虽然行动迅捷，身子却被剑气裹挟住了，无法躲开。

就在这千钧一发之际，杨睿已经闪身挡在了逗喜的前面，只听"扑哧"一声，杜寅的长剑已经刺入了杨睿的胸膛，直透后背。

逗喜大骇，尖叫道："杀人啦！大师兄杀人啦！"

游云很快就知道了杨睿被杜寅刺伤的消息，当她听逗喜上气不接下气地跑去告诉她"杨公子死了"的时候，眼前一黑，差一点晕了过去。

杜寅的那一剑，直接洞穿了杨睿的胸膛。当时，把杜寅自己也吓了一跳，手足无措地撒开手中的剑，后退几步，脸色惨白，道："我——我不是故意的！"

一旁围观的众白虎门弟子也是惊愕了，均拢上来惶恐地看热闹，摇头道："没救了，没救了！"

空心儿和马相搏抢步上前，一把扶住摇摇欲倒的杨睿，急喊："杨公子！杨公子！"

杨睿并不感到特别地疼痛，只是脑袋一下子特别沉，特别沉，他在昏迷之际隐隐约约还听到空心儿和马相搏在呼喊着他的名字。

马相搏背起杨睿就跑，一路狂奔，朝一侧的山道上跑去。

空心儿紧随其后。

众人见杜寅闯下大祸，赶紧一哄而散，各自转身去了。

杜寅呆呆地站在原地，茫然失措，道："我不是故意的！我真的不是故意的！"

马相搏背着杨睿奔过一段山道，前面的路越来越陡峭，蜿蜒着通向后山。两旁的山间是稀疏的松林，马相搏背着杨睿朝林间奔去。

空心儿跟在他们的身后，只见一路上杨睿身上的鲜血汩汩往外冒，把马相搏的身上已经染红了，不断滴落在山道上。

再朝前去，进入一个山谷，两边绝壁高耸，岚雾飘飞，远远地听到前面的林间传来"笃笃"的砍伐声，伴随着一阵苍老的歌声飘来，只听他唱道：

> 半生落寞，一朝云起。
> 问江海流转，谁是中流？
> 谁是中流砥柱？
> 南北天地，东西乾坤。
> 看日月更迭，孰为黑白？
> 孰为黑白倒行？
> 金刚怒目，菩提灌顶，
> 善恶忠奸有你定？
> 古人言，
> 因有果，报有应；
> 曲直绕，是非明。
> 试语浮生若梦，
> 你来我往终有属，
> 凡间万物聚散神功不容情。
> 唯有知心与见性，
> 唯有知心与见性，它各按宿命。

歌声由远及近，似乎朝马相搏他们这边而来。

马相搏一身蛮力，情急之下更是不知疲倦，一口气背着杨睿到得此处，忽然听到远处山凹的林中传来的这歌声，内心一宽，却再也支撑不下去了，停了下来，急叫："师叔祖！师叔祖救命啊！"

第十二章　三　圣

一个樵夫模样的老者手里提着一把柴刀，一瘸一拐地走到了马相搏和空心儿的跟前，看了一眼马相搏背上的杨睿，惊诧道："这是怎么啦?"

空心儿朝跛老者扑通跪倒，哭道："师叔祖，求求你救救他！空心儿给你磕头了。"

跛老者凑上前，揭开了杨睿的胸口的衣裳，不禁微微一惊，伸出食指在杨睿的胸口点了几下，又抓住他的手按了一下，抓着杨睿的脚抚摸了一下，不悦道："哎呀，你们俩小子背一个死人来让我老人家看干吗啊?"

马相搏和空心儿大惊失色，赶紧将杨睿放下，看杨睿脸色惨白，双眼紧闭，已经没有了呼吸。

空心儿一下子瘫坐在了地上，号啕大哭，道："这下我该怎么向游云师姐交代啊? 呜呜!"

马相搏抬手擦擦满头的汗水，却不想他两只手上全沾着杨睿的血，顿时将他自己的脸上也涂得血红，他一脚踹翻了空心儿，骂道："叫你不听游云师姐的话，现在好了，她的朋友就这样送了性命，看你怎么交代?"

空心儿被马相搏踹得翻了几个跟头，爬起来，哭道："都怪我，我该死，马师兄，你也将我杀了吧，我不敢再见到游云师姐了。"

马相搏咬牙道："杀了你有什么用，杀了你杨公子也不能活过来，连师叔祖刚才都说他没办法把杨公子救活了。"

跛老者怪眼一翻，道："臭小子胡说八道，我老人家什么时候说过我没办法救了?"

马相搏疑惑地道:"师叔祖,你刚才明明说杨公子已经死了呀?"

跛老者没好气道:"我是说过他已经死了,但是死人难道就救不活了吗?"

马相搏和空心儿一听跛老者这么说,顿时转悲为喜,双双朝他磕头。

空心儿破涕为笑,道:"我就说嘛,师叔祖神通广大,这人世间根本就没有您老人家办不成的事情。"

跛老者不耐烦地摆摆手,道:"好了好了,你们两个小崽子也不用使劲拍我的马屁,这小子利刃穿胸透背,已经伤及内腑,我刚才已经封住了他的心俞、神门、巨阙三大护心穴道,又闭住了他的隐白穴,可以暂时保住他不咽气。但是要想救活他,光靠我一个人还是有点为难——"

空心儿急道:"师叔祖,你刚才不是说可以救的吗?那你不是吹牛吗?"

跛老者斥道:"他娘的,师叔祖我什么时候吹过牛?我老人家活这么一大把年纪,都还没有见过牛长什么模样呢。"

马相搏道:"师叔祖,那到底该怎么办?"

跛老者自言自语道:"还能怎么办?你们俩得赶紧抬着这半死不活的小子跟我走呀,唉,我老人家一向不求人的,看样子这次要拉下脸来请那瞎子和那聋子帮忙才行啊。"说着,转过身去,一摇一晃地走了。

马相搏一把抱起地上的杨睿赶紧跟上。

空心儿快步追上几步,赞道:"师叔祖,刚才你唱的是啥歌,怎么这么有味道呢?这词儿写得太有劲了。我一听就知道这次的词儿不是光亮师叔祖写的,他写不出来。"

跛老者嘿嘿一笑,傲然道:"他一个瞎子懂个屁啊?你们两个崽子不知道,'书生'两个字其实都是他自封的,我可没一天承认过他。"

空心儿嘻嘻笑,道:"嗯,我知道,白虎门上上下下谁不知道,咱们三个师叔祖之中,数你的本领最厉害。"

跛老者哈哈大笑,道:"哈哈哈哈,明明知道你小兔崽子在拍马屁,可我老人家就是喜欢听,这可真是一大快活之事,真他娘的没办法。"

......

跛老者带空心儿和马相搏快步过了松林，又迎来一片梅林。有六七间草庐，呈错落状掩映在梅林的深处，虽然是竹木结构再铺以山间的蒿草，却建得极为雅致，草庐前一池石潭，碧水清澈见底。

潭边的灰石上坐着一个白眉老人，正闭着眼睛在侧耳倾听着什么，他的手里握着一把碎石粒，看样子很是专注。

跛老者等走近，白眉老人扭过头来，慢条斯理地道："跛子，你带谁来了？"

空心儿和马相搏不敢作声，恭身站在一旁。这个白眉老人他们认识，此人正是"虎山三圣"的"盲书生"。

白虎山上有白虎门，白虎门中有"虎山三圣"，他们分别是：盲书生、聋琴师、跛樵夫。

"虎山三圣"在白虎门中，辈分极高，三人均年过百岁，是当今白虎门掌门人火坨坨的师叔，在白虎门中无人不知无人不晓，可是真正见过他们三人庐山真面目的人却少之又少，马相搏和空心儿除外。

——"虎山三圣"脾气古怪，但是三人毕竟要吃饭，马相搏与空心儿是伙房的道童，每天都会给这三位师叔祖送饭，遇到老人心情好的时候，老人还会让马相搏和空心儿帮他们挠痒痒。

空心儿年幼贪玩，可马相搏却已近成年，他有时候会投其所好，搏得老人的欢心，老人一高兴便传给他一招半式。

马相搏平时沉默寡言，除了劈柴做饭，便是醉心苦练，几年下来，竟也小有长进。此前他与白虎门掌教大弟子杜寅打斗，一开始攻了杜寅一个措手不及，便是如此。

跛樵夫赞道："瞎子，你真的让我刮目相看了，从今天开始，我服你了。"

盲书生用不屑一顾地道："你什么时候赢过了我？"

跛樵夫道："瞎子，七颗星，亮晶晶，君不现，天不明。"

盲书生愕然叫道："当真？"

跛樵夫道："这事我还能开玩笑？"

盲书生郑重其事地点点头，起身缓缓走了过来。抬头喊一声："聋子，快出来！来活了。"

跛樵夫道："你这样喊，他能听到吗？"

盲书生乐呵呵笑了，道："我就是要戏弄他一下。"

就在这时，一个声如洪钟的声音道："谁又在说我的坏话？"

第十三章　救　命

马相搏和空心儿循声看去，只见一个胖乎乎的红须老头，大腹便便从一侧庐轩内抱着一把短琴走了出来，正是"虎山三圣"之一的聋琴师。

"虎山三圣"接近通神，已经颠覆了人们的三观。

——跛樵夫腿脚不便，但翻山越岭，如履平地。

——盲书生双目失明，却能听书断字，高古斯文。

——聋琴师两只耳朵听不到一丝声响，完全失聪，反而声如洪钟，并调得一手绝妙的好琴。更甚者，他不仅会调琴，他更擅制琴，由他制的琴，形奇而音绝，无一不是绝品。

聋琴师走了上来，凑近看了看马相搏怀抱着的杨睿，当他看到杨睿祖露着的胸口伤势时，眉头微微一皱，摇摇头道："奇奇奇，难难难！"

聋琴师一连三个"难"字出口，空心儿和马相搏的心一下子凉了半截，相互你看看我，我看看你，不知如何是好。

就在这时，聋琴师左手执琴，右手微抬，五根手指猛地在琴弦上一拨，只听"铮"的一声雄浑的声响，犹如平地惊雷。

空心儿与马相搏顿时感到脑子一阵眩晕，差一点站立不稳。

聋琴师刚才的一拨，余音悠长，久久回荡，似乎穿透了云霄。

跛樵夫和盲书生惊讶地面面相觑，异口同声赞："聋子，没想到你的指派龙吟果然练成了，了不起！"

聋琴师歪过脖子来，眯着眼睛问："你们说什么？我听不见！"

跛樵夫在聋琴师的耳朵边大声道："聋子，你很棒！没想到你的指派龙吟神功果然练成了，你厉害！"说着朝他竖起了大拇指。

聋琴师哈哈大笑，道："这有什么稀奇呢？咱白虎门的先师不是创下了啸天功吗？火坨坨、花婆子他们这帮娃娃把它当作宝贝，以为是什么看家本领了，我偏偏要自创出指派龙吟大法。我要让他们看看，我聋子才是白虎门的擎天，我的指派龙吟大法不仅丝毫不逊色，还可以克制他们的啸天功，哈哈哈哈。"

原来，刚才聋琴师对着杨睿，在琴弦上那看似随手一拨，其实是通过琴音鼓荡，将他体内的一股混元罡气无障碍地注进了杨睿的五脏六腑之中，令杨睿的五脏六腑由于这股先天真元而得以保全。

"虎山三圣"让空心儿与马相博把杨睿抬进"三圣庐"内堂，将杨睿平放在一块青石台上。

跛樵夫和聋琴师看着盲书生道："瞎子，现在就看你的了。"

盲书生伏下身在杨睿的胸口、腹部仔细凝神静听，他表情一会儿担忧一会儿窃喜，而此时的杨睿依然一动不动，没有一丝活命的迹象。

跛樵夫道："喂，瞎子，你到底行不行啊？"

盲书生道："这小子内脏损伤严重，失血过多，已经元神衰竭了，虽然得到了你跛子的后天真气与聋子的混元罡气加以极力补救，可是这两股气在这小子的体内不能融合，相互掐架，其实说到底等于没补。"

聋琴师骂道："你这死瞎子在胡说八道什么？"

盲书生奇，道："咦，聋子，你听到我在说什么？"

聋琴师没好气地道："你又在说什么？我看你这样装模作样，到底行不行啊？"

盲书生："怎么不行？待我去取我的大王丹来。"忽然他朝内堂走去，刚走了几步，回头道："别跟来，要是被你们发现了我的大王丹藏在哪里，指不定哪天就要被你们偷光了。"说着进内堂去翻找了。

跛樵夫笑骂："就你瞎子的东西好？白送给我，我都不一定会要，不相信你就送一粒给我试试，看我要不要。"

空心儿和马相搏此时才内心大定，在他们眼中，"虎山三圣"犹如神一般存在，他们说杨睿能救，那他自然就死不了了。

跛樵夫轻唱道："南北天地，东西乾坤。看日月更迭，孰为黑白？孰为黑白倒行——"

聋琴师皱眉，道："跛子，能不能别唱了，这么烂的词，你还好意思唱出口？改天你请我老人家喝酒，我来帮你写一段，怎么样？"

跛樵夫大怒，道："好你个聋子，你到底是真聋还是假聋啊？我唱得好不好管你屁事？你不让我唱，我偏偏要唱。"

聋琴师侧耳过来，嘿嘿笑，道："你说什么？这么说你是同意了？"

空心儿和马相搏忍不住哈哈大笑了起来。

跛樵夫道："你们两个小娃娃还不赶紧回去？待在这里碍手碍脚的。"

马相搏和空心儿虽然很好奇，想看看"虎山三圣"到底是怎么让杨睿起死回生，但是跛樵夫既然这样说，他们两个人哪里敢不遵从？只得躬身退了，道："是，师叔祖！"

二人退出了三圣庐，却还是放心不下，久久不愿意离去，扒在庐外的竹窗口朝里面偷偷地观望。

只见盲书生从内堂走出来，手里捏着一粒鹅黄色的药丸，他将杨睿的嘴巴掰开，中指轻轻一弹，便将药丸送入了杨睿的腹中。

盲书生道："你们有没有闻到屋子里有什么异样？"

跛樵夫一愣，摇摇头，道："没有什么异样啊？怎么啦？"

盲书生微微一笑，道："跛子，你确定屋子里现在没异样吧？那你再稍等片刻，就知道分晓了。"

跛樵夫道："死瞎子，你葫芦里到底卖的是什么药？"

盲书生扬扬得意，道："本书生的独门秘方，岂是你这样的粗人能看出奇妙来？"

忽然，聋琴师用鼻子嗅了嗅，道："谁放了一个臭屁？"

盲书生喜，道："聋子闻到了，聋子闻到了！"

跛樵夫捂住了鼻子，道："呸呸呸，臭死了，瞎子，是你放的吧？"

盲书生哈哈大笑，道："活了，活了！"伸手指了指躺着的杨睿，道："我的大王丸起效果了，刚才这一股气是这小子排出来的。"

第十四章　鬼　梅

窗外的空心儿与马相搏闻言大喜，喊："师叔祖，你可真是活神仙啊！"

盲书生道："这小子目前是回阳了，但是会不会再死，我就不能打保票了。"

跛樵夫道："什么意思？这个世界上还有你救不活的人？"

盲书生道："他被利器伤及内脏，我的大王丸内的十一种活物已经在他的体内散发开去，逐一循迹进行了修复，但他失血过多，有衰竭之相，要想将他彻底从鬼门关上拉回来，必须再有一样东西才行啊。"

"什么东西？"跛樵夫问。

盲书生道："鬼梅。"

盲书生在"虎山三圣"之中是学问最高的一位，即使当年他们的师兄喜厌道人，在学识上对盲书生也都甘拜下风。

听他这么一说，跛樵夫心里咯噔一下，摇头自语道："哦，这事情倒真的有一些棘手了。"

趴在窗台上的空心儿与马相搏两颗本来已经放下的心，又悬了起来。

空心儿道："师叔祖，鬼梅是什么药材？怎么还把您三个老人家难倒了呢？"

聋琴师突然发声，道："你们是不是在说鬼梅的事情？"

马相搏大奇，道："师叔祖，你耳朵听不到，怎么知道他们说的是鬼梅？"

聋琴师自言自语道："万花丛中鬼梅开，奈何桥边魂自来。瞎子，这小子服下了你的大王丸，却还见你忧心忡忡，想必你是在说唯有鬼梅才能助你一臂之力了，我说的对吗？"

空心儿道："师叔祖！什么地方有鬼梅？"

跛樵夫道："咱们山里就有，只不过——嘿嘿——"苦笑不语。

马相搏道："师叔祖，我去找，只要你告诉我在哪里，我保证给您找来。"

跛樵夫看看马相搏，蔑视地道："就凭你？行，我告诉你，这世上只有白虎山有鬼梅，而整个白虎山只有含笑谷有一株，你敢去吗？"

马相搏失声惊道："含笑谷？那不是花婆婆那里吗？"

夜深了。白虎山上空浮起的月亮也渐渐偏西，山间萧风瑟瑟。

三圣庐四周一片静谧，空心儿与马相搏已经回伙房去了，因为他们要负责整个白虎门的吃饭问题，不能耽误。

"虎山三圣"也各自在自己的庐房内呼呼大睡，睡梦中，三人还在相互掐架，时而暴跳如雷，时而哈哈大笑。

杨睿一个人平躺在青石台上，气若游丝。

跛樵夫和聋琴师先后为他输入了真气护体续命，盲书生的"大王丸"内含十一种活体幼虫，每一种都是各自守护着五脏六腑的灵物，因此杨睿的命至此总算是保住了。

但是由于失血过多，杨睿体内已如烈日下干涸的枯塘，虽然还没有开裂，却已经见底了，现在它急需要来一场暴雨为之充盈。

血，至关重要的血。

白虎山上，有天下补血奇珍——鬼梅。鬼梅一年四季都开花，花瓣漆黑如墨，只要摘得几片服下，体内顿时血气盈荡，生机勃发。

关于鬼梅，普天之下知之者甚少。但是在几百年前的传说中，名头特别大，甚至于一度与"碧凌剑"齐名。传说是这样的：

——上古伏羲大神与碧凌神兽坐白虎山推演八卦，惊动亘古玉灵"天画"。

天画与碧凌、伏羲论道七七四十九个昼夜，达忘我之境，直至天画手中的一段精玉得日光月华化为一柄云龙纹神剑都浑然不知。

剑成之后，三者皆惊，均赞不绝口。

当时伏羲就将万物轮回运转之数注于其内；碧凌也把无坚不摧的金乌罡气注入其内；而天画则把天地日月的钟灵之气注入其内。

三者约定，此剑因具碧凌的镇妖荡魔神力，取名"碧凌剑"，又因是玉精而化，所以又称"碧凌玦"，非天下大乱之时不得现世，由此创立"白虎门"，将碧凌剑交其保管。

碧凌剑虽是神器，难免误伤无辜之人，于是碧凌取自己的一滴血，抛于地上，孕育出一株鬼梅，用于起死回生，救那些在碧凌剑下无辜丧命的人。

这就是鬼梅的来历。

数百年来，一株鬼梅静静地矗立在这料峭的苦寒之地，深山幽谷，然而，关于它的传奇则被白虎门先师代代以口相传。

鬼梅，曾经一度被当成白虎门的圣物而存在于白虎山含笑谷。

二十年前，白虎门发生了一件大事，让整个白虎山笼罩在了一片血腥之中，极其惨烈。

事件过后，白虎门当时唯一的女弟子，也就是白虎门掌门人火坨坨的师妹花千千便独占了含笑谷，任何人不得靠近，否则会遭来杀身之祸。

当年，花千千伤心欲绝，她独占了含笑谷之后，差一点在冲动之下毁了鬼梅。

据说，当时花千千已经准备动手了，可就在她举起手来的时候，突然碧凌显灵，花千千的面前骤然出现了一道虹光，将鬼梅护住。

花千千被这道虹光一下子震住了，说来也奇怪，虹光过后，她那原本秀丽的容颜瞬间变得苍老丑陋，一头青丝也成了银发。

这是碧凌神兽对她欲毁掉鬼梅而施以的惩罚，冲动的惩罚。

从此以后，世上再也没有了花千千，却多了一个性格怪异的花婆婆。

……

游云来了。她趁着月色迷蒙之时，悄悄来到了三圣庐。

杨睿紧闭着的双眼和惨白的脸庞让她心痛不已。当游云从逗喜的口中得知"杨睿被杜寅刺死"的消息后，差一点晕了过去。

逗喜告诉游云："流了很多血。很多，很多！已经快不行了。"

游云的脑子里立即想到了鬼梅。

她是花婆婆唯一的弟子，当然知道鬼梅对于起死回生的神奇功效——但她却不动声色。

游云是弃婴，她是花婆婆一手养大的，当然知道师傅的脾气。要想顺利偷得鬼梅，绝对不能让师傅花婆婆看出一丝一毫的破绽。

游云打发走了逗喜，便守在花婆婆身边，一切是那么的平静、有序，焚香、打坐、与师傅喂招，帮师傅煮茶、烹羹，陪师傅侍寝，所有功课结束之后，得师傅允许，她退出了师傅的房间。

在花婆婆的眼中，游云从小就是一个懂事、乖巧、听话的好孩子。游云没有引起师傅的丝毫怀疑。她非常顺利地摘得了三片鬼梅的花瓣，将它们揣入自己贴身的胸兜里，又重新折回了师傅的房间，见花婆婆鼾声匀称，睡得正香，这才悄悄离开了含笑谷。

第十五章　醒　来

　　一路上游云疾步如飞，内心祈祷杨睿能再坚持一会。她已经知道杨睿被空心儿、马相搏送来了三圣庐，她现在要做的就是赶紧将鬼梅花瓣送到杨睿的身边。

　　此时，游云已经到了杨睿的身边，她的一颗心终于放下了。

　　游云将鬼梅花瓣从胸兜里取出来，花瓣上还留有她的体香，赶紧送入杨睿的腹中。

　　转瞬间，杨睿的脸色由白变红，一下子润泽了起来。

　　对于鬼梅的功效，其实一直存在于传说之中，此时游云亲眼所见，不禁又惊又喜，如此神效，简直让她目瞪口呆，颤声道："杨公子！杨公子！"

　　杨睿原本昏迷，突然他浑浑噩噩间，感觉到体内似乎有一股洪流生起，四处奔腾澎湃。

　　他仿佛看到了自己站在奔涌的黄河边，目睹对岸有一个蓝衣少女迎风而立，正是在青羊驿救自己的那一位，不由朝她大喊："喂，姑娘，我在这里！我来还你的马了！"

　　游云一愣，随即内心大喜，欣慰地想："杨公子真的是一个守信之人，都伤成这样了，还想着要去还人家的马。"想到这里，她不由得芳心大动，见四下无人，想亲他一口。

　　游云左顾右盼，倾身下去，想在杨睿的脸上亲吻一口，可是当她快要凑到杨睿的脸颊时，内心大臊，很是害羞。

　　游云便伸出了兰花般的手指，轻轻抚摸了一下杨睿的额头，痴痴道："杨公子！你多保重！我得赶紧回去了，要不然被师傅发现就糟了。"说完，转身离去。

杨睿迷迷糊糊道："别——别走！"

游云知道杨睿还在梦境之中没有醒来，便顾不得留恋他，急匆匆而去。她此时内心大慰，知道杨睿已经活了下来，伤愈康复只是个时间问题。

杨睿置身"虎山三圣"这里，安全毋庸置疑，天底下还有谁能在"虎山三圣"眼皮底下伤害到他？不可能，绝不可能！

因此，游云趁天色还没有亮，便放心地回去了。

此时的游云并不知道，等待她的将是师傅极其毒辣的惩罚，

——因为，正是她救人心切，偷摘鬼梅之举，把师傅花婆婆一辈子最大的心愿给毁灭了，用花婆婆自己的话说："我这一辈子真的如花一般，就这样谢了！"

游云施展轻身之术赶回含笑谷的时候，天刚放亮。她蹑手蹑脚来到了自己的石屋，可是，游云脚一踏进去，立即呆住了——

师傅花婆婆正盘腿闭目坐在她的石床上。

游云大惊失色，道："师、师傅？"

花婆婆依然没有睁开眼睛，但是游云能感觉到她内心的狂涛怒火。花婆婆道："你为什么要这么做？"

游云愕然，不敢看花婆婆，低头道："师——师傅！你说什么？我——我听不懂。啊！"

花婆婆不等游云说完，身体腾空一晃，已经到了游云的面前，手掌微动，"啪"的一下重重地抽了游云一耳光，低声喝道："你好大的胆子！"

游云极度恐惧，她心知自己盗摘鬼梅一事已经被师傅发现了，再也不能隐瞒，否则会引起师傅更大的怒火。

立即扑通一下跪倒，脸色发白，哭泣道："师傅，你饶了我这一次吧！那杨公子对徒儿有救命之恩，要不是他，徒儿早就在望月山中，命丧那七夺妖魔之口了。"

花婆婆面无表情，气极发抖，道："小云，你可知道？你把师傅这辈子给毁了。"

游云大疑，支支吾吾道："师傅，鬼梅虽然是圣物，可它毕竟是花草，徒儿摘了几瓣，也不至于毁了师傅的一辈子呀。"

花婆婆不理游云的问话，仰面朝天，凄惨道："天意！一切都是天意！真的是天意！哈哈哈哈——"悲怒之下，她居然发出了癫狂般的大笑，笑着笑着，两行浑浊的眼泪滚落出了眼眶。

眼泪里竟然夹杂了丝丝的血痕。

……

54

东方的朝霞蒸腾而起，白虎山深处传来了"咕咕"的鸟鸣声。

杨睿昏昏沉沉坐了起来，扭头看看四周，黑漆漆的，四下里搜寻，见头顶上方有一丝光挤进来，他走过去，抬手去推，使劲推了几下，"咣啷"一声，将上面的一块木板推开，原来自己置身在一处地窖里。

爬出了地窖，杨睿来到了一庐内，见竹椅石桌、陶制的茶盏、泥糊的火炉，一应俱全。

杨睿自言自语道："我这是在哪里？"忽然感觉胸口隐隐作痛，便想起了昨天与杜寅相斗的一幕，心道："我还活着？到底是谁救了我？怎么此地一个人都没有呢？"

走出庐来，杨睿四下里寻了一遍，整个一片草庐，空无一人。忽然内心"哎呀"一声，心里暗暗叫苦："这是哪里？看这山形地貌，应该还是在白虎山中。

哎呀，我的马还系在那片松林里呢，要是马丢了，以后可怎么向人家交代？"他心里的那个"人家"，指的当然就是在青羊驿救他脱险的那个蓝衣少女了。

在山间漫无目的地走了半天，越走越陌生，杨睿知道自己已经迷路了。

这白虎山他是第一次进来，又经历了昨天的一击，晕晕乎乎的竟然找不到空心儿他们所在的伙房了，只见山中景致都大同小异，一时之间无法分辨东南西北。

杨睿边走边沉吟，到处张望，沿着山道一路晃晃悠悠，不知不觉已经出了山谷，来到了一处赤红的峭壁之下，峭壁下有一大空洞，里面正冒出丝丝白烟。

杨睿大喜，心道："有烟必有人。这下可见着人了，只要向他们打听，一定可以找到空心儿他们了。"想到这里，便赶紧走了过去。

这一面峭壁奇大无比，整个山崖呈赤红色，十分耀眼。

杨睿走近，山崖下堆满了各种各样的伐木，有一个可容纳一头牛进出的洞口，纵向朝山腹里伸去，袅袅白色烟雾飘出来，还有阵阵暖意，原来是一个秃顶老者在里面烧炭。

秃顶老者坐在泥灶前的炉膛边聚精会神地添着柴，他的脸被炉膛的火光映得通红。

杨睿走到洞口，躬身道："老人家，打扰了。"

老者回过头来，问道："你是何人？怎么跑到这深山野地里来了？"

杨睿惨然一笑，道："唉，一言难尽。老人家，你一个人在这山中烧炭？可真的不易。"

老者继续埋头添着柴，道："我一个烧炭的，有什么易不易的？你是迷路了吧？这大山里可有不少毒虫猛兽，你可要小心了。"

杨睿道："老人家，你可有吃的？能不能赏我一口？"

老者从炉灶边的一个小筐里，顺手拿出了一个馒头，递给杨睿，道："拿去吃吧。"

杨睿一见，失声道："这——这不是空心儿和马相搏他们伙房蒸的馒头吗？你——你是白虎门的人？"

老者打量了一眼杨睿，道："你认识他们两个娃娃？"

杨睿不清楚眼前的这个老者是什么人物，是不是跟杜寅他们是一伙的，道："我——我吃过他们做的馒头。"

老者哈哈大笑，起身道："他们做的馒头怎么样？"走近杨睿，突然一拳朝杨睿的面门击过来。

第十六章　掌　门

杨睿一惊，闪身避过，道："老人家，你——"

老者停下手，道："你有伤在身？"

杨睿一凛，道："老丈好眼力！在下确实才大伤初愈，请问你是——"

老者道："山野匹夫，无名无姓。你既然来到老汉的窑边，想必咱俩有缘，来，陪我老汉去喝一盏如何？"

杨睿内心摸不清这老者的底细，心想："鬼门关我都闯了一回，还怕什么呢？"便道："感谢老丈盛情，那我就恭敬不如从命了。"

杨睿随秃顶老者来到旁边的一处石窟，石窟不深，里面吃饭睡觉的地方一应俱全，一块大磐石上有酒有肉，很是丰盛。

杨睿心道："这老丈是什么人？怎么一个人在山中烧炭还有如此讲究的住所？"

老者把盏摆好，酒倒满，让杨睿坐下，道："听公子口音，似乎是关内来的？"

杨睿道："老丈明见，我来自望月山，途经宝山，打扰老丈了！"

老者听到"望月山"三字，不由得一愣，道："望月山远在数百里之外，你怎么会来到这里？"

杨睿苦笑道："不瞒老丈说，在下身负通缉罪名，无处藏身，正想去摘星关投奔故人。"

老者执盏，道："来来来，边说边聊。公子请！"

杨睿腹中空空，早已饥肠辘辘，一饮而尽。

老者一边喝酒，一边静静地听着杨睿的叙述，时而皱眉，时而长叹，但是他却始终未发一言。

杨睿虽然感到眼前的这个老者颇有神秘，可他从老者的言谈举止之间看出其并无恶意。

于是将自己是何人之子，如何陪国王打猎，如何斩杀黑蟒，王城如何天降血雨，刺客是如何而来，又是如何被放跑，自己的父亲杨继善又是如何获罪，自己又是如何逃脱，以至于如何遇到游云，又如何到了这白虎山，如何又为杜寅所伤、差一点送命都一一说了出来。

老者越听越惊，道："没想到你是杨继善的儿子。"

杨睿道："老丈，你认得我父亲？"

老者不答，问："后来呢？"

杨睿道："我也不知道，就迷迷糊糊地来到这里，遇到了老丈。"

老者一阵沉默，独自饮了一盏，叹道："唉，原来是这样。你暂时不要离开，先在此养伤，等伤好了再做打算吧。"

杨睿道："谢谢老丈！可是我要去寻空心儿他们，要不然他们会着急的。"

老者呵呵笑，道："不急不急。明日空心儿便会来此送饭，你就可以见到他了。"

杨睿大喜，道："真的啊？那太好了。"

这一日，杨睿就在老者的石窟与他对饮相叙，转眼日近黄昏。

石窟外西边的群山顶峰余晖披散，暗红色的大太阳沉沉而坠入了山的那一边，周遭的一切又随之黯淡下来。

杨睿本来不胜酒力，今天陪了老者喝得有点多，晕晕乎乎。

老者便将杨睿安顿在石窟内的土榻上休息，他自己则去烧炭的窑口洞中查看火候。

杨睿昏昏沉沉一觉睡去，进入了梦乡。

梦中，他一会见到父亲杨继善在狱中哀号；又见到自己被斑狱司的高手追杀，到处逃窜；他又梦到了那个蓝衣少女，正与她纵马驰骋。

他还梦到望月山中被他斩杀的那条黑蟒，张牙舞爪地朝他索命而来。黑蟒的口中喷出一团团烟雾，烟雾散去，却见一处浩渺的黑水，水的中央有一座诡异奇谲的山峰。又见天际电闪雷鸣，山峰在黑水滔天下，摇摇欲坠。

杨睿从梦中惊醒，却隐隐听到石窟外有打斗声。他一惊，急忙起身，悄悄出了石窟，朝发出打斗声的地方摸去。

借着月光，杨睿看到前面不远处的一棵大松树下，秃顶老者正在空手与一执短剑的黑衣女子相斗。

杨睿不敢走近，远远地躲在一棵大树后面窥视着，屏住呼吸，心道："看这黑衣女子的身形步法怎么这么眼熟呢？"

杨睿再仔细看了他们斗了三四招，突然内心一阵明朗，差一点失声叫了出来："啊？原来是她？"

——前面月下与秃顶老者相斗的这个黑衣女子，正是前些日子夜闯王宫行刺、被自己放跑的那个女刺客琥珀。

月光下，琥珀招招夺命，却被秃顶老者凭借着大开大合的徒手招式而化解，伤不到他丝毫。

秃顶老者边接琥珀的剑招，边喝道："你再不自报家门，就不要怪我老头子不客气了。"

琥珀娇叱道："你休管本姑娘的事。这杨睿到底跟你是什么关系？你竟然要这样护着他？"

秃顶老者道："你无缘无故来我白虎门杀人，还让我不要管？天底下还有这样的道理？"说话间，单掌一旋，掌心突然有一团火红气球生起，秃顶老者叫一声："着！"那团火球飞出，结结实实地击中了琥珀的胸口。

琥珀"哎哟"一声闷叫，手里的短剑脱手而飞，身子倒地，一张口，吐出了一口鲜血。

秃顶老者踏步上前，喝道："没想到你小小年纪竟如此狠毒，居然在兵刃上喂了毒，要不是我发现得快，及时阻止，恐怕这姓杨的早就到阎王爷那里报到去了。"

琥珀又"哇"的一声，吐出了一口血，道："糟老头，你到底是什么人？"

秃顶老者不答，却问："你的招数怪异，不像是正宗的武艺，看你那支镖上的毒，好像是来自异域的魔教？你的主人是不是姓祝？"

琥珀一愣，脱口而出："你怎么知道的？"

秃顶老者惊讶地道："你主人真的姓祝？"

琥珀挣扎着爬起来，道："你又是谁？"

秃顶老者"嘿嘿"一笑，道："既然你是祝亥的手下，那我就不能放你走了。老汉我有很多事情倒要向你请教。"说着，他一探手，抓住了琥珀的肩头，一把将她提了起来，扭头道："小子，你出来吧！"

杨睿知道自己已经被秃顶老者发现了，便走了出来，道："老丈，这个人我认识！"他走近前，责问琥珀道："原来又是你？我到底什么地方得罪了你？你怎么几次三番要杀我？"

琥珀惨然道："杨睿，我两次都没能杀了你，确实是你命不该绝。算了，是我倒霉，两次都阴差阳错地失手了。但是我问你，要是没有别人相助，你能活吗？"

杨睿坦然道："不错，你的本领远高于我，若单打独斗，十个杨睿也不是你的对手。"

琥珀向秃顶老者道："糟老头子，你到底是什么人？也好让我输得心服口服，即使要死，我也要死个明白。"

秃顶老者道："你主人既然姓祝，他让你来白虎山杀人，难道就没告诉过你白虎门的当家人是谁？"

琥珀狐疑地看着秃顶老者，惊道："你是——火坨坨？"

老者淡淡一笑，道："唉，二十年过去了，看来你家主人对老汉我还是念念不忘啊？不错，老汉正是火坨坨。白虎门的掌门。"

杨睿大惊，道："老丈，你真的是白虎门的掌门人？可是你怎么在这里烧炭呢？"

火坨坨斜眼白了一下杨睿，道："火坨坨不烧炭，那还叫火坨坨吗？"说着哈哈大笑，浑然没把琥珀放在眼里，似乎忘却了刚才他们之间的打斗。

琥珀突然又是一口鲜血狂喷而出，身子一下子疲软了下来。

不知道乌云什么时候已经遮住了月亮，大地一下子陷入了昏暗的混沌之中。

第十七章　跪　求

琥珀受火坨坨一击，不足以致命。现在她的伤势令火坨坨疑惑不解。

火坨坨和杨睿把表情痛苦、双目紧闭的琥珀弄到石窟内的土榻上，解开她的衣襟，露出了里面粉红色的胸衣。

琥珀大羞，挣扎道："你——你想干什么？"

火坨坨怒道："你以为我想救你啊？可是我不能让你这臭丫头不明不白地死在我这里呀。"

琥珀惨白的脸色，豆大的汗珠直冒，苦笑道："别白费力气了，没用的。"

杨睿小心翼翼凑上前去，道："你就听老丈的话吧，人家是一代宗师，难道还会占你便宜不成？"

琥珀大急，道："你赶紧走开！不然我咬舌自尽。"

杨睿伸了伸舌头，道："别这么紧张嘛，保命要紧啊。我才不稀罕看你的肚兜呢，不就是一块粉色的花布吗？"说着后退了几步。

琥珀气极，又羞又怒，却无能为力，不禁紧闭双眼，眼泪又流了出来。

火坨坨揭开琥珀的肚兜,只见她的小腹上部有三点黑炭般的疮口,排列整齐,呈犄角形状,隐隐有黑血渗出。

火坨坨脸色凝重,对杨睿道:"你把她扶起来。"

杨睿依言上前,将琥珀的身体托起,倚靠在自己的肩上。

火坨坨掀开琥珀肩头的黑衣,见她右肩下有一处乌青的小疱,有一粒红豆大小,如婴儿张开的小嘴一般,整个肩背上,白嫩的肌肤表皮下有无数的血虫在蠕动,非常恶心瘆人。

火坨坨一惊,喃喃自语道:"果然如此!"

杨睿不解,道:"老丈,怎么啦?"

火坨坨道:"她中的是七夺教的三足飞龙蛊,凡是中此蛊者,必须施毒之人亲自破解,否则神仙难救。"

杨睿道:"七夺教?三足飞龙蛊?这到底是怎么回事?"

火坨坨不答,突然出指如飞,一道蓝光透出他的指尖,在琥珀的肩头小疱四周画了一个圆圈,琥珀细嫩光洁的肌肤上顿时生出了一道蓝色的光环。

琥珀发出"啊"的一声轻喊,晕了过去。

杨睿惊道:"老丈,你这是——"

火坨坨道:"这三足飞龙蛊着实是险恶无比,我不能为她彻底清除蛊毒,只能先封住她的蛊口,让她体内的蛊虫暂时处于休眠状态,不至于继续蚕食她的内脏。"

杨睿"啊"了一声,道:"这三足飞龙蛊这么厉害?"

火坨坨长叹一声,道:"唉,看来,天下从此将会有一场劫难要发生了。"说着,他让杨睿把琥珀的身体放平,道:"你去休息吧。"

杨睿道:"那她怎么办?"

火坨坨道:"让她睡一会。现在她体内的蛊虫被我封住了,也好让她减轻一些痛苦。"

杨睿道："老丈，你刚才说什么七夺教？难道她是七夺教的人？可是我跟七夺教的人无冤无仇，她为什么要两次追杀我呢？"

火坨坨打了一个哈欠，道："先去睡吧！我困了。"说完，自顾走出了石窟，杨睿也只得跟着出去了。

第二天清晨醒来，杨睿却见石窟内只有火坨坨一人在擦拭土榻上的血迹，好像是琥珀半夜时刻又吐出来的污血。

杨睿问道："老丈，那琥珀呢？"

火坨坨平静地道："她走了，应该是半夜走的。"

杨睿道："那她的伤——"

火坨坨打断他的话，道："你不用为她担心，昨天晚上是她受了我的一掌，把她体内的蛊虫给震醒了，才导致了蛊毒发作，现在她体内的蛊虫已经被我封住了，短时间内不会再发作的。"

杨睿吁了一口气，道："哦，那就好！"

火坨坨斜眼看着杨睿，道："没想到你这小子还是个情种，人家都要杀你了，你还这么关心她的生死？"

杨睿脸上一红，道："我只是不明白，我跟她无冤无仇，她为什么屡次三番要置我于死地？"

火坨坨道："先去吃东西吧，那小鬼应该送吃的来了。"

杨睿跟着火坨坨来到原先烧炭的窑洞口，果然见空心儿在那里，正拎着一小竹篮馒头在东张西望。

空心儿见到杨睿，不由大喜，道："杨公子，你怎么在这里？你身上的伤好了吗？"

杨睿道："空心儿，是你救了我？"

空心儿道："我哪里有那么大的本事？是师叔祖他们三个救了你的性命。"

杨睿不解，道："师叔祖？我怎么一点都不知道？"

空心儿道："你当时伤得那么重，都已经昏死过去了，当然不知道呀。"

火坨坨对杨睿道："也算是你命大吧，你能得到咱们'虎山三圣'施救，就是天大的造化了。只是，花婆婆这次肯把她的宝贝鬼梅，拿出来救你的命，还真是我万万没有想到的。"

杨睿道："什么鬼梅？我不知道啊。"

火坨坨道："你这次的伤，要是没有服用鬼梅，嘿嘿，即使'虎山三圣'出手，也未必能将你从鬼门关里拉回来。"

杨睿摸摸头，道："我什么都不记得了。"

空心儿苦着脸道："刚才我来之前，逗喜跑去找我了，说游云师姐——她——"

杨睿道："她怎么啦？"

空心儿道："逗喜说，游云师姐为了救你，私自偷了师叔花婆婆的鬼梅，已经被她师傅给发现了，听说要对她惩罚，让她受盖天之刑呢。"

火坨坨一愣，道："唉，我这个师妹性情越来越古怪，既然她说得出，就一定做得到。游云这孩子是我看着长大的，这将如何是好？"

杨睿见火坨坨都似乎无能为力，不禁为游云担忧，道："老丈，你是白虎门的掌门，难道就不能救得云儿吗？什么叫盖天之刑？"

火坨坨道："盖天之刑就是将她的皮剥下来，人却死不了，等身上的创口结痂之后，浑身上下肌肤如麻石一般，形同怪物。"

杨睿大惊失色，道："啊？这么残忍？老丈，你得想办法救救云儿啊！"说完，扑通一声朝火坨坨跪倒就拜。

第十八章　代　罚

火坨坨烦躁道："起来起来，你这小子这样求我又有何用？我虽为一派掌门，可是——可是——唉，跟你说了也没用。"

杨睿急道:"空心儿,你告诉我,那花婆婆现在在哪里?你马上带我去求她。"

空心儿吓了一跳,连连摆手,道:"不不,我可不敢带你去见她。"

杨睿"呼"的一下站了起来,道:"掌门,你难道真的见死不救?"

火坨坨道:"我不是跟你说了吗?她死不了。"

杨睿大急,大声道:"虽然死不了,可是这样不比死更难受吗?"转向空心儿道:"你刚才不是说有什么'虎山三圣'吗?你快带我去找他们。他们既然能救得了我的性命,应该也是本领非凡之人,掌门既然不肯出手相救,那我去求他们。"

空心儿为难地道:"你别去了。马师兄已经去找过他们了,三位师叔祖不在三圣庐,一起全部失踪了。"

火坨坨一惊,道:"你说什么?三圣一起失踪了?"

空心儿点头道:"嗯,回禀掌门,三位师叔祖都不知去向,大师兄已经带着其他师兄弟去搜寻了。"

火坨坨眉头紧锁,道:"这好生奇怪,他们三位老人家能去哪里呢?杜寅这大师兄是怎么当的?发生了这么大的事情,都不来向我禀报。"

空心儿平时就看不惯杜寅高高在上的派头,趁机道:"掌门,大师兄平时也经常去三圣庐,服侍三位师叔祖的。可能他知道他们三个老人家,平时喜欢去哪里玩呢,就先没来向你禀告吧。"

火坨坨愣了一下,道:"你说杜寅平时经常去三圣庐?"

空心儿故意假装思索,道:"是啊,好像大师兄说过,师叔祖最新创出了什么指派龙吟大法,正好是咱们白虎门啸天功的克星。其实,啸天功这样的绝技,哪里还有什么克星呢,都是他自己胡思乱想罢了。"

火坨坨心头大怒,道:"杜寅真的这样说的?"

空心儿胆怯地道:"掌门,你可就当我没说,可能是我记错了吧,也许是我听别的师兄弟说的,也说不准。反正他每次从三圣庐回来之后,都跟其他师兄弟一起眉飞色舞呢,大家都很羡慕他。"

杜寅是火坨坨的嫡传大弟子，火坨坨平时将门内的事务交由他来打理，原本是想让他继承衣钵的。

谁知道杜寅利用三圣性格单纯，居然暗自哄骗三圣，私下偷艺，不禁心道："杜寅啊杜寅，今天要不是空心儿无意间说漏了嘴，我还被你蒙在了鼓里。"抓起空心儿竹篮里的一个馒头，狠咬了一口，拉着杨睿道："走，我带你去见花婆婆。"

杨睿喜色道："掌门，你肯帮云儿了？"

火坨坨傲然道："三圣确实是白虎门的名宿大神，但是我身为白虎门的掌门，威信也未必比三圣低到哪里去。"

空心儿欢呼雀跃，道："也带上我一起呗！有掌门在，我就不怕花婆婆了。"

······

下雨了，起初是细雨，不一会工夫，雨越下越大。

含笑谷在两面悬崖的中间，由高低不一的石峰组成，整个山谷被万千化草覆盖，远远就能闻到一股花香。

其间，一处低洼处筑有篱笆矮墙，墙内有石头垒起的几间屋舍，虽然粗陋，却依山势而建，显得很是别致。

墙外，雨幕中，跪着一个人，正在叫喊着："花师叔！求你开恩，让我进去吧！花师叔！求你开恩，让我进去吧！"

杨睿等三人老远就听到了那人的喊叫声。

空心儿脱口而出："马师兄？"

杨睿和火坨坨相互望了一眼，异口同声道："他来这里干什么？"三人先隐身在一块离他几步之遥的崖石后探视着。

含笑谷篱笆墙外雨幕中，跪着的那个人正是马相搏。雨水已经完全将他身上的衣服湿透，他叫道："花师叔！你开开恩，让我进去吧！"

只听得从篱笆墙内的石屋内，传出来一个娇柔绵软女人的声音，道："你愿意跪，就一直跪着吧，只是别再乱喊乱叫的，你要是再胡乱叫喊，我就把你的舌头割下来。"

马相搏叫："花师叔，只要你能饶了游云师姐这一回，别说割舌头，我马相搏的命都是你的，你现在就拿去吧！"

篱笆墙内一团红云般掠出来一个人，骤然停在了马相搏的跟前，斥道："臭小子，你真的不怕死？"

杨睿闻言大骇，差一点惊得叫出声来——此人声音极其酥软动听，哪怕刚才这句发怒的责问，也非常悦耳。

可是她的长相却令人看了不寒而栗，满脸的鸡皮，尖尖的下巴几乎垂了下来，两只眼睛深陷，却发着逼人的寒光，正盯着跪在她面前的马相搏，原来此人就是令空心儿谈之色变的花婆婆。

花婆婆微微倾下身去，讥讽地道："你一个伙房的臭小子，在白虎门中连个辈分都排不上，不会是看中了游云这死妮子了吧？"

马相搏挺直了腰杆，正视着花婆婆，道："花师叔！只要你能饶了游云师姐这一回，我马相搏这辈子给你做牛做马，赴汤蹈火——"

他话还没有说完，被花婆婆狠抽了一记耳光，只听她骂道："呸，你是什么东西？敢给我做牛做马？我此生最恨的就是你们男人，尤其是白虎门的这些臭男人。"

就在此时，篱笆墙内传来游云的声音，她道："姓马的，你赶紧滚，别在这里自作多情，我不会记你的好。快滚！"

花婆婆道："听到没有？你为人家求情，人家根本眼中就没有你。还在这里杵着干什么？难道真的逼我动手杀人？"

马相搏大声道："花师叔！你大发慈悲，饶了游云师姐吧！"

花婆婆忽然仰天大笑起来，一道闪电亮起，映在她恐怖的脸上，再配以她桀桀的笑声，异常瘆人，她道："大发慈悲？你们白虎门的人还知道'慈悲'二字？嘿嘿，嘿嘿嘿！"

马相搏道："花师叔！难道你不是白虎门的前辈吗？"

花婆婆一愣，"嘿嘿"又干笑了两声，道："我是白虎门的人？我是白虎门的人？哈哈哈哈，小子，本来我花婆婆念你年幼无知，不想伤你性命，可是现在我改变主意了，你不是要替游云受罚吗？好，那你随我进去吧！"她说着，转身进了篱笆墙。

马相搏喜色站起，道："多谢花师叔成全！"快步跟了上去。

第十九章　奇　谷

大雨滂沱，整个含笑谷一片迷蒙，除了雨声，世界似乎一切都静止了。

杨睿、空心儿随着火坨坨，悄悄地紧跟在马相搏的身后，也潜了进去。

进得含笑谷，杨睿心中暗惊，见谷内两边山势雄伟，谷底却是曲径通幽，四处分布着各种各样的花圃。

杨睿从小在王宫长大，所见过的奇花异卉，应该说也不计其数。可是此时他置身含笑谷，眼前的花草极其陌生，除了几株枯萎的菊花外，其他的奇葩竟然一株也不认识。

花婆婆和马相搏走在前面，拐进了一处由藤萝自然搭建起来的廊道，朝一竹屋去了。

火坨坨压声道："千万要小心，别被她发现了。"

杨睿心下大是疑惑，心道："这火坨坨也忒窝囊了吧？自己好歹也是白虎门的掌门，居然这么害怕自己的师妹？"

火坨坨等三人放轻了脚步，随着花婆婆他们进入了竹屋，躲在了一处窗棂下窥视着。

外面大雨滂沱，天气阴沉，竹屋内的中间生了一盘炭火，正燃着通红的火焰，也将整个屋子映得幽森诡异。

花婆婆将马相搏带了进去，马相搏手足无措地站在了炭火边，道："花师叔，我游云师姐呢？"

游云缓缓从内屋走了出来，牛气冲天地道："你来干什么？还不赶紧滚？我不想看到你！"

花婆婆"嘿嘿"一笑，道："滚？现在已经来不及了。"

游云道："师傅，这姓马的小子他想替我代罪，可是徒儿对他从来没有丝毫情谊，你让他赶紧走，以免传出去让人家笑话师傅以大欺小。"

花婆婆森然道："以大欺小？我花婆婆这一生，被别人笑话得还少吗？他不是要替你受刑吗？可以，我这就成全他。"

游云惨然道："师傅，此事与他无关，我做错了事情，干吗要让他来替我受罚受罪呢？"转头对马相搏道："你这又何苦呢？"

马相搏满脸欢喜，道："师姐，你没事就太好了。"

游云是聪敏之人，马相搏虽然平时不善言辞，可是他对游云的爱慕之情，她又怎么体会不到？可是自己一直跟随师傅花婆婆学艺修行，无心揣摩爱恋之事。

此时她见马相搏甘愿为自己受盖天之刑，内心愧疚不已，刚才出言恶毒，意在轰走马相搏，可是没想到他还是随花婆婆进来了。

就在这时，忽然从里屋传来了一个苍老的声音："喂，小花，你现在越来越不像话了，怎么连你师叔都敢劫啊？快快放了我们！"

火坨坨一听，大惊，心道："怎么三圣也在这里？"

——原来刚才从里面传出的这个声音，正是出自虎山三圣之一的跛樵夫。

马相搏听到里屋的说话声，又惊又喜，脱口而出："师叔祖？怎么你们也在这里？"

只听里屋"咕噜噜"一阵轻微的轮子响动，一辆松树制成的四轮木车由里而外自行滑了出来，车上坐着三个歪头斜脑的老人，正是"虎山三圣"。

空心儿在窗外失声轻道："啊？是师叔祖他们？"

火坨坨赶紧捂上了他的嘴巴。

"虎山三圣"看上去似乎迷迷糊糊的，耷拉着脑袋，无精打采。

马相搏惊道："师叔祖，大师兄他们到处在找你们，原来你们在这里？"

盲书生道："是小马吗？快，快去告诉小火，让他来救我们。我们三个都被这死丫头给绑架了。"

马相搏一愕，道："绑架？师叔祖，谁是小火啊？"

盲书生不耐烦道："咱们白虎山有几个小火？就是你们的掌门火坨坨咯。唉，你这么笨，难怪为了一个黄毛丫头连命都可以不要。"

空心儿在窗外听到盲书生叫火坨坨作"小火"，再也忍不住哈哈大笑起来。

花婆婆似乎不奇怪，只是冷冷地道："鬼鬼祟祟地躲在外面干什么？难道不敢进来吗？"

火坨坨现身，客客气气赔笑道："师妹，别来无恙！"

游云躬身道："掌门师伯！"

马相搏大喜，道："掌门，你——你怎么也来了？"

火坨坨不理，径直走进来，到花婆婆跟前，道："师妹，咱们有什么话好好商量嘛，你——你怎么能跟三位师叔过不去呢？"

花婆婆撇嘴笑了笑，道："你是来兴师问罪，让我放人？"

火坨坨连忙道："不敢不敢，师妹你误会了。我是求你先放了他们，咱们白虎门内部的事情，还有什么不可以商量的呢？"

聋琴师忽然开口了，道："谁来了？是不是小火？小火快来收拾这个疯丫头，胆子肥了，竟然敢对我老人家下黑手。"言语中愤愤不平。

花婆婆反问火坨坨，道："什么都可以商量？当年我那么求你，你应了我的商量吗？"

火坨坨长叹一声，道："师妹，事情都已经过去二十年了，你怎么还一直耿耿于怀呢？"

花婆婆突然一下子尖叫了起来，厉声道："二十年？你还知道二十年？人的一生有几个二十年？"

杨睿越听越感觉离奇，心道："怎么他们越说我越糊涂啊？到底他们之间怎么啦？"

跛樵夫道："小火，你别一直在聊天呀，快将我们身上的束缚给解了，浑身酸麻，难受死了。"

花婆婆"呵呵"一笑，不屑道："就凭他？我花婆婆是白叫的吗？"

火坨坨谦逊道："恭喜师妹的花煞擒龙绝技大功告成，我身为掌门，与你相比实在是惭愧得很啊，唉！"

盲书生惊叫："什么？花煞擒龙？"

火坨坨苦笑道："是的，师叔！花师妹已经修成了本门的花煞擒龙神术。今天师侄我只能苦口婆心，极力相劝她能看在同门之谊的分上，高抬贵手。花师妹，只要你今天能把三位师叔放了，我愿将白虎门掌门之位让与你，师妹意下如何？"

花婆婆冷笑道："白虎门掌门？嘿嘿，这掌门之位对于你来说，是至尊荣耀，可它对我来说，一文不值，我要它干什么？"

盲书生忽然道："花师侄，既然你已经修成了本门的四大绝技之一花煞擒龙，那还有什么好说的？昨天夜里折在你手里，也不算亏了。只是，跛子，幸亏我昨天夜里有先见之明吧？把那个姓杨的小子挪了个地方，要不然的话，咱们救人不成，还差一点害得人家丢了性命。"

跛樵夫道："瞎子，没想到还是功败垂成，他已经自己来了。"

第二十章　四　术

杨睿朝游云微微一笑示意，走到三圣面前，道："老人家，你们是在说我吗？昨天的救命之恩我还没来得及相谢呢。"说着躬身一拜。

花婆婆到此时才正眼看着杨睿，她的目光中有一股寒气，直透杨睿的背脊，道："你就是杨睿？"

杨睿拜倒在地，道："婆婆，一切皆是因我而起，现在我来听候您发落，求您饶了云儿吧！"

花婆婆一脸鸡皮不停地抖动，道："好，好，好！真没想到，你看似纨绔子弟，却倒也有一些气节。就是因为你，毁了我的宝贝，你打算怎么办？"

杨睿语塞，转头望向游云。见她正朝自己着急地摇头，示意他不要顶撞花婆婆。

杨睿不由得一阵气血上涌，大声道："我无意冒犯婆婆，但是，鬼梅已经到我肚子里化了精血，云儿也是为了救我，情急之下才出此下策，偷了婆婆的宝物。我现在就把我的这条命给你，你拿去吧，别为难了云儿和马兄弟，更不可伤害白虎门这三位圣尊。"

花婆婆仔细打量这杨睿，道："你知道吗？要不是因为你，我再过三天就可以大功告成了。就差三天。呵呵，呵呵呵！"她内心悲愤气极，居然发出了一阵恐怖的笑声。

火坨坨上去一步，赔笑道："师妹，事已至此，你就不能宽大为怀——"

"你闭嘴！"花婆婆怒斥："你当年又为什么不对他宽大为怀？我花千千之所以有今天，全都是拜你所赐，你现在来跟我说宽大为怀？"

火坨坨低下头来，连声道："唉，是，是，师妹，这么些年来，我也是深感自责，寝食难安，我虽然身为掌门，可是本门碧凌殿始终没有入住过一天，我天天独住陋窟，伐薪烧炭，以此来惩罚我自己。"

花婆婆忽然婉转下语气，道："师兄，我这二十年来，一直在想着一件事情，可始终想不明白。"

火坨坨道："师妹你说！"

花婆婆道："当年，你为什么要下那么大的决心？你是不是心里也有我？所以才要将他赶尽杀绝？"

火坨坨大窘，道："不，不，师妹你误会了，我真的没有那样的意思。"

花婆婆突然喋喋怪笑几声，厉声道："火不明，如果你刚才回答是，为情所致，情有可原，我还可以原谅你。可是你的内心根本不是那样的想法，这就让我实在是想不通了。"

游云和马相搏、空心儿恍然大悟，不约而同想："原来掌门火坨坨真实的名字叫火不明啊？这倒是第一次听说。"

火坨坨道："师妹，你我一起进山修炼，你在我心中始终如仙女神人一般，我怎敢在内心对你亵渎分毫？要不是当年发生了那件事情，我其实一直还以为师妹你不食人间烟火，圣洁清凉。"

花婆婆幽幽地道："圣洁清凉？呵呵，师兄，我真的太孤独了——"突然五指如钩，朝杨睿抓来。

这一击，毫无征兆，杨睿又距离花婆婆近在咫尺，他只感到一阵阴风扑面，使他瞬间窒息。

火坨坨想出手相救，已经来不及了。

一阵白光闪起，就在花婆婆的五根手指触及杨睿的面门之际，花婆婆被她身后的那道白光缠绕得身子打了一个转，朝一侧歪去。

杨睿本能一避，闪到了一旁。

花婆婆旋转的身体并没有停下，反手一挥，撒出了七八朵金花，直射木车上的盲书生。

盲书生双掌一横，眼前顿时出现了一轮五彩的光影，花婆婆撒出的几朵金花尽数被吸入了光晕之中。

花婆婆身形落地，气急败坏，道："臭瞎子，你——你这是什么法术？"

盲书生笑骂，道："小花，我虽然确确实实是瞎子，可是我也是你货真价实的师叔，你怎么这样对师叔无礼呢？"

火坨坨惊道："龙钟罩？"

盲书生哈哈大笑，道："小火，你这掌门当得不咋地呀，怎么越当越傻呢？本门的四大神术之中，有三个字的名称吗？"

游云奇道："师叔祖，怎么没有三个字的名称？啸天功不就是吗？"

盲书生怪眼一翻，道："小丫头胡说八道，啸天功算什么神术？你让你师傅告诉你。"

花婆婆本来就脸上疙疙瘩瘩，此时更是一脸惨白，道："算了，算了，我输了。"

跛樵夫惊叹道："死瞎子，没想到你城府这么深？连我都瞒过了。"

火坨坨上前，诚惶诚恐，道："师叔，你老人家身怀龙钟神罩之术，实在是本门大幸，今天我真的是大开眼界了，花师妹，我得要恭喜你和师叔二位，本门的神功大法终于得以再现，我还以为，自先师仙逝之后，再也无法传承了。"

游云睁着眼睛看着火坨坨，道："掌门师伯，本门的四大神术里没有啸天功吗？"

火坨坨点头，道："是的，啸天功只是本门的高深武学，但是它跟本门四大神术相比，还是相差甚远。"

空心儿好奇心起，道："掌门！那咱们白虎山的四大神术是什么？"

火坨坨捻着胡须，道："指派龙吟，龙钟神罩，花煞擒龙，碧凌龙诀。"

游云、空心儿、马相搏三人面面相觑，均现出了惊叹之色，这四种白虎门大法，他们连听都没有听说过。

第二十一章　缘　由

在那个大雨滂沱的上午，杨睿终于弄明白了事情的来龙去脉：

——由于杨睿对游云有恩，她将逃亡落魄的他带进了白虎门。由于白虎门有门规，外人不得进山，所以她将杨睿交由空心儿照料。白虎门的掌门大弟子杜寅发现了自己，硬是要公事公办，对杨睿进行处罚。

——伙房的马相博暗中对游云倾慕，誓力保护她的朋友杨睿，于是和杜寅发生了争执。动手时，杨睿意外受伤，生命垂危，杨睿被空心儿与马相博送到了三圣庐。"虎山三圣"出手相救，却因为杨睿伤势严重，失血过多，需要鬼梅来再续回天之力。

——游云暗中偷来了师傅花婆婆视若珍宝的鬼梅，救了杨睿。她也因此得罪了师傅，花婆婆便要对她施以"盖天之刑"作为惩罚。

——花婆婆迁怒杨睿，追到三圣庐要杀杨睿，却不料三圣早有了先见之明，提前将杨睿转移了地方。花婆婆在三圣庐没找到杨睿，一怒之下，便使出了暗自修炼成功的"花煞擒龙"大法对三圣进行了偷袭，将三圣他们悉数掳到了含笑谷。

——杨睿阴差阳错遇到了火坨坨，恰巧一心想杀杨睿的琥珀也追到了白虎山。但是由于火坨坨的介入，琥珀未能得手。她自己却在关键的时刻引起体内毒蛊发作，火坨坨出手压制住了琥珀体内的蛊毒，暂时挽救了琥珀一命。琥珀深夜悄悄离开。

——马相博一心想替游云顶罪，来找花婆婆求情，这时杨睿和火坨坨赶到。

——二十年前，白虎门内发生了一件大事，以至于花婆婆与同门师兄火坨坨结下了不可调和的矛盾，而这个矛盾的根源，似乎是因为当年火坨坨对花婆婆的男人使了狠手，花婆婆二十年来始终幽居含笑谷，对整个白虎门耿耿于怀。

——接下来的事情便清楚了，花婆婆处罚不成，心灰意冷。

可是，事情到了这里，还有三件事始终让杨睿想不通，

其一，杨睿与琥珀无冤无仇，琥珀为什么始终要刺杀自己？

其二，游云说杨睿是她的救命恩人，可是杨睿根本想不起来，"我什么时候救过她的性命？"

其三就是，鬼梅到底是个什么东西？为什么花婆婆为了它，要对自己唯一的弟子施以大刑？而且她还不避讳长幼之别，居然敢对"虎山三圣"下手？

在白虎山北峰有一处拱翘檐飞的雄伟建筑，依山而立，山门背南面北，华表柱顶端幡巾飘扬，两侧殿宇掩映在树丛间，疏朗有致。

山门的正中间直进里面，一座石砌大殿庄严矗立，殿外有数名道童在打扫着地上的落叶，远远望去，大殿的正门却紧闭着，唯有一侧的偏门略微半掩，隐约可以看到里面飘出的袅袅青烟。

这就是碧凌殿，是白虎门的圣地，只有历代掌门才有资格入住。二十年来，火坨坨身为一派掌门，却没有再踏进碧凌殿一步。

平时碧凌殿正门紧闭，只留一扇偏门虚掩，供道童进出打扫，添油亮灯，换香加持。

火坨坨率三圣、花婆婆、杨睿等众人前来，殿前道童见了赶忙躬身行礼，道："掌门！"闪在了一旁。

火坨坨向三圣执手礼让，道："三位师叔请！"

三圣大大咧咧相互搀扶着走在了前面，火坨坨又侧身对花婆婆道："师妹请！"

花婆婆也不搭理，傲然从火坨坨的身边走过。

游云、空心儿、马相搏三人虽是白虎门弟子，可是他们都仅知道此处是白虎门的圣地，从来没有踏足过这片殿宇，不由惶恐地相互看看，不敢朝里面去。

火坨坨道："你们也都进来吧。"说着带杨睿他们几个走进了殿内。

碧凌殿内供奉着三尊神像，分别是伏羲、碧凌、天画。

三尊大神的造像均为独立的巨幅寒玉，耸立在大殿的正中央，伏羲、碧凌、天画各自的形象，都是天然生成在每块巨玉的里面。

伏羲庄严，碧凌厉目，天画祥和，三位大神栩栩如生，流光溢彩。

杨睿等进得大殿来，抬头瞻仰，他们都不认识伏羲、碧凌、天画三位大神的造像，只感觉到玉石之中居然天然生就了三幅人物图案，脸庞、神态包括衣服褶皱都惟妙惟肖，不禁惊叹不已。

忽然，杨睿忽然觉得双膝一麻，腿脚一弯，不由自主地跪倒在了碧凌神像跟前，空心儿赶紧将他扶起，道："杨公子，你没事吧？"

杨睿道"我没事，可能是伤势才愈，体力不支。"心道："这三块巨大的寒玉本就稀奇，里面居然天然生成了三位神人的模样，如此天物，恐怕连王宫都未必有藏。"想到此处，杨睿不禁又替父亲担忧起来，"唉，不知道父亲现在在狱中怎么样了？"

大家一起转过大殿的造像一侧，只见两旁的殿壁也是精美绝伦，用整块的纹石镶砌，左边石壁上面隐约有崇山峻岭、大河荒原，丛林参差间，鸟兽嬉戏，一派祥和气象。

而右边的壁上则是乌云密布、电闪雷鸣之相。其间最下方的一层壁面，乌云翻涌，恶浪滔天，让人见了，不由得内心为之一悸。

火坨坨将众人带到后面的一间知客室，早有道童端来香茗奉上。

杨睿抿了一口，顿觉满齿留香，不禁赞道："好茶！"

火坨坨道："杨公子，这是本山中独有的茶木遐迩春，每年春季采来，炒制后用粗麻纶巾包裹，藏于地窖内，用这后峰的山泉冲泡，确实味道不错。只是它每年生长不易，这茶我也有多年未曾喝过了，基本上都让弟子们将它送呈给三位师叔与花师妹品尝。"

花婆婆冷冷道："谁稀罕你这些玩意？我花婆婆精于草木之术，别说区区一撮遐迩春，就是琼浆玉液我也酿得。"

火坨坨赔笑，道："师妹说得对极！只是我一个粗人，这么遐迩闻名的妙品，只有配师妹和几位师叔才算正道，如若不然，便真的是暴殄天物了。"

跛樵夫忽然尖叫道："小火，你刚才说什么？你每年都吩咐人将这遐迩春送去三圣庐？我怎么从来没喝到？"

火坨坨道："是，我对三位师叔可不敢有丝毫怠慢，每年采摘的妙品大部分都给你们三圣庐送去了，再送些许给了花师妹。剩下的就藏在这碧凌殿中，吩咐小童每日给三尊大神供奉清饮。"

盲书生打岔，道："这些汤汤水水的小事情就先别提了。小火，你让咱们一起来碧凌殿，到底想干什么？"

跛樵夫怒道："怎么能不提呢？每年的遐迩春是不是都被你们一个瞎子一个聋子给贪污了？快说，不然，别怪我对你们不客气！"

盲书生抓耳挠腮，窘促不语。

却不料聋琴师突然大声对跛樵夫道："你不客气又能把我咋地？难道我还怕了你这个跛子不成？没错，是我的主意，你一个砍柴的，要喝那么好的茶干吗？实在渴了，弯腰捧一口山泉，不比倒腾茶来得畅快吗？"

跛樵夫怒不可遏，撸起袖子去拉聋琴师，道："走，走，咱们打架可不敢惊扰了碧凌殿内的三位神仙，走，咱们去外面比画比画。"

火坨坨连忙打圆场，好不容易才将三圣安顿了下来，道："三位师叔，稍安勿躁！来年遐迩春，我加倍奉献给师叔们就是。今天我也是二十年来第一次踏足碧凌殿，实在是有要事与师叔、师妹商议。唉，这么多年了，我对本门伏羲、碧凌、天画三尊大神有欠礼数，心中也是惭愧得很啊！"说罢，连连摇头叹息。

游云见火坨坨神情哀楚，便过来扶他胳膊，道："掌门师伯，你坐下慢慢说！"

第二十二章 七 夺

众人坐下，道童退了出去。

空心儿好奇地问："掌门，咱们这大殿里供的是哪三位大神啊？为什么叫碧凌殿呢？"

火坨坨道:"碧凌先师是本门的创门之神,他身边的两位一个是伏羲大帝,另一个则是天地之灵天画祖师。"

"虎山三圣"听火坨坨说起碧凌、伏羲、天画三人的名头,均肃然起敬,各自捻须,一下子安静了下来。

杨睿自幼在王宫陪二王子姒朔读书,伏羲大帝之名当然早有知晓。

他也知道碧凌乃是上古神兽,可以幻化八十一形,他的四个徒弟却比他有名得多,就是天下无人不知的青龙、白虎、朱雀、玄武四方神。

可是天画是何方神圣,杨睿却对他一无所知了,当下静静地看着火坨坨,等他的下文。

果然,火坨坨道:"今天惊闻师叔和师妹都修成了本门至高无上的三大神术:指派龙吟、龙钟神罩和花煞擒龙,我真是太高兴了。"

花婆婆淡淡地道:"火不明,你不要跟我假惺惺套近乎,你今天执意请我们来碧凌殿,到底想干什么?"

火坨坨站起身来,缓缓走向一个石屉前,从里面取出一块薄薄的麻帛,上面密密麻麻用朱漆写着一些什么。

他道:"当年,伏羲大帝与本门先师碧凌以及天画坐此白虎山论道,铸碧凌剑,并创立了白虎门,其目的就是居安思危,防止有一天,有恶魔横行,人间可以有镇魔伏妖的法宝,不至于生灵涂炭,任由其逍遥。"

盲书生点头道:"小火说得不错,这数百年来,天下太平,不就是因为咱们白虎门有碧凌剑镇妖攘魔,妖魔不敢出没吗?"

火坨坨手托麻帛,郑重道:"师叔说的极是。本门自碧凌先师以来,凭着碧凌剑,威慑着邪魔,才得以换天下这么多年的太平,可是现在出现了异兆,让我不得不邀你们共同商讨对策。这块帛上,记录着本门的无上降魔大法白虎天罗阵,我想请三位师叔与师妹一道参详,也好解出其中的奥妙。"

花婆婆讥笑道:"你二十年没出过白虎山,怎么知道天下有什么不对劲的事情?难道你也成了碧凌先师一般的神人?"

火坨坨道："师妹，我怎敢自诩神人？更不敢与碧凌先师相提并论。"他看了一眼杨睿，道："杨公子，请你把你所经历的事情再复述一遍，让大家来共同商讨商讨。"

杨睿道："是！"

于是杨睿又如前日一般，将如何陪国王打猎，如何斩杀黑蟒，王城如何天降血雨，刺客是如何而来，又是如何被自己放跑，自己的父亲又是如何获罪，自己又是如何逃脱，以至于如何遇到游云，又如何到了这白虎山，如何又为杜寅所伤、差一点送命——再复述了一遍。

只是在来的路上火坨坨悄悄告诉杨睿，让他千万不能说出自己是杨继善将军的儿子，不然将会大祸临头。

因此，杨睿便没有提及父亲杨继善的名字，只说自己是一个禁军偏将的儿子。

游云在一旁静静地听着，花婆婆注意到，当游云听到杨睿说起斩杀黑蟒，使得白鹿获救逃脱的时候，她神情惨白，呼吸急促。

花婆婆对游云冷冷地道："你真的是这小子救的吗？"

游云低声道："是的，师傅！"

杨睿惊讶，道："啊？云儿，你说你就是望月山中的那只白鹿？这——这怎么可能呢？"

火坨坨道："公子不需惊吓。本门为天下玄学正宗，本门的创教祖师碧凌原本就是上古神兽，他老人家也可以幻化八十一形。本门有一道秘法，叫鱼龙术，就是碧凌先师所创，可以使人变幻，这不是什么稀奇之事。"

杨睿顿时恍然大悟，道："哦，原来如此，怪不得云儿说我是她的救命恩人。"他抬头看游云，正巧游云也对他脉脉含情相看，两个人不禁都低下了头去。

盲书生道："小火，你让我们几个来就是为了听这小子讲故事？"

火坨坨道："师叔，如果仅仅是为了听杨公子讲他的这段遭遇，当然不敢如此劳驾你们前来。"

跛樵夫急道："你倒是快说呀！"

火坨坨看看花婆婆，沉声道："师妹，三足飞龙蛊，又重现人世了。"

花婆婆一听"三足飞龙蛊"五个字，身子差一点跳了起来，道："三足飞龙蛊？你是从哪里听来的？"

火坨坨道："追杀杨公子的那位琥珀姑娘，就是身上中了三足飞龙蛊。我亲手替她压制的蛊毒，要不然的话，恐怕她早就全身穿孔而死了。"

空心儿和马相搏均听不懂他们在说什么，只感到各人的表情都一下子凝重了起来，心中想问，却也不敢。

盲书生喃喃自语，道："黑水有奇峰，三足可飞龙。试问魔何大？七夺居日中。唉，没想到，时隔这么多年，他们终于又卷土重来了。"他说这话的时候，脸上的肌肉在微微颤抖，显然内心惶恐之极。

连"虎山三圣"都感到害怕的对手，他们将会是什么来头？

杨睿内心也是疑惑不解，道："火掌门，这——这四句话是什么意思？难道追杀我的那位琥珀姑娘是贵派的大敌？"

火坨坨刚要说话，一道童走了进来，道："启禀掌门，大师兄在殿外求见，说有王城斑狱司的贵客到访，已在山门等候掌门了。"

杨睿一听，大惊，道："他——他们是冲着我来的。"

游云也花容失色，拉着花婆婆的衣角，哀求道："师傅，你老人家快救救他，千万别让他们把他抓走。"

花婆婆不理游云，却发出了一声轻蔑的怪笑，道："王城斑狱司？他们还以为是二十年前？白虎山可以任他们胡作非为？嘿嘿！我倒要看看他们今天如何抓人？"

三圣齐声道："我们也去瞧瞧热闹。"

火坨坨道："三位师叔，这点小事何须你们老人家出面？我和师妹去就行了。"

他让空心儿与马相搏将三圣送回三圣庐，便来不及多想，将麻帛揣在怀里，带着杨睿、游云与花婆婆一起出了大殿，朝山门去了。

第二十三章　官　差

火坨坨等四人来到白虎山下的山门前，见三个穿花衣的中年人怀中抱着剑，直挺挺地站在山门的石柱坊门前。

这三人均是细长的脑门，长着一副鹰钩鼻，尤其是眼睛中透着寒光，表情严肃，略显高傲。

白虎山大弟子杜寅正领着几个师兄弟在一侧相陪，不断东张西望，此时见火坨坨等人到了，不禁长吁一口气，道："师傅！师叔、师妹也都到了。"

杨睿不敢近前，躲躲闪闪的，被杜寅一眼看出，道："师傅，他怎么在这里？"

火坨坨瞪了杜寅一眼。

杜寅赶紧退后，不敢再问，只是不时偷眼看着杨睿。

杨睿心里打鼓，忐忑不安，不敢抬头看，心道："我难道跟这白虎门的大师兄前世是冤家？怎么这么倒霉又遇到了他？"

火坨坨迎上前去，拱手道："不知斑狱司的贵客大驾光临，有失远迎，实在是失礼。"

三个花衣人冷眼看了一眼火坨坨，还没有来得及说话。

杜寅赶忙向火坨坨依次介绍道："师傅，这是王城斑狱司派来的高一击、平掳去、爪无情三位官差大人。"

火坨坨道："哦，原来是大名鼎鼎的石门三鹰，久仰久仰！"

高一击道："火掌门，别来无恙！听说你闭关二十年，想必修为精进非凡了。"

火坨坨笑脸相迎，道："高大人抬举了，白虎门偏居漠北，恪守本分，偶有修心习武也是为了强身健体，再精进又能精进到哪里去呢？"

高一击哈哈大笑，道："火掌门客气了！我们今天前来打扰，也是职责所在，就是想请火掌门协助，帮兄弟一个忙，不知道火掌门意下如何？"

火坨坨道："高大人明说！只要我火不明力所能及，自当愿为大人效力！"

高一击道："好，火掌门果然是爽快。"他伸手一指花婆婆身边的杨睿，道："此人是朝廷要犯，他逃出王城以来，也一路杀了我们好几个斑狱司的高手。现在我们兄弟三人奉斑狱司燕大人之命，前来将他缉捕归案，火掌门，还请你能行个方便！"

火坨坨还没有开口应答，花婆婆抢先"嘿嘿"一笑，道："呵呵，你们的钦犯怎么可能跑来我们白虎山？简直是胡说八道，你把我们白虎山看成什么地方了？"

石门三鹰中的平掳去、爪无情双双拔剑出鞘，道："大胆妖婆，你是什么人？敢阻拦我们斑狱司办案？"

花婆婆笑道："你爹没跟你提起过我来？"

平掳去一愣，道："提什么？"

花婆婆摇头，叹道："唉，真是太不像话了，那你有可能不是你爹亲生的，我是你姥姥。你们几个见了姥姥还不磕头？一会姥姥有枣子不给你吃。"

平掳去大怒，冲上前去，朝花婆婆一剑刺去。

花婆婆大袖一挥，裹住了平掳去的剑刃，喋喋笑道："乖孙子，等不及了？"一抬腿，跨过了平掳去的头顶，身子一压，一屁股坐在了平掳去的肩膀上，道："多年不见，我孙子长大了，都知道驮姥姥玩耍了。"

平掳去在石门三鹰中排行老二，武艺超群，尤其以对面搏击见长，可是不知道是高傲轻敌还是什么原因，他居然出手仅一招就被花婆婆给制服了。

一旁观看的高一击与爪无情不禁又惊又疑，双双抢步而上，两道乌黑的剑锋直取花婆婆，一个攻她的面门，一个攻她的腰部。

杨睿和游云同时惊叫："婆婆小心！""师傅小心！"

却见花婆婆身子飘然而起，犹如仙女撒花一般，肢体扭动，已经轻轻松松避开了对方攻来的两剑。

一下子又落在了杨睿的跟前，她伸手抚摸了一下杨睿的后脑勺，温和地道："乖，小孙子不怕，有婆婆在，谁也不能欺负你。"

高一击大骇，他只知道白虎门有一个火坨坨，却从来没听说过山中竟然还有这样一个高深莫测的丑陋老太太，不禁又惊又怒，道："你到底是什么人？"他明明是问花婆婆，眼睛却看着火坨坨，显然他是在责问火坨坨。

火坨坨道："高大人息怒！这是我师妹，花千千——"

爪无情失声道："啊？这就是花婆婆——"他话音未落，只听"啪"的一声，脸上已经结结实实挨了花婆婆一耳光。

花婆婆冷笑道："喊婆婆就喊婆婆，你为什么还要带一个'花'字？"

爪无情的手上功夫是石门三鹰之中最高妙的，他的成名绝技"八荒手"曾经令无数人为之胆寒。

可是他此时却被花婆婆以猝不及防之势狠抽了一个耳光，丝毫没有防备得住，不由得又羞又怒，破口大骂道："好你个妖妇，我看你容貌丑陋，疯疯癫癫，想必你也是跟钦犯杨睿同伙，赶紧束手就擒，否则待我上报燕大人，治你整个白虎门的作乱之罪。"

花婆婆道："你就是上报到天上玉皇大帝那里又有何用？当年，杨继善那狗贼不就是这样为虎作伥的吗？今天婆婆饶你们三个不死，回去告诉杨继善那贼人，我花千千很快就会去取他项上狗头。"

杨睿惊异，道："婆婆，你说的这个杨继善可是衡将军杨继善？"

花婆婆干笑几声，道："不是他还有谁？呵呵，呵呵呵呵！"

高一击叫道："这位前辈，你跟杨继善有什么仇恨我管不着，但是现在你执意护着的这个人，就是杨继善的儿子杨睿，我们今天必须要将他带走。"

他这么一说，火坨坨、游云均心中暗暗叫苦，心道："这下完了。"

果然，花婆婆脸上的表情突然凝结，她侧头问杨睿道："你真的是杨继善的儿子？"

杨睿恐惧万分，不敢作答，瞪着一双眼睛向火坨坨求救。

火坨坨道："师妹——"

"你闭嘴。"花婆婆厉声喝止，道："今天谁敢阻止我，别怪我花千千心狠手辣，不讲情面。"

第二十四章 变 形

杨睿本来内心极为恐惧，可是，他耳听花婆婆口口声声骂自己的父亲杨继善是狗贼，不由得心头大怒，昂首道："花老怪，我不许你辱骂我的父亲。不错，我就是衡将军杨继善的儿子杨睿，你对我父亲有什么仇怨，尽管冲我来吧！"

花婆婆吃惊地看着杨睿，道："你真的是杨继善的儿子？"

杨睿大声道："不错，我父亲跟你有何恩怨？怎么就遭来你如此辱骂？"

游云道："杨公子，你少说几句。"

杨睿道："我为什么不说？今天反正是个死，即使你师傅不杀我，我也难逃斑狱司石门三鹰的缉捕，回到王城，难道还会活命吗？"

花婆婆惊愕地看着杨睿。

杨睿向火坨坨道："火掌门，我杨睿知道今天难逃一死，感谢你对我庇护与关照。但是我不想死得不明不白，朝廷对我和我父亲的陷害，我权且认了。因为胳膊拧不过大腿，君要臣死，臣不得不死。可是我父亲又碍着花婆婆什么事？竟然内心对他充满如此大的仇恨，说出这般恶毒的话来？"

火坨坨喝道："杨公子，你太放肆了，赶紧给我滚！"说着，朝杨睿连使眼色。

杨睿凄然一笑，道："各位都是成名人物，我杨睿今天即使血溅白虎山，又将如何？只是我自忖虽然不是圣贤之辈，却也知道义字当先。火掌门，今日我杨睿是生是死，与你毫不相干，你没必要再替我周旋了。"

花婆婆听杨睿这样一说，突然愣住了，道："小子，你刚才说什么？你再说一遍。"

杨睿知道今天无论如何也难逃一劫，索性哈哈大笑，道："我再说一遍又怕你何来？"

花婆婆急迫地道："你说，你快说！"

杨睿道："我说，各位都是成名人物，我杨睿承认不是你们的对手，你们捏死我岂不是如同捏死一只蚂蚁一般？今天即使血溅白虎山，又将如何？不就是一死吗？来吧！"他转头对游云道："云儿，我拜托你一件事情。"

游云眼中含泪，哽咽道："杨公子你说！"

杨睿道："我来时的那匹马，是途经青羊驿的时候，临时借的一位姑娘的。说来惭愧，我到现在为止，都还不知道她叫什么名字，来自哪里。我死了之后，烦请你帮忙照看那匹马，如果马儿与它的主人情缘未了，想必他们还有重逢之日，你帮我将它归还人家。"

游云含泪点头。

忽然，花婆婆喃喃自语道："像，太像了！二十年前，他也在我面前说过相同的话。世界上怎么会有如此巧合的事情？连语气都一模一样。"

杨睿一愣，道："婆婆，你说什么？我杨睿知道今天死期到了，但是我不想受你等侮辱，我的命自己解决。"说完，抢过游云腰间的短剑，横剑朝脖子上抹去。

火坨坨叫道："杨公子，不可——"

石门三鹰同时扑向杨睿，高一击喊："想这么死了可不行。"

蓦地，杨睿的臂膀感觉一麻，手里的短剑"当啷"掉在地上，身体则似乎被一股力量朝后拖拽着倒退了数步，恰好让石门三鹰扑了个空。

杨睿扭头一看，原来是花婆婆贴在了自己的身上，她用招先弹掉了自己手里的剑，又使黏力迫使自己的身体后退，将自己硬生生地救了下来。

花婆婆表情恍惚，道："你不能死，你不能死！"

游云一下子被师傅的举动吓傻了，道："师傅，你怎么啦？你别吓我！"

花婆婆对杨睿道："别怕，有我在，你什么都不用怕。"说完，她转头对石门三鹰阴沉着脸道："二十年前你们就是如此，二十年后的今天，你们还是这样仗势欺人，嘿嘿，这次可不比往日，你们不会再有那样的好运气了。"

火坨坨惊呼："师妹，手下留情，他们是官差，杀不得。"

花婆婆的脸色一下子变成绛紫色，恨恨道："都是你们逼我的，我不想杀人，可是你们还是要逼我出手。"

身形突然扭转，顿时一阵阴风骤起，地面上的落叶旋即翻飞而起，花婆婆的身体已经在瞬间变成了一只鸡头豹身的怪兽，两只手掌也成了利爪，腾空而起，一爪挥击而出。

石门三鹰虽是大内高手，可是他们哪里见过这样的突变，三人手里拿捏着长剑，只是目瞪口呆地站在原地，惊愕得不知道躲闪。

花婆婆一只蒲扇般的大爪"呼"的一下，将石门三鹰一下子拍飞出去五六丈远，重重地摔在了一片乱石之中。

在场的杜寅等白虎门的众弟子吓得四散而逃，一边乱窜一边叫喊着："妈呀！这到底是怎么回事啊？""花师叔怎么成了妖怪？"

石门三鹰连滚带爬，抱头鼠窜。

花婆婆狞笑道："还想跑？"仰天一声啼叫，尖锐恐怖，响彻山谷，飞身追击而去。

杨睿也被这一变故吓傻了，他两只脚就如钉子一样钉在了地上，想挪一步都使不上劲。

游云拉着杨睿道："走，赶紧跑！"

火坨坨喊着："师妹！师妹！"追花婆婆去了。

游云拉着杨睿发足狂奔，顿时也消失在了白虎山的丛林之中。

石门三鹰是杜国斑狱司最厉害的捕头，他们的功夫在朝廷之中虽然不及神勇将军石英，但如果三人齐上，也能与偏将军宁蓝打个平手，可是他们三人联手，却在花婆婆面前过不了三招，这让杨睿惊愕不已。

在杨睿的心目中，本来以为天下功夫最高的人当是父亲杨继善，然后便是神勇将军石英、威武将军马元鹏、偏将军宁蓝，可最近一连见过黄袍怪人、火坨坨、花婆婆、三圣等人的身手，杨睿才感觉自己的认知是多么的幼稚。

"天底下居然有如此高深莫测的功夫！"杨睿从心底叹服。

杨睿萌生了偷艺的想法。

第二十五章　边　祸

碧凌殿前，杜寅等众白虎门弟子围拢在那里看着地上直挺挺躺着两具尸体，都嘈杂议论着，火坨坨和杨睿、游云近前。

众人道："掌门来了！"

火坨坨道："发生了什么事？"

杜寅道："师傅！濮公子他们运盐回来了，可是——"

火坨坨上前一看，地上躺着两具白虎门弟子的尸体，旁边瘫坐着哭泣的正是自己的弟子濮舒。

濮舒一见火坨坨，立即爬向火坨坨，哭诉道："师傅，我没保护好两位公子，你老人家惩罚我吧！呜呜！"

火坨坨一惊，道："这到底是怎么啦？"

濮舒哭道："弟子遵师命，前去关外拉盐，去的时候还是好好的，可回来的时候，摘星关就被封了，到处都是虞国的士兵，他们见人就杀，不仅抢走了我们的盐和马匹，还杀了张公子和梁公子！弟子好不容易才死里逃生带着两位公子的尸首回来，路上差一点也没了性命，呜呜！"

杨睿失声道："这位道兄，你说的可是事实？"

火坨坨震惊，道："你是说虞国人攻打咱们杞国，已经占了摘星关？"

濮舒抽泣道："摘星关快要守不住了，听说原来的守关大将杨将军现在身陷囹圄，虞国人趁机大举进军摘星关，已经将守关的马将军他们团团围住，整个摘星关都已经被封了。"

杨睿急道："火掌门，镇守摘星关的马元鹏将军是家父的副将，这可如何是好？"

火坨坨恨恨道："虞国异族实在是太可恶了。杜寅，你赶紧带人把这两位公子好生安葬了去。"

杜寅道："是，师傅！"领命，带着几个公子抬着张、梁两位公子的尸体下去了。

火坨坨对杨睿道："你先不要着急，你们两个随我来！"

火坨坨带着杨睿和游云来到梅林三圣庐，在庐外高声道："三位师叔，弟子火不明拜见！"

庐内静悄悄的，毫无回应。游云道："莫非三位师叔祖又去哪里玩去了？"

火坨坨道："不会的，此时应该是三位老人家打坐静修的时辰，咱们进去吧！去庐内等。"

三人进了三圣庐，站在草庐边的小石潭边，见一旁的石头上斜靠着一根扁担和两根绳索。

火坨坨喜道："三位老人家果然在小憩，打柴的扁担都在呢。不便进去打扰，咱们就在此处等吧。"

火坨坨三人在小石潭边的草庐内坐下。

杨睿道："火掌门，咱们为什么要来这里？"

游云道："对啊，掌门师伯，你怎么突然把咱们带来这里？"

火坨坨道："三圣是咱们白虎门的名宿长辈，凡是本门有重大事情发生之时，我都要来聆听他们三位老人家的教诲。"

杨睿不解，道："还请火掌门明示！"

火坨坨道："本门自碧凌先师创教以来，历代祖师始终不敢忘记本门存世的使命，那就是避邪、禳灾、祈丰、惩恶扬善、征战平乱、镇守天下太平，所幸近百年来，风调雨顺，国事清安，大家也都能踏踏实实过日子。可是，今天你们也知道了，虞国外寇侵我边关，杀我百姓，眼看摘星关岌岌可危。摘星关一破，虞国的虎狼之师势必会长驱直入，一路朝关内掩杀过来，到时候将会有多少无辜人命惨死？"

杨睿道："火掌门所言极是。那咱们该怎么办呢？我本来还想去摘星关找马叔叔帮忙，看看能不能回朝救我父亲出狱呢，现在倒好，他自己都被战事缠住了。"

火坨坨叹道："威武将军马元鹏虽然是忠君猛将，可他是一介武人，我想即使他回到朝中，也不一定能管用啊。"

杨睿忧心忡忡，道："火掌门，你说你认识我父亲，那你有没有什么好的主意帮帮我？"

火坨坨道："目前，你唯一而且是最好的办法就是去摘星关，退敌立功。"

杨睿苦笑道："退敌立功谈何容易？我马叔叔号称威武将军，手里有兵有权，尚且被外寇围困，不得脱险，又何况是我一个不懂兵法的人，而且本领低微，去了最多也就是给他添了一个士卒而已，又能起多大的作用？"

火坨坨道："非也，本门创教先师碧凌神君当年与伏羲大帝、天画神人一起论道之后，不仅创立了白虎门，还推演出了四术一阵，以防天下大乱之时有克制之法。"

游云道："四术就是本门的指派龙吟、龙钟神罩、花煞擒龙、碧凌龙诀，那一阵呢？"

火坨坨道："一阵，就是白虎天罗阵。"

杨睿好奇，道："白虎天罗阵？"

火坨坨道："不错，本门白虎天罗阵是一种玄丹大阵，习得本阵者，可凭一己之力，抵御万马千军。"

杨睿惊，道："啊？这么厉害？那还等什么？得赶紧去摘星关布起阵来，将虞国外寇赶回他们老家去呀。"

火坨坨面露难色，道："唉，说来惭愧，我虽然身为掌门，可是天资愚钝，对本门的这一大法，只是知晓它的皮毛而已，尚且不能催动。"

杨睿似乎有所顿悟，道："掌门的意思是，三圣他们老人家——"

火坨坨点头道："是的，这白虎天罗阵需要以本门的四大神术催动，方能化虚为实，扬沙成兵。我作为掌门，仅通晓碧凌龙诀，对于其他三术，则是望洋兴叹，无可奈何啊！"

杨睿听火坨坨这么一说，立即想到花婆婆将自己化成兽、赶跑石门三鹰的情形，愕然道："化虚为实，扬沙成兵？那——那不是妖术吗？"

游云脸色一下子绯红，低声对杨睿道："杨公子，你不懂别乱说。"

火坨坨微笑道："杨公子说得没错，玄门法术其实就是俗称的妖幻之术。用之以正是为玄，用之以邪即为妖。"

游云道："掌门师伯，那我师傅她老人家——"

火坨坨语重心长叹道："我白虎门历来号称天下玄门正宗，只是花师妹因为本门曾经的一场巨变，才导致她性情大变，唉，她太执着了，只可惜覆水难收，无可挽回啊！"

杨睿与游云似懂非懂地相互看了一眼，均不置可否。

第二十六章　入　洞

就在这时，三圣庐内忽然传出几声"铮铮"声响。

火坨坨道："三位师叔醒了！"

果不其然，火坨坨一语刚毕，跛樵夫、盲书生、聋琴师便陆陆续续走出了庐内，一个个仰天歪脖，哈欠连连。

火坨坨迎上前去，毕恭毕敬道："火不明给三位师叔请安！"

盲书生道："想好了？"

火坨坨道："是，师叔！我已经将他带来了。"扭头对杨睿道："快上前见过三圣！"

杨睿一头雾水，道："这——怎么啦？"

跛樵夫笑吟吟道："臭小子，我们三个老人家有兴趣传授你法术，这可全是你上辈子的缘故。"

杨睿大吃一惊，道："收我为徒？"

盲书生道："传你神术你还不高兴？你掀开你的衣服看看，是不是胸口有七颗黑痣？"

杨睿大惑不解，慌不迭掀起衣服看，果然见自己的胸膛前有几粒黑痣，细数一下，不多不少，正好七颗，不由得大奇，道："是又如何？"

聋琴师朝杨睿招招手，和颜悦色地道："你过来！"

杨睿依言朝聋琴师走去，为难道："我——我不想做道人。"

其实，杨睿的心里特别想学白虎门的绝技，可是他却不想修道。杨睿本来想在白虎山赖着不走，效仿马相搏偷偷学几手三圣的绝技。

可是无奈边关传来战事紧急的消息，这让他不得不左右为难，此时，突然听火坨坨说要逼迫自己拜师，这下可真的急坏了他——一旦拜师，就意味着自己和空心儿他们一样，不得轻易离开白虎山了，那狱中的父亲谁去解救？

聋琴师摸摸杨睿的头，道："你走大运了，臭小子。"

杨睿支支吾吾道："我——我——你们怎么会突然想起来让我拜师呢？"

游云喜，道："杨公子，恭喜你啦！"

跛樵夫道："小子，你身上生有七星聚会。你知道你的前世是什么吗？"

杨睿道："是什么啊？"

火坨坨道："你胸前有七星聚会，那就是说，你的前世是碧凌先师饲养的一只幼虎，如今能自行来到白虎山，实在是本门之大喜。"

杨睿惊讶道："啊？我是碧凌大神饲养的幼虎转世？"

经火坨坨这样一说，杨睿忽然想到，昨日在碧凌殿内，自己无缘无故膝盖一麻，居然跪倒在了碧凌神像的面前。

当时杨睿还以为是大伤初愈身体乏力所致，此刻想起，才不由得感觉很是蹊跷。

见杨睿还是一脸茫然，跛樵夫凑近他，小声问道："你身上的伤是怎么来的？"

杨睿道："不是杜寅道友误伤的吗？"

跛樵夫道："如果你跟咱们三个学了神法，其一，你不会再怕他欺负你了，其二嘛，那你就是杜寅那小子的师叔了，他以后见了你得毕恭毕敬。"

杨睿一愣，道："是啊，火掌门喊你们三圣叫师叔，我要是做了你们的徒弟，那我就是火掌门的师弟了，当然也就是杜寅的师叔了，哈哈哈哈，好玩，这师我拜定了。"说着就要向三圣磕头。

跛樵夫急忙道："使不得！"一把搀扶住了杨睿。

杨睿奇道："师傅！弟子今日拜你们三位老人家为师，怎么能有不行磕头之礼的？"

盲书生摆摆手，道："使不得，使不得！你是碧凌先师的宠儿，论辈分论资历都远非我们三个糟老头子可比的，我们此番授你神术，仅有师徒之实，却不敢占据师徒名分。"

跛樵夫道："虽然你上辈子是灵兽，可是你这辈子毕竟是凡人，你以后就喊我们三个爷爷吧？我是你大爷爷，他们两个分别是你的二爷爷和三爷爷。"

盲书生怒道："凭什么你是大爷爷呢？"

火坨坨笑吟吟道："恭喜杨公子，你这真可谓机缘巧合，造化不浅啊！"

……

白虎山深处，百灵洞开凿于绝壁之间，无路可往，仅靠一两根下垂的古藤，攀缘而上。

杨睿在三圣与火坨坨的提携之下，顺利地到达了洞中。一进洞口，杨睿便觉洞内有奇寒直扑而来，只见洞中全是晶莹的玉石构成，原来此峰从外部看郁郁苍苍，与其他诸峰无异，实则是一座玉石峰。

整个百灵洞就开凿在悬崖绝壁之上，入口甚小，可是进得洞中，里面很是宽阔，洞壁上刻着很多奇形怪状的异兽和字符，呈分列状排布，正中间壁上刻着一把形状怪异的剑。

一旁凿有几个大字：白虎天罗阵大法，其下又用利刃刻着"碧凌龙诀""花煞擒龙""指派龙吟""龙钟神罩"等诸多修炼的法门。

杨睿抬头望向洞的顶端，顿觉天旋地转，原来洞的顶部是一幅天穹图，分布着日月星辰等穹庐之相。

洞内清寒彻骨，杨睿被冻得直打哆嗦。

火坨坨伸手轻搭在杨睿的肩上，杨睿顿时感到一股暖流直透体内，寒意立消。

盲书生指着洞壁上的图案，道："这些都是当年碧凌先师与伏羲大帝、天画神君共同推演出来的旷世之学，分四部神术和一套阵法，精要全部在这玉壁之上。"

杨睿指着玉壁上刻着的那把奇特的剑，问道："书生爷爷，这把剑是什么来路？好生奇怪。"

盲书生捻着长须，道："这就是全天下的镇魔之宝，碧凌剑。"

杨睿道："碧凌剑？"

跛樵夫得意地道："碧凌剑乃是荡妖除魔的神器，当年，上古伏羲大神与碧凌先师坐此白虎山推演八卦，惊动亘古玉灵天画神君，于是天画神君与碧凌先师、伏羲大帝论道七七四十九个昼夜，达忘我之境，直至天画神君手中的一段精玉得日光月华化为一柄云龙纹神剑都浑然不知。"

盲书生道："剑成之后，他们三位大神都赞不绝口，当时伏羲大帝就将万物轮回运转之数注于其内，碧凌先师也把无坚不摧的金乌罡气注入其内，而天画神君则把天地日月的钟灵之气注入其内。他们约定，此剑因具碧凌先师的镇妖荡魔神力，故取名碧凌剑，又因是玉精而化的，所以又称碧凌玦，非天下大乱之时不得现世，由此创立白虎门，将碧凌剑交白虎门的历代掌门保管。"

就在这时，聋琴师自叹道："出鞘惊风雨，拔剑泣鬼神。碧凌剑内具金乌罡气，至阴至阳，遇魔除魔，遇神制神，小妖小怪，千丈内不敢靠近，配以碧凌龙诀，剑光到处，化为金乌血水。"

杨睿大为震撼，道："此剑现在何处？"

盲书生道："由碧凌先师开始，此剑传了数百年，由于苍穹四方有碧凌座下四大神兽青龙、白虎、朱雀、玄武镇守，天下太平。一百年前，白虎门第三十三代掌门人道妖一心钻研魔巫之术，与白虎门正宗玄功多有背离。于是白虎门掌门，也由碧凌先师亲自传位给了我们的师傅安泰先师，并将道妖赶出白虎山。"

杨睿道："那后来呢？"

盲书生道："后来，道妖藏匿于远离内陆的黑水岛，由此开创了七夺魔教。但是由于他惧怕碧凌剑的神威，始终偏居一隅，不敢造次生事。安泰先师驾鹤西去之后，白虎门掌门之位传给了我们三个人的师兄。"

跛樵夫插口道："也就是小火的师傅喜厌道人。我师兄羽化之后，由小火接任白虎门掌门，掌管碧凌剑至今，是为白虎门三十六代当家人。小火，我说的对吗？"

火坨坨忽然表情复杂，连连点头，道："师叔所言极是！"

第二十七章　筑　基

花婆婆失踪多天了。

那天花婆婆一路追逐石门三鹰而去，就再也没有回来。本来火坨坨担心她会出事，也去追赶的，可是半路上他又折回来了——

因为他忽然听到了碧凌殿方向传来急促的敲钟声，当他赶到碧凌殿的时候，果然见到了弟子濮舒以及他带回来的两具尸体，由此火坨坨大抵已经猜到了边关的战事该有多么的混乱了。

杨睿胸前的"七星聚会"是三圣最先发现的，而他在碧凌殿内毫无征兆的一跪，被火坨坨尽收眼底，在那一刹那间，火坨坨终于明白了三圣为什么会一起出手救这个年轻人了。

杞国已经百年无战事了，如今杨睿一到白虎山，即传来边关危急的讯息，这难道是一种巧合吗？还是一种天意？

——据碧凌龙诀记载，碧凌神君当年座下饲养着两只宠兽，一虎一鹤，它们身上都有"七星聚会"之相，分"文七星"与"武七星"，而杨睿则属于"武七星"。

百灵洞是白虎山真正的圣地。

火坨坨虽然是白虎门的掌门，可是很少来百灵洞。不是他不想来，而是白虎门有历代祖训：非紧急之下，不得擅入百灵洞，掌门也不例外。

火坨坨自入白虎门以来，就是在当年其师喜厌道人将掌门之位授与他的前一夜带他来过一次。

那一次，是喜厌道人带火坨坨来观瞻洞中玉壁上的绝学，顺带抄录壁上的"碧凌龙诀"。

历代白虎门的掌门，必须继承"碧凌龙诀"，至于其他的三种神术，可以无暇钻研，但是碧凌龙诀必须精晓，因为此诀与碧凌剑相互辉映，方可达成震慑邪魔的奇功。

三天过去了，杨睿在百灵洞内学得怎么样了？

火坨坨心里没有底，他准备去探访一下。然而，当火坨坨到了百灵洞一看，却让他大失所望。

杨睿在睡大觉。三天时间，杨睿什么都没干，就伏在玉壁下做着各种各样好玩的梦，直到火坨坨来将他叫醒。

火坨坨奇怪，问道："公子！三位师叔呢？"

杨睿睁开惺忪的眼睛，道："我——我不知道啊，他们把我留在这里，给了我三颗药丸吃下，让我好好看看洞壁上的图，然后就走了，一直没来。"

火坨坨皱眉，心道："唉，我这三位师叔也太不负责任了，怎么能这样敷衍了事呢？"不过他转念一想："倒也难怪，三位师叔本来就是如孩子一般，此时让他们三位老人家与杨公子一起待在这绝壁的洞穴之中，确实也难受。"便对杨睿道："那你看壁上的图诀，有什么感悟吗？"

杨睿道："火掌门——，这些图文稀奇古怪，我什么也看不懂，他们一走，我就困得厉害，就睡着了。刚才你要是不来，我还在做梦呢。"

火坨坨道："三天你都在睡觉？一直在做梦？做的什么梦？"

杨睿道："是啊，我梦到好多奇怪的事情，有很多怪兽在打斗，还有天降神兵，后来我又到了一片丛林里，有一个树怪非要拉我结拜，我没同意，他们就不放我走，我就跟他们打起来了，把他们一个个制得服服帖帖的，哈哈哈哈。"

火坨坨无心听杨睿说这些不着边际的话，埋怨道："公子，既然三位师叔让你好好琢磨壁上的图诀，肯定是有深意的，你怎么能这样辜负他们三位老人家的一番苦心呢？"

杨睿面有愧色，道："火掌门教训的是。我一定好好钻研，不辜负师兄和三位老人家的厚望。"

火坨坨掏出怀中的两个馒头，微笑道："先吃点东西吧，三天来没吃东西，估计三位师叔把你忘记在这里了。"

杨睿道："我不饿，你吃吧！"

火坨坨愣住了，道："三天没吃东西，你不饿？哎呀，对了，你这三天都这样睡在这里？不冷吗？"

杨睿摇头道："一开始冷啊，冻得我浑身发抖，可是再冷也没办法呀，后来睡着了就不冷了。现在我全身都热乎乎的呢。"

火坨坨微微一惊，脱口而出，道："我明白了，我明白了。"

杨睿不解，道："火掌门你明白什么？"

火坨坨喜道："公子，恭喜你，其实这三天你没有白待。"

杨睿道："此话是何意？"

火坨坨抬眼环视着百灵洞内的玉壁，道："我记起来了，曾经听先师喜厌道人说过，这百灵洞乃是我白虎门的圣地，此处的玄机高深莫测，是鸿蒙开辟之时留作的一方天地精华之所，天帝派遣天画神君驻守于此，这里天然存有亿万年的灵瑞，你置身洞中，其实即可受此先天罡气的灌输，实在是不亚于常人修习十年的功力。"

杨睿又惊又喜，道："火掌门，你说的可是真的？"

火坨坨点头道："公子，你不愧是碧凌先师的灵宠转世，真的是造化不浅啊！"他拉着杨睿来到洞口，指着洞口对面的一处悬崖，道："你越过去试试。"

杨睿大惊，连连摇手，道："不不不，那崖离这洞口足有十丈，我哪里有这个本事？万一失足掉下深渊，我命休矣。"

火坨坨哈哈大笑，道："公子，凭你目前体内的真力，别说这区区十丈之距，就是万丈深渊，你也可以如履平地。"

杨睿还是不敢试探。

火坨坨道："你随我来！"说着，纵身一跃，跳到了对面的高崖之上，朝杨睿招手，道："你试试，有我在此，你不会有闪失的。"

杨睿内心蠢蠢欲动，道："那我跳了，你，你可得保我周全。"一咬牙，奋力跳跃出去，他感到自己的身子如箭一般射出，已经到了火坨坨的身边，只是他内力虽然充沛，可是毕竟步法生疏，落地不稳，摇摇晃晃差一点站立不住，被火坨坨一把搀扶住。

火坨坨道："公子，你成功了。"

杨睿大喜，激动得脸上通红，道："火掌门，我真的做到了？"

就在这时，对面传来一声喊："喂，你们两个在那里卿卿我我干吗？那崖石那么高，歪歪斜斜的，一旦坍塌，把你们两个都埋了，不要命啦？"

杨睿和火坨坨循声望去，三圣已经站在了百灵洞口，他们每个人手里还提着一壶酒和一只烧鸡。

跛樵夫高声道："臭小子，快来吃吧，吃饱喝足了，快跟我们下去，接下来的日子就不能天天窝在这里睡大觉喽！"

第二十八章　授　艺

好一顿酒肉之后，三圣和火坨坨、杨睿离开了百灵洞。

临走的时候，杨睿朝四面的玉壁分别叩拜，心中默念道："碧凌神君在上，我杨睿有礼了，有朝一日我替父申冤，洗脱了罪名之后，再来朝拜感恩！"

余晖落去之时，杨睿随着三圣来到了三圣庐。

三日之前来百灵洞的时候，杨睿是在三圣的提携下才可攀上绝壁，可此时下峰，杨睿竟不需要再借助别人之力，自行而下，他感到体内一股浑厚的吸力散发在了脚底，每一步踏出，踩在陡峭的崖石上，居然异常沉稳。

到了三圣庐，盲书生道："臭小子，你现在已经具备了一定的功力，修习本门的绝艺可以登堂了，但何时入室就要看你的悟性。"

杨睿道："请二爷爷指点！"

盲书生不高兴，道："我是你大爷爷。那个跛子才是老二，聋子始终是老三，那是无可争议的。"

跛樵夫哈哈一笑，道："我不跟你这个瞎子争。"

聋琴师道："你们两个先把本门的基础技法教授于他，遇到不懂的地方去里屋请教我，我先去睡一会了。"说着自己先进去了。

火坨坨道："公子，本门功夫，分玄功与药功两种——"

杨睿打断火坨坨的话，道："药功就是下毒？"

盲书生嘿嘿笑道："下毒谁不会？会解毒那才叫本事。"

杨睿道："是！我记住了。"

盲书生从怀里摸出来一卷丝帛，道："这上面记载了白虎门的药功全编和咒语，你要好生背熟，切不能混淆，否则不但于法无益，还会贻害无穷。"

杨睿道："咒语？药功不就是照方下药吗？怎么还有咒语？"

盲书生道："错，一切法术都需要一个唤醒力量的理由，要不然的话，那些花花草草怎么可能会听命于你？"

杨睿恍然大悟，道："哦，原来如此！"

盲书生道："药功的重要组成部分就是药草和咒语，要选中你所需要的药草，对它们施法布咒，但一定要在完全保密的状态下方能有效，一旦布施口令发出，此药草再不可移作他用，也不可将其销毁，否则将会伤及自身，切记切记！"

杨睿接过盲书生手里的那卷帛书，小心翼翼地揣进怀中，道："我知道了，大爷爷!"

盲书生道："知道花千千那个死丫头为什么说话的声音那么悦耳，可是却面容恐怖吗？她原先可不是这样的。我瞎子是没见过她的相貌，你问你二爷爷。"

跛樵夫点头道："不错，花千千原本容貌姣好，是天底下少有的美人坯子，可是她就是在二十年前滥用药功，反为花草所伤，以至于落下了今天这样的模样，唉。"

火坨坨道："师叔，说起这件事情，我也有责任。"

盲书生叹道："生生死死，恩恩怨怨，一切都是因果循环，又岂能将罪责推诿在你一个人的头上？"

杨睿虽然不知道火坨坨和盲书生他们口中二十年前到底发生了什么大事件，但是此事已经是他们第二次提起，杨睿心知这事情必定十分重大，但是既然火坨坨他们不说，杨睿也不敢多问。

火坨坨道："公子，边关战事紧急，你要全力将心思放在修习上，务必在最短的时间内初步掌握三位师叔向你传授的要旨。"

杨睿道："是，火掌门!"

盲书生道："本门最高妙的当数碧凌龙诀。此神术历代只传白虎门掌门，你要虚心听命于小火的教导，只有习得了碧凌龙诀，才能使得起碧凌神剑。"

火坨坨道："师叔所言甚是。弟子定当将碧凌龙诀对杨公子倾囊相授。只是目前异族入侵，已兵至摘星关，我想是不是先让杨公子将白虎天罗阵法学了，也好尽快赶去边关御敌？"

盲书生道："边关退兵当然是迫在眉睫，但是我怕没有了碧凌剑，这白虎天罗阵也不一定能发挥奇效啊!"

火坨坨默然点头，道："是，师叔!"

跛樵夫道："要在如此短的时间内，让杨睿一股脑全部学完，也不大可能，碧凌龙诀背熟之后，就可以动身启程了。"

杨睿道："众师都是为了我杨睿才如此费心，我定当好好学。"

盲书生道："荡妖除魔，是我白虎门的职责所在，你就留下好好练吧。"

杨睿道："是！"

接下来的几日，杨睿便白天在跛樵夫的带领下去山间采集药草，回到三圣庐之后，跛樵夫手把手教他如何调配，如何施咒，如何解救，什么情况下用什么药功，如此种种。

好在杨睿生来聪明，自小又在宫中陪二王子伺读，理解能力还算强，几番调试之后，便将《药功全编》里的内容全部记住了。

火坨坨还是每天去自己的炭窑烧炭，可是到了晚上便来三圣庐传授杨睿的碧凌龙诀。

与学习药功不同，杨睿学起碧凌龙诀来则是异常的辛苦，他不仅仅要背熟所有的口诀，还要每一式都要听火坨坨拆解喂招。

虽然杨睿此前一直习剑，可是他感觉到碧凌龙诀的招式跟他此前所习的剑招全然不同。

杨睿以前习的剑法以搏斗为目的，由此招式凶狠，多以攻击居多。

可是碧凌龙诀却不怎么注重攻防之法，而是偏向于步法的灵动与剑招的飘忽，倒有点像王宫中舞女的姿态，只是相比之下更多了几分妖媚。

火坨坨教得极为详细，可是他越是教得详细，杨睿越感觉到此碧凌龙诀尽是花架子，中看不中用，换作女人练习似乎更为合适。

火坨坨好像看出了杨睿的心思，道："公子，你是不是觉得此剑术很是普通？不能上阵杀敌？"

杨睿脸上一红，道："正是。"

火坨坨呵呵笑，反问道："你以前所习的剑法，对手是谁？"

杨睿道："当然是人呀，敌人。"

火坨坨道："对，可是碧凌剑要面临的对手却不是人，而是魔。"

杨睿很是不明白火坨坨的话，道："是魔又如何？"

火坨坨道："当你面前的对手是人的时候，你要以勇制勇方能取胜。"

可是当你的对手是魔的时候，你招法越是凶狠，恰好着了它的道，因为凭着人的力量，无论如何是战胜不了魔的。"

杨睿似懂非懂，道："那凭什么毁灭它？"

火坨坨道："凭着碧凌剑本身的罡气。碧凌剑之所以能降魔，不是去与魔拼杀，而是要用碧凌龙诀，催动碧凌剑本身的罡气来摧毁魔的意志。换句话说，碧凌龙诀并非打斗之术，而是唤醒之术。"

杨睿道："碧凌龙诀其实是一种舞给自己看的剑术？"

火坨坨道："正是！由此，剑与诀不可以分开使用，有剑无诀，则剑为死剑；有诀无剑，则诀是浮诀。唯有剑诀合一，当横扫一切邪魔，势不可当。"

杨睿暗暗点头，喃喃自语道："原来如此！"

第二十九章　赠　剑

又过得半月有余，杨睿已经基本上把碧凌龙诀练得很是纯熟，那部《药功全编》更是被他背得烂熟于心。

白虎天罗阵的阵法虽然庞杂精妙，可是在"虎山三圣"的耐心教导下，杨睿很快便掌握了其中的玄机。原来此阵是通过天界东西南北四方之青龙、白虎、朱雀、玄武各居其位，将战场划为三垣、四象计七大星区，配以二十八星宿首位相连，击敌于要害，使其溃散。

在杨睿修习白虎天罗阵和碧凌龙诀的间隙，跛樵夫、盲书生和聋琴师还传授了他一些白虎门的基础剑术。

杨睿本来就自幼练剑，其父杨继善即是剑术格斗之中大师级别的人物，杨睿从小深得父亲的亲传，剑术底子颇深，此时他又得三圣的指点，暗自将所学相互印证，自然技艺又迅速提升了一筹。

这几日，空心儿与马相搏得知杨睿在跟随三圣以及火坨坨修习神术，也不禁替杨睿高兴，还偷偷地去山里逮了几只山鸡和野兔，私下里烤熟了带来给杨睿吃。

花婆婆不知去向，游云如坐针毡，她去"炭窑岩"找掌门火坨坨问计。

火坨坨也不知道她去了哪里，一番安慰游云，无奈游云焦急万分，六神无主，火坨坨便将她带来三圣庐，一来，与杨睿一起有个伴，二来，也好聊遣她内心的孤寂。

杨睿本来一个人在三圣庐练剑修丹，面对四个老人很是沉闷，空心儿、马相搏和游云一来，杨睿顿觉精神抖擞，四人在一起开开心心过了几日。

这一日，杨睿正和游云等四人在三圣庐外的小梅林里闲坐聊天，空心儿等三人好奇，询问杨睿近日来的修炼，均面露羡慕之色，谈及边关兵祸，则都郁郁寡欢。

空心儿忽然道："杨公子，你何时动身去摘星关？带我一起去呗？"

杨睿道："你要去摘星关？"

空心儿看着梅林远处的荒丘，一脸的茫然，道："别人都说我是被伙房的老师傅从关外捡回来的，我想去看看那里到底是什么样子。"

杨睿道："捡回来的？"

空心儿凄然一笑，道："嗯，一开始我也不知道是不是真的，伙房的老师傅前几年进山砍柴的时候失足摔死了，他死之前告诉我，说我确实是在十三年前被他从关外捡回来的。我也不知道关外到底是在哪里，杨公子，你看别人都有名字，可我连个名字都没有，唉。"说完，他呆呆地看着前面的荒丘发愣。

游云靠空心儿最近，她听到空心儿说到这里，自己的眼圈也一红，轻轻地拍了拍空心儿瘦弱的肩，道："别说这些了。"

马相搏站起来道："空心儿，你什么时候跟杨公子走，我马相搏陪你一起去。"

空心儿叹了一口气，道："就是不知道掌门能不能让我们去。"

杨睿道："我这次去边关可不是去玩，我是要去军营，与虞国的贼人作战，非常凶险，说不定还会有性命之忧。"

马相搏大声道："杨公子，你身子娇贵都不怕死，更何况我们？只要你肯带上我们，我们就跟你一起走，到时候一路上还好有个照应。"

游云叹道："我也想去。我师傅也不知道去了哪里，我想下山去找找她。"

空心儿道："干脆我们大家一起陪杨公子去，到了边关，说不定还可以帮上杨公子的忙呢。"

忽然，逗喜不知从什么地方"刺溜"一下钻了出来，一下子跳到了杨睿的肩头，指着空心儿大笑，道："在这几个人里面，数你本领最差，你不添乱就不错了，能帮上什么忙啊？哈哈哈哈——"

……

是夜，朗月当空，星稀谷静。

火坨坨怀中抱着一个长形的山羊皮盒子，来到了梅林的三圣庐。

羊皮盒子看似年代久远，表面已经萌生了一层黢黑油亮的光泽。

杨睿奇道："掌门，你这盒子里装的是什么？"

火坨坨不答，将羊皮盒子郑重地摆放在了三圣的面前，道："请三位师叔开启！"

三圣立即正襟危坐，面容极为严肃起来，你看看我，我看看你，谁也没有伸手。

盲书生对火坨坨道："还是你来吧！"

杨睿顿时已经猜到了八九分，道："碧凌神剑？！"

火坨坨道："正是。公子，这羊皮盒子内就是本门的无上至宝碧凌剑。自我师祖安泰先师百年前接下了此剑以来，这羊皮盒子还从来没有打开过。"

杨睿闻言，立即诚惶诚恐，道："掌门，你的意思是要将此等圣物相赠于我？"

跋樵夫道："碧凌剑乃白虎门的镇山之宝，安定天下的重器，你小子可别以为当真就送给你了。"

盲书生连连点头，道："要归还，要归还！只是临时借你一用，好让你在沙场大显我们玄门绝技白虎天罗阵的威力，待到外敌退去，你还得完好无损将它送来。"

杨睿正色道："那是当然！"

火坨坨道："公子，碧凌剑历代都在白虎山碧凌殿密室珍藏，你可得千万要小心保管，不能出丝毫差错。"

杨睿道："请掌门放心，杨睿就是把自己的命丢了，也不可能将这等圣物遗失的。"

聋琴师忽然伸手拿起石桌上的羊皮盒，道："火不明，让我来开启吧，唉，想我聋子年近百岁高龄，也算是白虎门的名宿长辈，居然此生还未得一见碧凌神器的尊容，真是惭愧啊。"他说着，缓缓解开羊皮盒上缠绕着的银丝，将盒子揭开，小心翼翼地从里面捧出一把通体碧绿的玉剑来，激动得双手直抖动。

盲书生也颤巍巍地把手伸过来，轻轻抚摸着聋琴师手里的碧凌剑，激动得老泪纵横，道："我瞎子天生看不见，注定此生无法一睹碧凌宝剑的真面目，但是今天能亲手摸一下，也是三生有幸之事。"

跋樵夫也凑过来，满脸虔诚恭敬地观看着碧凌剑，赞道："果然是一把神剑！"

杨睿睁大眼睛，仔细看了几眼面前的这把玉剑，只见此剑虽然是玉制，可是两面剑锋透着寒光，剑身上镌刻着一尊神兽，形态正是碧凌殿内供奉的碧凌神君，心道："难怪叫碧凌剑，原来是翠玉淬制的。"

火坨坨小心翼翼上前，一脸的诚惶诚恐，居然激动得瞠目结舌，一句话也说不出来。

第三十章　流　民

次日凌晨，天刚蒙蒙亮的时候，杨睿背负碧凌剑告别了三圣，走出了那片梅林。这些天来，空心儿把杨睿借来的那匹马一直寄养在了他伙房旁的柴屋内，每天还去山间打来新鲜的蒿草喂着。

杨睿来到火坨坨的窑窟前，准备向火坨坨辞行，却见游云、空心儿、马相搏、杜寅、濮舒五个人也都在此，窑窟前的杂树下竟然还多了五匹马。

那匹枣红马乍见到杨睿，顿时昂首发出一声欢快的嘶鸣。

空心儿见杨睿到来，喜道："杨公子！掌门也同意我们一起去啦。"

杜寅此前伤过杨睿，此时相见，很是羞愧，抱拳道："杨公子！"

杨睿道："杜道兄，你们这是？"

游云笑吟吟道："掌门让我们与你一路同行。"

这时，火坨坨走了出来，道："杨公子，你此番前去摘星关，想必险恶重重，本门弟子濮舒不久之前才从摘星关返回，他沿途较为熟悉，我让他们几个跟随你一道，或许到时还可以助你一臂之力。"

杨睿躬身一拜，道："多谢掌门想得如此周到！"

火坨坨语重心长地道："此去前途未卜，公子你务必要万分小心。"

杨睿不舍，眼角噙着泪花，双手抱拳道："杨睿感谢掌门的救命和授艺之恩，他日凯旋前来拜山，定当与掌门痛饮。"说罢与游云等翻身上马。

火坨坨轻轻挥挥手，道："去吧！"

杨睿一勒缰绳，率领着另外五骑离开了窑窟前的山崖。

出了白虎山，往北便是漫漫荒丘。东边天际微微泛出一抹黄白，在暗青与紫红相间的朝霞下，杨睿、游云等绝尘而去。

......

诗云："莺飞何处可问天，野草芦花共入眠。少年不需拿云志，秋风过后即随仙。"

自天地初开，山河环抱之间，即诞生了天下几处要塞，其中，由白虎山以北，就是一望无际的广袤荒原与无边的大漠，地势纵横平坦，没有丝毫屏障可言，唯有摘星关，依仗着雄浑的高原之险，独立于大漠边陲，将杞国与虞国分割开来，是为天下第一要塞。

摘星关以内，是无尽的芦滩，还有不时突兀而起的沙堡，在绵延数百里的地域内，零零星星地坐落着一两处塞北埠驿，供平时南来北往的商客歇脚打尖。

杨睿心里系挂着此时在摘星关身陷重围的威武将军马元鹏，一路快马加鞭朝前赶，可是到了日近中天之时，他们进入了一片芦滩，地湿草长，马的速度便一下子慢了下来，有的地方干脆就将马陷进去，无法负人，杨睿等只得下来牵着马踏泽而过。

杜寅见满眼芦花，不着边际，便问身边的濮舒，道："濮师弟，咱们是不是走错道了？怎么进了这片鬼地方来？"

濮舒没好气地道："掌门师兄，你以为我每次去关外拉盐就是肥差啊？这一路风餐露宿的不说，沼泽、黄沙到处都是，有时候还会遇到土匪，得全力与他们周旋。"

杜寅被濮舒一顿抢白，一时语塞。

杨睿道："这样人迹罕至的地方怎么还有土匪？"

濮舒道："公子，你有所不知，这些土匪可精明着呢，他们平时潜伏在这些荒无人烟的道上，打劫往来的商客，干的可都是大票的买卖。"

空心儿笑道："土匪长什么模样？是不是跟掌门师兄差不多？"他打记事起就没有出过白虎山，于世间人情一概不知，此次下山，所见的一切都感觉新奇。

杜寅怒道："空心儿，你敢出言侮辱我？"

空心儿忙道："我哪敢呢？你是掌门师兄，平时不欺负我们，就已经很不错了。"

游云道："你们都少说几句吧，当心脚下的泥潭陷进去。"

忽然，杨睿的耳边传来一阵杂乱的脚步声，他忙道："大伙先别说话，好像前方有人来了。"

此时的杨睿通过在百灵洞中的先天真气灌输，身上的内力已经远超杜寅、游云，他们二人还没有听到远处的声响，杨睿已经察觉到了。

果不其然，杨睿等朝前又走了一段，前面芦草稀疏，却见前方有七八个衣衫褴褛的人由远及近朝自己这边走来。

杨睿待对方走到跟前，才发现原来他们是一群拄着拐杖的中年流民，个个衣不蔽体，发髻散乱，面黄肌瘦。来人见到杨睿等几个，都瞪着一双双大眼睛看，窃窃私语。

游云被对方看得不好意思，便打马急匆匆从他们身边走过。

杨睿上前，道："各位小哥，你们这是从哪里来？"

一人道："我们是关外来的，前方正在闹兵荒，你们怎么还朝那边去呢？"

杨睿道："是摘星关吗？那边的战事现在如何？"

几个流民不答，却一个个眼巴巴地盯着杨睿马背上装有黍饼的布袋子。

杨睿心里一笑，解开布袋，拿出几张黍饼递了过去。对方七八个人顿时上来一哄而抢，想必已经在途中饿了多天了。

空心儿道："喂，你们别光顾着吃饼呀，我们公子在问你们话呢？"

一流民一边狼吞虎咽，一边含糊不清地道："去不得，去不得。那些虞国贼人已经将摘星关围得水泄不通了。"

杨睿忙道："摘星关被攻破了？"

那人道："那倒没有，马将军一直在誓死守着，摘星关东面、北面的门堡全部都被封死了，连一只鸟都飞不过去，守关将士死伤无数，已经断粮好几天了。"

杨睿大惊，道："啊？这位小哥，你怎么知道得这么清楚？还知道马将军？"

另一人道："知道马将军有什么稀奇的？我们就是他手下的兵，我们先逃出来了。"

杨睿一听，大怒，道："原来你们几个都是摘星关的逃兵？"

一个年纪稍大一点的人道："摘星关已经被虞国贼人重重包围，破关只是早晚的事，再不逃，难道还要让我们陪着他马元鹏一起殉葬吗？"他话还没有说完，被杜寅一脚踢翻。

杜寅拔剑就要刺死眼前的几个人，杨睿叫道："杜道兄，不可。"

杜寅指着他们几个，对杨睿道："这几个贪生怕死之徒，留着他们又有何用？"

杨睿苦笑，道："唉，他们曾经也是我马叔叔手下的士兵，放了他们吧。"

七八个人如遇大赦，各自捡回一条命，连滚带爬跑了。

第三十一章　夜　惊

杨睿、杜寅等继续朝前赶路。越往前走，接近边关的时候，路上遇到的人就越多。

起初还是一些溃败下来的逃兵，接下来，更多的则是难民。他们拖家带口、扶老携幼，急于逃离家园。

这一日，杨睿等人来到了一处荒废的旧镇遗址。到处是倒塌的残垣断壁，显然已经很久没有人居住。

眼见天色已晚，杨睿道："大家今日就在此歇息，明天一早再赶路吧，也正好给马儿歇歇脚。"

连日奔波，人困马乏。杨睿等找到了一处半塌的石楼作为歇息之处。

空心儿和濮舒二人牵着马去一旁的草滩吃草，忽然空心儿叫了起来："公子，不好啦！"

杨睿赶过去看，见马背上原本系着的几个水袋已经不知去向，看上去是被人割去的，不由得大吃一惊，道："怎么回事？"

空心儿道："不知道，才发现水袋不见了。"

濮舒道："会不会在路上的时候绳子断了？"

杨睿仔细查看断裂的绳子，道："这几根水袋绳，显然是被人刚刚扯断的。可是这里除了咱们几个人，再也没有别人呀。"他逐一查看，几匹马背上的水袋都已经不翼而飞，不禁大吃一惊，心道："大家小心，这里有古怪。"

游云和杜寅等也过来看，他们四处散开去寻找周边的可疑之人，可是寻了半天哪里有半个踪影？

这一夜，杨睿让众人拢在一起休息，把马匹也系在了身边几尺之遥的石柱子上。大家胡乱吃了一点干粮，便沉沉睡去。

睡了半晌，杨睿感觉有人凑近，他睁开眼睛一看，却是游云。

游云压声在杨睿的耳边道："公子！杜寅师兄不见了。"

杨睿抬眼望去，果然不见了杜寅，惊道："他什么时候走的？"

游云道："不知道，他的马匹还在。"

杨睿沉吟道："那他这是去了哪里？咱们得去找找。"

这荒漠之中，时常有群狼出没。

杜寅虽然是白虎门的掌门大弟子，可是此时身处陌生之地，尤其是刚刚被人无端扯去了大家的水袋。现在杜寅又莫名其妙地凭空消失，这让杨睿隐隐感到事态似乎变得越来越复杂。

杨睿和游云悄悄叫醒了空心儿、马相搏和濮舒，吩咐大家赶紧起身去寻找杜寅。杨睿让游云和马相搏、濮舒三个人一起，自己则和空心儿一起，分头去寻，一旦发现杜寅，以喊声为号。

可是大家分头找了一圈下来，又都回到了半塌的石楼前，均默然摇头。

游云着急道："公子，现在咱们该怎么办？"

空心儿道："杜寅师兄是不是找地方去解手了？"

濮舒道："这都多久了？十趟手也解回来了。"

杨睿道："大家先不要慌乱，咱们再去前面的沙原那边看看。"

就在这时，忽然废墟的东边传来了数声叫喊："贼兵来啦！""贼兵来啦！"

杨睿等大惊，正要仗剑奔去东边，忽然西边和北边也同时发出了惊呼："贼兵来啦！""快，来人啊！"

杨睿、游云等大惊失色，杨睿叫道："大家切不要乱了手脚，都靠在一起，我们朝北边突围。"说着带着大家朝北边的郭外奔去。

杨睿带着游云等来到了北边的沙原上，月清原高，夜风阵阵。除了远处影影绰绰的沙峦，哪里有半个贼兵？

大家正在狐疑间，却从身后传来一阵哈哈大笑之声："哈哈哈哈，笑死我了！笑死我了！"

杨睿等急忙回头看，却见逗喜手里拎着五六个皮囊水袋，正踮起脚站在离他们不远处的沙峦上。一副嘲笑的表情正冲着杨睿等做鬼脸。

游云斥道："原来是你这个孽畜在暗中捣乱？"

逗喜昂着头，梗着脖子，翻起了白眼看着天上，对游云不理不睬。

杨睿等上前，他道："怎么是你？逗喜？原来水袋子全都是被你扯去了？你是什么时候跟来的？"

逗喜撇着嘴，道："谁让你们不带上我一起的？害得我一路上紧赶慢赶，累得够呛。"

空心儿上去从逗喜手里一把抢过几只水袋，道："逗喜，你太厉害了，差一点把我们全都骗过了，正急得不知如何是好。"

逗喜白了空心儿一眼，咕哝道："别拍我老人家的马屁，你也不是什

111

么好人。"

杨睿内心大舒了一口气，伸出双臂，道："逗喜乖，别再生气了。快到我这里来。"

逗喜"嗖"的一下，跳到了杨睿的肩上，可它的嘴里却说："谁稀罕你假惺惺地做好人呢？"

游云道："大胆孽障，敢这样跟公子说话？"

杨睿知道逗喜是精灵，有无所不知无所不晓之能。此时他乍见到逗喜，内心便一下子有底了，故意对游云道："都说逗喜神通广大，可是到底是不是呢？它连我们之间少了一个人都没看出来。"

游云还没有说话，逗喜抢着道："谁不知道呢？不就是少了杜寅那个不讨喜的家伙吗？"

杨睿赞道："逗喜果然灵通，可是你只知其一不知其二，他现在去了哪里？你又不知道。"

逗喜哈哈大笑，道："切，那家伙狂妄自大，以为自己是白虎门的大师兄，就真的了不起了。现在他身陷险境，估计快要性命不保。"

杨睿内心惊讶，表面却不露声色，故意道："逗喜，你别逗我们了，杜寅道兄武艺高强，怎么可能有危险呢？"

逗喜大声道："他武艺高强有什么用？能敌得过几百匪徒吗？"

马相搏道："几百匪徒？你怎么知道得这么清楚？"

空心儿道："刚才他还跟我们在一起睡觉的啊，怎么突然冒出来几百匪徒了呢？"

逗喜老气横秋地道："你们两个懂什么？先前你们呼呼大睡的时候，有几个大漠的土匪路过，被杜寅发现了。他可能是想在你们面前独自立一功，所以便悄悄跟随人家去了，估计现在已经被人家给逮住，脱不开身了。"

杨睿急道："逗喜，你可知道，那些大漠土匪在哪里？快带我们去。"

逗喜道："知道我倒是知道，可就是不知道你们去了能不能来得及救杜寅那家伙的性命了。"

濮舒道："逗喜大人，你赶紧带我们去呀。"

逗喜一听，脸现愕然之色，道："你刚才叫我什么？大人？"

濮舒道："是啊？谁不知道你逗喜大人是咱们白虎山的吉星？"

逗喜双面圆睁，愣了一下，突然手舞足蹈起来，道："欧呵呵，走哦，去救傻子去吧！"哧溜一下从杨睿的肩头跃下，朝前面的深壑奔去："随我来！"

第三十二章　遇　匪

莽莽荒原上一道深深的壑谷，犹如地下奇观，壑高足有百丈，弯弯曲曲，绵延直通远方。

天上的月亮钻进了厚厚的云层，整个大壑一下子暗了下来。

杨睿等五人悄无声息地潜进了深壑底部。

入得壑底，杨睿才知道此处的险要——要是在壑谷的上面莽原上，只要不到壑沿边上，路人根本发现不了前面的这个深谷大壑。

壑深壁绝不说，壑底岔道纵横交错，时不时冒出来几个洞窟，犹如魔兽的一只只眼睛。整个深壑只有一条盘旋而上的小道通到荒原之上。

逗喜指着壑底的一个大洞窟，悄声道："我看到杜寅跟着那两个人进了这里面。"

杨睿等蹑手蹑脚地摸上前去，刚到洞口，就见里面透出了阵阵篝火的红光，并夹杂着些许喧闹的声音。

一人道："大哥，你准备怎么处置这小子？"

另外一人道："那还用说吗？直接宰了，省得浪费咱们的粮食。"

洞窟内传出一个洪亮的声音，道："这小子以为自己剑术高超，连伤了咱们的几个弟兄就了不起了。他可不知道我巴赫做土匪之前其实是鼓捣药材的，呵呵。”

有多人哄然大笑。原先那人道："没错，咱们巴老大的迷魂散，那是天下无敌。这小子太托大了，也是他命中有此一劫，该死。"

这时，洞窟里传出来杜寅的声音，他骂道："你们这群歹人，识相的赶紧把你道爷给放了。要不然，白虎门可不是吃素的。等我师弟师妹他们寻到这里，可没有你们好果子吃。"

巴赫道："你他娘的，死到临头了，你还嘴硬？"一声响亮的巴掌声传来，似乎是杜寅的脸上挨了一记。

洞窟内的人七嘴八舌，纷纷道："这小子太犟了，不给他点苦头吃不行。""只可惜他是个臭道人，要是个娘们，倒可以让兄弟们乐一乐。"

巴赫忽然道："小子，你刚才说什么？你们同行的什么师妹？她现在何处？"

杜寅道："呸，我就是告诉了你们，就凭你们几个盗贼，还敢去招惹？"

洞窟外的杨睿等面面相觑，他们听到这里，知道杜寅还未遭到匪帮的毒手，都暗自松了一口气。

杨睿向游云等人使了一个眼色，一起突然执剑冲了进去。

洞窟中的巴赫等有十几个人，正围着一堆篝火烤着一只野黄羊边吃边喝。一旁的地上，杜寅被五花大绑捆着，丢在篝火边，脸色乌青，显然是被打的。

杨睿等五人一起冲进匪窟，把巴赫等吓了一跳。

众匪均慌乱站起来，喝道："什么人？"

巴赫的眼睛盯着游云看，道："看来你就是这小子刚才说的那个什么师妹了？果然细皮嫩肉，天仙一般的模样，俊，实在是俊得很。"

游云一挥剑，巴赫身上的麻裤被剑气割裂，腰部以下的麻衣呼啦一下掉了下来，露出了里面的一截狐狸尾巴缝制的胯兜。

空心儿等见了，不由得哈哈大笑起来。

杨睿道："你们几个毛贼倒是会享乐。有酒有肉，还不招呼我们坐下一起共享?"

巴赫虽然凶狠霸道,可是他毕竟只是匹夫之勇。在游云这样的白虎门好手眼中哪里还凶狠得起来?见这阵势,赶忙连连作揖,赔笑道:"各位好汉大驾光临,是我巴赫的荣幸,快快请坐下品尝。"转头喝斥道:"还不快给这位道爷松绑?"

众匪徒见老大都臣服了杨睿等人,便一起唯唯诺诺,赶紧将杜寅松绑,都退到了一旁。

原来,杜寅在前半夜一直没睡,巴赫手下的两个匪寇深夜外出归来,脚步声惊动了杜寅,他便悄悄跟了上去,一直跟踪到了这里。

要是论实力,十个巴赫也战胜不了杜寅,可是由于杜寅的托大,在连伤了几个盗贼之后,巴赫出手了,他使的是一把长长的铁槊,可是由于他在槊的顶端设置了一个小机关,里面填满了迷魂散,一下子将杜寅给迷晕了。

幸亏逗喜发现了这个匪窟,要不然杜寅即使有再大的本事,恐怕也成了待宰的羔羊,性命堪忧。

杜寅一向在白虎门中趾高气扬,哪里受过此等侮辱?更何况还是在杨睿的面前?他此时得脱了身上的绳索,立即暴跳如雷,冲上前去随即便"啪啪"几记耳光,将巴赫抽得呆立在原地。

巴赫不敢躲闪,口中直道:"道爷息怒!道爷息怒!"

杜寅涨红了脸,怒喝:"你这狗贼,居然敢暗算本道爷?"说着,顺手拾起地上丢弃的剑就要斩杀巴赫。

杨睿赶忙制止,道:"杜道兄稍安勿躁!千万别伤了他的性命。"

巴赫见状,赶紧朝杨睿磕头如捣葱,求道:"公子救命!公子救命!"

马相搏、濮舒见杨睿阻止杜寅伤巴赫,便纷纷出手将杜寅拉住,道:"大师兄,看在杨公子的分上,就饶了他吧。"

杨睿道:"巴老大,你先起来!"

巴赫战战兢兢地从地上爬起来,道:"公子请吩咐?"

杨睿道："我杨睿最讲江湖道义，也最尊重有能力的人。你巴老大在此地能盘踞多年为寇，自然也不是一般的山贼可比，我今天就交了你这个朋友。"

巴赫万万没有想到杨睿等人不仅不杀他，还如此相待，不由得很是感激，抱拳道："感谢杨公子不杀之恩，还对我如此仁厚相待，从今往后，我巴赫这条命就是你杨公子的了，只要公子吩咐，我巴赫和众弟兄赴汤蹈火，万死不辞。"

杨睿道："巴老大！你可知道前方的摘星关正在激战？"

巴赫道："那当然知道，虞国的军队已经将摘星关的守军打得闭关不出，快要被困死了。"

杨睿道："你可知道有什么办法可以入得了摘星关？"

巴赫惊讶地道："公子要去摘星关？"

杨睿道："正是！"

巴赫摇头道："公子请三思！你们此时去摘星关，无异于自寻死路。若要说进摘星关，倒也不难。咱弟兄们常年在此做强盗，还有什么人比我更熟悉这里的地形吗？"

杨睿道："你有多少人马？"

巴赫道："咱们本来有几十人，最近扩充了一些，都是从前线逃出来的将士，现在嘛，估计得有个百多号人吧，我他娘的也没细数过，有人来投，咱就收下，反正咱们有吃有喝。"

杨睿奇道："你哪来的那么多粮食养他们？"

巴赫大言不惭，道："呵呵，那当然是抢来的。这些年，咱们不仅抢关内的客商、大户，有时候还翻越摘星关要塞，去抢一些虞国人的东西，咱们的粮食多得吃不完。"

杨睿大喜，道："巴兄弟此话当真？你的粮食屯在何处？快带我去看看。"

第三十三章　疮　痍

黄云低垂下的摘星关，死气沉沉。

一道道沙梁子高高耸立，其间修筑了一座座石头垒起的城堡，一共有七座，中间最大的一座足足有半个王城那么大，宛如一座城。

平日里，城里城外，边民络绎不绝，赶着成群的牛羊，在四野的草原上放牧。也有关内的商客前来与边民交换着各自的日需品，很是热闹。

可是此时的摘星关已经是一座孤城。放眼四野，到处是烧焦的房屋和倒塌在地破碎的战旗。

摘星关城门紧闭，城外除了到处是尸体之外，见不到一个人影了。城里是什么样子？不知道。

杨睿等率着巴赫百十号人，推着一架架装满粮食的独轮车，来到了摘星关的城门下，却始终不见有人前来将城门打开。

杨睿一直在寒风中等待，他叫道："守城的将士听着，速去报威武将军，就说京都杨睿求见！速速打开城门。"

喊了半天，城楼上无人应答。

游云道："我先进去看看。"

游云是白虎门花婆婆的高足，自幼跟随其师修习玄术，区区数丈高的城楼，她可以很轻松地飞身而上。

可是杨睿却坚持在城外等待，他道："我们此番前来虽是助军，也是拜关。威武将军马叔叔是家父的部下，算起来也是我杨睿的长辈，万不可缺了礼数。"

游云见杨睿这样说，也无计可施，只得与大家继续等待。

直到天色将晚，城楼上才出现一个士卒。他见到城外有几十车的粮食，顿时高兴得跳了起来，直喊："快，打开城门，放他们进来。"

……

摘星关的形势比杨睿此前想象的还要严重，到处都是残垣断壁。很多将士都裹着破破烂烂的衣服，就蜷缩在角落边。怀里抱着战刀，一脸的迷惘。

众将士见到粮食，都两眼放光，一拥而上疯抢。他们已经几天没有进食了，早就饿得眼冒金星。

杨睿叫道："摘星关守将威武将军马元鹏何在？"

一士卒道："马将军正在帅帐，小的带你去。"

杨睿跟随那士卒穿过一片满是箭矢的屋棚，不由问道："这里为什么到处插满了箭羽？"

士卒道："哦，你是说这个啊？这是前天虞国人射来的飞箭，射杀了我们不少兄弟。"

杨睿惊道："虞国的军士远在城外，居然能将箭射到这里？"

士卒道："这有什么稀奇？还有一次他们派来了无数的天兵，飞进了摘星关，一个个凶神恶煞，见人就咬，连马将军的眼睛都被咬瞎了一只。"

杨睿又惊又奇，道："什么会飞的天兵？"

士卒道："会飞的天兵当然是长了翅膀的嘛。"

杨睿听士卒这么一说，内心一下子疑虑了起来，他看向游云。

正好游云也朝他看，向他微微点点头。两个人都异口同声道："虞国的军队里有古怪。"

就在这时，士卒已经带着杨睿等来到了一处赤石垒成的屋子前，几十个满身血迹、蓬头垢面的守关士兵正在拉扯着一个独眼人。

众人七嘴八舌地叫唤："交出帅印！""马将军，你就放过我们这些兄弟吧！"

"快快交出来，不然别怪我翻脸无情。"一位虬髯大汉拉扯着独眼人吼道。

独眼人身穿战袍，发髻散乱，一只眼睛蒙着黑布，显然是受伤所致。他表情漠然，任由众人推搡，始终没有还手。

杨睿还是在七八年前见过马元鹏一面，当时的威武将军马元鹏俊朗非凡，英气逼人。自从那年他被杨继善选为副将，远赴边关，杨睿便再也没有见过他。

刚才杨睿听说马元鹏被会飞的天兵咬瞎了眼睛，此时见到前面这个一只眼睛蒙着黑布的人，杨睿已经料到他便是威武将军马元鹏了。

杨睿快步赶上前，拉开众人，挡在了马元鹏的面前，叫道："你们干什么？"

虬髯大汉看看杨睿和游云、杜寅等，道："你们几个是什么人？我怎么好像没见过你们？"

杨睿道："你又是谁？敢这样以下犯上？"

虬髯大汉大声喝道："我是摘星关总兵沙玛，虞国来敌已经大军压境。摘星关把守的弟兄们已经死的死、残的残，城内早已经断粮多日，朝中援军迟迟不到。马将军再不交出帅印投降，难道要让咱们这些兄弟们全部陪他殉葬吗？"

马元鹏脸色凄然，斩钉截铁地道："我身为杞国大将，宁可战死沙场，休得让我投降异族。"

杨睿冷眼看着沙玛，道："这么说，你是想逼迫马将军交出帅印，你好带着这些未亡将士去投了虞国人？"

沙玛道："正是，我是摘星关总兵，我也要对自己手底下的这些弟兄们负责——"

杨睿不等对方把话说完，疾速抽出腰间佩的碧凌剑，一剑劈下，沙玛顿时身首异处，鲜血溅得到处都是。

这突如其来的变故，让在场的人谁也无法预料，都被吓惊呆了。

杨睿仗剑在手，高声道："再有谁敢蛊惑军心，此人就是他的下场。"

众人均惊愕地一时呆立当场，面面相觑。

杨睿转过身来，朝马元鹏伏地就拜，道："杨睿助军来迟，请马叔叔宽恕！"

马元鹏一下子没有将杨睿认出来，道："这位兄弟大义凛然，快快请起！"将杨睿搀扶起来。

杨睿握着马元鹏的手，激动地道："马叔叔，是我呀，我是杨睿，你认不出来我了？"

马元鹏一愣，仔细打量着眼前的这个年轻人，道："你是杨睿？哪个杨睿？是衡将军杨继善大人的公子？"

杨睿紧握着马元鹏的手，点头道："正是小侄！"

七八年前马元鹏随杨继善赴疆之时，杨睿才十二三岁。此时却已经长成了一个英气勃发的青年，又在万里之外的摘星关，乍一初见，马元鹏哪里敢认？

马元鹏不由得如在梦中，口中直道："杨睿？你果然是杨睿？你爹呢？怎么是你？衡将军来了吗？"

杨睿没有回答马元鹏的话，转身对众人道："前门正在分发粮食，大伙赶紧先去取回自己的军粮，待我与威武将军共商退敌之策。"

众人一听到"粮食"二字，不由得大喜过望，纷纷朝前门蜂拥而去。

杨睿含泪对马元鹏道："马叔叔，我爹，我爹他——"

马元鹏惊问："你爹他怎么啦？"

第三十四章　大　雾

外面夜幕低沉，寒风呼啸，帅帐之内，一灯如豆。

马元鹏盘腿坐于帐中，与杨睿对饮，默默地听着杨睿讲述着自己的老上级、衡将军杨继善入狱的前因后果，一言不发。

酒，是苦酒，一碗接着一碗。

马元鹏每喝一碗，杨睿都陪着他也干一碗。

杨睿的遭遇讲完了，坛子里的酒也喝完了。

马元鹏始终面无表情地静静地听着，没有惊讶、没有悲伤，也没有愤怒。但是杨睿可以看出来，马元鹏听得非常认真。

马元鹏把坛子提起来，摇晃了几下，里面已经空了。

杨睿泪流满面，道："马叔叔，酒没了。"

这么多天来，杨睿始终极力地表现出来一种沉稳的姿态，其实他的内心是异常的焦虑。他朝思暮想着就是尽快见到马元鹏，尝试着看看马元鹏能否为父亲杨继善洗脱冤屈，现在他终于见到了：

——马元鹏自己却已经朝不保夕；

——虞国的军队随时随地会席卷而来。

杨睿的内心充满着失望、失落、惆怅、焦虑、迷惘，在不知不觉间，他哭了。

——杨睿不是因为看不到马元鹏能为自己的父亲杨继善翻案的希望而哭。其实，此时此刻，他的内心更担心的反而是眼前的这位马叔叔。

——异族的军队兵临城下，自己的部队却支离破碎。

要不是杨睿白天一时气血上冲，斩了沙玛，把这些摘星关的残兵败将给镇住了，还不知道他们会闹出什么事情来。

威武将军马元鹏也算是杞国的一代名将，此时此刻居然面对着内忧外患，显得如此渺小不堪。

杨睿的内心深深地知道：这，不是马元鹏的无能，而是时局造成的。相反，马元鹏静静地听着他从头到尾的讲述，他的那份镇定如山的气概令杨睿折服。

马元鹏从坛子里倒出了最后的几滴酒，一饮而尽，他高高抬起了手里的酒坛子，使劲掷于地上，"哐啷"一声巨响。

随即，马元鹏以手击案，唱道："万里——山河——过往浮尘，千堆

121

白骨，看斜阳，血染黄沙——斑鸠咕咕——"

歌声沙哑苍劲，在摘星关遥远的夜空，随风飘荡。

这一夜，杨睿就在帅帐中与马元鹏趴在矮案上睡了。

睡得正憨，隐隐约约有城外无数的马蹄声传来，伴随着嘈杂的冲杀喊叫。

马元鹏与杨睿惊案而起，执剑冲了出去

帅帐之外，士卒纷纷拿着手里的兵器，杂乱地朝摘星关前门奔去，都边跑边叫道："快！虞国人来了！""大家去前门，千万别让他们把城门给撞塌了。"

杨睿随着马元鹏等火速朝前门去，爬上城楼，见土城楼上早有士卒在惊慌失措地张望着城外。

游云、杜寅、空心儿、马相搏等也都已经到了。

士卒见到马元鹏，急喊："马将军，虞国人又来了！"

杨睿探头朝城外的下面看去，只见数百虞国人的骑兵已经到了土城的楼下，驻马而立，均手提明晃晃的弯刀，不住地叫嚣着。

为首的是一员身披战袍的人，月色朦胧，看不清对方的脸，只见其身形并不伟岸，倒还显得有一些瘦弱。

马元鹏对杨睿道："他们每天夜间都来袭扰。"

杨睿道："马叔叔，这城外为首的敌方大将是何人？他们区区二三百人，我们何不打开城门，趁势掩杀过去，将他们一举给灭了？"

马元鹏道："万万不可，先前咱们就吃过这样的亏，他们明地里就这区区几百人。其实黑暗之中，有大批埋伏的箭手，在等着我们出城。"

这时，城外的敌人阵营之中，不断传来狂傲的号叫声。

杨睿气不打一处来，请示马元鹏道："马叔叔，我和云儿从后面快马出城，截住他们。"

马元鹏还未来得及阻止，杨睿和游云已经转身去了。

马相搏叫道："公子，等等我！"

......

不知道从什么时候起，夜空中弥漫开来阵阵雾气，将摘星关方圆数十里全部笼罩了起来。

雾气越来越大，虞国前来挑衅的二三百骑纷纷撤去。

不一会儿工夫，整个大地一派迷蒙，哪怕近在咫尺，也分不清东南西北，摘星关城外只听得到处是杂乱的马蹄声和嘶鸣。

杨睿与游云、马相搏三人的马与敌军的马匹相混在一起，完全到了敌我莫辨的地步了，只顾着跟随大部队朝前去。

几声"砰砰"巨响，似乎是对方有数骑连人带马摔入了一侧的深壑里，这时，传来一声喊："公主殿下有令，大家都别慌，原地立马待命，等大雾散开了再行计较。"

杨睿闻言一惊，心道："怎么又冒出来一个公主殿下？这大雾一旦散开，我们三个人岂不是直接就暴露在了敌人的重重包围之中？到时别说擒住对方的主将，就是脱身都难。"但浓雾之中，哪里还能找到敌军主将身在何处？

就在这时，忽然杨睿骑的那匹枣红骏马发出了一声欢快的嘶鸣，撒开蹄子朝前奔去。

杨睿大急，使劲想勒住缰绳，可是马儿却像发了疯似的往前冲。情急之下，杨睿只得悄然拔出碧凌剑在手，准备时刻应对危险之局。

迷雾之中，杨睿分辨不出来方向，只感到转眼工夫，身下的马儿已将他载了一段路。便自己停了下来，鼻子里发出"呼呼"的声响，似乎在与另一匹马交颈厮磨了起来。

杨睿顿时生疑，心道："这马到底怎么回事？早不发情晚不发情，怎么偏偏这个要命的时候发起情来呢？"他使劲勒缰绳，可是身下的马就是不走。

就在杨睿无计可施的时候，忽然，杨睿身边有一个声音失声道："阿紫？是阿紫回来了？"是一个女人的声音。

123

碧凌剑

杨睿知道此人是敌非友，想必是敌军中的女将——虞国是游牧异族，军中有女将也是常事，当下不假思索地循声刺出了一剑。

"叮"的一声响，杨睿刺出去的一剑被对方挡了开去，听对方一声娇叱道："你是什么人？敢行刺我？"

杨睿感觉面门生寒，对方开始向他出招了。杨睿在白虎山跟随盲书生习得"龙钟神罩"的基础功法，虽然修为尚浅，可用于应付一般的袭击还是绰绰有余的。

——盲书生双目不能视物，凭"龙钟神罩"随意一式就破了花婆婆凌厉的招数，由此可见，此功位居"白虎四神术"之列当属实至名归。

杨睿未等对方的剑锋抵达肌肤，体内的罡气已经到达了碧凌剑的剑身，立即将对方的长剑黏住。

杨睿奋力一甩，硬生生将对方手中的长剑给扯飞了出去。与此同时，杨睿突然感到一团柔若无骨的身躯朝自己身上倒了过来。

"哎呀"一声，对方惊慌失措间还没有来得及反抗，已被杨睿出指如飞，连续封住了身上的"气府""骨空"几处要穴，顿时瘫软如一团棉花一般倒在了杨睿的怀中。

第三十五章　放　归

杨睿怀里躺着一个人，他一时之间也无法辨识此人的容貌，只闻得其身上散发出幽兰般的奇香。

杨睿本想将她扔下马去，可不知为什么却始终拿不定主意。

就在此时，杨睿身边一阵骚动，嘈杂声起，有人纷纷喊："公主殿下！公主殿下在哪里？"却不见有人应答。

杨睿心道："对方有这么多人，一旦大雾散去，我们三个人孤军奋战，势必没有胜算。不如趁此先掳回去一人，看看她是何来路，听他们喊公主，莫非就是我怀里的这个女子？"想到这里，杨睿纵马勒缰，掉头疾驰，叫："云儿，咱们走。"

游云和马相搏挨着，听到杨睿的指令，也掉转马头而去。

大雾间有旁边的人马阻碍，但是游云、马相搏心知周边所有的人都是敌人，挥剑任意便砍，一时之间，砍杀七八人，突围而去。

当杨睿等三人打马回到摘星关的时候，大雾渐渐散去。

三人来到马元鹏的帅帐之中，马元鹏见杨睿抱着一个女子进来，又惊又喜，道："睿儿，你——你是怎么做到的？"

杨睿不解，将怀里的女子放下，道："马叔叔，我们原本想沿途伏击，看看能不能擒得对方的主将，可是雾太大了，反而陷入对方的阵营之中，只带回来她一个人。"说着，低头一看，不由得大吃一惊，愕然道："怎么是你？"

马元鹏大喜过往，道："睿儿，你初来乍到，居然立此奇功。"

女子浑身经络受杨睿的真气封住，动弹不得，也无法言语，只能眼睁睁地看着帅帐中的杨睿他们，脸色冷峻盯着杨睿看。

杨睿当即弯下腰去，将女子扶着坐起，瞠目结舌，道："你，你怎么在这里？"

马元鹏道："睿儿，你认识她？你可知道她是何人？"

杨睿摇头，道："她——她——我不知道啊，她曾经救我的命。"

马元鹏指着这女子道："她就是当朝虞国的公主萧如期，也是此次虞国大军入侵我摘星关的第一悍将，我们有好几个将领都是命丧在她手里。"

"啊？"杨睿惊愕得差一点说不出话来："她——她——怎么会是这样的人呢？"

游云早就听杨睿说起过，在青羊驿的时候，有一个女子救过他的命，还毫不吝啬地赠送了他一匹马。却没想到那女子居然是眼前这位敌方悍将，还是一名虞国的公主。

125

一时之间，游云似乎也被这突如其来的反转给搞晕了。

……

萧如期被关进了摘星关的监舍。

此时，杨睿已经解开了萧如期身上被封的几处要穴，但是萧如期依然还是浑身乏力。她瘫坐在监舍的角落里，神情落寞地注视着眼前这个自己曾经救过他性命的"小子"——杨睿，一言不发。

虽然此时的萧如期是阶下囚，可杨睿感觉在萧如期面前还是有一些手足无措，道："萧——萧姑娘，原来你是虞国的公主？在下杨睿，见过公主！"

萧如期冷眼看着杨睿，淡淡地道："你现在是不是很得意？"

杨睿摇头，道："我一点都不得意，我——我真的没想到，我们再次见面居然是这样一种方式。可你——你几个月前怎么会出现在青羊驿呢？"

萧如期道："本公主爱去哪里，关你什么事？"忽然"咦"了一声，不解地道："你明明一身本领，怎么先前连那几个窝囊废都对付不了呢？"

杨睿哑然失笑，道："这说说来话长了——"

"那就别说，我也不想听。"萧如期道："你打算怎么处置我？杀了我？还是把我做要挟，逼迫我父王退兵？"

杨睿道："你于我有救命之恩，我怎么会杀你呢？只是——只是我想不明白，你们虞国和我们杞国，历来虽然谈不上交好。可也从来没有发生过兵戎相见的事情，这是为何呢？"

萧如期沉默了一下，道："打仗便打仗，何必需要理由呢？"

杨睿道："两国交战，要死那么多人，你不觉得——"

萧如期打断了杨睿的话，冷笑道："看你也只是一个初入军营的下等士卒，说话的口气倒像个朝中大员一般。"

杨睿叹道："唉，我杨睿自知身份低微，不能与公主相提并论，只是我来摘星关的路上，沿途看到原本繁华的漠北边陲荒无人烟，将士们尸横遍野，怎不教人心寒？"

萧如期又是一阵沉默。

杨睿道："公主殿下，你能不能回去跟你父王说说，杞虞两国就此停战休整，化干戈为玉帛，岂不很好吗？"

萧如期忽然轻叹道："其实——其实我也不知道父王为什么会突然兴兵，只是君命难违，我挂帅出征，也是迫不得已。"

杨睿道："那既然如此，你为什么不劝你父王收兵呢？"

萧如期道："收兵？你说得轻巧，虞国上下，大大小小的事务都由我父王与国相扑龙说了算，我怎么劝？"

"国相扑龙？"杨睿道："从古到今，凡是为相者都是辅国栋梁，当以为民谋福，治国安邦为第一要紧的事情。他怎么却鼓动你父王积极用兵、陷天下百姓于水火呢？"

萧如期微怒，道："你跟我说这些有什么用？今天我落到你的手里，也算是天意，你怎么处置，就悉听尊便吧。"

杨睿道："你——你走吧！"

萧如期一愣，道："你真的放我走？"

杨睿苦笑道："你于我有救命之恩，我杨睿岂能杀你？"

萧如期道："你不怕放虎归山，我再领兵来攻打你们？"

杨睿道："你说得对，两国交战，非你我二人可以左右得了时局。即使你回去之后，再来侵犯。到那时，你我就是彼此的敌人，我们也只会在战场上刀兵相见，是生是死，就只能各安天命了。"

萧如期静静地看着杨睿，道："你不后悔？"

杨睿闪身退到一旁，道："公主请便！你上次借我的马就系在外面，这次也一并归还于你，你走吧！"

萧如期起身，走出两步，回头看了看杨睿，道："那你做好准备，我会再来的。"

杨睿点头，道："公主请——"

第三十六章　魔　驾

杨睿万万没有想到，在青羊驿救自己性命，还借给自己马匹的那个蓝衣少女，就是虞国的公主、敌方阵营的第一悍将萧如期。这让他顿时如坠云里。

杨睿一夜未眠。

"想不想弄清事情的来龙去脉？"逗喜问。

杨睿道："当然想，你有办法啊？"

逗喜道："如果你愿意求我，那我就授你锦囊妙计。"

杨睿故意装作若无其事的样子，道："谅你也无能为力。"

逗喜道："谁说我没办法？游云那丫头会幻术，现在虞国的那个什么难看的公主，不是已经回去了吗？她万万不会想到，你此时会突然回访。"

杨睿道："什么意思？你是让我跟踪她去军营，重新把她抓来？"

逗喜急了，道："谁让你去军营？你去军营那不是去找死吗？我的意思是，你让游云与你一道去他们虞国的都城，只要能混进王宫，刺杀他们的大王，虞国自然就会退兵了。"

杨睿大惊，道："刺杀他们的大王？虞国大王的王宫必定守卫森严，想刺杀他们的国王，谈何容易？"

逗喜道："你不试试，怎么就知道不行呢？"见杨睿犹豫，又道："现在除了这一招，你还能不能想到更好的办法？"

杨睿心道：逗喜的这一招虽然凶险，却是说得在理。摘星关岌岌可危，可是虞国的军队兵强马壮，要想凭现在的实力保住摘星关，这可比前去刺杀他们的大王难上十倍。

逗喜道："反正我已告诉你办法了，能不能成功，就看你有没有那个魄力了。"

……

虞国的王城在回燕凼以东五十里的绒栀，此地被连绵的雪山包裹着。山下却绿草如茵，一座座高大的城堡，坐落在山下的一条宽阔的河流边，很是雄奇。

黄昏时分，杨睿谨慎地随游云乔装打扮成边民，悄悄进了城，见绒栀城内，市民穿梭不停，各色店铺遍布大街小巷，一派繁华气象。

杨睿不禁想起了雍丘城来，心想："以前的雍丘城又何尝不是如此处一般光景，只是自从那场莫名其妙的血雨过后，一切都已经变了模样。"

穿过了两条红石铺就的街道，杨睿和游云正欲再朝前去，忽然撞见一侧官道上，冲出来一驾四匹大马拉的大辇，前面有十几个虞国的禁军开道，大辇后面又跟着数十个禁军和蒙着黑纱的人，浩浩荡荡朝前面一座高大的院落而去。

两旁有无数街民远远地围观，不敢靠前，均窃窃私语。

杨睿见前面的大院墙蜿蜒数百米，红墙黄瓦，飞檐峭壁，心想："此地必是虞国的王宫了。"

游云压声道："这又是何人？难道是国王？"

杨睿道："先看看再说，不能轻举妄动。"

游云道："前面应该就是王宫，这大辇之中坐的无论是谁，他的官位应该不低。"

杨睿道："先跟上去瞧瞧。"

说话间，前面的大辇已经到了宫门前。早有一身穿黄衣长袍、头戴王冠的人，率众宫人在宫门前候着。他的身边站着一个手拿羽扇的汉子。

从大辇内探足出来一人，身形高大，面貌儒雅，额下一绺长髯，银白相间，眉宇中透出一股无比威严的气势。

戴王冠的人迎上前去，恭恭敬敬道："小王萧木，拜见祝教主！"

杨睿一惊，心道："原来这就是虞国的大王？能让他们大王亲自出迎的人，他的来头该有多大？"

只见那人瓮声瓮气道："大王亲自来迎，令祝某惶恐！"

萧木道："祝教主乃世外高人，今日能屈驾来我们绒栀，实在是我虞国之福。祝教主请——"亲自走在那人的前面引路。

萧木身边那个拿羽扇的人战战兢兢上前，道："属下扑龙，拜见教主！"

那人点点头，连正眼都没看那扑龙，径自随萧木等一众人进了宫去。

大辇旁边几个蒙着黑面纱的人，从大辇中拿出一些果饼分散给围观的众路人，高声道："这是神通广大，威武盖世的祝教主体恤虞国子民，特意赐给你们的长生果，有病驱病，无病强身。"

众人一哄而上，纷纷伸手讨要，乱作一团。

杨睿与游云在人群中相互使了个眼色，也夹杂在其中，拥挤着上前。

游云与杨睿都具备白虎门幻化之术，立时默念"鱼龙咒"，各自隐化成黑面纱的同伙，混迹在一起，在哄乱中进入王宫的大门。

众禁军嚷嚷道："散了，散了！"将民众驱散开去。

杨睿与游云进得王宫，见四下里楼馆纵横，二人不知道何去何从。只得先跟着那些七夺教的蒙面教众，一起朝一大殿而去。

原来此处是虞国王宫安顿七夺教众的场所，有一宫官模样的人进来，道："扑龙国相有令，七夺教众英雄暂且在此殿歇息，晚膳已备齐，请各位慢用！"

宫差将膳食一一奉上，摆放在众人的面前，然后依次退了出去。

杨睿和游云夹在七夺教众中间，时刻警觉地偷眼观望，生怕被他们认出来，好在对方都似乎没有察觉。

杨睿正在暗自窃喜之际，忽然有旁边一人叫了起来，道："兀那虞国大王也真的小气，怎么送膳居然还少了两份？"

——原来刚才宫人送来的膳食是按照人数配备的，被杨睿与游云各占了一份，当然也就显得少了两份。

众人一起抬头，你看看我，我看看你，均感到很是诧异。

杨睿起身，道："真是太不像话了，你们先吃，我去问问。"拉着游云快步出殿。

看着杨睿和游云的背影，众人面面相觑，均道："咦，这两人怎么看着面生呢？是我们的人吗？"有的摇头，有的点头。

有人道："管他娘的，我们先吃了再说。"

众人道："不错，吃饱了好睡大觉。这次跟随教主出来，一路风尘仆仆，难得教主不在旁边，也不用那么紧张了。"一旁的人连连称是。

第三十七章　窥　秘

杨睿在白虎山的时候就听说过七夺教，也从火坨坨的口中知道世间有祝亥这个人的存在——对于杨睿来说。

祝亥是一个神通广大的人，杨睿明显感觉到，连火坨坨提及祝亥时都带着几分敬畏之情。

——七夺教的教主，怎么突然造访虞国的大王呢？杨睿隐约感觉到事情一下子似乎变得复杂起来。

杨睿与游云退去了鱼龙术，悄然隐藏在一处假山之后，伺机准备去寻找虞国大王萧木。

本来此次的行刺计划，杨睿就没有多大的把握，现在萧木的身边更是多了一个祝亥，这让杨睿难以抉择。

游云劝杨睿放弃这次的刺杀行动，杨睿同意了。

但是，刺杀行动可以放弃，既然来了，空手回去肯定不行——祝亥的到访绝对不是那么的简单，要是能从中探出一些蹊跷，说不定对日后有帮助。

就在这时，前面的宫廊内走来两个宫女，一个拎着灯笼，另外一个端着一壶酒。

只听拎灯笼的宫女道："姐姐，你走慢些，别把酒壶给打碎了。"

端酒的宫女咯咯笑道："那国相还不把我们俩给杀了？听说今天来的是一位天大的人物呢，好像还是国相的什么师傅。"

拎灯笼的女孩道："他们为什么将晚宴设在了泥牛馆，而不是在国相府呢？"

端酒的女孩道："泥牛馆是大王跟随国相扑龙大人炼丹的地方，他们应该感觉那里比较清净吧。"

拎灯笼的女孩道："姐姐，我来宫里半年了，还没有去过泥牛馆呢。听说我们的大王天天在泥牛馆里炼丹服丹，人家都说服食了丹药就可以长生不老了，是不是真的？"

端酒壶的女孩道："沿着前面左拐，再过了两道回廊就到了。我们这些下人哪里知道丹药有多神奇？你想知道，自己去问扑龙大人好了。"

拎灯笼的女孩道："我可不敢问。"

两个宫女经过假山的时候，杨睿和游云闪现出来。

她们还没有看清从假山后面跳出来的是什么人，已经被杨睿和游云封住了气血，晕厥了过去——

……

泥牛馆的窗棂内透出了明亮的灯光。

杨睿和游云一个拎着灯笼一个端着酒壶走了进去。

此时的杨睿和游云，已经用鱼龙术变成了那两个宫女的模样，可是内心还是很紧张。

馆内有一张宽大的玉案，上面摆放着各色奇珍膳食与鲜果。四壁的柱子旁，分别燃着粗大的灯烛，将整个泥牛馆映照得灯火通明。

玉案边坐着虞国的大王萧木和国相扑龙，两人中间端坐着祝亥，一脸的肃然。

游云拎着灯笼站在了一侧，杨睿将酒壶奉上。

扑龙吩咐道："将盏斟满!"

杨睿给三人斟酒。

萧木对祝亥道："祝教主! 一会你尝尝本国的佳酿齐人香。"

扑龙赔笑道："教主,你久居黑水宝岛,虽然平日里吃的山珍海味无数,可是这齐人香却并未品过。"

祝亥道："哦? 何为齐人香?"

扑龙道："这是虞国王宫的特酿,所有的酒师都是正值豆蔻的少女。她们从小就在宫中受训酿酒,历代宫中的酒坊绝不允许男子踏足半步,违令者斩。因此,产出的酒有一股清异的奇香。"

祝亥将酒盏凑近鼻子闻了闻,赞道："果然是好酒!"

杨睿垂手站立一旁,以备随时为萧木他们斟酒。

萧木端起酒杯,道："久闻祝教主大名,今日一见,小王三生有幸。小王先敬你!"一仰脖子,饮干了盏中的美酒,道："再斟!"

杨睿诚惶诚恐为萧木斟酒,暗自细心观察着祝亥等三人的一言一行。

祝亥抿了一口,忽然道："前方的战事如何?"

杨睿听祝亥突然提起战事,不由得暗暗打起了十二分的精神。

扑龙道："禀教主,摘星关的将士已经损失殆尽,不日即可拿下。"

萧木道："小王感谢祝教主的英明,要不是你暗授机宜于扑龙国相,小王还无法把握时机,吞并杞国。"

祝亥冷冷地道："杞国最能打的将军现在已经被他们自己人关在了大牢里,大王你尽管出兵。摘星关一攻克,虞国的大军挥师南下,指日可待。"

萧木道："这都是祝教主您的功劳。"

扑龙道："教主,属下真的没想到你能前来亲自督阵,待属下将朝中事务安顿妥当,便去察看前方大营。我们的公主殿下这次屡立奇功,可谓虞国的奇女子也。"

杨睿和游云在一旁听到这里,不由得背脊生凉,杨睿心道："奇怪,

133

他怎么知道我父亲被囚大牢呢?"

游云则心里异常紧张,由于她的原因,眼前的这位祝教主的独生爱子命丧杨睿之手。如果此时他万一认出了自己来,那自己和杨睿则必定性命不保。想到这里,她拎灯笼的手里全是冷汗。

祝亥道:"可惜,这次的摘星关之战,不能在战场上与杨继善真刀真枪地干一场,实在是一件遗憾的事情。扑龙——"

扑龙道:"属下在!"

祝亥道:"琥珀那边有没有什么消息?"

扑龙惶恐道:"暂时还没有,要不要属下通知食迷,让他派人去继续

追杀姓杨的那小子?"

祝亥恨恨道:"琥珀办事如此不力,我已经在她身上施了手段,我想她应该会做到的。"

扑龙道:"是。"

杨睿在一旁听得心惊肉跳,他恨不得立即与游云退出去。可是又想再继续探听,祝亥他们接下来的计划与阴谋。

祝亥道:"食迷那边你不要去干扰他,他身边有黄雀在。我已经飞鸽传书给黄雀,让她极力配合食迷,必要的时候,可以先杀了杨继善,再回头完成我们的计划不迟。"

扑龙道:"是,属下遵命!"

萧木愣愣地听着,不明就里,道:"祝教主,今日你远道而来,暂且先将那些不愉快的事情搁置一边,来,我们喝酒。待喝好了,我亲自带你去国色馆,领略一下本国的佳人。"

扑龙连声道:"对对,教主,属下也敬你一盏!"

杨睿又给萧木等斟完一轮,壶已见底,扑龙道:"再去取酒来!"

杨睿如遇大赦,赶紧与游云躬身退了出去。

第三十八章　布　阵

次日凌晨，马元鹏早早就与杨睿一起纵马出了摘星关，他要带杨睿去熟悉四周的地形。

马元鹏得知虞国居然有黑水岛的七夺教撑腰，也不禁暗自心惊。他曾经听杨继善说过一些关于黑水岛的事情，知道白虎门的剑，七夺教的毒，青龙门的丹术，藏娇楼的巫，乃天下四绝。

虞国现在竟然能得四绝之一的七夺教相助，可见对方已经沆瀣一气，蓄谋已久。

杨睿在白虎山跟随火坨坨、"虎山三圣"学白虎天罗阵的时候，对山川地形于行军作战的利弊也有所了解。此时，他与马元鹏在摘星关外走马一圈，才知道为什么虞国之兵这么多天来尽管掠去不少杞国的疆土，而他们对摘星关却始终攻克无果了。

首先，摘星关绝山依谷，地势险要高临，当年筑关之时，将大片水草拢入关内，居城四周，沟壑遍布。敌方来攻，必然要迎坡而上，我方则居高临下，以顺拒逆。巧占了诸多便宜，哪怕其他地方被侵占，唯独一关被困，虽多日不出，也可暂时保住性命。

马元鹏始终没有再提及萧如期，他知道她已经被杨睿放走了。

杨睿放眼摘星关外，群山连绵，直抵天边。远处山下的疏木萧萧处，江泽横流，峰峦起伏，竟然丝毫没有摘星关这般的荒芜破败之相。便问道："马叔叔，那边是什么地方？"

马元鹏道："那是回燕凼，过了回燕凼，便是虞国了。"

杨睿道："哦，虞国那边水草肥美，倒好像有一些内陆南方的气息。"说完，便与马元鹏并驾齐驱，往前去察看。

马元鹏虽然是沙场名将，可是他对玄门阵法知之甚少。昨天他听杨睿说起以白虎天罗阵克敌，可破虞国的来犯之兵，虽然内心欣喜，似看到了一丝曙光，可是毕竟还没有付诸行动，不知道其效果如何，还是有一些担忧。

太阳缓缓从东方的山峦间升起之时，杨睿已经将四周的地形熟记在心。便和马元鹏返回了摘星关内，随即守关士卒用粗大的整木将城门横锁了起来。

......

杨睿要开始布阵了。

帅帐前，马元鹏早令士卒摆好了香案和祭品。

白虎天罗阵总纲开言便说："兵之道，而礼为先。"行军对阵需敬天敬地，敬山川河流，直至敬自己的对手。唯有这样，才能天时地利于自己有利，虽然万马奔腾而河流草木不惊，再加上八分的对手，自己用十分的准备去克制，则胜算在握。

杨睿先按白虎天罗阵的大法之理，以四正、四奇排出游军两支，作为阵营的两端。

再依据察看所得的地理方位，用天、地、风、云四法，各自在东西南北四个方位，布置起衡重之兵。

继而再在此四兵的两端安插"虎翼""蛇蟠"两军相应。

一切在香案前布置妥当，杨睿便开始施咒，他所默念的心法为白虎门的至高无上的"碧凌诀"，历代白虎门只有掌门人才得传此诀，连"虎山三圣"都对其一无所知。

杜寅、游云、空心儿、马相搏等虽然也是白虎门弟子，可是他们与白虎天罗阵法无缘，站在一旁看得稀里糊涂。

不知道杨睿的葫芦里卖的是什么药，你看看我我看看你，最后都瞪着眼睛看着杨睿，不明就里。

杨睿施布完毕，便请命马元鹏，道："马叔叔，我们现在军中还有多少大将？"

马元鹏道："军中已没有了将领，偏将一级的弟兄们都已经全部战死，那天总兵沙玛也被你斩了——"

杨睿点点头，他知道杜寅、游云等虽然没有打仗的经验，但是他们身上的本领，都远非普通士卒所能相比的。

权宜之计，只得将他们派上。杨睿便面向众人，抽出碧凌剑，大声道："各白虎门弟子听令！"

杜寅、游云、濮舒、马相搏、空心儿肃然应道："在！"

杨睿道："各位白虎门弟子，明日一战，事关摘星关的存亡，现在只得辛苦各位，暂时代行领军之责。"

杜寅、游云等齐道："得令！"

杨睿道："杜寅道兄，你武艺高深，思虑最重。明日你和马相搏领兵一百做先锋游军，将虞国之兵引入摘星关以东十里的开阔之地，务必不可纠缠。"

杜寅、马相搏应道："是！公子！"

杨睿道："游云师姐、濮舒道兄，你们明日各带守关的五十人，埋伏于摘星关东南方的两侧林中，专门对付对方的弓箭手。切记不可擅离。"

游云、濮舒领命。

杨睿道："巴大哥、空心儿两位兄弟，你们带五百人，负责在中军护主，保护马将军，万不可让来犯之敌接近马将军半步。"

巴赫、空心儿道："公子！遵命！"

逗喜从杨睿的胸前衣服里钻出来，道："主人，我有什么特别的任务吗？"

杨睿理都不理，直接伸手将逗喜的脑袋按了进去，道："没你什么事，你继续睡吧！"

马元鹏道："睿儿，这样一来，如果虞国人真的随杜道长的先锋部队长驱直入。摘星关无兵可守，那可非常危险了啊！"

杨睿道:"马叔叔请放心,我这里还有五千天罗神兵,专等虞国人来,正所谓请君入瓮。"

马元鹏曾经听说过"白虎天罗阵",可对于"五千天罗神兵"一说,还是不怎么全信,惊道:"就凭你一己之力,抗击奔袭摘星关的虎狼之师?"

杨睿微笑道:"马叔叔不用为我担心。"

马元鹏断然道:"不行,绝对不行!我不能让你冒此大险。万一不敌,摘星关必将不保,塞北边陲可就毫无遮拦,虞国人可以势如破竹地朝西南进发,王城危也!"

杨睿的内心其实也知道,虽然传说中的白虎天罗阵有雷霆万钧之威,可毕竟他也只是初学。至于带兵打仗更是第一次,此举冒险,应该在情理之中。

然而,如今的形势,容不得他杨睿有丝毫的犹豫,暂且不说摘星关缺兵少将,已经到了背水一战的边缘。

哪怕父亲杨继善现在亲临战场,面对虞国的万千雄兵,估计也不能有百分之百的胜算。

一想到父亲杨继善,杨睿顿时觉得心头有一股力量直往上冲。内心一下子反而镇定了,他仿佛在代父亲挥道一般,道:"马叔叔请放心,杨睿愿意以性命担保。明日一战,确保摘星关无忧。"

马元鹏见杨睿如此信心满满,当着众将士的面,也不便驳了大家士气。当下朝杨睿许以信任的眼神,默默点头,赞道:"主公衡将军有此健儿,我等当全力以赴。睿儿,今天咱们连同众将士一起痛饮,天明之际,迎击虞国之兵。"伸手与杨睿相握在一起。

第三十九章　诱　敌

白虎门玄功必须每天修炼,早晚两次。这几日杨睿与游云等日夜兼程奔赴摘星关，沿途耽误了不少修为。进得关来，又忙于与马元鹏商议军中事务，少有间隙。直到此刻，杨睿才抽出身来，选择了城内的一处安静之所，掐诀行功。

虚化神，神化气，气化形，形生而万物通，这是碧凌诀的基础。

可是，杨睿始终无法进入虚态，因为他无法入静。

静，方能化虚。

在杨睿的脑海中，一直充斥着萧如期的影子。

"真没想到她居然是虞国的公主，还是这次挂帅入侵的主将。"杨睿迷惘了。

"但愿明日一战，她不要来！"杨睿内心这样祈祷着："千万不要在战场上狭路相逢，因为我们不应该是冤家，你是我的救命恩人。"

……

日上三竿，黄沙满天。虞国的军队来了。

马元鹏将中军之帐结于摘星关以西的高岗之上。此处安扎人帅主营，其实是一招虚与委蛇之计——故意令敌方以为马元鹏主帅占据有利地形，而其实算准了对方却弃之不攻，转向去占领摘星关。

——杨睿正以五千天罗神兵，在摘星关等待着虞国人朝里钻。这是马元鹏的计策。

——既然杨睿对天罗阵如此有信心，那马元鹏要做的唯一的一件事情，就是要将虞国的主力全部引进天罗阵。

虚者实之，实者虚之。自己懂的道理，对方必然也懂，要想让对方上当，唯有相互揣摩着心思，斗智斗力。

果然不出马元鹏所料，当杜寅的先锋游军去迎击虞国的大军时，不出一炷香的工夫，便招架不住。杜寅依此前杨睿的安排，及时后退，对方旌旗浩荡，追赶而来

不过，令马元鹏没有料到的是，今日虽然还是萧如期挂帅，可虞国的人马比此前出动的多了一倍有余。

整个摘星关东北方向，乌压压一片，实有气势盖天的阵容，这不由得令马元鹏内心一下子紧张起来。

杜寅虽然受军令后撤，其实内心多有不甘。他边纵马疾驰，却不断回头张望，见萧如期在后面追赶而来，对他大有囊中取物的蔑视。

不由得心头大怒，杜寅心道："你一个女流之辈，单凭手中这柄薄剑，怎能赢我？"想到这里，杜寅一勒缰绳，掉转过头去，迎着萧如期就急冲了过去。

萧如期的大军蜂拥而至，她见杜寅迎了上来，挥剑便砍。

杜寅抬剑一挡，"叮叮"两剑相交，杜寅顿时感觉虎口一麻，内心暗自惊叹道："这贼女子看似羸弱，手下的力道怎的这么强大？"

萧如期似乎对杜寅没有丝毫兴趣，也不与他缠斗，径直从杜寅的身边驰骋而过。

杜寅大怒，道："你这妖女敢如此蔑视本道爷？"跨马直追上来。

一旁有虞国的士兵砍向杜寅，被杜寅剑走轻灵，一剑刺落于马下。

杜寅叫道："妖女吃我一剑。"长剑挺直追击萧如期。

萧如期无心恋战，回剑一挑，叱道："你找死！"杜寅又是"唰唰"两剑刺出，萧如期"呼"地扭动身躯，杜寅两剑刺空，正待再刺，不料萧如期挥剑下劈，只听"铮"的一声，杜寅手中的长剑断为了两截。

杜寅大骇，还没有缓过神来，萧如期又是一剑劈来，危难之际，马相搏冲了过来，斜刺里过来抬剑替杜寅挡去了萧如期的一击。

前面有虞国的骑兵折回，道："禀报公主，兀那马元鹏的大营就在前方，沿途少量兵马，已经被清除，咱们可以一鼓作气将他捉来？"

萧如期问："有没有看到杨睿？"

来人愕然，道："谁是杨睿？"

萧如期道："马元鹏身为主将，怎么会就此坐以待毙？旁边必有埋伏。避开他们，直取摘星关城堡。我一定要活捉杨睿。"

来人得令，发出一声"呼哨"，萧如期一连几剑，迫退了马相搏，率大军直接绕道朝摘星关奔腾而去。

此时，在摘星关东南方两侧丛林之中，游云和濮舒带领的百把号士卒，眼见萧如期的大队人马由远及近而来。

濮舒道："游云师姐，怎么办？"

游云道："公子吩咐过，我们的任务是压制对方的箭手，放他们过去。"

濮舒急道："可是他们再朝前去，就要到摘星关了。"

游云沉吟，道："我们现在就百把号人，怎么跟人家拼？公子有令在先，不得轻举妄动，放他们过去。"

濮舒无奈，道："是！"

正在主帅阵营的马元鹏，远远地望着萧如期的大军奔摘星关去了，内心暗自担忧，默默念道："睿儿，他们果然取道朝你那边去了，你能不能抵挡得住啊？"

马相搏十分担忧杨睿的处境，脸露焦急之色，叫道："杜师兄，我去帮杨公子！"说着他就要冲去，被杜寅一把拉住，道："不可坏了军纪。再等等。"

在另一侧的马元鹏，遥望远处萧如期的大军呼啸朝摘星关冲去，不禁暗自担心。

忽然，有一独臂汉子来报："马将军，虞国人果然朝摘星关去了。"

马元鹏跺足，道："不知道睿儿能不能挺住？"

杜寅、马相搏、游云等合拢而来，均道："马将军，我们要不要去帮助杨公子？"

马元鹏正左右为难之际，突然看到远处摘星关方向，有大批的人马退了回来。他定睛一看，正是萧如期的帅旗飘扬，疑惑道："这是怎么回事？"

众人抬眼望去，摘星关方向的城外上空，不知何时变得风起云涌，一片昏暗。

疾风卷起的狂沙，裹挟着笆斗大的乱石飞舞着，将整个摘星关笼罩了起来。

萧如期率军火速败退，逃得慢的人，甚至有几个被狂沙席卷着抛到了天空。

马元鹏大喜，道："天罗神兵果然来了！"

遥望摘星关城外，乌云密布，狂风大作。

虞国的骑兵，有的连战马都被大风裹到了半空。

大批虞国军士哪里见过这样的阵势？以为是老天在惩罚他们，吓得哭爹喊娘，抱头鼠窜。

萧如期大惊失色，她也搞不清到底是什么原因，眼见大军溃散而逃，她也吓得花容失色，只得随军急返而退。

第四十章　疑　云

萧如期在摘星关外被"天罗神兵"打败，铩羽而归。

这对马元鹏来说，也是难得的战果，心中不禁很是欣喜。然而，接下来的事情却让马元鹏摸不着头脑。

——就在萧如期的大军仓皇撤去的时候，杨睿正独自将剑拔出，站立在城内大甬道的正中央，等候着敌军的到来。

杨睿听到城外敌方的大军如潮水般袭来，又如潮水般退去。他正自疑惑时，马元鹏已经率游云、马相搏等回来了。

至于马元鹏等人说的"乌云密布""飞沙走石""犹如天降神兵"等，杨睿毫不知情。

"有这样的事情？"杨睿奇道："我什么也不知道啊。白虎天罗阵已布，可是还没有启动阵法，虞国的兵马已经退去了。"

马元鹏道："这就奇怪了。"

空心儿道："我们大家可都看到了，满天乌云，那么大的狂风，公子你真的丝毫没有察觉？"

杨睿摇摇头，道："没有啊，我还在想呢，怎么耳听他们几乎要接近城门了，怎么又一下子撤兵了呢？"

马元鹏道："无论如何，虞国人退兵也算是一件好事。"

······

萧如期率部撤回，过回燕凼时，天空的乌云狂风都已经散去，回头张望，摘星关那边也已经天朗气清。不由得内心大疑，想起刚才的异常天相，仍然是心有余悸。

回到军中大营，有侍女报："禀报公主，大王的特使到了。"

说话间，一人掀开帐营的帘子走了进来，正是虞国的国相扑龙。他个子高瘦，眼大如铃，臂展似猿，一头银丝白发永远是朝后披着，显得尤其精干。

扑龙躬身道："扑龙参见公主！"

萧如期道："国相怎么来了？"

扑龙道："扑龙受大王之命，前来替公主督阵壮威。"他的这句话说得非常有水平。既表明了彼此主仆尊卑的身份，又显示出了他自己在虞国的地位——能来军营为公主督阵的人，怎么可能是一般人呢？

可是萧如期却一直很讨厌眼前的这个扑龙，不仅仅因为他长相奇特。更是由于自从朝中有了他之后，父王萧木便什么事情都听这个扑龙的，比如这次虞杞两国交兵。

萧如期冷冷道："这里没什么好督阵的，国相你回去吧。"

扑龙哈哈一笑，道："公主今日是怎么啦？刚才是不是出去巡防一圈回来，心情不好？遇到什么事情了，跟我这个糟老头说说，也许我可以帮公主解答心中的疑问，也未可知啊。"

萧如期不悦，道："国相是来看本公主笑话的？"

扑龙愕然，道："公主何出此言？"

萧如期皱眉道:"我也感到很奇怪,今日摘星关似乎有天神庇护一般。"遂将此前摘星关遇狂沙袭击一事粗略说与扑龙听。

扑龙越听越惊,道:"公主此言当真?"

萧如期怒色道:"本公主是何人?怎可能说假话骗你?"

扑龙不由自主地摸了摸胡须,眯着眼睛道:"此等异象,我倒是听说过,难道传言是真?"

萧如期道:"什么传言,国相请说出来,别这么藏着掖着,让人好生郁闷。"

扑龙道:"公主可曾听说过碧凌?"

萧如期摇头道:"碧凌?碧凌是谁?"

扑龙道:"公主莫急!我曾经在黑水岛听我师尊说过。内陆杞国有一位神灵在暗中保护,非到了举国危急关头,却不显圣。此神灵名字就叫碧凌。"

萧如期白了一眼扑龙,道:"简直是一派胡言,国相休要胡乱猜忌。照这样说,那此前我们每战必胜,是何道理?如果对方真的有碧凌神庇护,为何要等到今天?"

扑龙道:"这就是我搞不明白的地方。是不是摘星关近两日来了什么异人?"

萧如期听扑龙这么说,她立即想到了杨睿,可是随即她又被自己给否定了,心道:"不会,不会。就那小子,怎么可能是扑龙国相口中的异人呢?他要是有此等本领,也不至于在青羊驿差一点丢了性命,要不是我救他,他早就命丧那几个丑八怪的手里,哪里还能活到今天?"

就在萧如期和扑龙感觉一头雾水的时候,其实杨睿也很困惑。他独自盘腿坐在摘星关城头,他的双膝上横放着一把剑。

碧凌剑。剑,在老羊皮缝制的剑鞘中,月光映照下,剑鞘泛着乌紫色的油光。

萧如期的出现——天罗阵尚未开阵迎敌,却已经飞沙走石逼迫了虞国的军队撤退，这两件事情让杨睿很头疼。

杨睿的内心知道，今日天降异兆将虞国的来犯之敌迫退，实在是万分侥幸。

杨睿抚摸着膝上的碧凌剑，心道："火掌门和'虎山三圣'明明说天罗阵需要有碧凌诀才能开启，怎么敌军却无缘无故地就退兵了呢？如果这样的话，那岂不是仗根本就不需要打了？不对，肯定是哪里有什么缘故？"

此时的杨睿，多么希望火坨坨或者"虎山三圣"在自己身边，帮他排忧解难。因为他知道，跟虞国强大的军队，必将有一场恶战在等着他。

此时夜已经深了，马元鹏等都已经入睡。整个摘星关一片寂静。

"今日敌军应该不会再来袭扰了。"杨睿心里这样想着，尽管如此，马元鹏还是在摘星关四面都布置了暗哨，以防虞国人的偷袭。

杨睿的脑海中，始终无法将青羊驿的那个蓝衣少女，跟虞国的第一悍将萧如期等同起来。为此，杨睿很痛苦，"她怎么就是杞国的敌人呢？"

忽然，一阵悠悠的琴声飘然而来，在宁静的夜里显得极其幽怨缠绵。

杨睿心道："这三更半夜的，谁在抚琴？"他站起来，循着琴声传来的方向找了过去。

原来琴声是从城头上传来的，杨睿依着琴声往南，寻出去数百步。

只见一个瘦骨嶙峋的老者，身披棕衣正趺坐在城头的一块石头上，埋头抚着一把破旧的五弦琴。

杨睿的到来并没有引起老者的注意，倾身拱手，道："老人家！这三更半夜的，你怎么一个人独自在这里抚琴呢？"

老者停下手来，抬眼看了一眼杨睿，道："你不也没睡吗？"

杨睿一愣，道："是，我睡不着，出来走走。老人家，你是摘星关的百姓？"

老者不答，道："年轻人，我是位行将就木的老朽，深夜手痒，抚上一曲，不曾想打扰了你的幽思，你请自便！"

145

杨睿见老者出言不俗，不由得内心起疑，道："不，不，老人家的琴声高雅，让人流连，我还想再聆听一曲，不知道老人家愿不愿意辛劳？"

老者微微一笑，道："难得你有此雅兴，不嫌弃我人老琴枯，再抚一曲，又有何难？"说着，便低下头去，手指一动，随即发出"嗡"的一声轻响。

杨睿近前一步，端坐下来，认真地看着老者抚琴。

第四十一章　琴　声

老者的琴声与刚才所抚的截然不同，此曲时而缓如流水，时而疾如激川，时而和风细雨，时而犹如电闪雷鸣。

杨睿边听边注意老者的神态，只见他完全达到了一种忘我的无人境地，虽然身形消瘦，却是腰板挺直，稳如泰山。

杨睿往日在都城也听过宫中的琴师弹奏，在白虎山又多次聆听聋琴师抚琴。可此时得闻老者的琴声，更觉得与前者不尽相同，似乎更有流水行云之感。

"想不到这荒芜的漠北，在这岌岌可危的摘星关，居然还住着这样一位雅士高人。听他的琴声，绝不是一般的乡野老汉，倒像一个仙人。"杨睿暗自称赞道："摘星关战火纷飞，城内的百姓能跑的早就跑光了。他这么一大把年纪，自然是没办法颠沛流离去逃命，只能在此等着城破，唉！"想到这里，杨睿不由得内心一阵伤感。

不知不觉，老者一曲既终，道："年轻人，老朽刚才所抚的这一曲如何？"

杨睿面有惭愧之色，道："老人家的琴艺高绝，我哪敢妄加评判？当然是非常精妙。"

老者道："你感觉我的琴技与聋琴师比起来，谁高谁低？"

杨睿大惊失色，一下子跳了起来，道："老人家，你——你到底是什么人？"

老者呵呵笑了，道："别这么紧张，你这样一惊一乍的，容易把我老人家吓到。"

杨睿内心惊恐万分，道："你——老人家，是你把我给吓到了，你——你怎么知道聋琴师？"

老者道："嘿嘿，白虎山聋琴师旁人不知，我还不熟悉吗？"

杨睿又惊又奇，道："老人家，难道你也是白虎门的人？"

老者摇头道："不不不不，白虎门规矩那么多，我怎么受得了那些？"

杨睿心知今夜遇到高人了，当即伏地，道："小生杨睿，今夜三生有幸，得见高人。请受我一拜！"

老者道："哎哟哟，公子快快请起！我也不是什么高人，你就叫我负琴生吧。"

"负琴生？"杨睿愣住了，他从来没听说过这个名字。

老者道："白虎山聋琴师是我不成器的徒弟。"

杨睿大骇，道："啊？老人家，你居然是聋爷爷的师傅？那——那你得多大年纪了？"

负琴生漫不经心地道："年纪大小有什么关系呢？谁将这些琐事记在心上？"

杨睿愕然，道："老人家，那你——你怎么在这里呢？"

负琴生道："我是受碧凌神君之托，专门在此等候公子！"

杨睿失声道："老人家，这么说来，你是神仙？"

负琴生微笑道："我是什么人不重要，你日后自然会知道。我只是在此等候公子，转告碧凌神君的口信与你。"

杨睿忙道："请老人家示下！杨睿洗耳恭听教诲！"

负琴生道："三日之后，摘星关将有大战在即，公子你务必小心。届时，你要一路向西，方可保无虞。"

杨睿道："小生在白虎门得火掌门传授白虎天罗阵，应当可以抵御虞国的大军。"

负琴生飘然而起，道："白虎天罗阵当然是神威浩荡，但是神器也难逃凡间的作弄。此番大战，摘星关必将大败，切记！切记！"说完，身体扶摇直上，渐渐去远，瞬间消失在了茫茫的夜色之中。

......

扑龙是虞国的国相，但是他还有另外的一个身份，那就是七夺教的"四大恶使"之一。

七夺教有四大恶使，他们分别是——扑龙、黄雀、食迷、琥珀。

扑龙之所以在虞国国相的高位上，还可以明目张胆地叫这个名字，那是因为世间极少有人知道"扑龙"的存在。

扑龙更是深深地知道，教主祝亥正在想方设法寻找杨睿。

萧如期透露出了杨睿的存在，无异于送给了扑龙一份天大的礼。

杨睿在摘星关，那就等于已经是砧板上的一块肉了。

"这下妥了！"扑龙的内心感觉喜从天降，道："教主的杀子之仇指日可报。"

但凡七夺教的人，没有人不知道讨好教主祝亥的好处，更没有人不知道得罪教主的恶果。

——琥珀就是由于第一次，没有完成祝亥交给她的任务——杀死杨睿。以至于受到了祝亥的惩罚，给她身上施了三足飞龙蛊之奇毒。要不是在白虎山，火坨坨用玄功将她体内的蛊毒压制住，琥珀早就殒命了。

扑龙在第一时间用"传音术"，将杨睿在摘星关的消息，送达给了自己的主子。

七夺教教主祝亥正在赶往虞国大营的途中。

"奇功一件！奇功一件！"扑龙难捺内心的狂喜，心道："我为七夺教立此大功，教主会赏点什么给我呢？我现在已经是四使之首了，赏我一个副教主的位置？不不不，七夺教没有这个职位的设置。那就赏我一套魔毒的解法吧，这样一来，以后黄雀、食迷、琥珀他们也会巴结我的，与我做副教主又有什么区别？"

长期以来，七夺教四大恶使都是直接受命于教主祝亥。

扑龙知道，自己虽然名义上是四使之首，其实其他三人并不会听命于他。但是，如果自己有了魔毒的解法，那情形就完全不一样了。

想到这里，扑龙无比开心。

……

杨睿在马元鹏的帅帐中，正心思忧虑地商量着即将到来的大战，马元鹏将信将疑，但是他前日亲眼目睹了飞沙退敌的场景，又让他不得不相信这些玄门的道道。

负琴生是何许人也？他口中的三日之后将大败，意味着什么？摘星关被攻破？

三天期限，已经过去一天了，还有两天。还有两天，摘星关就不复存在了？

想到这里，马元鹏的心头有了一阵阵钻心的痛。半年前，衡将军杨继善回朝述职，将兵权交到自己手里的时候，一切还是那么的安宁，摘星关守疆士卒满员两万，有左、右师各十路，大将二十人。

半年时间，所有的将领均已战死，仅剩下残兵三百，要不是巴赫运来解困的粮食，这剩下的几百人也已经饿死——当然，还有一种可能，那就是马元鹏被摘星关总兵沙玛杀害，而沙玛则取着马元鹏的帅印去投敌，以换取这些残兵生存的机会。

"如果杨将军在，或许可以改变这一切。"马元鹏深深地自责。

接下来怎么办？早在一个月前，马元鹏已经接连派出了三批快马去王城通报了摘星关危急的军情，并请求朝廷火速派来援军。然而，三批人派出去，犹如黄鹤一去不复返，就剩下摘星关的上空白云千载空悠悠了。

两天，还有两天。两天之后的摘星关，将会是一幅怎样的场景？尸横遍野是肯定的，会不会真的被虞国人破关？

马元鹏睁着眼睛，无助地看着杨睿，沉重地道："该怎么办？"——事已至此，他似乎把所有的希望，都寄托在了杨睿这个从来没有带过兵、打过仗的年轻人身上。

第四十二章　蒙　面

夜色苍茫，寒风呼啸。

虞国大营的军帐一个挨着一个，散布在回燕凼以东的一片水草丰美的缓坡之上，远远望去，军帐中若隐若现透出油灯的光晕，将整个大营映照得通亮。

杨睿和游云潜伏在了一处茂密的灌木丛中，每一个军帐看起来都是差不多，要想在这众多的营帐中，找出主将萧如期的帅帐，并非易事。

——只有擒住了萧如期，才能探得出事情的真相。

但是，有游云在此，一切就显得是那么的简单了。鱼龙术，是白虎门秘法，游云在十几岁的时候就已经精于此道。此前的她，就是将自己幻化成一头小鹿，而险些命丧望月山的。要不是杨睿无意间将她救下，世间早已无游云。

游云正准备在心中默念鱼龙术的咒语，忽然听到前方的虞国大营，传来一声尖锐的叫声："你们的大帅怎么还不出来迎接？不知道刺客到了吗？哈哈哈哈！"

杨睿和游云暗自一惊，不约而同地愕然道："怎么是逗喜的声音？它怎么来了？"

只见虞国军营一阵骚动，四面八方都亮起了火把，到处在寻找，道："什么人？胆敢夜闯大营？"

老远就听见逗喜的声音飘来，它道："什么乱七八糟的啊？别说你们这些什么乌龟王八大营，就是你们虞国大王的龙殿又怎样？我逗喜大人想来就来，想走就走。"

杨睿和游云定睛细看，见十几个虞国的士兵已经手拿火把，将逗喜围在了中间。杨睿和游云相互使一个眼色，急忙悄悄朝前潜去。

萧如期掀开营帐的门帘走了出来，道："发生了什么事情？"

士兵道："公主殿下，有一个山妖来此捣乱。"

萧如期上前看了一眼逗喜，道："放它走！"

一旁的士兵还没有答话，逗喜道："别呀，我有重要情报要向你提供，有没有什么奖赏？"

萧如期拔出配剑，指着逗喜道："大胆孽畜，敢在此捣乱，休怪本公主剑下无情，快滚！"

逗喜凑上前去，故作神秘地道："公主，你先别发火嘛，难道你不想知道——我们家公子杨睿的情况？你的那匹马他可还没有来归还呢？"

萧如期愣住了，随即冷笑道："摘星关的人已经死光了？居然派出这样一只蠢货来打探军情？"话音刚落，一剑递出，剑锋已经架在了逗喜的脖子上。

逗喜大惊，道："公主饶命，公主饶命！小神真的有要紧情报要向公主禀奏。"

萧如期厉声道："快说，是谁派你来的？"

逗喜朝萧如期招招手，道："公主殿下，你凑近一些，要紧军情，旁人偷听无益。"

萧如期道："就你这模样，还能在本公主面前耍什么花招？"剑一翻转，将逗喜平平地抄底挑了上来，"快说！"

逗喜细嫩的双脚"噌噌噌"从萧如期的剑锋上溜到了萧如期的胸前，小声道："我们家公子让我代他向公主传个话。"

萧如期好奇道："传什么话？"

逗喜半掩着嘴，压声道："他说他看上你了，要娶你做他的压寨夫人。哈哈哈哈！"

萧如期又羞又怒，喝斥道："你这畜生找死！"剑光一闪，将逗喜抖落剑身，还不等它身子落地，已经一连五六剑分刺逗喜的上下左右和中路。

杨睿在暗处看得分明，内心惊叫："不好！"

哪知道逗喜轻轻闪动了几下，丝毫无伤地轻盈落地，得意扬扬道："哈哈哈哈，你上当了吧？"仰起脖子喊："公子，虞国的这悍婆娘我帮你把她引出来啦，你快快将她绑了回去，做不做压寨夫人那就是你的事情了。"说完撒腿就跑。

一团灰影突然旋风般到了逗喜跟前，逗喜还没有来得及跑，就已经被人一把拎着耳朵，提了起来，此人正是扑龙。

逗喜龇牙咧嘴，连连告饶道："哎哟哟，轻点轻点！"

扑龙冷笑道："我把你逮回去煮了，看你的主人会不会来救你。"说着便转身拎着逗喜欲走。

逗喜也是精灵，可是在扑龙的手下，根本就如同被黏住了一般，始终无法挣脱，它知道今天遇魔了，心里直叫："我命休矣！"

杨睿与游云双双从黑暗中跃出，刀剑同时袭向了扑龙。

扑龙手里并没有兵刃，他大袖一挥，杨睿和游云顿时感到一股强大的力道迎面扑来，刚要御剑抵挡，不料扑龙的袖中飞出数枚银针。

杨睿大惊，体内的罡气瞬间鼓荡而起——他有"龙钟神罩"护体，权且可以自保，可是游云却不具此神术，顿时她直感到一股逼人的阴气即将到达面部，大骇之下只能束手待毙。

千钧一发之际，游云感觉到眼前数朵金光闪动，"叮叮叮叮"几声细微的脆响，射向游云的数枚银针被几朵金花击落，不知去向。

随即，与此同时，一个蒙面人从天而降，挡在了杨睿和游云的面前，如夜隼一般，朝扑龙、萧如期扑了过去。

这一变故，让所有的人始料未及。

扑龙双臂微抬，架住了蒙面人的一击，顿时感觉浑身一颤，暗叫一声："不好。"

高手过招，一接触便可知对方的底细，扑龙本来自恃功法高深，慌乱之中也只是随手一迎，谁知道，居然差一点被蒙面人的力道击得骨头散架，不由"噔噔"一连退出去好几步。

萧如期迎上去相助扑龙，一剑刺向蒙面人。

四下有人大喊："抓刺客——"

杨睿如梦初醒，拉着游云叫道："快跑——"

夜探虞国大营，虽然没有确切的证据，表明虞国的军营之中有七夺教的人，可是有一点是可以肯定的，那就是，对方的大营内有高手。

扑龙就是高手。

游云的格斗本领虽然比不上萧如期，但是也是白虎门中一流的。可是，她和杨睿两个人手持兵刃，居然在对方手里仅能支一招，要不是杨睿有龙钟神罩护体，恐怕也要吃大亏。危急关头，如果不是蒙面人出手，自己也早就中了对方的毒针。

救自己的那个蒙面人是谁？其实游云已经知道了。

——花婆婆，自己的师傅。

游云自幼与师傅在一起长大，她当然对花婆婆的身形、步法都了如指掌。

花婆婆自从在白虎山，追逐石门三鹰而去之后，就再也没有回来。可是她为什么，此时此刻出现在了虞国的军营里？这让游云和杨睿百思不得其解。

153

第四十三章　备　战

有哨探来报，回燕凼附近有虞国之兵蠢蠢欲动，似乎敌人又调集来了重兵。

马元鹏得到这个消息，不由得暗暗心惊。现在的摘星关守军满打满算，不足四百人，姑且不论对方还在增兵，就是对付现成的几千虞国军队，就已经没有丝毫的胜算，对方还在增兵，一旦大战开始，势必如摧枯拉朽一般，摘星关危矣。

杨睿本来对白虎天罗阵的御敌之策，非常有信心，可是自从他遇到负琴生之后，便心生疑窦了——火坨坨和"虎山三圣"，明明白白说白虎天罗阵可以上捉妖魔，下斩雄兵，那即将到来的大战怎么可能会败呢？

对于负琴生所说的大战即将落败一说，杨睿在内心深处，不止一次地推演着各种可能性，当然也包括了敌人可能要增兵。

但是，火坨坨曾经说得很清楚，白虎天罗大阵足可以抵御万千雄兵，因此，对方增兵导致摘星关被破一说，固然就不成立了。

——还有一种可能性，那就是碧凌剑被盗、被抢，或者丢失，但这种可能性也不大，因为自从火坨坨将碧凌剑，交到杨睿的手里之后，杨睿将其作为生命一般对待，随身而带。

白虎天罗阵是一种幻术绝阵，通过碧凌龙诀，唤醒碧凌剑内在的无上能量，将一切险阻困顿化作天地风云、龙虎鸟蛇四正四奇。

风辅于天，云辅于地，以虎翼为前锋，蛇蟠为主力，龙居中军，鸟掖两端。

——此阵是以虚应实之神术，可大可小。在碧凌剑气贯长虹般罡气的催动下，阵内一切与碧凌剑诀格格不入之物，均可化为齑粉清气，遇魔斩魔，遇强愈强。

此等天神大阵，难道还抵御不了明日的来犯之兵？

负琴生是仙人，又是受了碧凌神君的委派，前来对杨睿示警的，这其中必然有缘故。

杨睿想破了脑袋，也想不出到底会在哪个环节出问题。难道负琴生的身份有假？他是虞国派来的巫师？

想来想去，杨睿最终只能这么认定，因为他实在找不出其他的答案。大战在即，已经没有时间容杨睿多想了，他现在要做的只有一件事情，那就是备战。

全力以赴地备战。

……

马元鹏将摘星关的所有士卒集中起来，清点人数，连同巴赫手底下的那些匪帮弟兄加起来，居然还不到四百人。

"怎么又少了？"杨睿问道。

马元鹏摇头苦笑："还能怎样？跑了呗。"

杨睿心道："这些逃亡的士卒虽然贪生怕死，可是他们眼见战局如此，不逃又能怎么样？蝼蚁尚且偷生，他们能支撑到今天，也实属不易。"

四百残兵败将，要迎战虞国的数千骑兵，这战怎么打？

摘星关以东，地势平坦，自己区区四百人，迎击虞国的数千骑兵，无异于螳臂当车，自取灭亡。

目前唯一可以依仗的，就是摘星关西北的深谷与南边的沼泽——尤其是南边的沼泽，虞国的骑兵不能入沼泽，势必不会轻易朝南边进攻。因此，如何才能想办法，将对方的主力引到西北深谷，才是目前最紧要的事情。

马元鹏看着眼前的一众士卒，大部分都一瘸一拐，面黄肌瘦，内心隐隐作痛，道："睿儿，明日一战，关系到摘星关的生死存亡，我们靠守、靠攻或者攻守兼顾，都毫无胜算。"

杨睿道："马叔叔，你有什么好的办法？"

马元鹏道："朝廷的援兵迟迟不来，我们只能靠自己。虞国人这次大举来攻，想必已经将摘星关视若囊中之物，我们不如棋行险招，索性将他们放进关来——"

杨睿不解，道："放他们进关？马叔叔的意思是？"

马元鹏道："面对比我们强大的敌人，在无力回天之下，必须要出奇，避锐，伏击。即使不能反败为胜，也要做殊死一搏。"

杨睿、游云等瞪着眼睛看着马元鹏。

马元鹏朝人群中喊道："巴兄弟！"

众人之中走出来巴赫，抱拳道："马将军！属下在！"

马元鹏道："巴兄弟，你来跟大伙说说！"

巴赫道："是。昨夜马将军让我陪他一起讨论军中事务，我们一道出关，去实地勘查，回来之后有一些建议，供公子参考。"

杨睿道："巴大哥你请说！"

巴赫喜色，道："我巴赫为匪几十年，一直为边民所不耻，今日能得马将军喊一声兄弟，公子你能叫我一声大哥，实在是我巴某人的毕生荣幸，明日一战，即使我血溅沙场，也死而无憾了。"

杨睿道："巴大哥，你切莫说这些不吉利的话，你和马叔叔到底勘验的结果如何？"

巴赫道："我以前带着弟兄们在边塞游荡多年，曾经无意之中，摸索到了虞国一个藏于回燕凼附近深谷的火器库，里面存有大量的硝石劲弩。"

杨睿惊道："火器库？那一旦爆炸，岂不是要山崩地裂？"

马元鹏道："不错，虞国人将火器库修筑于此，可见犯我杞国之心，已非一日。昨夜巴兄弟带我悄悄去勘验了地形，有一条常人不知的小路可以直插火器库。"

杨睿道："马叔叔的意思是，我们将摘星关舍弃，使之成为一座空城。然后暗地里派一只精锐去炸掉他们的火器库？"

巴赫道："公子，火器库地处偏僻，那里的守兵也就百十人，凭我和底下的弟兄就可以去将他们端了。"

马元鹏道："我们兵分三路，睿儿，我率五十人在摘星关正面迎敌，你领一队人马分左右两军，冲散敌军的阵营。中间留一通道，故意将虞国人引向摘星关，让他们长驱直入。巴兄弟则悄然带着众兄弟去炸毁对方的火器库。得手之后，如敌人退兵，我们就可以分三路夹击。"

游云道："那如果对方不退兵呢？"

马元鹏道："如果对方占据摘星关不走，我们就将它拱手相让，往西去百里，便是西侯寨，那里是我的家乡，我们可以先去西侯寨暂避。"

杨睿道："那摘星关怎么办？"

马元鹏叹道："留得青山在，不怕没柴烧。"

杨睿道："马叔叔，你真的就对白虎天罗阵没有信心？"

马元鹏正色道："睿儿，马叔叔又何尝不想发生奇迹，反败为胜？但是，前日仙人之言，不可不防，我们一定要保存有生力量，才能将它重新夺回来。"说着，仰天环顾城池，道："摘星关不会消失，再过百年，它依然会屹立于此，此时此刻，这也是没有办法的办法。"

杨睿、游云等相互看一眼，暗自点头。

第四十四章　大　败

这一夜，对于杨睿和马元鹏等人来说，是非常短促的——摘星关内已经基本上没有百姓了，该逃的早就已经跑光了。现在城内剩下的全部都是一些拄着拐杖的老人和伤病人员。即使是这样，也要在开战之前全部将他们转移到安全的地方。

摘星关西北紧邻着群山，山里相对来说是比较安全的。

马元鹏令人将他们全部连夜护送进山。

清空了城内的百姓之后，已经是月儿偏西了。按照马元鹏的部署，兵分三路出城。

原本杨睿是将游云与杜寅安排在一起的。可是，临行前马相搏找到了杨睿，执意要跟随在游云的身边。

杨睿早就知道马相搏心里装着游云，便答应了马相搏的请求。因为杨睿知道，马相搏的剑击之术也不差，有他在游云的身边，也可以稍微放心一些。

巴赫率众弟兄悄然出城，临走的时候，他握着马元鹏的手，道："马将军！我有一个心愿想对你说。"

巴赫道："如果我们这次化险为夷，他日你如果扩军，能不能也算上我和我的弟兄们？"

马元鹏点头，道："巴兄弟，你和你的兄弟们已经是我马元鹏的兵了。如若他日我等击退强敌，凯旋回朝，我定当向朝廷如实上报你们众弟兄的功劳，论功行赏。"

巴赫顿时大为开心，激动地道："有你马将军这番应承，我巴赫就是死了也算是为国尽忠了。兄弟们，走！"

杨睿过来与巴赫相拥而别，道："巴大哥，千万要小心！"

巴赫道："公子你自己多保重！"

……

旭日东升之际，隐约如轰雷般的响动从回燕凼方向传来。

——是马蹄声。无数的马蹄声席卷而来，伴随而至的还有黄沙烟尘。

正如马元鹏所预料到的那样，此次虞国的军队三千多人，组成了一个庞大的阵营。

一过回燕凼，由萧如期亲率两千骑，浩浩荡荡冲在前方。

其余各五百骑则分别从东北、东南两个方位插入，他们避开了南侧的沼泽地，直奔摘星关。

马元鹏率领五十余人，远远见虞国的黑狼旗从远处的地平线上冒出来，当即高喊："擂鼓！"

鼓声阵阵响起，众人嘶喊着迎了上前，与虞国的骑兵混战在了一起。

在两边山谷内隐伏的杨睿、杜寅等一直按兵不动，等虞国的两支骑兵朝摘星关去了之后。

听到马元鹏那边已经厮杀开，便迅速拔剑而起，分两翼截住了萧如期的中军。

　　杨睿执碧凌剑在手，一马当先冲到了敌营里，默念碧凌龙诀，将碧凌剑凌空一划——这是他第一次施布白虎天罗阵，面临的将是虎视眈眈的数千骑兵。

　　哪知道，上次出现的飞沙走石之天相，却并没有出现。

　　虞国的骑兵，眼见有摘星关守军来冲撞阵营，一窝蜂围了上来，杨睿等一下子将自己陷入了敌人的阵营里。

　　杨睿奋力厮杀，一连砍翻数人。抬眼望去，见游云与马相搏等也身陷重围，左冲右突。

　　杜寅一柄长剑轮番砍杀，无奈对方人多势众，他和濮舒等人也始终被淹没在敌营的刀光剑影之下。

　　杨睿大急，此时的他才深刻意识到仙人负琴生的话并非虚言，白虎天罗阵果然失效了。难怪负琴生说今日一战，必将大败。

　　然而，此时此刻，已经容不得杨睿细究内心的疑团了。他现在要做的就是赶紧突围——必须在最短的时间内杀出重围，前去与马元鹏会合。

　　然后兵合一处，朝摘星关一侧的山道往西，方可摆脱虞国的追兵——这也是三天前负琴生给他的逃生之计。

　　萧如期正与马元鹏交战，见身后有杨睿、游云等部杀了进来。便舍了马元鹏，转头朝杨睿赶来，叫道："切不可伤了他的性命，我来对付他。"说话间，快马已经到了杨睿的跟前，"唰"的一剑，刺向杨睿。

　　杨睿举剑相迎，与萧如期斗在一起。

　　萧如期上次失手被杨睿捉住，一直心有不甘，这么多天始终耿耿于怀。此时见杨睿已被千军万马包围了起来，插翅难飞，不禁内心暗自窃喜。

　　她自恃武艺高强，又有大军做后盾，更是信心百倍，剑术发挥得淋漓尽致，招招狠辣。

　　杨睿还击了几剑，他挂念着马元鹏、游云、杜寅等人的安危，无心恋战。且斗且退，心急如焚，暗道："巴大哥那边不知道什么情况了？会不会也和我这边一样，已经陷入了对方的包围圈？怎么还听不到爆炸声响？"

心里一乱，"扑哧"一声，杨睿左臂中了萧如期一剑，鲜血长流。

萧如期大喜，道："还不乖乖受擒？"提剑朝杨睿砍去。

忽然，逗喜"噌"地从杨睿的怀中跃出来，叫道："休要伤我主人！"朝萧如期的脸上探爪抓来。

萧如期疾速出剑，骂："又是你这个畜生！看我不将你砍成肉泥。"

逗喜灵活异常，身子在空中滴溜溜一转，不仅避开了萧如期的几剑，还一巴掌击在了她的脸上，也骂道："看我先把你抓成一个大花脸，看你成了丑八怪，我们公子还要不要你。"

萧如期感到脸上火辣辣的生疼，怒不可遏。又是快如闪电地刺出数剑，都被杨睿挡了回去。

游云靠杨睿近，见杨睿受伤，挥剑砍翻几人，不顾命地冲了过来。

马相搏叫道："师姐！不可恋战！"冲到了游云的身边，奋力为她杀出一条路来。

杨睿叫道："云儿，你们快去保护马叔叔！"深提一口气，立即鼓荡着砍出数剑，冲开一道间隙，叫道："萧姑娘，有种的你来拿我。"

有几个虞国的骑兵提刀砍来，均被杨睿一一砍倒，打马冲了出去。

萧如期道："你想跑？"追了上去。

杨睿疾马与萧如期边斗边朝西边退去。

萧如期一路穷追不舍，叫道："别跑！"

与此同时，大批虞国的中军铁骑乘胜掩杀过来，马元鹏、游云等人连连败退。

忽然，远处传来一声巨响，地动山摇，紧接着又是几声剧烈的爆炸声响起。

马元鹏转头朝巨响声处奔去，见远处山谷里蹿出几团浓烈的黑烟。

马元鹏大喜，道："巴兄弟他们得手了！"

第四十五章　追　赶

萧如期追逐杨睿，一路向西奔去。

杨睿原先的那匹枣红马已经还给了萧如期，此时的坐骑是一匹普通的战马。

而萧如期驾驭的则是虞国的良驹，异常神骏。不一会儿工夫，萧如期便追上了杨睿。就在这时，他们的身后远处传来数声巨响。

杨睿大喜，心道："巴大哥果然不负众望，将虞国的火器库给炸了。"

萧如期听到那几声巨响之后，也是内心一惊。

贵为虞国公主，萧如期此番挂帅出征，其实完全是为了满足自己任性贪玩之心。平日里的军中事务都是由大将盖漠然统领，自然也对本国的军备知之甚少，并不清楚在杞、虞两国边境的深谷之中竟然还藏有那样一个火器库。

虽然萧如期不清楚这远处传来的几声巨响是何原因，但是她知道肯定是出事了。

可是，现在眼见能活捉杨睿。这样大好的机会，萧如期怎么可能轻易放过？当下也顾不得那么多了。在她的心中，擒住眼前的这个杨睿是最重要的事情。

萧如期向来对自己的武艺有充分的自信，要不然她也不会由于一时玩心大起，而自告奋勇来军中挂帅。

——杨睿虽然经过在白虎山跟随着火坨坨和三圣修习，可毕竟时间短暂，要论实战剑击之术，他哪里是萧如期的对手？

上次由于大雾的原因，萧如期双眼不能视物，才在莫名其妙间着了杨睿的道儿，被他活捉到了摘星关，这在萧如期的内心，简直就是奇耻大辱，她一定要将这一局给扳回来。

杨睿一开始被萧如期追得很是狼狈，此时他知道巴赫他们已经得手成功了，心里大是宽慰许多。虽然还依旧放不下马元鹏他们的生死，可是他见萧如期一直对自己穷追不舍，便感到很得意。

杨睿心道："我若能将这萧如期就此引开，对方的数千人马便就此缺失了主帅。马叔叔临战经验丰富，说不定还能安全突围，这笔买卖倒是很划得来。"心念及此，精神上一下子轻松了许多，更是催动着马匹朝前拼命奔去。

……

杨睿、萧如期二人沿着黄沙古道，一个跑一个追，一路朝西狂奔，不时还斗在一起纠缠几个回合。

可是杨睿心知萧如期剑下功夫了得，他一心只想将她引开，引得越远越好，便不时故意卖个破绽，又打马狂奔。

转眼过了五十里古道，前方出现了星星点点的绿草。

杨睿和萧如期二人，进入了一片宽阔无边的草滩，一条弯弯曲曲的小河，将这片滩涂一分为二，一直通向远方低矮的山丘。

杨睿回头故意求饶道："萧姑娘，你能不能别再追我了？我的马可能受不了了。"

萧如期道："那你下马，乖乖投降，我将你绑回去，你等着受审。"

杨睿叫道："我跟你回去，死路一条，那我还不如现在就逃命，说不定还有一丝生路。"

萧如期藐视地发出一声笑，道："你这样做垂死挣扎，又有何用呢？"

杨睿道："我们议和，怎么样？再怎么说，我们也曾经有过一段交情，你为什么非要将我置于死地呢？"

萧如期道："废话少说，你不下马受降，即使再跑出几百里，也难逃出我的手掌心。"

杨睿道："那咱们就比比谁的耐力好吧。"

不知不觉间，杨睿已经奔到了前面那一座山丘下。

忽然，杨睿惊讶地发现，不知道从什么时候起，地上四处竟然长满了鲜红的小花，杨睿和萧如期的马蹄从红花上踏过，还能闻到阵阵奇异的花香。

萧如期见前面有山坡挡住了去路，心道："我看你现在还能朝哪里跑？"正暗自窃喜，却感觉到一阵眩晕，差一点从马上掉了下来。

她赶紧勒住了缰绳，立马在一片花草之上，强自镇定，一只手掌捂住额头，摇摇欲坠。

杨睿似乎发现身后有异常，他回头望去，正好见萧如期手捂着额头，在马背上摇摇晃晃。

杨睿赶紧掉转马奔了过来，道："萧姑娘，你这是怎么啦？"

萧如期感觉迷迷糊糊的，急道："这——这地方有古怪！"

杨睿不解，道："有什么古怪？你莫非是想使什么诈吧？我告诉你，我可不吃你这一套。"

萧如期又惊又急，忽然指着地上的野花，吃力地道："是——是它们——"话还没有说完，已经脑袋一沉，滚下马来。

杨睿大奇，他担心是萧如期在使什么诡计，想引自己上钩，可是他在马上远远地看了很久，萧如期始终伏在地上，一动不动，心道："她这是怎么啦？"只好跳下马来，将地上昏迷不醒的萧如期抱起。

萧如期已经陷入了昏迷。杨睿喊了两声："萧姑娘！快醒醒！萧姑娘！快醒醒！"可是萧如期没有任何反应。

杨睿见状，心知萧如期已然是中毒了，不禁有些狐疑。

萧如期刚才还好好的，怎么会突然就中毒了呢？

杨睿百思不得其解。他抬头四望，见远处的山下似乎有袅袅轻烟升起，他料定是一户人家，便将萧如期抱起，横放在马背上。

杨睿在萧如期的脸颊上轻轻捏了一下，自言自语地道："唉，看你又是公主又是统帅的，到最后还不是得我来救你？让你跟我议和罢战，你还不乐意。"

……

杨睿带着处于昏迷之中的萧如期来到了山脚下，不觉吃了一惊，但见山下长满了鲜果红草，到处都是。

杨睿细看，原来就是一路上零星点点的那一种。

在白虎山的时候，杨睿曾经跟随火坨坨学过道医，辨识过各种花草。可他现在对眼前的这种红色的野花，却感到很陌生。

杨睿心道："看这成片的红花，排列有序，疏密相宜，一定是有人故意栽种的。可在这荒原之上，峰峦之间怎么又不见人影呢？"

正思量时，杨睿看到一侧的水岸边有一处浓密的柳林。时值冬天，柳枝上虽无绿叶，只因柳林茂密，也显得生气勃勃。

第四十六章　精　舍

杨睿走近，柳林间曲水环绕，有一庭院坐落在柳林深处。从外面看，高高的围墙内，几处飞檐翘立，显然院内的房屋很是雅致。

来到院门前，院子门头上刻有"精舍"二字。

杨睿将两匹马系于柳下，抱起萧如期就走了进去。

果然，院内的几间精舍建得极为考究，屋舍不多，却有回廊相连，满院栽种的鲜果红花绽放，一阵阵异香扑鼻。

杨睿不由得暗自赞叹："真的没想到，在此等大漠深处，居然还有这样精致高雅的一处场所。想必这里的主人也非寻常之人。"

杨睿大声道："有人吗？在下杨睿造访！"

一位红衣少妇从屋内走了出来，她面露惊讶之色，道："敢问这位公子到访所为何事？"

杨睿见该女子约摸四十岁年纪，身材苗条轻曼，容貌端庄秀丽，道："在下杨睿，有朋友昏倒了，想来讨一碗水喝。"

红衣少妇看了看杨睿抱着的萧如期，又看了杨睿两眼，道："将她抱进来吧！"转身进屋。

杨睿道一声"多谢"，便将萧如期抱了进去。

进到了屋内，杨睿将怀中的萧如期轻轻平放在一侧的竹榻上，不禁心里道："这位夫人如此美貌，怎么独自一人隐居在这荒漠之中？"

杨睿环顾四周，屋内有茶台、香几、瘦石幽兰等，一道菖蒲编织成的帘子将里屋与厅堂隔了起来。

妇人奉上香茶，道："公子慢用！"

杨睿激战多时，又连路颠簸，早已经口干舌燥，接过妇人手里的茶盏，一饮而尽。顿觉一股清流直入肺腑，满齿余香，赞道："真是好茶！"

妇人微笑道："公子爱饮，我再去给公子斟来！"在一旁的茶台上为杨睿斟了一盏，道："公子请！"

杨睿道："多谢多谢！敢问这位姐姐怎么称呼？"

妇人道："我姓汤，草字清盈，你就叫我汤姐姐吧！"

杨睿躬身道："多谢汤姐姐的香茶！我叫杨睿。今日冒昧前来叨扰姐姐了。"

汤清盈道："原来是杨公子！我这里平时少有人来，不知道你们二位是——"她说着扭头看了一眼竹榻上依旧昏迷的萧如期。

杨睿道："我——我与我这朋友一道路过这里，没想到她竟然莫名其妙地晕倒了。"

汤清盈奇道："杨公子，你的胳膊上有伤？"

杨睿支支吾吾，道："是，我——我路上一不小心让我这朋友给划了一下。"

汤清盈含笑道："你们是小两口吵架了？"

杨睿面露羞色，道："不不，我们——我们不是汤姐姐想的那种关系，只是——只是普通朋友。"

汤清盈道："我这里有金疮药，你得赶紧敷药，不然伤口感染了就难痊愈了。"说完转身进里面的内室取出来一瓶粉末，倒出来一些，替杨睿敷上。

杨睿连声道谢，道："汤姐姐，府上就你一人？怎么不见其他的家眷？"

汤清盈道："一个人清净，免了很多的嘈杂烦恼，不好吗？"

杨睿道："姐姐说的倒也是。汤姐姐，我一看你就知道姐姐是一位世外高人，能不能帮我救救这位朋友？"

汤清盈道："哦？我是世外高人？何以见得？"

杨睿道："普通的百姓，怎么可能独自幽居于此？又怎么可能备有如此金疮药？"

汤清盈看了看竹榻上的萧如期，道："她是中了颠茄的毒，只是暂时昏迷，没有大碍的，一会我取来解药让她苏醒便是了。"

杨睿奇道："颠茄？这是一种什么毒啊？"

汤清盈指着外面地上的那些结着鲜果的红花，道："那些就是颠茄。"

杨睿道："啊？怪不得我一路上闻到了一股奇怪的香味。"

汤清盈道："这是一种可以散发着香味的毒草，它的香味令人昏迷。如果不及时施以解药，等毒入驻脏腑，散布到了浑身血液，还可以致命。"

杨睿大惑不解，道："汤姐姐，可是我与她一道，她着了颠茄之毒，我怎么安然无恙呢？"

汤清盈道："这也是我感到奇怪的地方。杨公子，你居然能抗拒颠茄之毒，这令我好生敬佩。"

杨睿忙道："汤姐姐说哪里话？我也只是侥幸而已，还望姐姐能发慈悲，救我朋友一命。"

汤清盈道："杨公子放心吧，一时半会她不会有事的。我倒是对你好生有兴趣，天底下能自行抗拒颠茄之毒的，应该没有几个人，没想到你年纪轻轻，居然身怀这样的异术。"

杨睿道："汤姐姐见笑了！我曾经在白虎山跟随火不明掌门，修过几天玄功，可能是这个缘故吧？"

汤清盈听到"白虎山"三个字，轻轻地"啊"了一声，点了点头，道："哦哦，原来是这样？"

果然如汤清盈所言，她给萧如期印堂穴扎了一针之后，用一股香点燃，凑近了萧如期的鼻下，被萧如期吸入了少许。

不一会儿工夫，萧如期便悠悠醒来，恍恍惚惚道："我这是在哪里？"

杨睿道："我们现在是在汤姐姐府上做客，是汤姐姐救了你。你才醒来，别乱说话。"言下之意就是让萧如期不要当着汤清盈的面，与自己厮斗，免得难堪。

可是，萧如期却挣扎着爬起来，道："我的剑呢？"

杨睿皱眉头，道："剑我已经帮你收起来了。你先躺下。"

萧如期恨恨地瞪了一眼杨睿，道："别以为你救了我，我就会承你的情。快把我的剑还给我。"

汤清盈见萧如期一副桀骜不驯的样子，微笑道："姑娘，你体内的毒才解，要是不好好休息。再这样乱动的话，体内的余毒就会四处游走，到了血液之中，会造成四肢无力的后遗症，严重的情况还有可能瘫痪。"

萧如期一听，吓得花容失色，顿时不敢再动。

第四十七章　留　宿

杨睿道："这就对了嘛，汤姐姐是咱们的救命恩人，待日后我们得好好报答人家。"

汤清盈道："杨公子，你言重了。你的这位朋友，是因为中了我的花毒才昏迷的，说起来我也很愧疚。"

萧如期怒道："哦，原来是你下的毒？看你这般美貌，心肠怎么如此歹毒？"

杨睿喝斥道："萧姑娘，你太无礼了。汤姐姐好意救你性命，你怎么可以恩将仇报，出口伤人呢？"

萧如期从小就养尊处优，自尊心极其强，她没想到自从在摘星关遇到了杨睿之后，居然两次动弹不得，不得已接受了杨睿的援手。尤其是这次——明明可以将杨睿生擒住，却又莫名其妙地中毒了。

现在杨睿又当着汤清盈的面这样训斥她，关键她遭到了这样的羞辱，居然还不能发作。越想越气，居然眼泪一下子就出来了，哭道："你——你——"

汤清盈笑吟吟道："哎哟，这位姑娘真是可爱，怎么跟个孩子一般想哭就哭呢？快别难过了，一会姐姐给你们拿点吃的，想必你们也都饿了吧？"

杨睿朝汤清盈欠身道："她从小娇生惯养，刁蛮任性惯了。姐姐你可千万别往心里去，一会我再教训她。"

汤清盈道："再怎么说，我也是一个大姐姐，怎么可以跟小妹妹一般计较？"她随即又道："我一个人在此大漠深处生活了十几年，要不是靠颠茄护着，恐怕早就成了野豺狼群腹中的美食了，哪里还能今日得遇你们二位？"

杨睿点头道："哦哦，原来如此，怪不得姐姐敢一人独居在此。那是因为这附近全都被你种上了颠茄，歹人和野兽不得靠近？"

汤清盈道："正是。"

杨睿和萧如期就这样留在了"精舍"。

到傍晚时分，汤清盈拿出她做的糍糕给杨睿二人品尝，道："杨公子，我这里也没有什么好招待的，只能吃一些粗饼，权当充饥。"

杨睿道："在此叨扰姐姐，真是过意不去。"拿起糍糕咬了一口，赞道："汤姐姐好手艺，人家说漂亮的女人必定精于膳食，看来此言非虚。"

萧如期白了杨睿一眼。她是公主出身，什么山珍海味没吃过，可是依然感觉到汤清盈所做的糍糕别有风味。

她嘴上不说，一连吃了好几块，道："今日我吃了你几块糕饼，改天我派人送来一盒金子作为答谢就是，本公主不喜欢欠别人的人情。"

杨睿道："萧姑娘——"

汤清盈不悦，道："真没想到姑娘出手居然如此阔绰，倒是我这个当姐姐的内心不安了。"

杨睿道："汤姐姐你别生她的气，她不懂人情世故，我替她向姐姐赔罪了。"

萧如期将头扭过去，负气不语。

汤清盈起身道："杨公子，你们二位慢用，我要进内室休息片刻，还望二位自便。吃好了出门往右边便是厢房，可惜只有一间，二位只能将就一晚了。"说着，朝杨睿微微倾身告退。

杨睿赶忙起身还礼，道："多谢姐姐想得周到，姐姐请！"说着瞪了萧如期一眼，压声道："你真是一个刁蛮公主，我杨睿上辈子欠你的，竟然与你相遇在了一起。"

萧如期得意地道："我就是要让你在她面前丢脸，就要让你在她面前抬不起头。"

杨睿道："你这又是为什么呢？"

萧如期道："我看你一口一个姐姐，喊得那么亲切肉麻。本公主心里有气，你能把我怎么样？才认识人家半天，倒感觉真的像是一对亲姐弟一样了，害不害臊？"

杨睿叹道："唉，没想到堂堂虞国的公主，居然也有吃醋的时候。"

萧如期怒色道："我会吃她的醋？你把本公主看成什么人了？把我惹急了，我一把火将她这片精舍烧成白地，你信不信？"

杨睿赶紧凑上前去，一把捂住了萧如期的嘴巴，急道："我的小姑奶奶，你能不能小点声？这要是被汤姐姐听到了，可怎么了得啊？"

杨睿话音刚落，"啪"的一声，脸上已挨了萧如期一记耳光，火辣辣地疼。

杨睿赶紧抽回手，抚摸着脸，道："你——你怎么打人呢？"

萧如期脸色绯红，道："你刚才又叫了，而且还——还把你的爪子朝我嘴巴上捂。"

杨睿向萧如期拱手，道："你真行！早知道这样，我就不该求汤姐姐救你。你慢慢坐在这里吃醋生气吧，我可要去厢房睡去了。"说完，逃也似的抢步而出。

萧如期起身追去，大怒道："你还说？你给我站住——"

萧如期在精舍厢房之中，又找杨睿斗了一回嘴。

杨睿心想："这萧如期看似强悍，其实还是有一些可爱。要不是和她敌我关系，娶她为妻倒也可以考虑。"想到这里，杨睿不由自主地笑了。

萧如期白了杨睿一眼，道："你笑什么？"

杨睿道："唉，真的是同人不同命啊。你看你，身份又高，武艺又好，吵架功夫我更是自愧不如，命中注定我要做你的奴仆了。我投降，睡觉喽！"说着便和衣而睡。

萧如期道："我才不要你做奴仆呢，你这么惹我生厌。整天在我面前晃悠，让人来气。"背过身去，也躺下睡了。

不知道过了多久，萧如期正沉沉睡着，耳边忽然有人轻轻道："快醒醒！"

萧如期蒙蒙眬眬睁开眼睛，见杨睿正伏在自己的耳朵边，他的一张脸靠自己很近，差一点要贴到自己的脸上。

萧如期失声叫起来："你要干什么？你想耍流氓是不是？"

杨睿急道："别出声，这座院子的主人有古怪！"

萧如期一愣，道："什么古怪？"

杨睿小声道："我刚才听到外面有动静，偷偷地从窗户里看到那个汤姐姐出去了。"

萧如期道："三更半夜的你不睡觉啊？咱们天亮以后还要决斗呢。"

杨睿大急，道："都什么时候了，你怎么还想着这事呢？我们得去跟踪她，看看她半夜三更去干吗。"

第四十八章　看　斗

萧如期沉吟道："是啊，这方圆数十里没人烟，她一个女流之辈，这么晚了出去干吗呢？莫非又去布置什么机关陷阱，做一些害人的勾当？"

她因为身中汤清盈的颠茄之毒而昏迷，虽然汤清盈已经帮她解了，却想着还是有一些气愤难平。

杨睿道："走，我们去看看。"他又补充了一句："带上剑。"

萧如期好奇心大起，当即一骨碌爬起来，提着剑便跟杨睿去了。

一片月亮歪歪斜斜地吊在天上，万里无云，旷野显得更是开阔。精舍依山傍水，影影绰绰。

杨睿和萧如期远远地跟着汤清盈的背后，一会便到了柳林间。

汤清盈换了一身白衣，步履飘飘，在月下犹如仙子。她在柳林中停了下来，愠道："你到底有完没完？"

杨睿和萧如期大吃一惊，以为汤清盈发现了自己。正要现身，却听到汤清盈前方有一个男人的声音道："你要不还我一个公道，我就天天来找你。"

杨睿大奇，心道："怎么还有一个男人在这里等她？莫非是汤姐姐的相好？"便和萧如期悄悄潜前几步，躲在浓密披地的柳枝间偷看。

——汤清盈飘然而立在那里。她的面前站着一个三十几岁的男人，中等身材，头戴裘帽，手拄竹杖，一身异族打扮。

裘帽男子道："我知道打不过你，但是你曾经答应过我，必须遵守诺言。"

汤清盈咯咯笑，道："我答应你什么？我都忘记了。"

裘帽男子大声道："你当年答应我，只要我把颠茄的种子给你。十年之后如果你还活着就教我幻术，现在你明明还活着，那就必须兑现先前的诺言。"

汤清盈黯然道："可是我的心已经死了。"

裘帽男子一愕，道："你——你这不是在狡辩耍赖吗？"

汤清盈冷笑道："我就耍赖了，你又能怎么样？"

裘帽男子大怒，扑上前来道："你太藐视我们寒国汉子了。"一杖击过来。

汤清盈脚步一错，轻轻松松避了过去，道："你还真的长本事了，胆敢对我无礼？还记得我当初是如何救你的吗？"

裘帽男子道："不错，当时我确实被熊瞎子伤了，是你碰巧路过救了我。可是我父王也谢过你了，还把我们寒国的至宝圣物颠茄种子给了你——"

汤清盈道："那不就行了吗？互不相欠，我们两清了呀。"

裘帽男子气急败坏，道："你——你作为一代香隐，居然说话不算数？"

汤清盈冷冷地道："我青龙门的玄术，岂是随便外传的？"

裘帽男子叫道："什么青龙门？你哪怕是南天门的人，也要信守诺言！"

杨睿和萧如期静静地在不远处偷窥，当听到"青龙门"三字的时候，杨睿内心一惊，心道："啊？原来她也是青龙门的人？怎么会在这里？"不禁神经绷紧，侧耳细听。

汤清盈道："姓姬的，你赶紧走吧，下次不可以再来这里，如若不然，休怪我手下无情。"

裘帽男子道："行，既然你不肯认账，我即刻回去，派护卫队来，把你的精舍踏平。我大寒子民可不是任人欺凌的，更不愿意与不讲信义的人为伍。就此别过。"话音刚落，转身而去。

汤清盈道："你以为你今天还能走得了吗？"

裘帽男子感觉眼前一花，汤清盈已经挡在了他的面前，宽袖一挥，裘帽男子一个趔趄摔倒在地，惊叫道："你——你是要杀人灭口吗？"

汤清盈冷冷地道："我汤清盈想杀人便杀人，何来灭口一说？"

裘帽男子道："你怕人找到这里，对你不利。从我手里骗得颠茄种子，以为从此高枕无忧了？我告诉你，如果我三日不回，我的人马就会来荡平你的这座精舍。"

汤清盈脸现杀机，道："既然这样，那我更不能轻易放你走了。"双臂一展，拍向裘帽男子。

千钧一发之际，杨睿持剑腾空跃出，叫道："汤姐姐休要伤人性命。"

杨睿人在半空，手里的碧凌剑已经递到了裘帽男子的头顶，封住了汤清盈的一掌。

汤清盈忽然变掌为爪，一下子出指捏住了杨睿的剑锋。

杨睿没想到汤清盈居然敢凭指上功夫，来抢他手中的碧凌剑，当即挑剑上撩，一式"龙卷滔天"，剑锋接连翻转。

——如果汤清盈硬要夺杨睿的剑，势必她五指不保。

果然，汤清盈撒手了，可她撒手不是由于杨睿的这一式"龙卷滔天"，而是萧如期从一侧攻了上来。

汤清盈双掌一合，夹住了萧如期的剑刃。与此同时，身子凌空而起，整个人呈一条直线，与萧如期面对面，她的头轻轻一罢，秀发里射出一枚银簪。

萧如期侧头闪过，银簪射向了她身后的杨睿。

杨睿立剑一挡，"当啷"一声，手里的碧凌剑断了两截，身体却被汤清盈的内力震得一跌坐倒。

裘帽男子从地上爬起来，惊叫道："莫伤无辜！"扑了上来，压在了杨睿的身上。

汤清盈并没有追击，她飘然落地，道："就你们三个还敢到我精舍来撒野？你们是不是同伙？说？"

杨睿看着手中的半截断剑，喃喃自语道："完了！完了！"

萧如期抢上来，挡在了杨睿的前面，对汤清盈叱道："好你个妖妇，果然是个蛇蝎女人。"她一向自负自己的功夫了得，可此时却也不敢逞强，手持长剑挡在杨睿身前，怒睁杏目瞪着汤清盈。

汤清盈呵呵一笑，道："我要是歹毒之人，你们还能活着跟我说话？快快离开这里，否则就真的别怪我不客气了。"

杨睿脸色惨白，道："碧凌剑已毁，我还有什么脸面活在世上？"提起手中的半截断剑就要朝脖子上抹去。

裘帽男子一把抱住杨睿，道："万万不可！"

萧如期原本对碧凌剑知之甚少，可此时她见杨睿如此认真，料定了此剑应该对他来说绝非等闲之物，不由得也替他暗暗着急。

第四十九章　假　器

杨睿面如死灰的样子，令汤清盈感觉很是纳闷。

汤清盈冷笑道："杨公子，你刚才说什么？你手里的这把破玩意是碧凌剑？"

杨睿木然道："这是火掌门暂时借给我，白虎门的圣物。剑在人在，剑毁人亡，事到如今，我只能一死以图解脱。"

萧如期对杨睿怒道："一把破剑何至于你这样？我虞国的利器司里，削铁如泥的宝剑又何止百十把？改日我弄几把给你，又有什么稀奇？"

杨睿还没有答话，汤清盈道："你确定这把剑就是碧凌剑？"

"那哪里有假？"杨睿道。

汤清盈道："是白虎山火掌门亲手交给你的？"

杨睿道："不错。"

汤清盈愣了一下，忽然哈哈大笑起来。

杨睿无助地道："汤——姐姐，你笑什么？"

汤清盈道："我笑你是一个大傻瓜。"

杨睿道："你是什么意思？"

汤清盈道："杨公子，你是不是觉得碧凌剑就一定是碧玉所铸？"

杨睿摇头，道："我也不知道。"

汤清盈道："你不知道，难道白虎山火掌门也不清楚吗？"

杨睿不明白汤清盈的意思，道："汤姐姐，你是何意？"

萧如期使劲瞪了杨睿一眼，道："让你亲姐姐告诉你。"

杨睿低下头去，神情很是落寞，只是摇头叹息。

裹帽男子安慰杨睿道："先别急，听她怎么说。"

汤清盈走向杨睿，道："碧凌剑乃白虎山圣物不假，它还是天下神器。普天之下，唯有白虎门历代掌门才得以窥看它的真身。但是，你说你手里的这把绿玉铸就的剑就是碧凌剑。只有两种可能，要么是你在说谎，此剑根本不是白虎山火掌门授于你的，要么就是火掌门故意在骗你。"

杨睿一头雾水，道："此话怎讲？"

汤清盈道："别人可能不知道，但是这剑却瞒不过我。天下人都以为碧凌剑理应是碧玉所铸，其实大错特错。真正的碧凌剑其实是一段至纯至白的白玉铸就。所以，光从剑身的颜色上区分，此剑就必假无疑。"

杨睿愕然，道："啊？汤姐姐，你说的可当真？"

汤清盈傲然道："嘿嘿，天底下还有谁？比我更知道碧凌剑的秘密！呵呵，呵呵呵呵！"

萧如期大声道："好大的口气，你到底是什么人？我们凭什么相信你？"

汤清盈："我是什么人，你们也没有必要知道，反正我说的都是实情，你们爱信不信。"

杨睿忽然恍然大悟，道："怪不得，怪不得，我想起来了。难怪两军对垒，我用碧凌龙诀催动手中的这把剑，布设白虎天罗阵之时，没有丝毫反应，原来如此。"脸上冒出了豆大的汗珠。

萧如期道："什么白虎天罗阵？"

杨睿不答，摇头道："为什么会是这样呢？"

汤清盈道："白虎门火掌门，不可能不知道这是一把假的碧凌剑。"

杨睿自言自语，道："不可能的，绝对不可能。火掌门明知道摘星关战事紧急，白虎天罗阵对于摘星关的生死存亡如此重要，他怎么可能拿一把假的碧凌剑来敷衍我呢？"

萧如期奇道："你什么意思？你是说，你拜了名师，学会了一套阵法，来摘星关专门对付我们虞国？"

杨睿正色道："不错，你们虞国包藏祸心，趁我爹衡将军回朝述职之际，侵我杞国疆土，杀我同胞，难道还不允许我们反抗？"

萧如期气急，道："你——"

汤清盈道："杨公子，你刚才说什么？你姓杨，你父亲就是威震当朝的衡将军杨继善？"

杨睿道："正是！"

汤清盈仰天大笑，道："哈哈哈哈，真的是造化弄人啊。"

杨睿、萧如期、裘帽男子三人不明就里，一起瞪眼看着汤清盈。

汤清盈悲愤地道："杨公子，念你是白虎山火掌门的传人，我今天放你一条生路，你们走吧，千万别让我再见到你。"

杨睿等面面相觑，道："汤姐姐，你——你刚才也说你是青龙门的人？不知道你跟火掌门如何称呼？"

汤清盈恨恨地道："我跟白虎门同宗不同门，但早就恩断义绝，你们快走！不然我一会反悔了，你们想走就迟了。"

......

就这样，杨睿、萧如期、裘帽男子被汤清盈连夜赶出了精舍。

三人走出了包裹着精舍的柳林时，东方黎明的曙光刚刚吐出了鱼肚白。

前面有两条道，一条是通向往返的来路，朝摘星关去。另外一条小道，则是再通向更遥远的北方之国——寒国。

裘帽男子要去往寒国，因为他就是寒国的太子姬光。

当杨睿得知姬光的真实身份的时候，大吃一惊，道：“真没想到你居然是尊贵的太子殿下，那你怎么——怎么会——”

姬光道：“十几年前，我在一次出行时为熊瞎子所伤，幸亏汤清盈将我救了，她将我送回父王身边。当时她看中了我们翠柏城王宫的一种草药，就是颠茄。由于此草是毒花，有致幻的奇效，不便轻易外泄。但是她说愿意以授艺于我的方式，交换颠茄的种子，我父王便答应了。谁知道——”

杨睿道：“就这么简单？”

姬光点头道：“是啊，就这样简单。但是我们寒国子民向来信奉诚信，没想到她居然就不认账了。”他转向萧如期道：“你们虞国和杞国、寒国三家均为友好睦邻，为何要兵戎相见呢？还望萧公主三思。”

萧如期道：“军国大事，我也不懂。待我回去，细问缘由再说吧。”

杨睿道：“公主深明大义，我想此事会有眉目的。”

萧如期道：“你少拍我马屁，你我的恩恩怨怨，我日后再跟你算。”

姬光道：“杨公子，你我相识，一见如故，我有一个不情之请，不知道方不方便提？”

杨睿道：“殿下但说无妨！”

姬光道：“杨公子，我姬光虽是一国太子，可是我们寒国是边陲小国。我姬光更是一个粗人，今日得知杨公子也是将门之子，我想不如我们结为异姓兄弟，如何？”

第五十章　结　义

杨睿万万没有想到姬光会提出来，要跟自己结拜为兄弟，这让他一下子不知道如何是好。

杨睿连连摆手，道："不可不可，殿下乃万金之躯，我杨睿何德何能？更何况家父含冤莫白，至今身陷囹圄，你我一旦义结金兰，我怕万一拖累殿下。"

姬光不高兴道："杨公子此言差矣，兄弟之情，只关乎你我情谊，与其他事情何干？他日如果杨公子有用得着我姬光的时候，派人书信一封，无论国事家事，我姬光义不容辞。"

杨睿还在犹豫，看看萧如期，不知道如何定夺。

萧如期道："你们男人之间的事情，你看着我干什么呢？"

姬光道："杨公子！你是不是嫌弃我姬光是异邦之人，不屑与我结拜？还是看不上我的为人？"

杨睿道："既然殿下这样说，我再不答应，就显得我杨睿不识抬举了。"

姬光大喜，拉着杨睿的手，双双下跪，抱拳朝天，道："苍天在上，我姬光今日与杨睿义结金兰。皇天后土见证，日后有福同享，有难同当，无论何时何地，永不相负，如有违此誓，当受天谴。"

杨睿也道："天地可鉴，我杨睿今日与姬光殿下结拜为兄弟，一生不辜负兄弟之缘。"

姬光喜道："兄弟今年几岁？"

杨睿道："我刚好二十。"

姬光道："我大你八岁。"

杨睿道："大哥！"

姬光一把抱住杨睿，两个人相互拥抱在一起，姬光道："好弟弟！"

萧如期看着杨睿他们二人结拜，站在一旁，怔怔出神。

姬光扶着杨睿站起来，将随身携带的一根竹杖交给杨睿，道："今日仓促，大哥也没什么好的礼物相赠给我的好弟弟，就将此物权作哥哥的一片心意交付与你。"

杨睿面露惭愧之色，道："大哥，我身无长物，都没有信物赠予大哥你，怎么还能收你的礼物？"

姬光哈哈大笑，道："我的傻弟弟，你我兄弟情深，又怎么能拘于此等小节？"说着，他随手一抽，顿时金光闪动。原来姬光的这竹杖表面上看是一根普通的手杖，其实里面居然藏着一把纯金打造的短剑。

杨睿惊诧，道："好剑！好剑！这样贵重的宝剑，小弟怎么受得起？"

姬光将金剑强塞到杨睿的手中，紧紧拥着杨睿的肩，深情地道："好弟弟，大哥先行回去了。你我兄弟他日重逢，必须好好痛饮一番。"

杨睿的内心一阵感动，含泪道："大哥！保重！"

姬光点点头，对萧如期道："萧公主，日后如能与我这个好弟弟，一同前去我们翠柏城做客，大哥我定当好生款待你。我们寒国虽然富裕抵不上你们虞国，可是女孩子家喜欢玩的奇珍异宝还是有的，到时候你喜欢什么尽管与大哥开口，大哥一定满足你。"

萧如期很开心，道："如此我先多谢殿下了，如有机会一定前去拜访。"

由于姬光没有马匹，杨睿便将自己乘骑的战马赠予他，道："哥哥！一路多加小心！"

姬光点头，翻身上马，与杨睿、萧如期依依不舍而别。

看着远去的姬光，杨睿呆呆地看着，一直到他的影子模糊不清了，才回过神来，叹道："我这大哥身为一国太子，竟然有着如此的侠义豪情。"

萧如期忽然"哎呀"一声，道："糟了！"

杨睿道："怎么啦？"

萧如期道："你将马给了他，那你自己怎么回去呢？"

杨睿一愣，道："你的马不是还在吗？"

萧如期道："对啊，但这是我的马。"

杨睿摸摸头，道："我们两个人骑一匹马，不是更好吗？"

萧如期佯怒，道："那怎么行呢？你想把我的马儿累死？"

杨睿伸了伸舌头，道："那你骑着，我给你牵马。"

萧如期脸上一红，道："就你嘴贫。"

杨睿心知萧如期已经同意了，便讨好地扶着她先上了马，自己再跨上马背。

他回头看了一眼身后的柳林精舍，心道："这汤姐姐到底是什么人呢？她怎么还认识我父亲？此人必定与白虎门有非常深的渊源。她又怎么知道碧凌剑是假的呢？火掌门为什么要给我一把假的碧凌剑？"

太多的疑问全部集中在汤清盈身上，但是此时他没办法去一一寻思——他要立刻赶往摘星关。

摘星关失守了吗？马元鹏、游云他们现在身在何处？

……

杨睿与萧如期两个人同乘一骑，飞奔摘星关。

萧如期坐在杨睿的身后，隐约闻到杨睿身上的一股男人气息，不禁心头大羞。她虽贵为公主，而且性格刚烈，敢爱敢恨。却毕竟是怀春少女，于男女之事懵懵懂懂，此时与杨睿如此之近接触，实在是平生第一次。

杨睿明显能感觉到身后的萧如期心如揣兔，在怦怦直跳，他自己的内心也很是荡漾，道："萧姑娘，我是先把你送往军营，还是直接将你送回你父王身边？"

萧如期道："你不怕我把你扣住不放？"

杨睿道："你要取我性命，现在就可以，又何必等到那时呢？"

萧如期道："可是有一个人，似乎不会放过你？"

杨睿问道："谁？我跟你们虞国可没有纠结，哪里来的敌人？"

萧如期道："就是我们的国相扑龙。"

杨睿奇道："扑龙？就是你们虞国的国相？"

萧如期道："扑龙是七夺教的人，自从我父王拜他为国相以后，什么事情都听他的。这次大举进犯摘星关，其实也是扑龙的主意。"

杨睿一勒缰绳，停下马来，道："萧姑娘，七夺教盘踞荒岛，他们的人怎么会混迹到你父王身边？"

萧如期道："你知道七夺教？"

杨睿点头，沉吟了一下，道："萧姑娘，你能不能带我去见你的父王？"

萧如期道："你要见我父王？"

杨睿道："七夺教是邪魔外道，我担心你父王会受他们蛊惑，贻害无穷。"

萧如期嘟嘴道："我凭什么相信你？"

杨睿道："萧姑娘，此事关系重大，还请你好好斟酌。"

萧如期为难道："那你以什么身份去见我父王呢？"

杨睿道："你的救命恩人呀！"

萧如期"呸"了一声，道："你脸皮好厚啊。"

第五十一章　援　军

杨睿和萧如期纵马来到摘星关外，只见荒尸遍野、折倒的战旗、随意抛弃的各种兵器，不由暗惊。再看摘星关城头，空无一人，一派死寂，却插着几面"姒"字大旗。

杨睿内心忧虑，焦急如焚，不时勒马想朝关内而去。

萧如期见到此等惨景，也不禁感到触目惊心。就这样，杨睿和萧如期二人骑在马上，在摘星关外的荒丘上来回徘徊了几圈。

杨睿道："看这情景，是不是你们虞国的军队并没有进城？"

萧如期道:"要不要先进去看一下?"

杨睿还没有来得及说话,忽然见前门不远处奔来一团银白色的虹光,杨睿喜色道:"是逗喜。"

逗喜闪电般已经到了杨睿的马蹄前,叉着腰昂着头道:"主人,我们这边打了一天一夜的仗,你——你居然带着她出去游山玩水才回来?"

萧如期大怒,拔剑指着逗喜,道:"你再胡言乱语,当心我割了你的舌头。"

逗喜踮着脚叫道:"呵,我怕你不成?你割我的舌头,我就抓破你的脸。看看谁狠?"

杨睿急道:"逗喜,摘星关怎么样了?马将军他们呢?"

逗喜道:"你是说马元鹏吧?他正在和你们的一个什么二王子喝酒呢?"

杨睿又惊又喜,道:"二王子?你是说二王子来了?"

逗喜道:"是啊,要不是这个什么二王子及时率军赶到,摘星关早就破了。"

杨睿大喜,向萧如期道:"我们的援军终于到了。"

萧如期冷冷地道:"怎么?你还想打?"

杨睿忙道:"不不,我不是这个意思。"

逗喜道:"对了,你这婆娘,还不赶紧回去?你们的大军已经被我们的援军赶过回燕函,夹着尾巴回老家了。"

杨睿斥道:"逗喜,不得对萧姑娘无礼。"

逗喜撇着嘴道:"切,人家还不是你相好的呢,你就这样护着她?"

萧如期又羞又怒,要下马来抓逗喜,被杨睿一把拦住,道:"萧姑娘,逗喜平时就是嘴贫,你别和它一般见识。"

逗喜没好气地道:"你也不问问我游云姐姐他们咋样了?"

杨睿如释重负,道:"二王子的援军到了,游云他们自然就不会有事。"

逗喜道:"游云姐姐可是为了你,把心都急碎了。"

萧如期对杨睿道:"你进城去吧,我一个人回去。"

杨睿听到二王子姒朔的援军到了，那肯定是要先见二王子姒朔——他要打探一下父亲杨继善在狱中的消息。

　　在摘星关外，杨睿与萧如期道别，他目送着萧如期骑马远去的影子，内心荡起了一种莫名其妙的伤感。

　　逗喜道："别看了，人家都已经走远了。喂，你不会真的被这凶巴巴的公主把魂勾跑了吧？"

　　杨睿斥道："逗喜，我跟你说，你以后再这样尊卑不分，瞧我怎么收拾你。"

　　逗喜斜着脑袋道："怎么啦？你难道还想打我不成？你要是敢对我动手，我有一个天大的秘密就死活也不可能告诉你了。"

　　杨睿道："呸，你还能有什么天大的秘密？"

　　逗喜道："唉，算了算了，以后再告诉你吧。"它又补充了一句："不过，我现在可以先跟你透露一点点。""噌"的一下跳到了杨睿的肩头，在杨睿的耳朵边悄悄地道："是关于碧凌剑的事情。"

　　杨睿一惊，他知道逗喜是白虎山的精灵转世，早在数百年前，天底下还没有白虎门的时候，它就一直生活在白虎山了，说不定它还真的知道一些其中的蹊跷，忙问道："你知道什么？快说！"

　　逗喜煞有介事地道："我知道你手里的碧凌剑是假的。"

　　杨睿大惊失色，道："你——你怎么知道的？还知道什么？"

　　逗喜两个爪子直摇，道："不急不急，以后再告诉你，你现在要紧的是赶紧去见你的二王子，打探一下你爹爹的消息。"

　　杨睿一想，立即快步驮着逗喜赶往摘星关的城内。

　　……

　　姒朔见到杨睿，又惊又喜。在此之前，姒朔已经在马元鹏的口中知道了杨睿早就到了摘星关，并且还一同与马元鹏抗击虞国人，可是又听说杨睿失踪两天了，不禁担心起来，此时见杨睿安然无恙地回来，两人抱在一起。

183

碧
凌
剑

杨睿道："王子殿下，可曾有我父亲的消息？"

姒朔知道杨睿要问这个，道："有。放心吧，衡将军虽然暂时委屈，还在囚牢里关着，可是性命无忧，你不必过分担心。"

杨睿听姒朔这样说，内心安定了一大半，道："殿下，你要是再不来，摘星关真的要失守了。"

姒朔道："马将军派去的几波信使其实也都已经到了雍丘，可是你父亲衡将军和偏将军宁蓝都在狱中，神勇将军又要守卫京都，所以父王就采信了五刑大夫燕大人的建议，暂不发兵。"

一旁的马元鹏道："王子殿下，你能亲自带兵前来相救，实在是摘星关之福。"

杨睿问马元鹏道："游云他们还好吧？巴赫怎么样了？"

马元鹏道："他们都好，巴赫这次立了大功，他把虞国的火器库给端了。只是——"

杨睿道："只是什么？"

马元鹏道："只是他自己也失去了一条臂膀。"

杨睿大惊道："啊？怎么会这样？"

马元鹏悲伤地道："唉，右臂，被炸飞了。"

杨睿道："他现在人在何处？"

马元鹏道："在帐中休息呢，马相搏他们都在他身边。"

杨睿点点头，道："我一会去看望他。"转身对姒朔道："王子殿下，你来了就好了，摘星关有救了。你知道，虞国的萧大王为什么会来侵占我们的边关吗？"

姒朔道："马将军也告诉我了，说是有什么七夺教的人参与了进来？"

杨睿道："不错，我已经和虞国的萧如期公主达成了初步的和解，接下来我们便是要阻止七夺教的阴谋。"

"七夺教的阴谋？"姒朔不解，道："什么意思？"

杨睿轻轻摇头，道："我也说不好，但是我总感觉到这中间，有着七夺教的一个巨大的阴谋。你想，他们作为一个江湖门派，为什么要怂恿虞国攻打我们杞国？"

姒朔沉吟道："嗯，有道理！"

马元鹏道："现在好了，王子殿下的援军到了，你失踪两天，也回来了。我已经吩咐下去了，一会我们与王子殿下痛饮一番。"

杨睿道："那是自然，不过我要先去看看巴赫大哥。"

马元鹏与姒朔均点点头，道："去吧！"

第五十二章　妖　兵

杨睿见到巴赫的时候，巴赫神情恍惚地正坐在营榻上，呆若木鸡。一条胳膊已经没有了，肩头缠着血迹斑斑的麻纱，身边有空心儿、马相搏和杜寅等在一旁陪着。

见杨睿到来，空心儿等都非常高兴。

马相搏道："公子！你可回来了。"

杨睿道："巴大哥这是怎么啦？"

空心儿满脸愁容，道："公子！巴老大回来的时候就是这样。"

杨睿上前去，轻轻地唤道："巴大哥！巴大哥！"

巴赫没有丝毫反应，双眼依然呆呆地盯着帐篷顶。

杨睿看着杜寅，问道："这到底是怎么回事？"

杜寅道："他被我们找到的时候，已经昏迷不醒。回来醒了以后，直喊着有妖兵。游云给他吃了安神丹，再后来就是这样了，任是谁，他都已经不认识了。"

杨睿道："巴大哥的那些手下呢？"

杜寅微微摇头，叹道："全都死了。"

杨睿大惊，道："什么？全都死了？"他挨着巴赫坐下，轻轻地抚摸着巴赫的伤肩。眼泪噙在眼眶里，道："巴大哥！你这是怎么啦？你说句话呀！我是杨睿啊，我回来了！"

巴赫一定经历了什么非比寻常的事情。

巴赫是什么人？土匪出身。

可以说在摘星关纵深数百里范围内，巴赫是"享誉全境"的悍匪头目，而且独此一家。能让他变成如此凄惶的模样，必定是触目惊心的。

杨睿心想："巴大哥的兄弟们竟然全部战死，可想而知，巴大哥经历了何等惨烈的事件。可是他现在已经变成痴傻了，即使再想问什么，也未必能问出什么眉目来。

"妖兵！有妖兵！"忽然，巴赫抬起头来对杨睿说："好多好多妖兵，太吓人了。"

杨睿急忙抱住巴赫，温言道："巴大哥！我是杨睿，你看着我说，你到底怎么啦？"

巴赫浑身颤抖起来，双眼露出了惧怕之色，将头藏进了杨睿的臂弯里，道："好多好多妖兵，死了，他们都死了。全部都是死人，杀！杀！"

杨睿抬眼看看杜寅，摇头叹息道："唉，巴大哥肯定是遇到了什么令他惊恐万分的事情。"

杜寅点头道："没错，可到底是什么事情，令他如此恐惧呢？"

杨睿道："巴大哥是怎么回来的？"

杜寅道："虞国的大军差一点攻破摘星关的时候，王子殿下的援军到了。我们掩杀过去，一直将敌人赶过回燕凼。这时候，马将军看巴老大他们没有回来，就说要去接应他们。"

杨睿道："是谁去接应的？"

杜寅道："是游云。"他补充了一句："后来马师弟也去了。"

马相搏道："是的，我怕游云姐一个人去发生意外，就跟游云姐一起去了。"

杨睿道："当时的情形怎么样?"

马相搏道："我们到了虞国人火器库的时候,整个山谷除了尸体,一个活口都没有看到。巴大哥还是被游云姐在死人堆里扒出来的。当时他已经昏死过去了,那只胳膊也——"

杨睿道："全部都是巴大哥手下人的尸体吗?"

马相搏道："不是,还有对方的人,可是他们都好像死了很久,并不像与巴大哥他们拼杀致死的。"

杨睿疑问,道："死了很久?什么意思?"

马相搏道："我和游云姐感到很奇怪,那情景我也说不上来。我还将他们的尸体带回来一具呢。"

杨睿忙道："快带我去看。"

……

在一处杂房内,杨睿见到了那具带回来的尸体。

游云此时也在杂房内——正蹲在那具尸体旁,仔细端详着,一心想勘验出一些端倪来。见到杨睿,也是大喜,道："公子!你——你终于回来了!"

杨睿道："云儿!你怎么在这里?"

游云道："公子,你来看,我感觉这尸体好生奇怪。"

杨睿凑近一看,不由得大吃一惊,失声道："啊?怎么会是他呢?"

游云奇道："公子,你认识他?"

杨睿满脸惊诧道："这——这怎么可能?他明明已经被我在青羊驿埋掉了呀?"

——杂房内马相搏带回来的这具尸体,居然是在青羊驿,被杨睿亲手埋掉的"催命五鬼"中的其中一个。

"这不是催命五鬼吗?他们几个月前,明明已经丧生在青羊驿了呀?"杨睿难掩内心的恐惧。

游云大奇,道："公子,你确定?"

杨睿道："是我亲手将他们掩埋的。"

当下，杨睿便将当日在青羊驿发生的事情，原原本本跟游云说了一遍。

游云听了也大惑不解，道："那就奇怪了，怎么会这样呢？"

杨睿喃喃自语，道："难怪巴赫大哥怕成那样，这里面肯定有什么不为人所知的事情。"

游云道："我检查过他身上，似乎不像为利器所伤。他身上的几处刀伤也是很久以前留下的。"

杨睿反复察看了一番，道："这就奇怪了，马相搏说当时山谷里全部都是尸体，他们是怎么死的呢？"

游云道："当时我们急于把巴赫弄回来救治，倒没有细细查看他们身上的伤。"

杨睿道："巴大哥口中一直反复地念叨着有妖兵，难道是说他们都被施了法术，变成了活尸人？"

游云点头道："有这个可能。反正当时的谷内很是瘆人。"

杨睿道："那虞国的火器库是谁炸的呢？应该是巴大哥他们所为。难道他们都是被炸死的？"

游云摇头道："不像呀，那尸体应该是血肉模糊才是。"

杨睿道："就是啊，现在看来，这些事情只有等巴大哥意识清醒过来才知道分晓了。"

游云道："嗯。那这具尸体怎么办？"

杨睿道："先将他埋了吧。现在虞国王城内，有七夺教的教主祝亥在把持着，这些奇怪的事情，应该与他有莫大的关系。"

游云道："你没回来之前，王子殿下跟马将军商量好了，说明日下午我们将重整旗鼓，直击虞国的绒栀城。"

杨睿道："万万不可，我已经跟虞国的萧如期公主定下了和解之约。她此番回去，正与她的父王进谏罢战之事。"

游云听杨睿说到萧如期，不禁怅然道："哦，你们这几日都在一起？"

杨睿简短地将近日发生的事情对游云说了。

游云道："如果确如公子所言，两国罢战而和，那当然是好。只是不知道虞国的大王，会不会听萧公主的意见，也未可知。"

第五十三章　赴　救

杨睿与二王子姒朔在疆场相逢，很是高兴，当晚二人在城头披月对饮，各自内心都喜不自禁。

"莺莺怎么样了？"杨睿问道。这么多天来，杨睿有时候也会偶尔想起莺莺这个王府里的玩伴，只是生存所迫，那也只能是想想而已。

姒朔笑道："你小子还真的是一个情种，身在边疆，还不忘她这个丫头。她还是老样子，也经常偷偷地问起你呢。"

杨睿道："殿下，我听说你整装待发，准备明天去攻打绒栀城？"

姒朔道："不错，虞国人不讲信义，趁我边关空虚，居然敢来冒犯。本殿下此番前来，岂能就此罢休？"

杨睿起身而拜，道："还请殿下暂且收回成命。"

姒朔道："哦？那又为何？"

杨睿道："殿下，想必你已经听云儿和马将军说起过了，虞国大王萧木有七夺教祝亥——"话还没有说完。

姒朔不悦地道："七夺教，七夺教，又是七夺教，难道我堂堂杞国，还怕一个江湖教派不成？"

"殿下！"杨睿道："七夺教并非寻常的江湖邪教，教主祝亥更是一个高深莫测之人。就连当今玄宗祖庭白虎门的火掌门，都对他忌惮三分。我现在更是怀疑，巴赫大哥口中的妖兵，一定也是这个祝亥使的诈术。"

姒朔道:"我倒是听说过,白虎门的剑,七夺教的毒,青龙门的丹术,藏娇楼的巫。可是这些江湖传言也只是听听而已,岂能当真?自古以来,邪术不挡王权,如果这些江湖上的旁门左道能一手遮天,那还要国家和朝廷干什么?"

杨睿道:"殿下说的是!可是你再把一些事情串起来细想:雍丘城天降血雨,妖兽横行,我父亲无端被抓。正在这个时候,虞国大举来犯,七夺教也参与了其中。哦,对了——"

姒朔道:"怎么啦?"

杨睿道:"我有一重要信息要禀告殿下,虞国的国相扑龙,正是七夺教的四大恶使之一。"

姒朔道:"你是说,虞国的国相居然是七夺教的人?"

杨睿点头道:"不错,殿下,我有一个奇怪的想法,不知道能不能说——"

"你且说无妨。"姒朔道。

杨睿欲言又止,支支吾吾。

姒朔急道:"哎呀,你倒是说呀。我恕你无罪!"

杨睿谨慎地道:"殿下,七夺教的人既然能渗透到虞国的朝廷,而且还身居高位。那谁又能说,他们不会对我们杞国有所觊觎?"

姒朔闻言一惊,道:"你的意思是说,我们雍丘城内也可能有七夺教的人?"

杨睿道:"正是。殿下,我们可不能不防啊!"

就在此时,忽然逗喜慌慌张张来了,道:"公子,快,快去救你的心上人吧,她有危险了。"

杨睿道:"逗喜,你胡说些什么?"

"我没有胡说。"逗喜急道:"萧公主——萧公主身处险境,你赶紧去救她。"

杨睿问:"怎么回事?"

逗喜道:"萧公主回去劝她的老爸罢战,却不料与他们的国相扑龙起了争执。那昏庸的萧大王听从了扑龙的建议,要将他女儿软禁起来。萧公主当然不肯就范呀,就打起来了。"

似朔拍手道:"好啊!他们自己居然先乱起来了。"

杨睿道:"然后呢?"

逗喜道:"然后就动手了呀。"

杨睿惊道:"她跟扑龙打起来了?"

逗喜摇手,道:"国相扑龙再厉害,人家萧姑娘毕竟是公主,他怎么也不敢亲自动手。扑龙发动了好多妖兵,现在将萧姑娘围困在了天香阁。"

杨睿大惊,道:"妖兵?怎么虞国的王宫中也有妖兵?不是在他们的火器库被巴赫大哥他们全部炸死了吗?"

逗喜道:"被巴赫全部炸死了?怎么可能呢?你以为火器库是巴赫炸掉的?"

杨睿疑道:"不是巴赫,又是谁?"

逗喜道:"他们在山谷深处的那个火器库,其实是扑龙国相用邪术炮制妖兵的秘密大营。他们用死人复活的办法,来控制那些死去的士兵,让他们变得凶狠无比。"

杨睿和似朔面面相觑。

逗喜道:"那天,巴赫他们去的时候,发现他们便厮杀了起来。不几下便被人家给灭了,幸亏那时候不知道从什么地方,冒出来一个人来,你猜是谁?"

杨睿脱口而出道:"谁啊?"

逗喜道:"就是上次差一点,将你打死的那个独眼黄袍怪人。"

杨睿一愕,道:"哪个黄袍怪人?"

逗喜抓狂,道:"哎呀,就是——就是将我抓住,关在竹笼子里的那个怪人哇。"

杨睿大奇，道："是他？他怎么会去那里？"

逗喜道："我也不知道啊，我赶去的时候。他正在大开杀戒，几百个恐怖的妖兵，没承想被这个黄袍怪人杀得鬼哭狼嚎。"

杨睿惊异道："后来怎样？"

逗喜道："那阵势谁敢多逗留啊？再说，这个黄袍怪人认识我，我怎么可能不速速逃命呢？要是被他再逮着了可怎么办？哎呀，你别问这么多了，你的那个红颜知己，你当真不去救了？"

杨睿看着姒朔，道："殿下，你看这事情现在该怎么办？"

姒朔想了想，道："我们现在就去虞国的绒栀城，如果不是兴兵前往，那只能是混进去。可是这样势必人单势孤，暂且不说能不能救出那位公主，我们自己能否全身而退都未可知。"

杨睿着急道："萧公主深明大义，只要确保她安全，杞虞两国总有化干戈为玉帛的一天。而且七夺教祸乱绒栀城，暗地里还炮制妖兵，其背后一定有太多不可告人的阴谋。"

姒朔沉吟了一下，道："行，我们去。就算它是龙潭虎穴，我们去探探，又有何惧？"

杨睿道："那事不宜迟，我去通知云儿，就我们三个人去。人多目标太大，容易暴露。"

当下杨睿等会齐了游云，在逗喜的带领下，匆匆忙忙出了摘星关，朝绒栀城而去。

第五十四章　狂　人

杨睿、姒朔、游云三人以鱼龙术为掩护，在绒栀城内遇到一队巡城的禁军，便化成他们的模样，混进了王城去。

自从杨睿和游云上次在虞国的王宫内，见到七夺教的教主祝亥。杨睿就有一些隐约的担忧，后来他又从萧如期的口中得知虞国的国相扑龙，正是七夺教的四大恶使之一的扑龙，更觉得事情蹊跷了。

对于祝亥，杨睿此前仅仅是从白虎门火坨坨的口中，听到一些他的传说。只知道他是七夺教的教主，法力无边。就连火坨坨提起祝亥，都要对他忌惮三分，仅此而已。

仅此而已，其实已经足够了——能让白虎门掌门火坨坨忌惮三分的人，可想而知是一个什么样的角色。

上次他和游云能侥幸逃出虞国王宫内的泥牛馆，不得不说是他们二人的幸运。因为就在他们抽身溜出虞国王宫的瞬间，他们两个冒牌的身份就已经被发现了。

杨睿和游云抢先一步出了绒栀城，否则后果不堪设想。

可是现在，他们又要故伎重演了——再一次潜入虞国的王宫。

祝亥到底有多厉害？杨睿不得而知。他有没有离开绒栀城？杨睿心里没有底。

这次会不会遇到祝亥？杨睿更是不得而知。

在逗喜的引导下，杨睿、游云、姒朔很顺利地找到了萧如期被困的地方——天香阁。

……

天香阁是一座两层的馆阁，坐落在一处稍显空旷的庭院内。四周除了高大的树木和遍地的花卉植被，几乎没有别的建筑。

杨睿、姒朔、游云三人在庭院外四下望了望，不见一人，便迅速潜了进去。

一片死寂。

杨睿等三人悄悄潜伏在馆阁下的梯廊内，观望着院内的动静。

除了隔壁的院落里，偶尔传来一两声宫女无关紧要的声音。一切正常，寻常人并没有感觉到此地有任何异样。

其实有异样——此地的异样就是太安静了——天香楼是公主萧如期平日里活动的场所，怎么可能没有一个侍女？

杨睿抬头探视楼上的窗户，只见雕花窗户里，隐隐约约飘出了丝丝袅袅的淡青色的香烟。

侧耳细听，楼上的闺阁中有细微的响动，似乎有人在收拾屋子。

逗喜从杨睿的怀中钻了出来，压声道："公主就在楼上。"

杨睿和姒朔暗自交换了一个眼色，正要朝木梯上迈去，忽然院内的树上发出了窸窸窣窣的声响。

姒朔等一惊，抬眼搜去，不由得大吃一惊——

不知什么时候起，院内的大树下，居然齐刷刷站着几十个形如僵尸的禁军模样的人，眼睛正直勾勾地注视着他们三个人。

"妖兵！"杨睿的脑子里飞快地闪现出两个字来。

姒朔、游云已经拔出了手中的剑。

"殿下、云儿！拦住他们。"杨睿道："我上去救公主！"说着，已经朝楼阁上冲去。

妖兵们开始迈着歪歪斜斜的步子，向姒朔和游云身边跌跌撞撞走来了。他们摇晃着手里的铁槊，起先几步还走得很缓慢，突然，各自发出一声狰狞的号叫，发了疯似的冲了过来。

姒朔和游云迎了上去，挥剑便砍。

可是这些形如鬼魅的妖兵似乎根本不怕死，他们不招架，只一味地进攻。虽然一时之间被姒朔和游云砍翻几个，可是后面他们的同类则是蜂拥着向前，直压过来。

姒朔暗叫一声："不好！"与游云并肩作战，朝楼阁之上退去。

杨睿直奔上楼，叫道："萧姑娘！萧姑娘！"他一脚跨进了楼上的天香阁，却见一个蓝衣少女正背对着他，坐在白玉妆台前怔怔出神。

杨睿上前拉她，道："快跟我走——"

一道幽光闪动，杨睿感觉面门一凉，本能地一侧身，避开了一击。

——原来这个蓝衣女人不是萧如期，而是琥珀。

杨睿惊愕得差一点掉了下巴，道："啊？怎么是你？"

琥珀面色阴沉，一言不发，手里的短剑一连几下，招招都是致命的杀招。

杨睿提剑抵挡，叫道："你们把萧姑娘怎么啦？"见姒朔和游云也退了上来，急忙叫道："快走，她不是萧姑娘！她是七夺教的恶使琥珀。"

姒朔大急，喊："下不去了，下面全是妖兵。"

说话间，十几个妖兵已经冲了上来。他们不分你我，见人就扑上去，居然连琥珀也袭击。

杨睿等奋力砍杀，想冲出一条路，可是楼下朝上涌上来的妖兵越来越多，他们一下子就将杨睿他们压制到了天香阁的墙壁角落里。

琥珀出剑如电，斩杀了几个妖兵，朝杨睿直扑过来。

杨睿又急又怒，道："琥珀姑娘，我几次都放过了你，真没想到你还是对我苦苦相逼，你太可恶了。"

要是论实力，琥珀身居七夺教四大恶使之列。

杨睿怎么可能是她的对手，可是事情就是这样的不巧。

琥珀第一次失利被杨睿放了，是因为她遇到了一个很强劲的对手杨继善；第二次杀杨睿失败，则是由于火坨坨的庇护，而且当时她身上的毒蛊又发作了。

此时她听杨睿这样说，不由得气不打一处来，琥珀叫道："你不死，我就得死。"一剑刺出。

杨睿正要招架，不料旁边的妖兵扑上前来。

琥珀的一剑"扑哧"一声，刺进了那具妖兵的胸膛。

游云奋力厮杀，挡在了姒朔的身前，叫道："殿下，快跳窗户。"

姒朔探头朝窗外望去，不由得倒吸了一口凉气，骇然道："下面的怪物更多。"

说话间，姒朔提剑劈翻了两个妖兵，急叫道："这——这可怎么办？"

忽然，一阵锐利的箫声从外面传来，直刺人的耳膜。

众妖兵一下子受不住这么强烈的穿透力，一下子被镇住了，旋即他们发了疯似的转身朝楼下扑去。

杨睿大喜，赶紧喘息了一下。

逗喜不知何时站在窗台上，叫道："公子，那大怪人又来了。"

杨睿奔到窗边往下看，只见楼下的大树边。一个黄袍人正挥动着手里的玉箫，击杀身边的妖兵。

——妖兵虽然凶恶，可是黄袍人竟然丝毫不惧，手里的长箫起落间，发出了一道道炫目的厉光。光影所到之处，妖兵们发出了凄厉的哀号，顿时化作了一滩滩血水。

姒朔靠窗户最近，他看得真切，暗暗叫绝，叹道："这是何人？居然有如此神通？真是天下一狂人也。"

第五十五章　恩　怨

黄袍狂人的出现，不仅仅杨睿他们没有想到，就连琥珀也是吃了一惊。眼见天香阁下众妖兵，在黄袍人大开大合的杀招下纷纷暴毙，看得琥珀胆战心惊。

但是，琥珀并没有忘记自己的职责，那就是杀掉杨睿。

——这是七夺教教主祝亥交给琥珀的任务，这也许是琥珀这辈子最后的一件任务。因为如果杨睿不死，她就得死。

祝亥已经在琥珀的体内下了三足飞龙蛊。

琥珀没有退路——杨睿必须得死。

否则琥珀就得全身溃烂而死，然后或许也会成为令人恐怖的妖兵。

现在，是击杀杨睿最好的时机。

琥珀把心一横，道："杨公子！你受死吧！"话音未落，人已经到了杨睿的跟前。

杨睿手里拿的虽然不是碧凌剑，可此时的他已经跟往日的那个初出茅庐的禁军身手截然不同了。

——没有了碧凌剑，碧凌龙诀等于是无用之功。但是，杨睿在白虎山受火坨坨和"虎山三圣"指点的其他剑招，则通过最近几场实战，已经颇有提升，再说，此时的身边还有游云与姒朔。

以三敌一，琥珀依然不落下风。数招一过，姒朔被琥珀一剑划破长袍，险些伤及要害。

姒朔不禁大怒，道："大胆妖女，你居然敢对本王子下此狠手？"一连攻出两剑，都被琥珀轻轻松松避开了。

琥珀也不与姒朔纠缠，她的目标是杨睿——

琥珀向杨睿攻出的每一招都是取命的，异常凌厉、凶狠。

杨睿苦苦支撑，还是一个躲闪不及，左臂中了一剑。

游云叫一声"公子！"扑身挡在了杨睿的面前，急叫道："公子！快跑！"

就在这时，天香阁外的妖兵已经被黄袍人斩杀殆尽了。却又有大批的禁军蜂拥而至，将黄袍人团团围住。

扑龙、盖漠然也来了，他们二人在众禁军中间，看黄袍人击杀妖兵的手段十分了得，不由得也暗自心惊。

扑龙长啸一声，道："阁下何人？真是好身手！"

黄袍人微微一愣，他瞥了扑龙一眼，道："萧木何在？"

盖漠然大怒，道："大胆！你这个怪人，竟敢直呼我们大王的名讳——"他的话还没有说完，脸上"啪"的一声响，重重挨了黄袍人一记耳光。

黄袍人淡淡地道："在本尊面前有你说话的份？"

扑龙大骇——盖漠然是虞国一等一的大将，他的身手虽然比不上扑龙，却也是身经百战的高手。可此时，他被黄袍人鬼魅般欺身上前结结实实地抽了一记耳光，居然没有丝毫反抗之力。

黄袍人扭头环顾了一下四周围着他的禁军，不屑一顾地冷笑一声，道："你们这些人命如蝼蚁，我懒得动手，快叫萧木出来。"

盖漠然莫名其妙地挨了一记，虽然心头狂怒。却也一下子被眼前的这个黄袍人给镇住了，脸色一阵黑青退在一旁。

扑龙上前朝黄袍人抱拳一揖，道："尊驾是何方神圣？还望告知在下，好待本相差人将我们大王请来相见。"

黄袍人傲然不答，抬腿便走。

扑龙道："尊驾要去哪里？"往前移一步，拦在了黄袍人的面前。

然而，就在扑龙面对黄袍人的那一瞬间，他后悔了——他面对的似乎不是一个活生生的人，而是一股气。

一股凛冽的奇寒之气——准确地说，是由于扑龙内心的忐忑而生发出的一种恐惧之气。

黄袍人伸手一搭，搭住了扑龙的肩，道："刚才那个蠢蛋是不知死活，没想到你的胆子居然也不小？"

扑龙顿时感到一道烈焰般的气力，直插进自己肩头的肩贞穴。他暗暗叫苦，赶紧运功，想挣脱黄袍人的手掌，却始终摆脱不了。

此时，杨睿等三人与琥珀且战且退，也已经到了天香阁外，均被黄袍人的绝技惊呆了。

黄袍人乍见杨睿，不由得微微一愣。他松开了扑龙，转过身来面对着杨睿，道："你也在？"

杨睿躬身一拜，道："晚生杨睿，见过前辈！"他说这句话的时候，能明显感觉到怀中的逗喜不停地颤抖——那是逗喜被黄袍人吓的。

黄袍人道："你来此地做什么？"

杨睿道："我——我来是想救一个人。"

"救人？"黄袍人嘿嘿一笑，道："救谁？就凭你？今天这里所有的人都得死。"

似朔和游云面面相觑，脸现紧张神色。

杨睿愕然，道："前辈！我——我们不是虞国王宫的人。"

黄袍人道："那只能怪你们命不好，谁让你们今天来到了这里？"

扑龙得脱了黄袍人的掌控，如遇大赦，面如死灰，对琥珀道："放他们走吧！"

琥珀看看杨睿，对扑龙道："杀不杀杨睿是我的事情，用得着你来指派？"

扑龙长叹一声，道："罢罢，既然你这么说，那就悉听尊便吧！"他自诩神通不凡。

这世间除了教主祝亥，其他任何人扑龙都不放在眼里。就连琥珀、食迷这些同样位居教中要职的人，他也只是表面应承，实则不屑，可是此时他却异常地颓废。

——堂堂七夺教"四大恶使"之首的扑龙，居然在对方的手里连一招都过不了？

黄袍人道："就凭你们今天也有生杀之权？我不说死，没人死得了，我不让谁活，谁也活不成。"

杨睿凛然道："前辈，你跟绒栀城的恩怨似乎与我们三个无关吧？你讲不讲道理？"

黄袍人一愣，道："讲道理？这个世界上，哪里来的那么多道理可讲？"

众人面面相觑。在场的人除了周围的禁军，其他都是见过大世面的。此时听黄袍人如此轻描淡写地说出这样的话来，各自在心里倒抽了一口凉气，神情紧张，不置可否。

忽然，天香阁庭院外隐约飘来一声声柔和吟唱："去年相聚欢，今年依稀雁。年年盼君归，明年还不见——"

歌声绵柔，却透着一股哀怨。

黄袍人愣住了，他的眉头微微一皱，喃喃道："霜月？"他的表情一

199

下子变得温和起来。忽然又脸现肃杀之气，冷笑道："事到如今，你们还想用什么办法来换取生还的希望？是不是太侥幸了？"

众人见黄袍人脸色骤变，心知他可能会突然痛下杀手了，都屏气凝神，严阵以待。

就在这时，有人朗声道："大王驾到！"

第五十六章　王　死

萧木在大批禁卫军的拥护之下走了进来，他的身边站着一个身穿紫衫的高大汉子。

紫衫人头上戴着一顶大斗笠，遮住了他的整个脸，只露出了一个下颚。

但是，杨睿还是从紫衫人的身形上一眼就认出了他的身份。

——他就是七夺教的教主祝亥。

杨睿的手心微微有汗沁出，是冷汗。

果然，扑龙见到了紫衫人，不由得脸色大喜，似乎看到了救星一般。

琥珀在一旁则是面色惶恐不安，垂头立在那里，好像在静静等待着祝亥的发落。

萧木的身边还有两个女人，一个是萧如期，还有一个中年女人，长得端庄华贵，她就是虞国的王后、萧如期的母亲——霜月。

杨睿见到萧如期安然无恙，心头顿时松了一口气。他看着萧如期，却发现萧如期此时也刚好在注视着自己，不禁朝她微微点了点头。

萧木等人走近，祝亥始终一言不发站在萧木的身边。

黄袍人脸色铁青，双眼如冰一般盯着萧木身边的霜月看。

萧木道："大哥，二十年不见，别来无恙！"

黄袍人嘿嘿笑道："大哥？嘿嘿，你是在叫我吗？"

萧木道："是，你终于回来了。"

霜月脸色苍白地一直看着黄袍人，她似乎想上前去，却没有挪步。只是神情局促地看着他，喃喃自语道："清歌？真的是你吗?!"

黄袍人道："王后，你请自重，清歌早已不在人世了，我现在是一介浪人，哪里配有自己的名字？"

杨睿悄悄对姒朔道："殿下，当心那个戴斗笠的人。"

姒朔压声道："他是谁？"

杨睿道："他就是七夺教的教主祝亥。"

姒朔一惊，道："哦，原来是他！"

黄袍人对祝亥的出现似乎很是诧异，道："你也在这里？"

祝亥抬起头来，道："清歌兄！我想你想得好苦啊！"

黄袍人苦笑，道："世上早就没有清歌狂这个人了，你又何必挂怀呢？"

祝亥道："你我二十年前一起同舟共济，死里逃生，就如同昨天一般的事情，怎么能说忘就忘呢？我知道你会来这里，特意在此恭候多日了。"

黄袍人道："你今天是来阻止我的吗？"

祝亥道："唉，阻止谈不上，我是想邀请你一起去黑水岛的。"

黄袍人道："那要等我把自己的事情了结了再说。"

祝亥道："你今天杀不了他。"

萧如期挡在萧木的面前，道："喂，你们在说什么呢？"

霜月愠道："如期，不得放肆！"

萧如期指着黄袍人道："母后，他是什么人？"

霜月还没有说话，萧木抢先道："如期，这个人——他才是你的亲生父亲。"

在场众人都惊愕了。

杨睿更是疑惑不解，心道："这到底是怎么回事？萧姑娘的亲生父亲居然是这个黄袍怪人？"

萧如期愣住了，道："父王，你刚才说什么？"

萧木道："他就是你的亲生父亲，我们大虞国的前朝太子——清歌狂。"

众人都震惊了，面面相觑。唯有祝亥一人表情漠然，没有丝毫异样。

清歌狂一下子愣在了那里，道："亲生父亲？我是她的亲生父亲？"

萧木道："大哥！祝教主说的没有错，你杀不了我。"

清歌狂冷冷地道："你是说，有祝教主给你撑腰？"

萧木叹了一口气，道："我这几日胸口隐隐作痛，直到昨天开始体内犹如冰火两重天。白日奇寒，夜间灼热难耐，我就知道我的日子应该不会多了。大哥，你结交了一个十分义气的朋友，你要做的事情，他已经帮你做了。"

祝亥面无表情地道："不错，我们七夺教的冰火覆天蛊，只有身份雄奇的人才有资格享用，萧木大王，你应该感觉很荣幸。"

萧木惨然道："天理昭昭，因果轮回，这也是情理之中的事情。只是我没想到你算得这么准，你怎么就知道我大哥近日会回来呢？"

祝亥道："前些天火器库内发生的事情，萧木大王这么快就忘记了？能一口气端掉数百妖兵的巢穴，这个世间还能有谁具备这样的能力？"

萧木恍然大悟，道："哦，原来如此？"身子一晃，便要摔倒，被萧如期一把扶住。

霜月手足无措地站在萧木的身边，她浑身颤抖着，也似乎站立不住。

清歌狂逼视着祝亥，道："谁让你多事？"

祝亥道："清歌兄！二十年前一战，你我都差一点丧命，你的敌人就是我的敌人。"

萧木的嘴角开始有血渗出，道："所以你处心积虑，将扑龙安插进了我的王宫，做起了国相？"

祝亥点头，道："不错！"

萧如期眼里噙着泪花，道："父王，这到底是怎么回事？"

萧木道："如期！二十年前，你娘在怀你两个月之后，绒栀城王宫发生了一次政变。我将原本是王位继承人的我大哥，也就是你的亲生父亲设计陷害，差一点让他死于非命。后来，我得了王位之后，便将你的母亲册立了王后。"

霜月脸色苍白，道："你——你不是说他跟宫女厮混，乱了朝纲，被先王废了吗？"

萧木道："说他被先王废了，怀恨而起了弑君之心，被先王及时发现，诛杀于杞国境内，那都是我编出来的。"

霜月恨道："你——你——"

萧如期睁着一双大眼睛，惊愕地一会看看萧木，一会看看母亲霜月，一会又看看对面的清歌狂，惊得一句话也说不出来。

萧木嘴角的血越来越多，痛苦地道："霜月，这么多年来，我除了这件事隐瞒了你，还有其他对你们母女俩不好的地方吗？"

霜月不置可否，只是一个劲地流泪。

萧木又抬头对清歌狂道："大哥！临死之前，我有一个请求，还望大哥能看在我，善待你女儿二十年的分上答应我。"

清歌狂冷眼看着萧木，并没有回答。

萧木神情痛苦，道："江山、女儿还有霜月我都还给你，我——我只希望你能放过我的儿子萧燮，他才十四岁。"

就在这时，人群中冲出来一个少年，哭喊着朝萧木奔了过来，叫道："父王——"

清歌狂看着萧木，道："你想让我放了你儿子？"

萧木虚弱地点头，恳求道："还望大哥成全！"

清歌狂哈哈大笑，道："你猜我会答应你吗？老天对我真的不薄，你虽然没有死在我的手里。可是居然还是将你的儿子送给我来处置，哈哈哈哈，我要让他求生不得，求死不能——"

萧木"哇"的一声，吐出了一口黑血，怒目圆睁，道："你——你太恶毒了。"

清歌狂一愣，道："我恶毒？嘿嘿，我恶毒你又能怎样？"

萧木挣扎着想冲向清歌狂，可刚抬腿，却一个趔趄栽倒在地上，就此不动。

第五十七章　强　掳

二十年前，虞国都城绒柜发生了一件惊天动地的大事——太子萧清歌被传与宫女厮混、不满于父王的训诫，图谋弑君，东窗事发后，亡命天涯。

——萧清歌的胞弟萧木受王命责成，跨国追缉，清除萧清歌及其余党。

——萧木不辱王命，最终击杀萧清歌于杞国一山野。

——虞国大王激愤过度，突然驾崩。萧木即位，并娶霜月为妻，封其为王后。

对于二十年前的这件事情，霜月一直有所怀疑——她不相信自己心爱的人萧清歌，会做出背叛自己的事情，更不相信他会大逆不道，弑君谋反。

但是整个朝野都传得沸沸扬扬，言之凿凿。霜月作为一个女人，无能为力去查究真相。

现在，萧清歌回来了，真相也浮出了水面。

——萧清歌是遭设计陷害的，当年他大难不死，如今回来了。

可是，有一件事情是霜月无法想象的。

那就是，当年的萧清歌是一介文弱不堪的雅士，甚至可以用手无缚鸡之力来形容。可是此时站在面前的清歌狂，却是一个举手投足即可杀人于无形的魔王。

这二十年间，他经历了些什么？

但是，这一切对于霜月来说，都已经是毫无意义了——作为曾经的爱人，她背叛了萧清歌，嫁给了设计置他于死地的仇人萧木；

作为现在的王后，她无法阻止清歌狂来伤害自己的丈夫，最重要的是还有年幼的儿子萧燮。

萧燮是霜月和萧木两个人所生的唯一的孩子。

萧如期是清歌狂的亲生女儿，这是萧木早就知道的事实——但他还是十分疼爱这个异己的血肉。因为他要夺，就要夺得彻彻底底——江山、恋人、孩子，只要是清歌狂的挚爱，他都必须全部夺回来。

然而萧燮怎么办？作为母亲，霜月有没有办法保护他？

萧燮扑在父亲萧木的尸身上哭泣，他抬头睁着仇恨的双眼，死死地盯着清歌狂看，咬牙切齿。

清歌狂连正眼都不看萧燮一眼，他仰望着天香阁上面的天空，若有所思。似乎没有把在场的任何人放在眼里，包括祝亥。

霜月哀求的眼神看着清歌狂，道："放过我的孩子！"她口中的孩子不是指的萧如期，而是萧燮。

清歌狂纹丝不动，如一座雕像。

"我可以代替他去死。"霜月道。

清歌狂一愣，扭头看了一眼霜月，道："你代替他？"

霜月道："是的，只要你能放过他，我代替他去死。"

清歌狂嘿嘿笑道："你本来就该死，何谈什么代替？"

霜月点点头，道："我知道。但是我还是请求你能放过他。"

清歌狂道："让他活在这个世界上对他来说，是一件十分痛苦的事情。"

萧燮叫道："你这个独眼恶人，死又怎样？我不会怕你的，来吧。"

清歌狂道："不急不急。你想现在就死，岂不是太便宜你了？"他忽然环顾四周，冷冷道："你们是自己动手还是让我亲自动手？"

在场众人面面相觑，除了祝亥面无表情之外，其余的人都脸现惊恐之色。

杨睿和姒朔、游云屏气凝神，三人不敢大意，悄悄拢到一起。

人群中跃出来一人，正是盖漠然。他身为虞国大将军，刚才清歌狂却让他在众禁军面前丢尽了颜面，此时他见萧木已死。清歌狂势必不会轻易放过作为大将军的自己，与其坐以待毙受清歌狂的侮辱，还不如临死之前搏一把，倒也可以扳回一些颜面。

盖漠然指着清歌狂，叫道："独眼怪，当年萧木大王除恶未尽，才留下了今日的大患。可是你妖术再高，难道还高得过祝教主？你刚才夸下海口，扬言要杀尽这里所有的人，难道还包括祝教主吗？"

盖漠然的这番话很阴险，很自然就将祝亥也置于清歌狂的对立面。

——如果祝亥肯出手，清歌狂未必能有胜算。

祝亥何尝不知道盖漠然的心思？但是此时此刻，祝亥的内心是矛盾的——清歌狂曾经是他的挚友。

当年为了他，祝亥不惜做出了巨大的牺牲。可是现在，清歌狂已经明显成了他隐约的对手。或者说，清歌狂有朝一日一定会成为祝亥雄霸天下的绊脚石。

祝亥看了一眼清歌狂，却发现清歌狂正在看着他。

清歌狂道："你将作何打算？"

祝亥打了一个哈哈，道："清歌兄是我这辈子的生死之交，我当然是站在你这边。这里的人，你可以随便杀。但是有一个人你得把他交给我。"

清歌狂道："谁？"

祝亥一指人群中的杨睿，道："就是他！"

杨睿大惊，他万万没有想到祝亥的矛头直接针对了他。也就是说，其实祝亥早就将自己认出来了。

祝亥要报杀子之仇。

清歌狂摇了摇头，道："不行，这个人你不能动。"

祝亥疑惑地道"为何？"

清歌狂道："此人是我女儿的心上人，他要是死了，我女儿会伤心的。"

萧如期又羞又怒，道："你简直是胡言乱语，谁是他的心上人？谁又是你的女儿？"

清歌狂淡淡地道："这个世上，你是我唯一的亲人，所以你说什么我都不会怪你。但是我希望你能懂得父女之道，以后对我说话要客气点。"

萧如期一时之间无法接受眼前的现实，此时她听祝亥说要杀杨睿，也不禁暗暗替杨睿担心。脸上露出一丝担忧之色，被清歌狂一眼瞥出了其中的端倪。

祝亥道："好！那我今天就卖一个情面给清歌兄，但是，这样的情面只能卖一次。"转身对扑龙和琥珀道："我们走！"

清歌狂道："请便！"

祝亥走在前面，扑龙和琥珀跟在他身后。

走到杨睿身边，祝亥停了下来，道："小子，下次可没有这么好的运气了。"一伸手，将游云一把吸了过去，揽臂将她夹在了腋下，身体腾空而起，已经消失在了高大的院墙之外。

杨睿大惊失色，叫道："云儿！"发足追去，可是哪里还能追得上，只能眼睁睁地看着游云被祝亥强掳走了。

逗喜"噌"的一下蹿出了杨睿的怀里，闪电般地追了出去。

第五十八章　班　师

祝亥一走，整个天香阁的王宫禁军都慌了。

杨睿和姒朔见游云被掳，也是无能为力，不禁内心均又惊又怒。

霜月对清歌狂道："你下手吧！"双眼一闭，不再说一句话。

盖漠然叫道："王城禁军听着，萧木大王已死，大家齐心协力保护幼主萧燮，合力将这独眼恶人除了，都可以封赏。"

此言一出，众禁军无不重新振作起来，纷纷持槊提剑，叫嚣着朝清歌狂拥了过来。

清歌狂大袖一挥，手中已多了一把剑。荡剑一扫，顿时一道黑气破空而出，冲在前面的十几个禁军惨叫倒地。

萧如期扶起母亲霜月，拉着弟弟萧燮就跑。

杨睿赶上几步，与姒朔一起护着萧如期朝门外奔去。

清歌狂狞笑道："往哪里跑？"身子如猛龙一般腾起，旋转着追了上前，一剑刺中了霜月的后背。

霜月身体一晃，吐出了一口鲜血，跌倒在了地上。

萧如期惊叫："母后——"

这一剑，足以令霜月当场丧命，她断断续续道："快——带着你弟弟快跑！"

盖漠然叫道："保护燮太子！"与众人一起冲上前来阻止清歌狂。

清歌狂连连冷笑，挥剑扫去，又有数人立时毙命。

盖漠然的头皮直接被清歌狂的剑气削去了一块，鲜血一下子挂满了他的脸上。

萧如期见母亲被杀，悲痛万分，叫道："你也杀了我吧！"朝清歌狂扑了上去。

此时的清歌狂已经杀红了眼，哪里还能停的下手来？他见萧如期扑了上来，要与自己拼命，不禁大怒，道："你以为我真的不敢杀你？"一掌将萧如期击飞了出去。

杨睿纵身一跃，将萧如期接住，叫道："快跑！"

清歌狂手里的剑一连劈出几道黑光，顿时天香阁前血肉横飞，惨叫之声不绝于耳。

杨睿拉着萧如期朝外面奔去，清歌狂此时已经狂性大发，根本不顾及萧如期是自己的亲生女儿了。他一心想要抓住萧燮，谁阻挡他，他就要杀谁。

萧燮连滚带爬也奔到了天香阁的外面，此时众禁军被清歌狂的狂性震慑住了，谁还敢上前阻拦？

清歌狂舍了其他人，冲萧燮扑了上来，叫道："你还想跑？"一只手朝萧燮抓去。

忽然斜刺里一个人影过来，挡在了萧燮的身前。清歌狂的手按在了来人的胸口，却被对方鼓荡开去。

杨睿大喜，叫道："原来是你？"

来人是一个身披棕衣、瘦骨嶙峋的老者，正是仙人负琴生。

清歌狂愕然，道："师——师傅？"

杨睿一愣，喃喃自语道："原来这虞国的前朝太子居然是仙人负琴生的徒弟，难怪此人有如此大的神通。"

负琴生嘴角微微含笑，道："随我走吧！"

清歌狂摇头，道："今日谁要是阻止我复仇，我就杀谁？"

负琴生道："连我也要杀吗？"

清歌狂点头，道："是的。"

负琴生道："可是你明明知道，你是杀不死我的。"

清歌狂道："那你就杀了我。"

负琴生长叹一生，道："萧木已死，当年残害你的人已经死了。你为了复仇，连你曾经的心爱之人也杀了，还死了那么多无辜的人，够了，够了，你不能再杀人了，收手吧！"

清歌狂道："不够！待我杀了这小子，才算扯平了。"

负琴生叹道："唉，修仙之人，最忌狂躁。你已经犯了仙家大忌，要是再不收手，恐怕于你自身的修为大有折损，你这又何苦呢？"

杨睿上前一拜，道："杨睿拜见仙人！"

负琴生微笑道："杨公子！我们又见面了。"

杨睿道："仙人！上次多谢仙人指点，才得以保全我这凡肉之身，仙人对我恩同再造。"

负琴生道："边关战事已了，你和你们的二王子赶紧班师回朝去吧。"

杨睿道："是。只可惜仙人晚来了一步，不然我的朋友云儿也不会被七夺教教主抓去。"

负琴生道："你跟祝亥的恩怨还没有结束。日后自有分晓。"

杨睿道："杨睿谨记仙人教诲。可是这里——"他看着萧如期，又看看清歌狂。

负琴生道："这里的事情我来处理。你赶紧回去吧。回到雍丘城去。再不回去，恐怕就来不及了。"

杨睿和姒朔异口同声道："雍丘城怎么啦？"

负琴生道："你们回去，自然就知道了。我师兄王十八已经先你们一步赶去了。"

杨睿、姒朔闻言很是惊异，赶忙辞别了负琴生，急匆匆离去。

萧如期突然遭此变故，要留在绒栀城料理母亲和萧木的后事，自然不能与杨睿同行。

……

杨睿与姒朔来到了摘星关，见了马元鹏，将绒栀城内发生的事情与马元鹏一说。

马元鹏听说萧木已死，摘星关战事也解除了，不禁很是欣喜。

当下，二人与马元鹏商议，决定将所有的将士都留给马元鹏作为兵源补充之用。其余杜寅、马相搏、空心儿等即刻收拾启程。

杜寅、马相搏等听说游云被祝亥掳走了，很是震惊。

杨睿道："祝亥掳走了云儿，而不是当场将她击杀。由此可知，最起码现在云儿的性命应无大碍。如何营救，待我们回去之后再想办法。逗喜已经追去了，相信它会很快带回来云儿的消息。"

空心儿道："巴赫大哥怎么办？"

杨睿沉吟了起来，马元鹏道："巴赫是为了摘星关而变成这样的，就让他留在这里吧。"

杨睿道："也好！他在这里有马叔叔你照顾，我也安心一些。"

姒朔点点头，道："那我们就即刻启程回雍丘。我回去之后，会向父王如实禀告马将军的功绩，到时朝廷自有封赏。"

马元鹏道："多谢殿下！只要边关安宁，我马元鹏的个人荣辱得失，又算得了什么呢？"

当下，杨睿、姒朔等人辞别了马元鹏，踏上了回朝的路。

马元鹏率众将士一起，将杨睿等送出摘星关十余里外，还是依依不舍。他知道，杨睿此去回王城雍丘，应该是能想办法救出衡将军杨继善了。因为毕竟摘星关战祸消去，有杨睿的一番功劳，再加之有二王子姒朔的帮助，令杨继善出狱，还他一个清白，应该不是什么难事。

第五十九章　噩　耗

姒朔携杨睿和杜寅等一众五人来到雍丘，已经是半个多月以后了。不知不觉间，关内的雍丘城此时早已经柳叶飘飞，到处披着新绿。

杨睿感慨万千，半年前自己仓皇出逃，几次都差一点送了性命。此番带功还朝，果然得到了大王姒鸿的特赦，不仅免去了杨睿的死罪，还嘉奖了杜寅等一干人。

衡将军府，依然还是老样子，此时杨睿的母亲祁氏早已获得了王子府上的家奴哉报喜，告知她杨睿即将回府的消息。

这一日她早早就率家里的仆人将原本死气沉沉的将军府打扫了一遍，满心欢喜地等待着杨睿回家。

王子府上的丫鬟莺莺也过来帮忙，此时的她更是内心激动无比。莺莺平时话语不多，生性腼腆，却和杨睿感情甚厚。

杨睿以前也将她当作解闷的好搭档，有时候不失时机地挑逗她一下，竟使得莺莺春心荡漾，想入非非。

杨睿跟随姒朔一回到雍丘，先行见过了大王姒鸿，禀报摘星关的战事。

姒鸿听了很是高兴，连连点头，道："不错，不错，想那虞国的萧木大王包藏祸心，最终落得惨死的下场，也算是他咎由自取。姒朔，这次摘星关边关危机得以清除，你功劳不小。"

姒朔道："孩儿谨遵父王之命，首次出征，便告大捷，可谓王恩浩大。"

姒鸿道："尤其是杨睿和威武将军马元鹏，更是功不可没。要是没有他们二位的坚守和浴血奋战，摘星关难以保全到援军到来的那一天。"

杨睿拜伏在地，道："谢大王！全是大王恩威浩荡之福。"

姒鸿道："我要对你们论功行赏，明日本王为你们设宴庆功。"

杨睿想趁姒鸿开怀之时，询问一下狱中父亲的近况，可几次话到了嘴边都咽了回去。他担心自己一个唐突，坏了姒鸿的兴致，心想："还是等明日在宴会上问吧。先得赶紧回家拜见娘亲。"

……

杨睿来到衡将军府前，早有母亲祁氏与莺莺等人在府门前迎候。见到杨睿，祁氏悲喜交集，一把抱住了他，掩面而泣。

见母亲身体安然无恙，仅是头发白了很多。杨睿也不禁心中大慰，道："娘！孩儿回来了！"

祁氏只是哭泣——泣不成声。

莺莺怯怯地上前，道："公子终于回来啦，这就好！"

两三个奴婢立在一旁，齐声低头道："公子万福金安！"

家奴哉低声道："公子，快回家吧，有什么事进去说，外面风大！"

杨睿见大家神情怪怪的，问道："家里出了什么事吗？"

众人相互看看，都不作声，把眼光一起投向祁氏。

祁氏垂泪抽泣。

杨睿松开母亲祁氏，迈步朝家里走去。

衡将军府，杨睿踏足前厅花园，院内桃花吐蕾，柳丝成行，绿草如茵。

杨睿一口气奔到前厅，刚一踏进去，不禁呆住了——

前厅的正中央供着父亲杨继善的牌位，上书："大杞国衡将军之位"。牌位前，横着一把带鞘的宝剑。

杨睿认得分明，正是父亲以前佩带的那一把。

"怎么回事？"杨睿一下子蒙了。

祁氏、莺莺等一干人跟随着走了进来。

杨睿的心在体内怦怦直跳，他看着母亲祁氏，道："娘，这——这是怎么回事？"

祁氏再也忍耐不住，道："快跪下！"

杨睿呆了，道："娘！我爹他——"

家奴哉早吩咐衡将军府的家仆，奉上麻衣孝服，道："公子！你换上吧！"

杨睿眼前一黑，差一点跌倒，喃喃自语，道："我爹他——他怎么啦？"

家奴哉沉声道："公子！你回来晚了！衡将军于七日前已经病死狱中了。"

杨睿摇头，道："不会的，不会的！"他突然发疯似的朝前扑了上前——他想把牌位一把扯去。

可是当他的手触及父亲牌位的一瞬间，杨睿一把按住了它，继而轻轻地把它提起，自言自语道："这到底是怎么回事？"

莺莺怯道："他们说，将军在狱中旧伤复发，不治身亡。"

杨睿脑子里一片迷惘，叫道："不可能，不可能！我爹身上有旧伤不假，可是满朝文武，谁不知道我爹体质过人？区区几处旧伤怎么可能要

213

了他的性命？是他，一定是燕千里使的诈，是他陷害我爹的。我离开家后，就遭过他派出去几拨人的追杀——"

杨睿还没有说完，祁氏快步上前，重重抽了杨睿一记耳光。

杨睿失魂落魄地道："娘？"

祁氏含泪，道："事已至此，你想怎么办？你想让全家都跟着你爹去吗？"

杨睿摇头道："娘，孩儿九死一生，就是想有朝一日能想方设法，让我爹走出天牢，沉冤昭雪，更何况孩儿已经快要查出了事情的真相，为什么苍天如此作弄我们杨家？"

莺莺黯然神伤，道："公子，你查出什么了？事到如今，说什么也晚了。"

杨睿的眼泪此时才不知不觉间迷蒙了他的双眼。

祁氏吩咐仆人道："快给公子把麻衣换上！"

两个仆人默认上前，道："公子！赶紧换上吧！"

杨睿看了一眼母亲祁氏。

祁氏朝杨睿暗暗点头，没有说一句话。

杨睿一下子冷静了下来，他展开双臂，任由仆人将自己身上的外衣脱去，换上了一身麻衣孝服。

扑通一声，杨睿抱着父亲杨继善的牌位跪倒，撕心裂肺地喊出了一声："爹——"

杨睿跪倒在父亲的牌位前，他的内心一直如翻江倒海一般。

这么多天来，支撑杨睿活下去的勇气，就是一定要救出自己身陷囹圄的父亲。因为他知道父亲是无辜的，可是现在，父亲无故惨死狱中。也就是说，自己所做的一切努力都是白费。

"对了，与父亲一同下狱的不是还有宁叔叔吗？宁叔叔呢？"杨睿内心一震，心道："宁叔叔是不是也死了？如果蓝叔叔还活着，是不是他能知晓其中的真相？"

第六十章　宴　击

杨睿很伤心，很绝望，很颓废，很愤怒。

莺莺看杨睿这样一直抱着父亲杨继善的牌位瘫坐在厅堂内，心中不忍，便留在了衡将军府陪伴着他。

杨睿不由得想起了萧如期——不知道她现在怎么样了。

杨睿更牵挂游云。逗喜还没有回来，游云生死未卜。

——琥珀也生死未卜。琥珀几次三番都没有能取了杨睿的性命，祝亥一定会惩罚她的。

杨睿内心隐隐约约感觉到，琥珀的心里一定很苦——她不像一个真正的杀手。

真正的杀手是冷血的，但是琥珀有感情——因为杨睿曾经见过琥珀数次流泪。

一个真正冷血的人是不会流眼泪的。

忽然，杨睿的心头浮现出了一个疑问——七夺教有四大恶使，扑龙、黄雀、琥珀、食迷，扑龙与琥珀已经见识过了，黄雀与食迷到目前为止还没有现身。

黄雀和食迷现在又身在何处？

本来这次从摘星关回雍丘，杨睿想途经白虎山，拜访火坨坨的。因为有一个天大的问题横在了他的面前，始终还没有得到答案，那就是碧凌剑。

火坨坨为什么要将一把假的碧凌剑交给自己？真的碧凌剑又去了哪里？

杨睿感到头痛欲裂，他已经万念俱灰。心里只有一个想法，那就是——我父亲不能死得不明不白。

明天大王姒鸿就要为姒朔和杨睿设宴庆功了，"我将如何面对？"杨睿暗暗在内心问自己。

——父亲杨继善冤死狱中，里面必定隐藏着不为人知的阴谋，只是目前阴谋的真相还没有浮出水面。

父亲死后能在衡将军府设灵堂，那就说明朝廷到他临死之时，还没有剥夺他"衡将军"的地位。

可是，作为一国之君，姒鸿不可能保护不了朝中的一个将军，更何况父亲本来就是被冤枉的。

"他们都说太子谋反。"莺莺道："杨将军的死会不会与太子有关？"

杨睿摇头，道："应该不会，而且太子为人如何尚且不论，杞国王位早晚是他的，他为什么要谋反？"

莺莺道："对啊，那他们为什么都在这样传呢？"

杨睿问道："这半年之内，宫中有没有什么事？"

莺莺想了想，道："也没什么事呀。"

杨睿道："有没有听到五刑大夫或者李国相有什么奇怪的传言？"

莺莺摇摇头，道："没有。"忽然，她道："对了，公子，你这一说，我倒想起来了。几个月前，听说李国相要辞官归隐，姒鸿大王不允许。"

杨睿一愣，道："李国相要辞官？为什么？"

莺莺嘟嘴道："我哪里知道呢，我也是听说的。你一直问我这些，可是你也知道，我只是王子府上的一个丫鬟，哪里知道你们男人的那些事情？你现在好不容易回来，也不跟我说说外面那些好玩的事情。"

杨睿一声苦笑，道："哪里有什么好玩的事情，差一点死在了外面。"

莺莺道："听说你去白虎山了？"

杨睿道："嗯，我被白虎山的人救了。"

莺莺道："公子，人家都说，入宝山不能空手回，你在白虎山都学了什么啊？"

杨睿道："唉，也没学啥，就是学了一套剑诀。"

莺莺拍手，道："好呀好呀，公子你哪天能不能教教我？我也想学。"

杨睿知道莺莺虽然是王子府的丫鬟，可是耳濡目染，对剑法很是有兴趣，道："你要学剑，殿下天天练剑的时候，你可以给他喂招呀。"

莺莺道："我是一个丫鬟，他怎么可能与我喂招呢？算了算了，我也不难为你了。"

……

姒鸿的庆功宴还是安排在赏月楼，依然是张灯结彩，群臣备至。大王姒鸿、太子姒羽、二王子姒朔、国相李奉贤、五刑大夫燕千里、神勇将军石英等都来了。

杨睿与杜寅、马相搏、空心儿等到了。

宫人把酒斟满，国相李奉贤道："大家举杯，今日之宴，是大王专门为王子殿下而设，一起犒赏杨睿等众人，护疆有功。"

群臣欢呼雀跃，山呼"大王千岁！"

杨睿的脑子里嗡嗡作响。

半年前，父亲杨继善与大家在此欢聚，途中突发巨变。此情此景，恍若昨天，历历在目，可是如今时隔半年，父子阴阳相隔，怎不叫人痛心疾首？

大家举杯之际，杨睿道："大家且慢！我有话说！"

姒朔也已知道杨继善狱中病故之事，他料到杨睿要想说什么，急忙给杨睿连使几个眼色，可是杨睿视如不见。

杨睿站起身来，朗声道："大王！太子殿下、王子殿下，李国相！各位大人！杨睿历经九死一生，始终没有辱没我杨家的门风，秉持忠君报国的夙愿。今天能活着回到雍丘王城，面君见圣，实乃大王齐天洪福所致。我杨家一门忠烈，我权作代表，敬大王一盏！"说罢，一饮而尽。

姒鸿微微含笑，道："衡将军有此骄儿，也是我们大杞国的幸事。"微抿一口酒。

杨睿道："大王！今日杨睿有一个不情之请，不知道大王允不允许我说出来。"

姒鸿有一些不悦，道："你说说看！"

杨睿又自斟一盏，咕嘟一下喝了，涨红了脸，道："大王！我父亲到底犯了什么罪？要让他蒙冤死在狱中？"

此言一出，众人大惊失色。

姒朔压声道："杨睿，你疯了？"

杨睿道："殿下！我没有疯！我父亲无辜惨死，我只是心中有疑问，难道问一下都不行吗？"

姒鸿冷冷地道："你是在持战功来要挟我？"

空心儿、马相搏、杜寅等骇然，不知所措地相互看看。

杨睿大声道："凡我大杞国朝野上下，谁人不知道家父赤胆忠心？又何来私通刺客一说？如若真是如此，家父又何必被你们在狱中折磨致死？罪名已定，斩首就是了。"

太子面露担忧之色地看着杨睿。

国相李奉贤喝道："杨睿，你喝多了，来人，送他回去。"

有宫人上前搀扶杨睿，道："杨公子！你权且退下吧！"

却不料杨睿突然拔出了怀中的一把匕首，道："都别动！我杨睿今天既然敢当着朝中各位大人的面，请求大王给一个说法，其实也没有想着要活着离开。大王，杨睿请求你，能不能给我一个事情的真相？"

燕千里大喝道："来人，抓刺客！"

有禁军护卫朝杨睿一拥而上，杨睿啪啪几脚踢翻了几个。纵身一跃，手里的一把匕首直刺姒鸿的胸膛，叫道："你还我父亲的命来！"

第六十一章　下　狱

杨睿怀着必死之心刺杀姒鸿大王，并不是一时冲动。他要找出父亲冤死的真相。连这点小小的要求都不能满足自己，那么父亲杨继善与自己，也只能算是遇到了昏君。

如果说此前杨睿心里有所顾忌的话，那是因为父亲尚在狱中，他希望：有朝一日，朝廷能还父亲一个清白。可是现在，父亲已死，杨睿一切的希望破灭了。

为父报仇，是杨睿唯一的选择。然而，有燕千里、神勇将军石英等在场，杨睿想刺杀姒鸿，谈何容易？

当杨睿向姒朔拔出兵刃的那一刻开始，无异于自寻死路。

石英虽和马元鹏位列"神勇""威武"二将，可是二人的武功、路子却截然不同。马元鹏是骑马弓射满朝第一，适合行军守疆。可石英则是刀剑占优，厮杀搏斗更为神勇。

这也是当初，姒鸿令马元鹏跟随杨继善去了摘星关，而把石英留在王城的原因。

当杨睿的一剑还没有刺到姒鸿的时候，就已经被眼疾手快的石英，掷出的一个玉盏给撞偏了。

众禁军一拥而上，将杨睿团团围住。

燕千里叫道："留下活口！"

姒朔大急，跺脚道："杨睿，你——你是不是疯了？"

……

牢房，天牢。这就是父亲曾经关押的那一间吧？因为杨睿嗅到了父亲的味道。

杨睿通过嗅觉来感知周围的环境——牢房内漆黑一片。

除了嗅觉，杨睿还可以用听觉，但是他侧耳细听，却只能听到天牢外，隐隐约约传来的厮杀声、惨叫声。

杨睿疑惑不解。按理说，自己作为唯一的刺客，已经被关进了天牢，怎么外面还有厮杀声？难道还有其他人想刺杀姒鸿？又或者是禁军内部发生了叛乱？

冷静下来的杨睿，此时正用心去感受天牢外面的情形。

——咆哮声、厮杀声、奔跑声、尖叫声。

外面到底发生了什么事情？杨睿急于想知道。

"不知道母亲怎么样了？"杨睿心想："自己犯下了弑君的死罪，燕千里肯定不会放过母亲的，灭门的可能性都有。"

外面的嘈杂声慢慢停息了。

天牢里又恢复了死寂。

杨睿倚靠在天牢的墙角坐下来，此时的他，终于能安静下来想一些事情。

"火坨坨为什么给我一把假碧凌剑？"杨睿心道："难道他自己也不知道？"

如果是这样的话，那真的碧凌剑又去了哪里？

没有了碧凌剑，那碧凌龙诀就是一套无用的口诀，忽然，一个奇怪的想法在杨睿的心里萌生了，心道："我在寻找碧凌剑，会不会持碧凌剑的那个人，现在也正在想方设法寻找碧凌诀呢？"

不知道过了多少时候，天牢的墙上一个洞口开了，从外面递进来一个木盒，随即洞口又关闭上了。

杨睿知道，里面应该是吃食，他伸手一探，果然是两块冰冷的黍糕，便抓起来胡乱吃了。

吃完黍糕，杨睿便盘起腿打坐。自从白虎山跟随火坨坨修道以来，他每天都按白虎门的心法打坐运气，明显感觉到体内的气血充盈了许多。

——若要论打斗，其实现在的杨睿，已经算是一流的高手了。虽然尚且不能与石英这样的高手相比，但是对付一般的高手，还是绰绰有余。

杨睿一边打坐，一边心想："不知道云儿现在在哪里，萧如期又怎么样了。"

蓦地，一个声音在杨睿的耳边响起，道："白虎门的玄功最忌心有杂念，否则会走火入魔。"

杨睿大惊，他万万没有想到，在这漆黑如墨的天牢之中，居然还有另外一个人存在，失声道："你——你是什么人？"

那声音似乎很苍老，道："呵呵，小友莫怕，我不是鬼！"

杨睿愕然，道："你——你什么时候进来的？"

那声音道："我早你几天就已经到了这里。你刚才吃了两块黍糕，其中有一块其实是我的。"

杨睿大愧，道："实在很抱歉，那我明天不吃，把我的那块也让给你。"

苍老的声音道："那倒不必了。你年轻，食量大，多吃一些对身体有好处。"

杨睿道："听你的声音，想必你是一个老人家了，又是所为何事被关进这天牢之中？"

那声音道："我是来替换一个人，再等待一个人。"

杨睿奇道："老伯说笑了，你替换一个人？天牢里的死囚怎么还可以替换？"

那声音呵呵笑道："只要我想换，就一定能换。"

杨睿道："哦，那想必被你替换的那个人跟你是至交好友了？"

那声音道："素未谋面。"

杨睿疑惑不解，道："那又是为何？"

那声音不悦，道："哪里有那么多的为何？"

杨睿道："老伯，那你在等待的人，是谁——"

那声音嘿嘿笑了，道："这个天牢中，除了你和我，还有其他人吗？"

杨睿大惊，道："你——你在等我？"

"不错！"那声音道："你行刺大王被捕入狱，不得不说是高明的一招险棋。"

杨睿丈二和尚摸不着头脑，道："老伯，你何出此言？"

那声音道："你被关进来之后，外面随即发生了翻天覆地的变故，如果我猜得不错的话，此时外面已经有好多人为异兽所食，而它们的目标其实是你。"

杨睿这一惊，非同小可，道："啊？莫非又是七夺教的妖人作恶？"

就在这时，杨睿的面前出现了一抹光晕。渐渐地，光晕越来越清晰透亮。可见离杨睿身体有三四尺的地方，一白袍老者盘地而坐，原来这突然生发的一圈光亮，居然是从他印堂上发出来的。

杨睿大惊失色，当即匍匐在地而拜，道："晚生杨睿，拜见王仙人。"

白袍老者一愣，道："咦，你认识我？"

杨睿道："晚生在月前听负琴生仙人提及过王仙人。"

白袍老者哈哈大笑，道："哈哈哈哈，你倒确实聪颖，不错，我正是负琴生的师兄，王十八就是我。"

第六十二章　仙　家

天地初分之后，仙、道、魔、众生按序先后而出，循由共存。时值上古创世，往后推七百年，世间有仙家一脉与白虎门，共同维系着凡间的太平。仙家老祖女娲与上古大帝伏羲是兄妹。

杨睿此前在大漠边关，两次遇到的仙人负琴生，就是正仙。仙道同源，连白虎门"虎山三圣"之一的聋琴师，也是他的弟子。

王十八则是负琴生的师兄，由此可见王十八的来头之大。

杨睿身陷囹圄，万万没有想到居然有如此大神，已经悄然到了自己的身边。不禁又惊又喜，垂泪道："王仙人！弟子家中突遭大难，家父蒙冤而死。弟子现在也身陷囹圄，不知为何如此，还望仙人指点迷津！"

王十八将杨睿扶起，道："唉，一切都是因果循环，你也不要过于介怀。"

杨睿道："家父的一位偏将宁蓝叔叔如今生死不明，我也很是挂念。"

王十八微笑道："我刚才不是说了吗，我来此处，替换一个，那人就是你的宁蓝叔叔。"

杨睿大喜，道："这么说，仙人已经将宁蓝叔叔救出去了？"

王十八点头，道："公子放心吧，他现在很安全。"

杨睿心头大慰，一时之间居然忘记自己身处险境，搓手道："好极了，那真的是好极了，谢谢您老人家。"

王十八道："公子，眼下天下大乱，稍有差池，杞国根基就可能不保。你还得保全有用之身，去做你该做的事情。"

杨睿心头一凛，道："仙人高瞻远瞩，还请明示。"

王十八道："这一切，都是由二十年前的一件往事而起。"

杨睿奇道："二十年前的往事？"

王十八点头道："没错。公子，你是不是心中一直有个疑团，就是白虎山的火不明，为什么给了你一把假碧凌剑？"

杨睿急忙道："对，对，仙人知道其中的端倪？"

王十八道："火掌门给你这把剑的时候，也不知道此剑已经被人调了包。其实，碧凌剑在二十年前，就已经不在白虎山上了。"

"啊？"杨睿大惊，道："这又是为何？"

王十八长叹一声，道："这都是人的贪念造成的。功名利禄，在有的人心目中如浮云，而在有的人的眼中，比他们的命都重要。"

杨睿不明所以地看着王十八，在等他的下文。

王十八道："说到这件事，还和你的父亲杨继善有关。"

"我父亲？"杨睿惊愕道："怎么和我父亲有关系呢？"

王十八摇头叹息道："这件事，关系到杞、虞两国的王宫秘籍，说来也是惊心动魄啊。"

杨睿越听越奇，道："仙人，能不能告诉我事情的来龙去脉？"

王十八道："那是当然。这件事情，现在已是无法再瞒下去了。"

杨睿端坐到王十八的跟前，正了正衣襟，抬头细听王十八讲述。

王十八道："二十年前，虞国的太子萧清歌遭他的弟弟萧木陷害。被迫逃出了绒栀城，一路颠沛流离，来到了杞国的白虎山。投靠他在白虎山修道的挚友祝亥，以乞望这个朋友收留，暂时苟且偷生。"

杨睿愕然，道："啊？祝亥？白虎山？七夺教的教主，他居然是白虎山的人？"

王十八点点头，继续道："萧清歌在白虎山一住就是一年多。他的挚友祝亥当时是白虎门辈分靠前的一个弟子。他虽然辈分与掌门火坨坨一样，可是在白虎门中的地位那是相差远了。"

杨睿心想："怪不得上次在白虎山的时候，我看到火掌门提及祝亥的时候，神情异常，原来是这样。"

王十八道："祝亥将萧清歌藏于白虎山中，无人发现其踪迹。可要是一直这样藏匿下去，倒也相安无事。然而，有一天，白虎山来了一群官差，为首的人就是你爹。"

杨睿愕然，道："我爹？"

王十八道："不错，是你爹。原来虞国的萧木已经即位，做了大王。他打探到了其兄萧清歌没有死，而是藏匿在了杞国的白虎山。便动用虞国的遒师（负责外交的使官），向杞国大王姒鸿施压，令杞国交出萧清歌。"

杨睿脸色青一阵白一阵，他似乎已经意识到了王十八接下来的话要说什么了。

王十八道："你爹当时已经是百将之首，他受姒鸿之命，不得不带队去白虎山，找到当时已经是白虎门掌门的火不明，让他交出虞国大王要的人。"

杨睿内心道："原来如此！"

王十八道："白虎山是伏羲大帝亲指的碧凌神君的道场。何况火不明对于萧清歌藏匿于白虎山一事毫不知情，怎么交人？而你爹当年正值年轻气盛，又有王命在身，他不将人带回去，如何复命？于是，一场大战就这样拉开了。"

杨睿"啊"了一声，道："他们动起手来了？"

王十八道："是的。白虎门虽然是圣地，可是怎能与朝廷抗争？你爹就命随从的禁军将白虎山重重包围，限火不明在一个时辰内交出萧清歌，否则便要火烧碧凌殿。"

杨睿失声惊道："那可如何是好呢？"

王十八闭了一下眼睛，摇头道："唉，当时双方争执不下，箭在弦上，不得不发。眼看白虎门就要迎来一场劫难，关键时刻，萧清歌自己站了出来。"

杨睿黯然道："萧清歌我见过，真没想到：他在二十年前还与我父亲，有这样一段渊源。那后来呢？"

王十八道："其实，你父亲跟萧清歌无冤无仇，他也是职责所在。当下便要将萧清歌带走。"

杨睿道："他这一被带走，岂不是又要落入了他弟弟萧木的手里了吗？那哪里还有命？"

王十八道："就是啊，他只要一回到虞国，那肯定是死路一条。"

杨睿忽然摇头道："那不对啊，我在绒栀城亲眼见过清歌狂的本领，非常了得呀。到目前为止，他是我见过的法术、本领最厉害的一个人，他怎么还怕他弟弟萧木呢？"

王十八道："你见到的是现在的清歌狂，而不是二十年前的萧清歌。二十年前的他，手无缚鸡之力，也没有丝毫武功。"

杨睿恍然大悟，道："哦！"

225

第六十三章　反　出

二十年前那段尘封的往事，被王十八娓娓道来，却听得杨睿内心五味杂陈。他万万没有想到，当年的父亲竟然和白虎门、清歌狂还有这样的一段渊源。

清歌狂就是当年的萧清歌，也就是萧如期的亲生父亲。一念及此，杨睿又不由得想起了萧如期。不知她现在怎么样了？杨睿的心里，突然之间，非常地想念萧如期来。

王十八的讲述还在继续，他道："就在你父亲要押解走萧清歌，离开白虎山的时候，他的好友祝亥不干了。本来，萧清歌是来投奔他的。这样一来，等于祝亥不但没有能保全他，反而害了他。他就百般向你父亲求饶，希望你爹能网开一面，放过萧清歌。如果你父亲同意的话，祝亥愿意替萧清歌去死。"

杨睿变色，道："我父亲同意了吗？"

王十八摇摇头，道："你爹有王令在身，他如何敢做这个主？"

杨睿道："那后来呢？"

王十八道："后来，祝亥见求你爹不成，便转过头来求白虎门的掌门火不明。但是，火掌门也是左右为难。他无法对抗朝廷，又感慨祝亥与萧清歌的挚友深情。"

杨睿叹道："确实左右为难、非常棘手。"

王十八道："在万般无奈的情况下，祝亥抱住萧清歌，道'你我情同手足，今日如果让他们将你押走了，我也不能独活，里外是个死，那我们就拼他一拼'。就这样，他仰天长啸一声，拔出了腰间的长剑，偷袭你爹。"

杨睿惊愕，道："啊？"

王十八道："唉，你爹虽然是百将之首，可是祝亥也是白虎门玄功正宗的传人，两人一动起手来，原本是势均力敌，半斤八两。可是，祝亥要保护不会武功的萧清歌，自然也就落了下风。"

杨睿道："看来父亲当年也是手下留情了，要不然怎么可能还有日后的祝亥与清歌狂呢？"

王十八道："那一战，真的是惊天地泣鬼神，祝亥血染碧凌殿前，浑身有十几处伤。可是他就是死死护住了萧清歌，不让你父亲将其带走。白虎门的火掌门也不能眼看着事情无法收场呀，于是便动用了白虎门的门规，勒令祝亥停手。"

杨睿听得呆住了，默不作声。

王十八道："萧清歌见好友为了自己却要命丧白虎山，当然也不愿意，便道'罢罢罢，祝兄你停手吧，我今生能有你这样一个知己，死也值了，你不要再为我枉自送了性命。我跟他们走吧。'"

"可是，当时的祝亥已经抱着鱼死网破的决心了，说什么也不住手。"王十八道："这样一来，萧清歌便求死心切，朝你父亲的剑尖撞去。"

杨睿赞道："有知己如此，此生还有何遗憾？"

王十八道："萧清歌那一撞，却没有撞上你父亲的剑上，你父亲的剑，被凌空扔过来的一只绣花鞋给击偏了。原来是白虎门的人群中，冲出来一个叫花千千的女弟子。"

杨睿脱口而出："花婆婆？"

王十八道："花婆婆？花婆婆又是谁？"

杨睿道："仙人，花婆婆就是你刚才说的，二十年前的那个花千千。"

"哦，"王十八道，"当年的花千千可是一个清纯可人的女孩子，也就二十几岁。她是火不明的师妹，却是祝亥的师姐。"

杨睿喃喃自语道："原来是这样？怪不得上次在白虎山的时候，花婆婆责问火坨坨二十年前的事情。火坨坨语气之中多含惭愧之意。"

王十八顿了顿，道："此时，白虎门众人才知道，原来花千千和祝亥既是同门，也是情侣。"

杨睿道："我想起来了，我曾经见过这个花婆婆。只是当时不知道，在二十年前发生的这些事情，现在想来，一切都好像顺了。"

王十八道："什么顺了？"

杨睿道："晚生在几个月前见过花婆婆。当时她一听说，我是衡将军

227

杨继善之子的时候，差一点要了我的命。"

王十八点头道："她是还没有忘记二十年前的旧怨。"

杨睿道："仙人，那后来他们是怎么离开白虎山的?"

王十八抬头看了一眼天牢的顶端，若有所思，道："当时，花千千也出面向她的师兄火不明求情。她提出，只要不让杨继善将军抓走萧太子，可以让祝亥带着萧清歌远走黑水岛，从此永生不再踏入虞、杞两国一步。"

"可是，火掌门迫于朝廷的威严，始终没有表态。"王十八道："就这样，这件事就把花千千也卷了进来。当时的祝亥已经身受重伤，而衡将军则不依不饶，一定要将萧清歌带走。"

杨睿道："那后来将他带走了吗?"

王十八摇摇头，道："当时凭花千千的本领，也斗不过你的父亲衡将军，这一点花千千自然十分清楚。于是，在万般无奈的情况下，她把心一横，就抱着重伤的祝亥与萧清歌一起，三个人跳下了碧凌殿一侧的悬崖——"

杨睿的心一下子差点飞了出来，颤声道："这——这又何苦呢?"

"唉，"王十八长叹一声，道，"事已至此，花千千是无论如何也不会将萧太子交由你父亲的，那样她就对不起祝亥，拼死护卫挚友的一片苦心了。"

杨睿点头道："没错，要是我，也会选择宁愿跳崖，也不会眼睁睁看着挚友被抓去领死。那后来呢?"

王十八道："他们三个人跳崖，却是谁都没有料到，当时阻止已经来不及了。于是你父亲赶紧率人与白虎门的弟子，一起去悬崖下找。"

杨睿道："碧凌殿前的那悬崖我见过，万丈深渊，人掉下去哪里还有生还的希望?"

王十八道："当大家费了一翻周折，来到了悬崖下，都大吃一惊——"

杨睿道："怎么啦?"

王十八道："三个人同时跳崖，可悬崖下却只有昏迷不醒的花千千一个人，而祝亥与虞国的萧太子则不知去向。"

杨睿愕然，道："那是何故？"

第六十四章　汤　女

在那一夜，杨睿静静地听完了王十八接下来讲述的另一个故事——

当时，杨继善与火坨坨带人下得悬崖谷底，去查找萧清歌他们，却只找到了花千千一个人，而祝亥与萧清歌则不知去向。

火坨坨把昏迷不醒的花千千背了回去，紧急施救，才捡回一条命。

救走祝亥与萧清歌的是白虎山中的一对祖孙，爷爷叫汤提，孙女叫汤清盈。

汤提祖孙俩平时在白虎山中以打柴狩猎为生，也经常接受白虎门的周济。因此，从某种程度上说，白虎门也算是对他们有恩。而且祝亥还曾经多次在山中救过汤清盈的性命。

可就是他们这一次意外救人，让汤提老人死于非命。

那一天，他们从悬崖下路过，正遇到花千千他们三个人晕死在了谷底。他们便将祝亥与萧清歌先背着去了自己穴居的茅庐中，等汤提再次返回去准备救花千千的时候，花千千已经被火坨坨背回了碧凌殿，他却正逢禁军大举在谷底搜寻。

汤提老人吓得大气不敢喘，但是最终还是被禁军发现了他的藏身之处。

禁军粗暴的查问，让性格倔强的汤提老人非常不悦，最终宁死不屈。被禁军砍杀于灌木丛中，可怜的老人临死前都没有透露萧清歌和祝亥的下落。

禁军还在山中搜索萧清歌等二人的尸体——活要见人，死要见尸。

汤清盈艰难地将萧清歌和祝亥，转移到了一处虎穴之中。汤清盈跟随爷爷学过一些药草，她将山中的草药熬制喂服下去，二人渐渐苏醒了过来，三人连夜逃出了白虎山。

朝廷在四处追查萧清歌的下落，汤清盈等三人只能朝北而去。

一路朝北，就是寒国，如果朝东北方向，则过了摘星关便是虞国，那无异于是自投罗网。

去寒国。

萧清歌、祝亥都身负重伤，汤清盈更是一介赢弱女子，三人艰难穿过漫漫荒原，再也支撑不住了，便晕死在荒野。

天无绝人之路，恰巧仙人负琴生与王十八携手路过，汤清盈等三人就此得救。

两位仙人将祝亥、萧清歌、汤清盈救活以后。汤清盈在帮祝亥包扎伤口的时候，才发现原来祝亥的怀中，还藏着一柄白玉锻造的短剑，这就是碧凌剑。

"碧凌剑不是碧玉所锻造的吗？"汤清盈悄悄地问祝亥。

祝亥道："我一开始也是以为碧凌剑是碧玉所铸，所以我就用了一把碧玉锻造的假剑去替换。谁知道当我打开那羊皮剑鞘的时候，才发现原来并非如此。"

汤清盈惊道："你用假剑偷偷窃走了碧凌剑，难道就不怕被掌门发现吗？原来你早就有了背叛白虎门的心思了？"

祝亥道："当清歌兄来到白虎山来找我的时候，其实我已经预料到了有今天。只是还没有等到我带清歌兄悄悄地离开，王城的衡将军就率队进山了。"

仙人负琴生见萧清歌骨骼清奇，再加之天下之大却再没有了萧清歌的容身之处，便将其收为弟子。

王十八也有感于汤清盈的身世凄凉，也传授了她些许仙术，用于保全她自身的安全。

至于祝亥，负琴生、王十八见他面有邪相，便无意再与之纠缠。

祝亥独自离开，茫茫大地，他成了一个孤独的倦客。

怀揣着从白虎山调包盗来的碧凌剑，祝亥踏上了前途未卜的征程。

"我将何去何从？"祝亥的内心悲凉，他向自己发出了绝望一问。

然而，更让他放心不下的还是花千千——他心爱的女人。"不知道千千此时是死是活？"

如果要不是发生这样的事情，祝亥与花千千必定将成为一对神仙眷侣似的恋人。可是萧太子的出现，打破了他和花千千美好的梦幻。

祝亥走了，走得很悲凉。

王十八在教授了汤清盈仙家玄术之后，也飘然而去了。

汤清盈就在寒国边境，选了一处环境清幽的山谷，筑舍凿井而居，过起了隐居的日子。

直到有一天，寒国的姬光带着随从狩猎的时候，遭遇了野熊袭击，幸亏遇到了在山中采药的汤清盈，将其救了。没承想姬光原来是寒国国王的独生爱子。

到了寒国的王宫，汤清盈被国王奉为上宾，于是就发生了姬光缠着汤清盈教他玄术一事。

……

王十八的故事讲完了，杨睿听得如醉如痴，内心却是五味杂陈。"当年父亲身为衡将军，领王命去白虎山抓人，也是无可厚非。祝亥为了挚友的安危，反出了白虎山，也是情有可原。可是祝亥为什么后来变成了七夺教的教主呢？"杨睿想不明白。

杨睿心想："照这样说来，真的碧凌剑在七夺教的教主祝亥手里？难怪当时火坨坨掌门将羊皮剑鞘打开之后，见到了里面的碧玉之剑，表情异样。原来这二十年来，他一直没有入住过碧凌殿，而是凿洞烧炭，所以他一直不知道碧凌剑被祝亥当年调包一事。直到当他将剑授我之时，才发现剑鞘之中的碧凌剑原来是假的。只是当时由于'虎山三圣'在场，火掌门无法承担丢失碧凌剑的责任，因此他才将错就错把假的碧凌剑，当真的剑交给了我？"

王十八道："公子，其实当年你爹去白虎山抓人的那一刻起，你们杨家就已经和七夺教结下了不可调和的梁子。"

杨睿喟然道："晚生离开白虎山以后，还在漠北的虞国大营见过一次花婆婆，可是她不但没有跟以前一样要杀我，反而还救了我。"

王十八道："她已经变得心思混乱，行为颠倒了。"

杨睿道："仙人说的是，只是晚生还有一件事弄不明白。"

王十八道："公子是想问，令尊到底是怎么死的？"

杨睿点头道："正是！仙人可否知晓？还望仙人告知！"

王十八道："当然是遭迫害惨死的，身中三足飞龙蛊毒而死。"

杨睿大惊失色，道："啊？此毒不是七夺教的邪术吗？"

王十八道："是的，杞国的王城之中有七夺教的人存在，这是一定的了。"

杨睿流下了泪来，道："晚生知道，中了三足飞龙蛊的人，非常痛苦而死。想不到我可怜的父亲居然是这样一个死法。"

王十八抚摸了一下杨睿的头，道："公子，令尊已经去世，你再悲伤也是无济于事。找出藏在王城之中的七夺教的内应，铲除祸害朝纲的那个人，才是你目前应该做的事情。"

杨睿坚毅地点点头，恳求道："仙人，求你大发慈悲，帮我逃出这天牢。"

第六十五章　如　期

萧如期被同母异父的胞弟萧燮赶出了绒栀城的王宫。

那天，杨睿等离开了虞国之后，负琴生终于劝止了清歌狂继续杀人，将他带走了。

临走前，清歌狂久久凝视着萧如期，一会点头，一会摇头，最终仰天大笑，携着负琴生的手，道："我们走吧！"

没有人能知道清歌狂在临走的那一刻，内心想的什么。

萧木已死，国不可一日无君，于是，萧燮即位。

三天之后，萧如期被这个年轻的胞弟赶出了王宫。

萧如期漫无目的地骑马在荒漠中行走，她来到了摘星关，站在摘星关外的高岗上。遥望着矗立的摘星关城楼，怅然若失——前些日子，她还是公主的身份挂帅出征于此。现在，摘星关依然耸立，可是自己已经是被废为庶人了。

不仅如此，杨睿也走了。

萧如期突然感觉到，茫茫天地之间，就剩下她一个人。

她环视着边关大漠的一丘一壑，不知道为什么，此时萧如期的内心，却突然异常地平静了下来。她翻身上马，朝西南方向绝尘而去。

——西南方，远方，是杞国。

萧如期过了白虎山境内，看着巍巍大山。便想到了杨睿，她在白虎山下勒住了马，停留了片刻，便又纵马远去了。

来到了青羊驿，这里曾经是她第一次遇到杨睿的地方。那天，她是奉母亲霜月之命，去白虎山一带"祈游"——一种以游玩的方式祈祷内心的安宁。

以前萧如期不明白为什么母亲霜月让她每年，必须去杞国的境内来"祈游"几天，现在她终于明白了，那是因为自己的亲生父亲"死"在了这里。

也正是这次"祈游"，她遇到了杨睿，并帮杨睿解了围，还送了他一匹马，助他逃跑。

那天在青羊驿，杨睿走了之后，催命五鬼便缠上了萧如期。可是母亲有严训，"祈游"途中只能行善，不能有恶行，更不能杀生。因此，当催命五鬼对她死死纠缠的时候，萧如期也只是对他们加以了小小的惩戒，将他们震慑住后，萧如期便扬长而去了。

——萧如期并不知道，就在她走后不久，另外一个人也追踪杨睿到了这里，她就是琥珀。

刚刚在萧如期手下吃了亏的催命五鬼，见又有一个美丽的女子前来，不由得大喜。他们将对萧如期的怨恨，全部发泄在了琥珀身上。可是催命五鬼并不知道，他们后面遇到的这个女子，才是真正可怕的人。

——于是，催命五鬼死了，死得干净利落。

萧如期更不知道，催命五鬼的死，这笔账早就被斑狱司记在了杨睿的头上。更有甚者，杨睿此番的入狱，这也是其罪状之一。

至于杨睿回到雍丘城之后的事情，包括杨睿的入狱，萧如期当然就更一无所知了。

……

萧如期来到了雍丘城——其实，她自己也不知道为什么会来到这里，为什么要来找杨睿。

"他现在在干什么呢？"萧如期这样想着，不知不觉来到了雍丘城内。

早就听说雍丘城比绒栀城看上去要繁华许多。可是，萧如期眼前的雍丘城，却显得冷冷清清。偶然见到几个街人，也是行走匆匆，慌慌张张，街上的店铺也大多关门打烊。

萧如期大感不解，自语道："这雍丘好歹也是王城，怎么会如此模样？"她这样想着，不由得驻马在城中四下观望，她惊讶地发现城内的墙角、街石等处不时可见斑斑血迹。

"这又是何故？难道城中发生了什么不测的事情？"萧如期想到这里，不由得暗自心惊，也提高了警觉起来。

就在这时，街边一铺子的木门"吱"一声开了，走出来一个老妇，萧如期问道："老人家，此地发生了什么事吗？"

老妇看看萧如期，道："姑娘，你是外地来的吧？"

萧如期道："正是！我从关外来的。"

老妇道："这就难怪了。姑娘，最近我们这里可不太平，你单身一个女孩子，怎么还大老远跑这里来呢？快离开吧。"

萧如期疑惑道："到底怎么啦？"

老妇左右看看，凑上来小声道："这里前些天闹妖，吃了好些人，好不容易才平息下来。这些天都有禁军巡街，要是被他们发现你一个外地人，说不定将你绑去送监，快走，快走！"

萧如期奇道："闹妖？什么样子的妖？"

老妇心有余悸，道："可吓人了，那些妖怪长得像人又不像人，像狼又不像狼。它们见人就咬，连小孩子都不放过。"

萧如期大惊，道："有这样的事情？难道你们雍丘王城的禁军就不管吗？"

老妇道："禁军？那些禁军根本都自身难保，妖怪连禁军都吃，王宫的宫女都被吃了好几个，听说我们的姒鸿大王都中了妖的魔法，快不行了。"

萧如期胆战心惊，立即联想到前不久发生在绒栀城的"妖兵"，脱口而出，道："啊？莫非又是妖兵？"

老妇一愣，连声道："对，对，好像是的，听说为首的一头大妖怪就是刚从摘星关打仗回来的士兵，他连我们大王都敢行刺，已经被关进大牢了。"

"从摘星关打仗回来的？"萧如期愕然，道："摘星关打仗回来的不就是你们的二王子和杨睿他们吗？"

老妇连连摇手，道："那老身就不清楚了，姑娘，你要小心啊，别遇到禁军，被他们把你当通妖的嫌犯给逮了去。"说着，急匆匆转声进去了。

萧如期如坠云雾，站在街心，暗暗心惊，喃喃自语道："莫非杨睿也出事了？"一念及此，萧如期不禁心头一惊，"必须马上找到他！"

雍丘城是王城，城内硕大，四通八达，萧如期又是第一次来这里，要想一下子找到杨睿，势必不可能那么顺利。

忽然，萧如期心想："此前听杨睿说过，青羊驿遇到的那催命五鬼是斑狱司的人，我这就去斑狱司，找到那几个手下败将，押着他们去帮我找杨睿，不就可以了吗？"想到这里，萧如期笑了。

"在诺大的雍丘城，要找一个人很难，但是斑狱司情报机关，要想打听，应该不是一件难事。"萧如期这样想着。

第六十六章　狱　中

王十八是正仙，一座牢房怎么可能困得住他？所以，杨睿在王十八的帮助下，逃出了王城的天牢。

斑狱司是杨睿最急于去查探的地方。

父亲衡将军杨继善已死，是死于三足飞龙蛊毒——朝中隐有七夺教的人，而且此人必定位高权重。

他是谁？难道是国相李奉贤？"不像是师傅。"杨睿刚有这想法就被自己给否定了，"师傅年事已高，平时为了国事更是忙得一刻不停，再说，他一直以来与家父相交甚好，他没有理由害我的父亲。"

杨睿把父亲从入狱到惨死的经过在脑海中思虑了一遍，隐约感觉到斑狱司的五刑大夫燕千里很可疑。

"可是，燕千里只是掌管着斑狱司，他与父亲无冤无仇，为什么要害我的父亲呢？难道他是被七夺教的人利用了？"杨睿想到这里，便想去斑狱司查探个究竟。

——这个隐匿在朝中的七夺教人物，一定要查出来，否则无法替父亲报仇不说，朝中有魔教的妖孽，势必会瓦解杞国的根基，就像虞国

印星林作品集·长篇小说

一样。

想到这里，杨睿不禁又想起了萧如期。

斑狱司掌管着杞国的特务、情报、刑律，所有的大案要案的卷宗尽归于此，五刑大夫燕千里官居一品，由此可见此地的守卫是何等的森严。

其实，一直以来，杨睿都弄不明白一个问题——杞国的最高刑律机构为什么要取这样一个古怪的名字——斑狱司？

在天牢之中，杨睿也曾问过王十八，当时王十八的回答是："花之斑斑，其态向阳，蛇之斑斑，其性属阴。"

仙人王十八的意思是，刑监属于阴寒无情之所，所以故名。

杨睿虽然从小在王城长大，以前做禁军的时候也时常巡逻至此，可是斑狱司内却从来没有进去过。这个地方对于他来说，既熟悉又陌生。

塔形建筑的斑狱司，在昏暗的月光下显得神秘阴森。

杨睿避开了几拨巡逻的禁军，悄悄地潜了进去。

斑狱司一共有七层，最底下的一层是一个庞大无比的大堂，中间有木制的梯廊往上循环而去，直通顶端，最顶端的一层应该是重大案件的卷宗存放之地了。

大堂的四下里有巨烛燃着，一片通明，可往上一层层却没有了灯烛，一片漆黑。厅内案几、案柜等满壁简书，排列整齐，看上去并不像是一个审讯犯人的地方，而更像是一座书舍。

杨睿悄悄潜进了最下面的大堂，惊奇地发现里面空无一人。杨睿抬头朝上往去，感到这斑狱司内的结构呈螺旋状，顿时让他感觉到了一阵眩晕。

"怎么会一个看守的人都没有？"杨睿不禁疑惑不解。他知道，斑狱司仅仅是五刑大夫燕千里日常办公的地方，晚上燕千里都住"大夫府"，可是作为刑律重地，怎么可能没有一个守卫？

杨睿拾阶蹑手蹑脚往第二层上去，刚跨上去两步，却发现木梯上躺着两具黑乎乎的尸体。杨睿这一惊非同小可，赶紧伏下了身子，警惕地

237

四下搜寻。

——有人已经先自己一步来到了这里？

"是谁敢跑到斑狱司来杀人？"杨睿脑子里飞快地转动着："莫非是杜寅和空心儿他们？"

不错，自从杨睿那天在宴席上刺了姒鸿，被捉拿下狱后，与杜寅、空心儿、马相搏他们便失去了联系。杨睿不知道他们是不是因为自己而获罪了，或者是已经被姒鸿大王遣返回了白虎山？

"二王子姒朔殿下绝不会来斑狱司杀人，朝中除了王子殿下与自己交好，还能有谁再会夜探斑狱司？"杨睿隐身在楼梯下，静观其变。

杨睿心想："要是王仙人在此就好了，他不但神通广大，而且事事都能洞察，了如指掌，只可惜他不愿意随自己一道前来。"

其实，王十八帮助杨睿脱狱的时候，杨睿也曾经想请王十八与自己一同出来的。可是不知道为什么，王十八听说杨睿要来斑狱司查找父亲惨案的卷宗时，却死活不愿意与他一同前往。

以王十八的神通，还有哪里不能进？可是他为什么偏偏不愿意来这斑狱司呢？这让杨睿百思不得其解。

杨睿正思量着，只听到斑狱司的顶端传来了一阵细碎的脚步声。杨睿一惊，赶紧缩身暗处，朝上窥视。

上面的脚步声越来越近，原来是有人朝下面来了。

杨睿体内的一颗心怦怦直跳，他此时手无寸铁，只能暗自化掌为爪，以备随时应对。

忽然，杨睿看到了一双绣着白花的鞋子，从上面的木楼梯上踏足下来，"噔噔噔"，很是快速，杨睿还没有来得及细想，那人已经下来了，居然是一个女的。

对方也发现了躲在暗处的杨睿，一剑刺了过来。

杨睿侧身躲闪，一展臂膀，顺势揽了过去，五指如钩，扣住了对方的手腕，用的正是聋琴师当日传授给他的"指派龙吟"中的其中一式。

指派龙吟是白虎门的绝学，论其精妙程度，委实不在"碧凌龙诀"之下，只是由于杨睿当初时间仓促，聋琴师也不便将其全部传授于杨睿，因此杨睿只学得其中的一招半式——然而，如果将此一招半式运用娴熟，里面也包含着千变万化，即使空手应对一流高手，也是绰绰有余。

杨睿情急之下，力求保命，无暇顾及对方是谁，突然使出这一式"指派龙吟"，竟然立奏奇效，一下子锁住了对方拿剑的手腕，对方手中长剑立即脱手，掉在了地上。

"哎呀！"杨睿听对方一声娇叫，再定睛细看，不禁又惊又喜，道："如——如期？怎么是你？"

杨睿做梦也没有想到，从上面下来的这人居然是萧如期。

萧如期更是万万没有想到，木楼梯下的暗处藏着的这个人竟然是杨睿。惊喜之下，内心的矜持荡然无存，她一把将杨睿抱住，道："我是专门来找你的！"

杨睿也紧紧抱住了萧如期，两个人忘却了此时置身险境，恍如梦中。

第六十七章　恶　蛊

原本杨睿是要去找二王子姒朔的，他要向姒朔禀陈朝中有七夺教众的事情，提醒他提防，可是萧如期的一句话，让他一下子惊愕了——

239

萧如期说："那如果你的二王子姒朔，自己原本就是和他们一伙的呢？你这一去不是自投罗网吗？"

杨睿听萧如期这样一说，呆若木鸡。

"会吗？"杨睿在内心不停地问自己。若在以往，萧如期的这句话，打死他，他也不会相信的，可是现在，杨睿踟蹰不前了。

这么多天来，发生了这么多的事情，确确实实有很多的不确定性，

就发生在了自己的身边，也让杨睿似乎变得谨慎了许多。

——再者，如果说这句话的人不是萧如期，而是别人，或许他依然不会相信。

但是，这句话通过萧如期的口说出来，令杨睿的内心"咯噔"了一下。

不能回家，不能面见姒朔——当然更不能去面见其他任何人。

那真相还怎么查？

忽然，杨睿想到了一个人——莺莺。

"莺莺一定是可靠的。"杨睿这样对自己说。

……

王子府，如一座道观，低伏平稳，却飞檐峭壁，独立于王城的中央，紧邻着赏月楼。由王子府往东过一条甬道，就是大王姒鸿的天禄宫。

莺莺一见到杨睿，先是大喜，随即是担心，道："你是怎么逃出天牢的？"

杨睿一愣，道："你怎么知道我被关在了天牢？"

莺莺道："囚犯不关天牢，那关在哪里？他们都说你勾结兽族，刺杀大王，罪大恶极。"

杨睿道："谁这么说？"

莺莺道："大王、太子、王子，他们都这么说呀。"

杨睿不由得悲从中来，心道："看来我的罪名是被他们坐实了。"

莺莺再看看萧如期，不悦地道："这个女人是谁？"

杨睿道："这是我的一个朋友。对了，有没有我其他那些朋友的消息？"

莺莺嘟嘴道："哪些啊？那几个道人模样的人吗？"

杨睿道："正是！你知道他们现在人在哪里吗？"

莺莺道："听说他们被派去守卫大王的寝宫了。"

杨睿大奇，道："派去守卫大王的寝宫？大王的寝宫不是有禁军守卫的吗？"

莺莺道："你还不知道吧？前几天你那么一闹之后，王城里不知道从哪里来了一大批兽人，它们见人就吃，把整个王城弄得天翻地覆，很多禁军都死于非命。"

杨睿和萧如期面面相觑。

莺莺道："还有啊，大王也中了你的毒，一直处于昏迷之中，这不，姒朔殿下和太子也都守在大王的寝宫，以防什么不测呢。"

杨睿大惊，道："大王中了毒？而且是中了我的毒？我什么时候给大王施毒了？"

莺莺疑惑地道："真的不是你吗？我就说嘛，公子你就是再恨大王，也不至于要谋害大王——"

杨睿恨恨地道："大王昏庸，害死了我的父亲，我确实恨不得要将他一剑刺死。可是在我没有把事情弄清楚之前，我是不会做出这样大逆不道的事情来的。"

莺莺埋怨道："那你那天为什么要当着那么多人的面，拔剑刺杀大王？公子，你太冒失了！"

杨睿苦笑道："不错，当时我确实是太冲动了。"

萧如期插口道："你们的大王害死了杨睿的父亲，杨睿要杀了他替他父亲报仇，这有什么错？"

莺莺佯装惊讶地道："哎哟，你是他什么人啊？这么维护他？难道我说错了吗？人家是大王，一国之君，你杀他，就是弑君，人家杀你，那叫正法，你懂不懂？"

萧如期没好气地道："我不懂，我只知道有仇就得报。"

莺莺赌气道："现在不是已经报了吗？现在大王已经中了木人蛊，满朝文武都认为是公子干的，你开心了？"

杨睿一愣，随即道："算了，算了，你们都不要吵了。莺莺，去帮我们弄点吃的。"

莺莺不服气地道："我就去给你弄点吃的，我们王府的饭菜也不是大风刮来的，哪里有那么多多余的来供养外人？"说着，"哼"了一声，转身去了。

萧如期被莺莺一通抢白，气得脸色红一阵白一阵，连连道："你——你——"

杨睿看莺莺已经走了，便温言安慰萧如期，道："你别和她一般见识，她也是替我担心。"

萧如期气恼，道："杨睿，我们走吧，不要在这里寄人篱下，受人白眼。"

杨睿没有回应萧如期的话，只是沉吟道："木人蛊？木人蛊？"

萧如期道："木人蛊是什么？"

杨睿道："如期，我以前在白虎山随火坨坨掌门学艺的时候，曾经跟随他学过一些解毒的法门，对天下之奇毒，略知一二。"

萧如期道："你说这话是什么意思？难道你真的和他们大王中毒这件事有关系？"

杨睿摇头，道："当时，火掌门提及过这木人蛊，他说这是七夺教的大恶蛊毒，凡是中了此蛊的人，会昏死不醒，直至七七四十九天，全身爆裂而死。"

萧如期惊道："那这么说来，你们的大王岂不是没得救了？"

杨睿忧色道："我虽然听说过这木人蛊，可是此蛊异常凶险，不能随便施法破解，否则会加速中毒之人的死亡。"

萧如期道："这大王害死了你的父亲，难道你还想救他不成？"

杨睿无奈地道："凭我的能力，怎么能救得了他？他死不足惜，但是朝中隐匿的七夺教邪恶之人必须要挖出来，不然我们的杞国就危险了。"

萧如期道："杨睿，人死不能复生，令尊大人已经死了，我们又何必管那么多？他杞国朝纲兴也好，亡也好，与你何干？我们走吧，远离这个是非之地，找一处山林隐居，我们打猎砍柴，习武修道，岂不是好？"

杨睿长叹一声，道："想我家父忠君报国，虽然最终至死含冤，却没有丝毫背叛、抛弃国家之心，如今，国难当头，朝纲混乱，我又岂能一走了之？"

萧如期道："那你想怎么样？"

杨睿坚定地道："我一定要查出祸乱朝纲的贼人，助国除奸，以此来为我父亲正名，以告慰他老人家的在天之灵。走，我们去找我师傅。"

杨睿、萧如期两人招呼也不打，便离开了王府。

第六十八章　幽　狼

在师妹李慧茹的帮助下，杨睿和萧如期暂时安顿在了师傅李奉贤府上的一间厢房。

师妹李慧茹悄悄地将杨睿藏身相府的行踪告诉了父亲李奉贤，李奉贤得知以后先是一惊，随即便去寻了一把剑，直奔厢房而去。

师徒两人相见，又是一番唏嘘。

"睿儿将门虎子，禁军出身，"李奉贤道，"一个剑客，怎么可以身上没有剑呢？"

杨睿百感交集，含泪道："多谢师傅想得周到！"

慧茹弄来食物，杨睿和萧如期胡乱吃了。慧茹一边看着萧如期吃，一边朝她白眼。萧如期看在眼里，装作若无其事。

李奉贤道："睿儿有何打算？"

杨睿道："大王身中奇毒，我想去看看到底发生了什么事情。"

李奉贤赶忙道："去不得。你现在去等于是自寻死路。大王中的毒，莫名古怪，你去了也是无济于事。"

杨睿顿了一下，道："师傅，你能不能帮我想办法，去通知一下空心儿，让他来这里见我。"

李奉贤面有难色，道："他们四个人，现在都被燕千里大人安排在大王的宫中守护，众目睽睽，不好说。"

杨睿叹道："燕大人处心积虑，他安排他们四人守护王宫，想必定有深意。"

李奉贤愤愤不平，道："燕大人心里认定了他们四人是你弑君的帮凶，可是又没有证据，所以才派遣他们四人守卫大王，实际上则是暗中监视着他们。"

萧如期道："王宫虽然守卫森严，可是我们悄悄潜进去，应该也不是难事。"

杨睿摇头道："大王的宫殿不比斑狱司。斑狱司只是朝中的办公场所，除了白天有人在里面公干，晚上一般只留一两个看守之人，可是大王的寝宫则大不一样了。"

李奉贤惊讶地道："你们去斑狱司了？"

杨睿和萧如期点点头，道："是的。"

李奉贤脸色大变，道："你们怎么可以去那里？那里现在已经是一片死地了呀。"

杨睿诧异，道："怎么啦？"

李奉贤道："前几日祸乱王城的兽族就是从斑狱司的地底下突然冒出来的，它们凶残成性，整个王宫被它们搞得天翻地覆。幸亏后来被镇压下去了，不然，后果不堪设想。"

杨睿道："师傅，你的意思是，斑狱司现在已经废弃了？"

李奉贤道："傻小子，斑狱司怎么可能废弃呢？是斑狱塔废弃了。现在的刑律堂已经搬到了大王的天禄宫。斑狱塔已经是无人敢靠近的一处死地了。"

杨睿点头，道："难怪，里面空空荡荡。"

萧如期狐疑道："不对啊，我进去的时候，里面还有两个禁军袭击我，被我伤了。"

李奉贤道："那我就不知道了。"

杨睿道："斑狱塔底下怎么会有兽族？"

李奉贤心有余悸地道："唉，那是一群幽狼，它们神出鬼没，凶残狠毒，吃得城里的人家家户户闭门不敢出，死伤无数。"

萧如期道："难道我在斑狱塔里面杀的就是两只幽狼？"

杨睿道："幽狼作恶，后来是怎么平息的？"

李奉贤道："后来，禁军死伤无数，连神勇将军石英都差一点命丧幽狼之口。幸亏燕千里大人，他调派了斑狱司的人，奋力斩杀退妖，才保住了王城。"

杨睿沉吟道："斑狱司的高手，唯有石门三鹰还算是有些本领，可是他们跟石英将军相比，哪堪大用？连石将军统领的禁军都奈何不了幽狼一族，他斑狱司的几个捕头又怎么可能压得住它们？"

李奉贤道："睿儿，不管怎么说，斑狱塔你以后可不要再去了。令尊杨将军已经不在了，你可是杨家唯一的独苗，可不能再出什么意外。"

杨睿道："不知道我母亲现在怎么样了？"

李奉贤道："睿儿放心吧，本来大王要治罪于夫人的，但是二王子替你母亲求情。大王赦免了老夫人的连祸之罪，只是她得知你被关进了天牢，忧愁成疾，我昨天让慧茹送了汤药去府上，老夫人的病已经好多了。"

杨睿眼含泪花，哽咽道："我真是不孝，没办法替父报仇不说，还累得母亲如此担惊受怕。"

萧如期轻轻拍了拍杨睿的胳膊，以示安慰。

慧茹上前道："师兄不要伤心了，我天明就去告诉夫人你出来的消息，好让夫人不要再为你担心。"

杨睿道："万万不可。我逃脱天牢的事情暂且不要让她知道，以免会给母亲带来意外之灾。"

忽然，萧如期压声道："外面是什么声音？"

245

　　杨睿一惊，侧耳细听，外面隐约传来窸窸窣窣的野兽喘息之声，由远及近而来。

　　"幽狼？"杨睿道。

　　萧如期道："我们的行踪暴露了。"说着，与杨睿使了一个眼色，二人仗剑跃了出去。

　　慧茹急道："师兄，你们这是要去哪里？"

　　杨睿不及回答，已经和萧如期去得远了。

　　……

　　冷冰冰的月色下，雍丘城寂静矗立。

　　杨睿携手萧如期疾步穿行在街巷内——杨睿是戴罪之身，一旦在城中与幽狼族发生打斗，势必惊动禁军，到时候想脱身就不可能了。

　　——萧如期与杨睿的心思是一样的，她想将它们引到城外再动手。可是，他们刚奔出两条街，便感觉到了一丝恐惧。

　　沿街两侧的屋顶上，到处都是影影绰绰的幽狼，它们均呈跳跃状朝杨睿他们二人追赶了过来——而且后面还有源源不断的黑影蜂拥而至，并发出了"呼哧呼哧"的嗜血喘息声，显得异常亢奋。

　　"怎么办？"萧如期急道。

　　杨睿道："出城肯定是不可能了，走，将它们引到天禄宫去。"

　　天禄宫是大王姒鸿的寝宫，此时此刻，五刑大夫燕千里应该就在那里——杨睿要让燕千里亲眼见到自己是如何与幽狼兽族厮杀的，以此来证明自己并不是与它们一伙的。

　　其实，此时的杨睿，内心充满了恐惧。

　　——这些恐怖的幽狼奔跑速度之快让人匪夷所思，它们一个个张开了獠牙，吐着长长的舌头，眼睛露出了嗜血贪婪的凶光，令人不寒而栗。

　　杨睿有"龙钟神罩"护体，要想自保，应该可以做到，他担心的是萧如期的安危。

第六十九章　抓　相

成百上千的幽狼从城中的各处如鬼魅般突兀而出，它们的目标就是杨睿和萧如期，有的在追赶，有的已经超越到了杨睿和萧如期的前面。

避无可避，剑光闪动之处，已经有数只幽狼被杨睿和萧如期砍杀倒地，黑血四溅。

萧如期的剑招凌厉，——她的剑术原本就在杨睿之上，此时危急之下，出手更是毫不留情。

可是，围攻上来的幽狼越来越多，而且它们面对凌厉的剑光，不仅没有丝毫惧怕，反而争先恐后朝杨睿和萧如期扑了上来。

瞬间，杨睿和萧如期已经被群狼分割开来，形成了两个黑色的旋涡，而他们二人则置身于旋涡的中心。

杨睿边奋力劈杀，边偷眼看萧如期，见她已经被群狼死死围住，手忙脚乱。萧如期身上的衣裳也被撕咬破了，浑身有斑斑血迹，不知道是她的血还是对方的狼血迸溅到了她的身上。

杨睿大急，他施展龙钟神罩，群狼被杨睿的玄门罡气震荡，虽然一时之间无法伤得了他，可是如此这样下去，杨睿的体内罡气消耗殆尽，必将也是难逃幽狼之口的厄运。

突然，萧如期尖叫一声："杨睿——"

杨睿看到令他不可思议的一幕——萧如期的一剑刺穿了一只大狼的身躯，可她的剑还没有拔出来之际，又有几只恶狼却已经飞蛾扑火一般居然扑到了萧如期的剑上，叼住了萧如期的剑身。

——萧如期毕竟是女孩子，她单手提着的剑上负重三四只狼，使劲挥动着，就是怎么也甩不开，不由得花容失色，吓得尖叫了起来。

杨睿大惊，连连劈出几剑，朝萧如期冲过去。他一分神，体内罡气立缓，数只凶狠的幽狼似乎看出了他的破绽，猛扑了上去。

千钧一发之际，突然凌空一道红光划了下来，数只扑上来的恶狼发出"嗷"的几声怪叫，身体被红光烧焦，蜷缩滚动了几下，就此不动。

杨睿大喜，叫道："仙人救命！"

——王十八从天而降，裹挟着红光已经到了萧如期的身边，宽袍大袖一挥，又有数只幽狼身上起火燃烧。

这突如其来的神人，将群狼一下子震慑住了，它们不由自主地龇牙咧嘴纷纷朝后退去。

萧如期得脱了幽狼的纠缠，不由得又惊又怒，发狠地"唰唰"连砍出两剑，两头凶狼应声倒地。

就在这时，群狼中有一只头狼发出了一声"呜"的嚎叫，所有的恶狼纷纷疾速而逃，四散奔窜，瞬间跑得干干净净。

杨睿萧如期均心有余悸，差一点没有回过神来。杨睿激动不已，道："多谢王仙人救命之恩。"

萧如期惊讶地看着王十八，赞道："原来你是仙人？怪不得如此厉害！真的是太神了。"

王十八捻须看了看萧如期，微笑道："姑娘香唇一赞，我小老儿可是受用得很啊！哈哈哈，你们的行踪已经暴露了，赶快跟我走！"

杨睿道："仙人要带我们去哪里？"

王十八道："去救人。"说着自顾朝前而去。

杨睿大奇，与萧如期赶紧跟上，道："救谁？"

王十八边走边道："你们的国相李奉贤。"

杨睿愕然，道："师傅？"

……

月已偏西，再过一个时辰，天就要亮了。

国相府四周死一般沉寂，里面却是灯火通明。

李奉贤端坐在厅堂内的一张罗汉椅上，双眼微闭，一言不发。他的面前有三个人阴沉着脸而立，正是斑狱司的"石门三鹰"。

——高一击、平掳去、爪无情。

"走吧！李国相。"爪无情道。

李奉贤颏下的胡须微微颤抖，道："我是杞国的国相，你们斑狱司胆大妄为，居然无凭无据就敢抓我？"

高一击哈哈一笑，道："李国相，我们燕大人明察秋毫，绝不会冤枉一个好人的。你有罪没罪，等见了大王，不就什么都清楚了吗？"

李奉贤道："可是大王现在昏迷不醒，已经是一具任人摆布的躯干，与死人何异？"

平掳去喝道："大胆！你敢如此亵渎大王？"

李奉贤傲然道："要抓我，你们燕千里大人怎么不亲自来？"

高一击道："李国相，我们也是奉命行事，还望国相不要为难我们才好。要不然，大家面子上都不好看。"

李奉贤道："我要见太子。"

爪无情嘿嘿冷笑两声，道："太子？太子有与你同谋之嫌，已经先你一步被燕大人派遣神勇将军将他请到天禄宫了。现在朝中上下，唯二王子马首是瞻。"

李奉贤惊道："什么？你们也抓了太子？"

高一击道："怎么能说抓呢？刚才无情兄不是说得很清楚吗？是请。"

李奉贤气得指着面前的三个人道："你——你们太放肆了。大王身染怪疾，死活不知，谁不知道此时的朝纲理应由太子把持，代行大王之职。你们胆敢连太子都控制了，这——这与谋反有什么区别？"

平掳去道："你说这话，才是大逆不道。太子姓姒，难道二王子就不姓姒？你眼中只有太子，难道就没有王子了吗？"

李奉贤大义凛然，道："我李氏拜木一族，世居海滨，与世无争，奉贤更蒙受王恩，封相三十年辅助大王，杞国无灾无难。却不知为何近来朝中怪异频发，此中必有妖孽作祟。今日更是蹊跷得很，你们三个小小的捕头就敢来拿我？"

爪无情道："这么说来，国相你今天非得要咱们三兄弟动手不成？"

李奉贤气极，忽然仰头打了一个哈哈，道："我明白了，我明白了。原来你们燕千里大人和姒朔王子早就暗中串通好了，想趁乱夺得大王之位，是不是？"

爪无情喋喋怪笑，道："是又怎么了——"

"无情，别乱说！"高一平制止了爪无情的接话。

李奉贤哈哈大笑，道："哈哈哈哈，果不其然，被老夫一语中的。"

他脸现悲怆神色，道："想不到我杞国数百年基业，居然祸起萧墙，毁在姒氏自己人的手里。好吧，既然如此，我李奉贤无力回天，还能说什么呢？国之将亡，我区区一介老朽，死又有何可惜？走吧，我随你们去。"

忽然，门外传来一声断喝，道："且慢！"

第七十章　除　鹰

王十八携着杨睿和萧如期从国相府的朱漆大门外走了进来。

李奉贤乍见杨睿，又惊又喜，道："睿儿？你——你怎么回来了？"

石门三鹰面面相觑，高一平道："大胆逆贼，你居然越狱逃出来了？快束手就擒，随我去见燕大人。"

杨睿扫视了一下面前的石门三鹰，道："燕千里企图谋反，我刚才在门外听得清清楚楚，他自己图谋不轨不说，还蛊惑姒朔王子，罪大恶极。"

石门三鹰曾经去白虎山抓杨睿，那时的杨睿身手稀松，平淡无奇。此时才过了半年有余，他们料想杨睿的本领即使有所进步，可是又能有什么通天之能？

"真的是天上掉馅饼的大好事。"高一平心道："今日不仅可以将李奉贤逮捕归案，还能擒获杨睿这个逃脱的死囚，真可谓奇功一件。"

石门三鹰相互使了一个眼色，暗自发力，朝杨睿缓缓靠拢了过来，却浑然没将眼前的一个老人和一个女孩放在眼里。

李奉贤道："睿儿！当心——"

不等李奉贤的话音落尽，石门三鹰已经同时出手了。

石门三鹰是斑狱司的绝顶高手，当日在白虎山被花婆婆一招而退，吓得肝胆俱裂，那是因为他们当时遇到的是花婆婆。

杨睿的身手跟花婆婆相差何止十倍？

——面对石门三鹰同时发出的一击，杨睿内心虽然有所防范，但是要想迎击三鹰的上中下三路进攻，杨睿哪里能够同时做到？

尤其是爪无情的双爪，犹如厉鹰扑击，已经死死扣住了杨睿手中的长剑。

萧如期离杨睿就半尺之距，她一剑平递，挑开了爪无情如铁钩一样的双爪，紧跟着剑锋一撩，将爪无情迫退两步。

爪无情瞪着一对绿豆眼，惊讶地盯着萧如期看，愕然道："你——你他娘的好身手，我小看你这个死妮子了。"双爪一拢，又攻了上来。

王十八若无其事地走到了李奉贤身边，道："国相大人，你没事吧？"

李奉贤移步挡在了王十八的身前，道："老人家，你往后去。"

王十八微笑道："来来来，我们都往后，让他们两个娃娃先跟他们三鹰玩一会儿。"

杨睿叫道："仙人，保护国相！"

王十八道："你打你的。"

李奉贤看了一眼王十八，忽然"哎呀"一声，道："咦，你——你不是王宫菜园的王老汉吗？"

王十八笑吟吟道："正是。国相安好！"

——王十八一直在雍丘王宫的御蔬园种菜，平日里提粪浇水，锄地摘菜，已经有好些年头了，王宫里的人都认识他。

可是，就在半个月前，御蔬园的菜农老汉神秘消失了，却进来一个四十几岁的中年人，满脸污秽，整天只知道干活，也不跟别人说一句话。

后来御厨的人去提菜，才知道原来王老汉生病了，回家歇几天，这个中年男人则是王十八的一个远房侄儿，来临时顶替他几天。所有的人都没把这个事情放在心上。

李奉贤惊愕道："老丈，你是——"

王十八扶着李奉贤坐下，道："国相大人请坐，本人王十八，向国相大人请安了！"

李奉贤这一惊，非同小可。李奉贤出身海滨贵族，世代诗书传承，博闻强记。在李奉贤三十岁的时候，被杞国大王拜相。时值王城扩建，大王姒鸿为斑狱司选址，看中了城中的一处矮丘下。

当时身为国相的李奉贤已是博学多才，他透过堪舆之术，发觉丘下有蛇窟纵横，建议大王姒鸿重新换址，无奈姒鸿全然不听。

——建造司开挖建筑之始，地下果然有万千巨蛇，蠢蠢而动。时正晴空万里，却有惊雷响起。

大王姒鸿等吓得赶紧命人填土，李奉贤道："大王，妖孽之穴已然破坏，众孽逃遁而去，即使再将土填上，也无济于事。"

李奉贤只得建议姒鸿大王一改建筑规制，将斑狱司建成塔形，以镇地下之妖孽之气。

如今，雍丘城多事之秋，又逢幽狼作祟，不由得让人想起三十年前斑狱司初建的情形。

此时，王十八自报家门，李奉贤满腹经纶，又何尝不知道"仙家三正"之一的王十八之大名？当即诚惶诚恐，险些跌倒，口中直唤道："仙家慈悲！救救杞国！"

王十八呵呵笑道："国相莫惊莫怕！天塌不下来！看打斗！看打斗！"

眼前的杨睿与萧如期见有王十八在一旁督阵，内心胆气豪生，将往日所学，发挥得淋漓尽致。

石门三鹰以三敌二，居然被杨、萧二人手中的两柄长剑攻得捉襟见肘，险象环生。

高一击此时已知今日遇到了麻烦——最大的麻烦不是来源于杨睿和萧如期，而是一旁观战的这个糟老头子。

人不可貌相，所以不能忽略。虽然他隐约听到了一旁王十八和李奉贤的对话，不明所以，可是，当他乍一听李奉贤近乎哀求的那一句"仙家慈悲！救救杞国"，高一击就内心雪亮了——今日走的是背运。

"得赶紧撤！"高一击心道："火速汇报燕大人！"

高一击内心一乱，被萧如期"扑哧"一剑砍伤了左腿。他急忙回剑一格，哪知道萧如期剑走偏锋，一剑划在了高一击的手腕上。他手里的剑脱手，还不待他回过神来，萧如期已经一剑洞穿了他的肩头，紧跟着又是一剑，将他劈翻在地。

缠斗杨睿的爪无情和平掳去见状，大惊失色，哀叫道："大哥！"飞身扑过来相救，可是已经慢了一步。

——萧如期剑锋一竖，直直地插入了高一击的胸膛，一道血注喷出，高一击一命呜呼。

爪无情、平掳去骇然，反身去刺杨睿。

此时的杨睿胆气横生，剑招使出更是无所顾忌，他不招不架，一剑刺出，一下子刺透了平掳去的咽喉——

爪无情的双爪也已经到了杨睿的脖子，但是，萧如期的剑比他的双爪更快。

——爪无情，萧如期的剑更无情。

"咔嚓"一声脆响，萧如期的剑，硬生生将爪无情的双手砍了下来。几乎与此同时，杨睿从背后递出的一击，一箭穿心，将爪无情刺得一个趔趄。

爪无情临死之前，双目圆睁——

第七十一章　太　子

　　石英奉五刑大夫燕千里之命去太子府"约谈"太子，并不如想象中的那么顺畅——他们遇到了太子府的护卫军激烈的反抗。

　　太子姒羽性情仁厚，平日里对待下人家丁无不视如家人，因此得到了满府的爱戴。太子府的护卫长稽远更是太子姒羽妻舅，对太子忠心耿耿，容不得任何人对太子有丝毫不敬。

　　神勇将军石英领着七八个人一进太子府，就遭到了稽远的阻拦："这里是太子府，石将军带这么多人来想干什么？"

　　石英道："我奉五刑大夫燕大人之命，来请太子去天禄宫商量朝中大事。"

　　稽远道："太子已经连续一天一夜陪伺昏迷的大王，身心疲惫，才回到府上，此时正在休息。有什么事情等明日再说。"

　　"稽舅公，我有燕大人的提人令牌，请你让开！"石英道。

　　稽远一听，脸色大变，道："提人令牌？这么说，太子成了他燕千里眼中的犯人了？"

　　石英道："我没这么说。眼下王宫怪事频出，大王又身中奇毒，不省人事，燕大人身为五刑大夫，谨慎起见。勇于担当，想约请太子与国相李大人、王子殿下等一起共商国事，以应对不测，难道有错吗？"

　　稽远傲然道："朝纲之事，我稽某人不懂，我是太子府的护卫长。我的任务是保卫太子府上下的安全，没有大王和太子的谕令，任何人不得擅自进入太子府。"

　　石英冷笑道："那我要是今天非要进去见太子一见呢？"

　　稽远手持配剑，道："恕难从命！来人，恭送石将军！"

有数十个太子府的侍卫，均劲装持剑从府内涌了出来，齐声道："石将军！请！"

石英勃然大怒，道："怎么？你们想造反吗？斑狱司维护朝纲王道，上可查国相，下可查庶民，这点规矩难道你们不懂吗？"

稽远朗声道："斑狱司权倾朝野，但是，石将军，你可别忘了，杞国的天下是姒姓的天下，太子乃是国脉之正统，没有大王口谕，谁也不能来太子府胡作非为，还请石将军掂量着行事。"

石英随从纷纷拔剑出鞘，严阵以待。

稽远道："众护卫听令，从此刻起，没有我的允许，任何人不得踏进太子府一步，有懈怠者，斩。"

众护卫齐声应道："得令！"

石英脸色铁青，一挥手，忽然从四面涌现出来一队弓箭手，将强弩满弓齐刷刷对准了太子府大门前的一众护卫。

稽远见状，丝毫不惧，道："久闻神勇将军不仅剑技超群，为人处世更是果敢冒进，今日我总算见识到了。但是我稽某人也不是畏首畏尾之人。我倒要看看，你们这些平时作威作福的斑狱司捕头，今天是如何进得了太子府的。"

石英喝道："放箭！"

众箭齐发。

稽远万万没有想到石英敢真的放箭，躲闪不及，顿时左臂中箭。其余的众护卫纷纷挥剑而击，有的更是冲上前去，与斑狱司的捕头厮杀在了一起。

石英任由他们打斗，自己则大踏步朝府内走去。

稽远是北方游牧族汉子，他天生性格剽悍，不畏强手，自从其妹妹稽姒氏嫁给姒羽之后，他也被姒羽调遣到了雍丘城，做了太子府的护卫长。

这些日子以来，稽远眼见王城发生了这么多怪事，心里早就料到朝

255

碧
凌
剑

中必有妖孽，也曾经一度怀疑过斑狱司的燕千里，可是苦于自己位卑言轻，只能私底下向太子姒羽进言，让他好生提防燕千里。此时，神勇将军石英率队前来太子府生事，稽远就知道，燕千里已经开始动手了。

稽远一把扯断左臂上的箭，提剑上去阻挡石英，喝道："贼子，终于等不及了吧？"一剑劈了过去。

石英被封"神勇将军"，除了衡将军杨继善之外，他的武功在整个雍丘王城是最高的，而稽远虽然勇敢，毕竟跟石英相比，哪里是他的对手？

稽远的一剑劈向了石英，可是石英正眼都不瞧一下，也不拔剑，只是挥剑鞘一格，架住了稽远的剑，反手就是一捅，正中稽远的肩头，将他捅了开去，径直大步朝府内迈了进去。

就在这时，一个身穿白绸的人从里面走了出来，堵住了石英的去路。石英抬头一看，原来正是太子姒羽。

"太子殿下！"石英躬身行礼。

太子一出现，府前打斗的双方，都不约而同停下了手来，齐刷刷将目光投向了太子。

稽远捂着受伤的左臂，道："殿下，他们要强行闯太子府——"

姒羽手一抬，示意稽远退下，道："石将军！到底是怎么回事？"

石英道："殿下，石英奉五刑大夫燕大人之命，前来请殿下去天禄宫商议要紧之事，还望殿下不要难为末将。"

姒羽点点头，道："好，待我去换身衣服。"转身进府。

石英紧跟其后，道："殿下，末将随你一起，以保护殿下周全。"

稽远大怒，道："好你个贼将，居然敢挟持太子殿下？"

姒羽道："石将军想跟着，那就让他跟着吧。"说着径直进了府内。

石英大声对随从道："你们在此候命！"斑狱司随从齐声应答，石英随太子进入府中。

稽远大急，跺脚叫道："太子殿下——"

姒羽没有回应，头也不回，一直朝里面去了。

石英跟在太子的身后，寸步不离。二人进了内府，姒羽将石英带到了内室。姒羽虽已婚配，却平时喜好修真悟道，此处内室是太子府内的深宅，墙壁均为乌石所铸，仅有的一扇小门，还装有机关，平时姒羽也不让侍女前来打扫。

一进内室大厅，石英闻出了袅袅的氤氲之气，似乎里面夹杂着药草的香味。

姒羽在一侧不起眼的花纹石案底部轻轻开启了机关，内室的门一下子缓缓开了，露出了里面淡紫色的光亮。

石英看了看姒羽，道："殿下——"

姒羽道："宁将军就在里面！石将军，快随我进去！"

石英点点头，跟着姒羽走进了内室。

第七十二章　忠　君

内室里，宁蓝盘腿坐在檀木榻上，双眼微闭，呈打坐状。姒羽与石英进来，宁蓝缓缓睁开眼睛。

"太子殿下！石将军！"宁蓝欲起身，被石英轻轻按住了肩头。

石英道："宁将军，伤势恢复得如何？"

不待宁蓝回答，姒羽道："幸亏有王仙人事先将他送去菜园，每天让他吃菜园里的五味草，将五脏调理得差不多了，然后我才把他接到这里疗治外伤。"

宁蓝道："多谢太子殿下和石将军的关心。我已经恢复得差不多了。"

石英看看姒羽，道："太子殿下，我们接下来该怎么办？"

姒羽道："今天斑狱司的捕快都看到了你强闯太子府，也下令放箭伤了稽远。相信燕千里不会起疑心。目前最要紧的是要赶紧想办法让父王醒过来。"

石英面有忧虑之色，道："大王中的奇毒，无人能解，这可如何是好？"

宁蓝道："我曾经听救我的王十八仙人说过，朝纲祸乱，必有妖孽，现在衡将军已经含冤而死，朝中大权完全掌握在了五刑大夫燕大人一个人的手中。"

石英道："不错，三鹰已去国相府提人。太子殿下，目前情况万分危急，你要赶紧做决断啊！"

似羽踱步，道："眼下燕千里手中有父王的王令，可谓挟天子以令群臣。父王一天不醒过来，我们只能忍一天。可是他所中何毒，却不知晓。燕千里说，下毒的人是杨睿，可杨睿从天牢逃脱，下落不明。"

宁蓝急道："太子殿下！难道你也相信是杨睿对大王下的毒？"

石英摇头道："杨睿虽然当众刺杀大王，可是那是他情急之下做出的鲁莽行为，大王之毒，必定另有原因。"

似羽忽然道："石将军，今日似朔那边现在怎么样？"

石英道："二王子在天禄宫，陪在大王左右，除了发愁，什么也没做。"

宁蓝道："太子殿下，二王子会不会和燕千里相互——"

石英看看宁蓝，又看看似羽，道："宁将军！你想说什么，就说吧！"

似羽道："宁将军，你的意思是？"

宁蓝顿了顿，道："衡将军临死之前曾经对我说过，太子殿下和二王子的性格截然相反。太子殿下你宅心仁厚，表里如一，而二王子则是看似温顺却心机颇深。"

石英道："你是怀疑朝中乱作一团，与王子殿下有关？那——那雍丘城内出现的幽狼兽又该如何解释呢？王子殿下即使与燕千里有所共谋，但是雍丘王城被来历不明的幽狼恶兽搅得天翻地覆，却也是事实呀。"

宁蓝道："我也只是猜测。"

似羽道："我曾经听父王对我说起过，当年建斑狱司的时候，在地下挖出了很多水桶粗细的巨蛇，后来化烟而去。幽狼出没，会不会与这有关呢?"

石英道:"太子殿下,我们得赶紧去,迟去了,我怕五刑大夫会起疑心。"

姒羽点点头,道:"走吧!待我换件衣裳。"

宁蓝担忧道:"太子殿下,你可要当心啊!"

石英道:"宁将军放心,有我石英在,任何人都伤不到太子殿下。"

姒羽道:"石将军说得没错。现在五刑大夫还以为石将军一直站在他这一边,助纣为虐——"

石英笑笑,道:"何止是燕千里大人,满朝文武都以为我是他燕大人的人。呵呵,我石英虽然战功不如衡将军,可是我忠君报国之心拳拳,丝毫不会比杨继善将军来得弱少。当年蒙大王不弃,授封我为神勇将军,石英此生誓为姒姓天下效忠,如有二心,愿受天谴雷劈。"

宁蓝大喜,道:"有石将军此言,宁蓝就放心了。我在狱中饱受酷刑,大难不死,庆幸并没有随衡将军而去。如今我伤已基本痊愈,愿追随太子殿下,与神勇将军一起并肩作战,荡妖除恶,还我大杞王国以清平。"

姒羽眼中含泪,道:"多谢二位将军!眼下,是我杞国多难之秋。幸亏有二位将军还在朝中,只要保住社稷不倒,就是天下百姓之福。威武将军马元鹏只身远在千里之外戍边,防外寇侵入,功莫大焉。只可惜衡将军他——"

听太子提及衡将军杨继善,石英与宁蓝都一下子默不作声了。

平日里,朝野都盛传衡将军杨继善与神勇将军不睦。更有甚者,还有人猜测石英想取代杨继善衡将军的位置,所以假借五刑大夫燕千里的势力,借机压制国相李奉贤等等,连宁蓝此前也相信了外面的这些传言。

——可是现在,宁蓝终于放心了。石英日常寡言少语,做什么事情都肃然冷色,其实那只是他的性格使然。

宁蓝更敬佩太子姒羽的智慧——原来,姒羽早就懂得了石英这个严肃的人。并且他们私下里一定推心置腹，交流甚宽，要不然就不会有今天太子府内室的这次密会了。

想到这里，宁蓝心中大慰，心道："衡将军在天之灵，也应该宽慰了。"

"不知道杨睿现在身在何处。"姒羽忽然喃喃自语，道："往日我见他与我王弟姒朔玩得甚欢，一直将他们两个当成还没有长大的孩子。哪知道他们这次摘星关居然立了如此大功，真的是士别三日当刮目相看啊。"

宁蓝道："太子殿下放心，杨公子吉人天相，不会有事的。再说，他还有王仙人相助。"

石英道："宁将军，前几日太子殿下悄悄告诉我，你被仙人王十八相救的事，把我惊得半天说不出话来。真没想到，我们雍丘居然还来了这样的一位大神，真是天佑我朝。"

宁蓝道："不错，重振朝纲，指日可待！"

姒羽道："宁将军，你随我们一起去天禄宫吧，我们找五刑大夫当面对质，看他有何话说。"

宁蓝看看石英，石英朝他点了点头。

第七十三章　深　宫

天禄宫内，大王姒鸿深度昏迷已经第七天了。

姒朔守在父亲身边，寸步不离。

这七天，姒朔说得最多的一句话就是"我要等父王醒来！"

——国相李奉贤与太子姒羽责令太医尝试了各种方法想让姒鸿醒来，汤药、针刺、灸熏、推血、按摩、法符、念咒均告失败。

众人一筹莫展，眼见姒鸿的躯体日渐发红起斑，太子姒羽等心急如焚。

五刑大夫燕千里道："如此这样下去，大王的龙体岂不要被腐蚀殆尽？试试冰块。"

果然，在五刑大夫燕千里的安排下，将姒鸿的身体架放在了冰块之上，姒鸿昏迷的身体才渐渐止住了继续红肿。

燕千里将杜寅、马相搏、空心儿、濮舒等四人安排在天禄宫外守护，不得让任何人靠近——除了太医。

真正陪护姒鸿的就四个人——太子姒羽，二王子姒朔，国相李奉贤和五刑大夫燕千里。

七天过去了，姒鸿并没有醒过来，姒朔却获悉了天禄宫外传来的几个不好的消息。

——先是幽狼伤人，整个雍丘城人心惶惶，王城的禁军、百姓死伤无数；再是"刺客"杨睿逃脱天牢，去向不明；其三就是燕千里发现，原先被囚禁在死牢的偏将军宁蓝，不知道什么时候已经无端失踪了。

姒朔一直端坐在冰堆前，默默注视着父王姒鸿，表情木然而迷惘。没有谁知道他的内心在想着什么。

对于姒朔来说，从内心深处，他从来不相信杨睿会真心弑君，他也一直没有把杨睿当成谋反的"罪臣"看待。在姒朔的眼中，甚至包括杨继善、宁蓝也都是无辜的。

但是，姒朔主宰不了斑狱司办案——国相李奉贤为了衡将军杨继善的案子都差一点引火烧身了。

——那是在半年前，杨继善与宁蓝双双入狱，杨睿逃出了雍丘城之后。燕千里要抓杨睿的母亲祁氏，国相李奉贤极力反对，为此与燕千里争执不下，被燕千里投诉李奉贤"有与杨继善勾连之嫌"，差一点也被斑狱司"讯问调查"。后来还是大王姒鸿出面干预，李奉贤才得以避开燕千里的追查。

父王姒鸿偏袒李国相，却纵容燕大夫，这在杞国王城雍丘几乎是一个人尽皆知的现状。个中原因，也许只有姒鸿自己才明白。

姒朔很早以前就看穿了这一事实，他见太子姒羽整天与国相在一起出入天禄宫，于是，渐渐地，姒朔与五刑大夫也走得近了——尽管一开始姒朔非常看不惯燕千里那整天冰冷着的脸。

曾经有很长一段时间，姒朔对燕千里冰冷的脸特别好奇。身为一品大官的燕千里，整天阴沉着一张脸，与朝中其他的官员在一起格格不入。

或许是燕千里掌管刑律的缘故？必须铁面无私？

通过跟燕千里这么多年的接触，姒朔还发现燕千里另外有很多奇特的习惯，比如燕千里把他自己的大夫府布置得很阴暗。

再比如，五刑大夫燕千里喜欢独自一个人，在自己书房幽暗的角落里端坐，一动不动——有一次姒朔应邀去见他，被这个行为诡异的燕大人吓了一跳。

不仅如此，燕千里还建议大王姒鸿，将天禄宫里也布置成了灰暗的色调。里面所有的门窗、几案、椅凳清一色全部都是朱漆或者是黑漆涂制的，连姒鸿休憩的龙床也都装扮得森然幽暗。

"龙潜于渊！"燕千里这样解释道。

姒鸿对燕千里的这一解释非常满意，不止一次在群臣面前夸奖过五刑大夫燕千里的博学，有一次甚至还称其为"先生"。

很少有人进过天禄宫，包括国相李奉贤。平日里姒羽、姒朔也极少来天禄宫。但是，燕千里除外。

每每遇到难缠的案子，燕千里都是深夜来天禄宫与姒鸿商量、决断——衡将军杨继善"谋反"一案，就是燕千里在天禄宫与大王姒鸿商议之后做出的决断。

那一夜，燕千里列数了自从杨继善回雍丘述职以来的种种异象，杨睿在望月山莫名放跑了大王心仪的白鹿，天降血雨，刺客袭击太子府，杨睿又故意放跑了受伤的刺客，等等。燕千里一系列的推断，都跟杨继善父子有关。

"杨将军一去边关近十年，朝中太平无事，为什么偏偏他一回来就出了这么多事？"——燕千里的一句话让姒鸿一下子愣住了。

接下来，燕千里的一句话更让姒鸿坐不住了。燕千里道："万一杨将军真的居心叵测，他掌控着边关。一旦与虞国人串通一气，这后果可是不堪设想。"

"大王，你可别忘了，二十年前，虞国的萧木就是靠诡计上位的。当年前去抓捕虞国落难太子萧清歌的就是他杨继善。"

燕千里的这句话直接戳到了姒鸿的心坎里。

不错，当年，杨继善率队去白虎山捉拿萧清歌，虽然被其逃脱，可是，虞国的大王萧木却始终记挂着杨继善的好。每每年关，虞国都会派使者前来雍丘问好，并不忘了附上一句："摘星关杨将军那边也已经收到了牧礼。"

姒鸿很为难，燕千里的话让他举棋不定。于是，他问计国相李奉贤。李奉贤以死相谏，力保杨继善清白。

燕千里道："千军易得，一将难求。我们也不愿意看到衡将军包藏祸心。这样吧，国有灾殃，必有妖孽。如若衡将军杨继善是无辜的，我们自然不会冤枉好人。但是，如果真的如我所揣度，则今夜大王必有所察觉。"

——当天夜里，姒鸿睡得正酣，忽然梦中被一阵"窸窸窣窣"的声音惊醒。忙爬起来看，见龙榻前，有两条巨蛇，一粗一细，正昂首向他吐着芯子。

姒鸿大惊失色，连叫"快来人救驾！"众侍卫持剑而入，两条大蛇消失不见了。姒鸿越想越惊恐，一夜再也无眠——第二天，杨继善等群臣一上朝，立即遭到了五刑大夫燕千里的拘捕。

可怜杨继善英武半生，到临死之前还不知道自己到底因何获罪。

第七十四章　食　迷

天禄宫内，燕千里在等待——他在等待神勇将军石英和三鹰的到来。准确地说，他是在等他们把太子姒羽和国相李奉贤带来。

杨睿的"越狱"让燕千里很是恼火，甚至可以用"忐忑不安"来形容。

——被斑狱司囚禁在死牢的人居然都可以成功逃脱，那只能说明有人从中做了手脚，而这个人，除了太子那一定就是国相。

斑狱司的权威受到了严重的挑衅。因此，五刑大夫燕千里要将太子与国相"请"到天禄宫来问个清楚。

姒朔王子守在昏迷不醒的姒鸿大王身边，他要亲眼见识一下五刑大夫是如何审讯太子与国相的。不错，杨睿是他姒朔的玩伴，但也仅仅是玩伴而已。

——"别说是杨睿，就是王子犯法也得与庶民同罪，"姒朔心道："还没有审讯，就越狱逃脱了，而且是从死牢中逃脱的，这足以说明杨睿身上问题的严重性。"

……

国相李奉贤来了。

与李奉贤一起来的还有三个人——杨睿、萧如期、王十八。

燕千里见到杨睿的刹那间，愣住了，尤其是他看到杨睿身边的王十八，更是表现出了惊讶之色，道："你——你不是菜园的那个——"

王十八上前一步，笑眯眯地道："在下王十八，见过食迷大人！"

燕千里愕然，道："食迷？谁是食迷？"他此时见石门三鹰并没有一起来，心中已经隐约感到一些异样了。

王十八的这句话令杨睿也是错愕不已，食迷乃是七夺教的四大恶使之一。

　　燕千里居然就是食迷？

　　王十八道："久闻食迷大人大隐于朝中十几年，官拜五刑大夫，居一品爵位，实乃可喜可贺啊！"

　　燕千里大惊，道："你是王十八？"

　　王十八笑道："如假包换！"

　　姒朔一见杨睿，起身冷冷地道："杨睿，你终于敢现身了。"

　　杨睿道："殿下，杨睿遭奸人所害，本来就是无罪之身，有什么不敢现身？"

　　姒朔忽然又看到了萧如期，道："大胆杨睿，你还说你是无罪之身？她，就是侵我边关的虞军女帅，而且是虞国的公主。"姒朔指着萧如期。

　　萧如期愠道："是又怎的？"

　　姒朔道："来人，抓住她！"

　　此时，守在天禄宫外的杜寅、空心儿等四人这才一起奔了进来。

　　杜寅道："殿下，这——"

　　空心儿和马相搏则脸露喜色，道："公子！"

　　空心儿道："殿下，别先急着抓人呀，有什么事情，等公子他们把事情弄清楚了，再动手也不迟。"

　　李奉贤道："燕大人，不，我应该叫你食迷先生才对。你扰乱我杞国朝纲，残害忠良，现在应是你承担后果的时候了。"

　　姒朔道："国相，你此话怎讲？"

　　燕千里道："殿下，你不要听信这个王十八信口雌黄，他明明是修仙之人，却隐藏身份来雍丘王城的菜园潜伏，甘愿做一位菜农，此事本来就很蹊跷。"

　　王十八呵呵一笑，道："到底是谁处心积虑，自然会有分晓。大人又何必急于解释呢？"

姒朔盯着王十八看了看，道："你又是谁？王十八？王十八是何方圣神？"

国相道："王子殿下，还请你注意礼数。王仙人位列仙班正仙之列，他大驾光临雍丘，实乃我们杞国之福。"

姒朔好奇地打量着王十八，打了一个哈哈，道："位列仙班？怎么还凭空冒出来个神仙？那想必天牢里的宁蓝和杨睿，都是得你相助才跑出来的？"

王十八稽首，道："自古以来，牢笼只囚祸害，哪里有关押良善的道理？雍丘王城的做法有悖伦常，本仙只是帮你们纠错而已。"

姒朔冷笑道："仙人还管凡间的俗事？是不是管得也太宽了？"

李奉贤大声道："王子殿下，住口！你太放肆了！"

王十八也不生气，道："仙家也是凡人造。正因为如此，我更了解黎民百姓的疾苦。还望王子殿下能端正心态，将来做一个有利于天下苍生的好王。"

杜寅、空心儿、马相搏等本来见杨睿被囚死牢，都心头不满，内心对燕千里有气。此时见杨睿平安，活生生站在了面前，均不由得满心欢喜，只是在一旁看着，也不插话。

燕千里道："既然王仙人断定我是七夺教的食迷，那你有什么证据？"

王十八哈哈大笑，道："五刑大夫，我只是说你是食迷，可是我并没有说你是七夺教的食迷，你又怎么自报家门呢？"

燕千里一愣，道："天下谁不知道，七夺教的四大恶使，扑龙、黄雀、琥珀、食迷，难道王仙人还另有所指？"

空心儿道："谁说天下人都知道？我就没听说过呀。"

燕千里脸色沉沉地道："大人说话，轮得着你这乳臭未干的小子插话吗？"

空心儿道："你说天下人都知道，我才接话的。难道我不是天下人吗？所以说呀，燕大人，有些事情你也不要过于武断了，你说你不是食迷，那你也得拿出你的道理来。"

要是平时，空心儿的这番话必定会招来杀身之祸，可是现在燕千里哪里有心思理会他？

王十八笑而不答。

姒朔道："既然王仙人断定本朝的五刑大夫燕大人是邪魔外道七夺教的人，那也请王仙人拿出证据来。"

李奉贤道："殿下，大王深度昏迷，就是证据。"

姒朔道："国相的意思是——"

李奉贤道："殿下，王仙人都已经查清楚了，大王所中的毒，就是七夺教的木人蛊。"

姒朔道："木人蛊？"

杨睿道："殿下，据国相李大人说，这五刑大夫十几年前来到我们雍丘，就来历不明，咱们万不可为他所迷惑。"

燕千里斥道："笑话，我燕千里深得大王信任。没想到大王一病不起，你们居然串通好了来污蔑我？"转头对姒朔道："殿下，你是相信他们，还是相信我？"

姒朔犹豫不决。

众人的眼光都看着姒朔，看他如何定夺。

姒朔道："既然王仙人识得我父王身体中的毒性，那想必定当能解了此毒。如果王仙人能让我父王现在苏醒过来，我便信了你！"

王十八微微一笑，道："这又有何难？"

第七十五章　惧　蛇

就在众人相持不下的时候，太子姒羽和石英、宁蓝也已经到了。三人刚一踏进天禄宫，便听到了王十八说能治好姒鸿身上的顽毒，不禁又惊又喜。

此时的燕千里已经意识到，众人的矛头已经对着他了。但是燕千里丝毫没有慌乱之色——因为他成竹在胸。

姒朔见太子姒羽进来，道："王兄！"

姒羽点点头，未出一言，只是期待的目光看着王十八。

燕千里乍见宁蓝，更是似乎明白了一切，脸色铁青道："好，好，好！原来你们果然是有备而来。既然人都到齐了，那就请王仙人微移仙步，帮大王解毒吧。"

王十八缓步走近冰堆。

冰堆上的姒鸿犹如一具尸体一般沉睡着，身上还冒着丝丝白气，连眼睫毛都已经上下黏合在一起了。

众人的眼光都集中在了王十八的身上，充满了期待。

王十八走到了姒鸿的跟前，立定闭目，左手拈一诀，右手轻轻在姒鸿的胸口挥了挥，仿佛欲掸去他胸口的灰尘一般，道："起！"

姒鸿的身子动了一下，缓缓腾空了起来。

众人惊讶不已，空心儿见到此状，更是张大了嘴巴，一脸的崇敬之情。

忽然，姒鸿的身下冒出了一个笆斗大的蛇头，颜色乌黑，朝众人吐着芯子。

王十八惊叫一声："妈呀！"扭头就跑。

——姒鸿的身体又"啪"的一声，重重地落在了冰堆之上。

众人大惊失色，纷纷朝后退去。

燕千里嘲讽道："王仙人，你这是怎么啦？"

王十八逃也似的已经奔出了天禄宫，只听到他道："蛇！蛇！我王十八此生天不怕地不怕，就怕蛇！"声音越来越远。

燕千里哈哈大笑，道："哈哈哈哈，简直是一派胡言。哪有仙人怕蛇的道理？我看你就是一个招摇撞骗的假仙人，待我何日得空，将你捉来，看你还敢到处骗人。"

众人面面相觑，一下子都傻眼了。

姒鸿身下居然隐匿着一条大蛇？更让人不可思议的是，神通广大的王十八竟然如此惧怕一条蛇。被它吓得仓皇逃窜——这是在场所有的人都没有想到的。

这样一来，众人尴尬了。你看看我，我看看你，杨睿更是无可奈何地和萧如期相互看一眼，均摇了摇头。

燕千里大声道："王子殿下，你们刚才都已经看到了吧？这个所谓的仙人王十八完全就是一个冒牌货。他的话怎么可以作为证据呢？"

姒朔点头道： "燕大人说得不错，此人疯疯癫癫，他的话，不足为信。"

众人惊异不定，李奉贤瞠目结舌，道："燕——燕大人，那你赶紧将大王身下的蛇赶走呀，万一它张嘴咬到了大王，那可如何是好？"

燕千里退后一步，脸现惊恐神情，道："此蛇如此骇人，本官又如何能将它驱赶？"

太子急道："那可怎么办？"

就在这时，空心儿道："让我来！"站了出来。

杨睿道："你行吗？"

空心儿嘻嘻一笑，道："公子，我从小在白虎山长大，山里什么样子的蛇我空心儿没有见过？别说一条蛇，就是再来个十条八条，又怎么吓得到我呢？"说着，便大踏步走上前去。

萧如期道："空心儿，你要小心！"

空心儿回头朝萧如期挤了挤眼睛，顽皮地道："放心吧，萧姐姐！你们看我的。"

燕千里道："真是英雄不在年少，有志不在年高。想必咱们白虎山的这位小兄弟既然能口出此言，必定有非凡的本领。你若真的能将大王身下的这条蛇抓住，那就是大功一件，本大人日后定当禀报大王，给你封官荫妻。"

空心儿不等燕千里的话说完，已经上前将妣鸿的身子搬起，将他自己的一只手探了进去。

众人都惊恐地看着空心儿，看他如何将妣鸿身下的大蛇逮住。

突然，空心儿"哎哟"一声惊叫，一脸的痛苦表情。

杨睿急道："空心儿，怎么啦？"

空心儿脸现极度痛苦之色，将手赶紧抽了出来，道："它——它咬到我了。"

杜寅、马相搏赶紧上前扶住空心儿，道："怎么样？赶紧看看手！"

众人凑近一看，都脸色大变，只见空心儿的手腕处有一蛇口咬的牙印，渗出了乌黑的血来。

石英等纷纷惊叫："这蛇有剧毒！？"

杨睿来不及多想，疾步上前。情急之下，罡气涌于指尖，出指如飞。"啪啪"几下，封住了空心儿的手上臂内侧的血脉，保住空心儿手腕处的毒气不至于上行至心肺。

空心儿紧闭双眼，额头上豆大的汗珠涔涔而下，嘴唇也开始颤抖、发青，表现极度痛苦。

马相搏急得差一点哭了出来，他抬眼看着杨睿，道："公子！这——这可怎么办啊？"

杨睿焦虑万分，也是束手无策。

宁蓝与石英相互看了一眼，快步上前，他们各自伸出一只手掌，抵住了空心儿的前胸和后背。瞬间，两股内力输进了空心儿的体内，空心儿的痛苦之色立即缓解了许多，可是脸色却越来越乌白了起来。

燕千里摇头道："唉，小小年纪，不知道天高地厚，可惜，可惜啊！"

马相搏"呼"地站了起来，冲着燕千里叫道："你——你说什么？"

燕千里慢条斯理地道："此蛇不是一般的毒蛇，而是号称百毒之王的

'天牧'。"

众人愕然，均异口同声道："天牧？"

燕千里嘿嘿笑了两下，道："可以为天下牧者，尽收富贵贫贱。被此蛇咬中之人，一切过往平生，皆如浮云。"

杨睿盯着燕千里看，道："你对此蛇如此了然，想必它是你故意放进去的了？"

燕千里道："天底下，除了我能让天牧趋之若鹜，难道还有其他人吗？"大有扬扬得意之色。

太子姒羽急道："燕大人，快取解药来！"

燕千里一愣，道："太子殿下，你刚才叫我什么？燕大人？可是刚才他们喊我食迷。"

姒羽道："救人要紧，快取解药来。"

燕千里摇头，道："天牧之毒，无药可解。"

众人又惊又急，纷纷道："这可怎么办？"

忽然，门外传来一个洪钟般苍老的声音，道："天牧之毒，无药可解？我看未必吧？"

杨睿一听到这声音，不由得大喜，叫道："火掌门？真的是你吗？"

天禄宫外走进来一个麻衣赤面的老者，正是白虎山的掌门人火坨坨。

第七十六章　无　心

火坨坨的出现，打破杨睿内心的焦虑，却给另外一个人带来了不安，他就是燕千里。

白虎山火坨坨的名头在整个杞国都是非同小可。燕千里作为五刑大夫，当然知道火坨坨是一个什么样子的角色——天下玄功第一人。

杜寅、马相搏、濮舒三人见火坨坨突然到来，又惊又喜，均朝火坨坨跪下拜见。马相搏泪流满面，道："掌门，您来得正好，赶紧救救空心儿吧！"

火坨坨道："快起来，快起来！你们放心吧，他死不了！"

众人一听火坨坨这句话，顿时悬着的心放下了一半。

萧如期更是睁着一双美目看着火坨坨，道："你就是火坨坨掌门？我听杨睿说起过你。"

火坨坨含笑道："姑娘安好！老汉正是火坨坨。以后有空跟杨公子一起去白虎山玩，我一定尽地主之谊招待姑娘。"

萧如期喜道："那敢情好啊！"

燕千里道："真没想到白虎山的火掌门也到了。今日我想应该有幸能见到火掌门的玄功绝学了，我倒要看看火掌门是如何救得了贵门的这个小弟子。"

火坨坨反问道："天牧之蛇毒虽然恶狠无比，可是此蛇毒最令人头疼的是什么？"

燕千里傲然道："毒液随血流攻入被咬者的心脏，令其心包萎缩凝冻，人也就随之僵死。"

火坨坨哈哈大笑。杨睿等被火坨坨笑得莫名其妙。

燕千里奇道："你笑什么？"

火坨坨道："五刑大人，正如你说的那样，你奉养的这条天牧，的的确确险恶无比，被它咬中者，几乎不可能有生还的可能。但是，今天这孽畜偏偏咬的是本门的空心儿。"

燕千里道："此话怎么说？"

火坨坨道："因为他是空心儿。"

众人听火坨坨这样一说，都犹如丈二和尚，摸不着头脑。

连燕千里都被火坨坨的这句话搞糊涂了，道："本人愚昧，还请火掌门明示！"

火坨坨笑道："五刑大人确实是够愚昧的。所谓空心儿空心儿，当然是没有心脏之人呀。"

火坨坨的这句话让在场所有的人吃了一惊，将信将疑——天底下还有没有心脏之人？

杨睿道："火掌门，你——你此言当真？"

萧如期也道："天底下怎么还有这样的怪人呢？"

李奉贤、姒羽、姒朔、石英等瞪着眼睛，惊得张大了嘴巴，等待着火坨坨的下文。

燕千里也被火坨坨的这番话惊呆了，他愣了好久，仰头打了一个哈哈，道："火掌门你说笑了，一个人如果没有了心脏，他怎么可能存活？"

萧如期瞪了燕千里一眼，道："天下之大，无奇不有，你没见过的事情多了，难道都不存在吗？"

燕千里被萧如期这一抢白，居然出现了少有的不回嘴——仙人王十八意外被蛇吓跑了。燕千里本以为今天的局面，自己就可以完全掌控了，谁知道关键时刻居然来了个火坨坨。这不由得让他心头忐忑不安。

火坨坨上前扶起地上的空心儿，将他架在了自己的腿膝上。

众人再看空心儿时，见他脸色乌黑得发亮了，正沉沉睡去，死活不知。

杨睿担忧地道："火掌门，空心儿他——他的脸已经快黑得看不到眼睛鼻子了。"

火坨坨道："无妨，无妨！"将空心儿翻过身去，举掌运气，缓慢一掌拍向了空心儿的后背。又飞速出指，"啪啪啪"连封了空心儿身上的几处大穴。

空心儿忽然"哇"的一声，吐出了一注黑血。血水乌黑发臭，众人均掩鼻围观。

燕千里愕然站在一旁，恍惚地自言自语，道："这——这是怎么回事？"

空心儿伏在火坨坨的膝上一口气狂吐了几升黑血，脸色渐渐由黑变白。

火坨坨从麻衣内掏出一片花瓣塞进了空心儿的嘴里，掌心一颤，已将它催送进了空心儿的肚子里。

杨睿惊道："啊？鬼梅？"

火坨坨点头道："我师妹花千千自从那次离开了白虎山，就一直没有回来。我此番出行前就悄悄地去了她的花谷，摘得了几瓣，以备不时之需，哪知道今日正好派上了用场。"

杨睿道："哦，原来如此！"他本来想告诉火坨坨，自己曾经在虞国的军营之中见到过花婆婆，可是此时情急，也不方便说这些事情。

一片鬼梅的花瓣到了空心儿的腹中，空心儿的脸色瞬间便又由苍白变得微微红润起来。他睁开眼睛，虚弱地道："掌门?!"

火坨坨愠言道："臭小子，你怎么这么不小心呢？从小抓蛇玩耍，怎么长大了反还被蛇咬了？"

空心儿面带害羞之色，道："我——我大意了。"

众人亲眼见火坨坨硬生生将空心儿从鬼门关上给拉了回来，不由得暗中叹服，均道："白虎门是天下玄学正宗，果然名不虚传。这火坨坨身为白虎门的掌门，更是神人。"

燕千里脸色铁青，道："火掌门果然厉害！真没想到，你们白虎门居然还有如此天生异相之人，居然没有心脏，也能成活？"

火坨坨轻轻抚摸着空心儿的胸口，一声长叹，道："唉，这是个苦命的孩子。"

萧如期道："火掌门，他——他体内真的没有心？"

火坨坨道："这孩子是本门三圣之一的跛樵夫从山下捡回来的弃婴。"

杨睿失声道："啊？原来空心儿他——"

火坨坨道："当年，捡他回来的时候，这孩子才几个月大，可怜当时他的腹腔已经被野兽掏开，他那颗幼小的心脏也已经被野兽叼吃了。"

在场众人闻言，无不动容，屏气凝神，都一言不发。

火坨坨道："我跛师叔赶走了他身边的野兽，将他带了回去。经过三圣庐我的三位师叔竭尽全力，想尽了一切办法，才保住了这孩子的性命，后来就干脆给他取了一个空心儿的名字。"火坨坨说着，轻轻拨开空心儿的衣服，果然见到他的胸部、腹部还隐隐约约可见幼儿时留着的疤痕。

空心儿眼泪滚滚而下，哽咽道："掌门！我这样的身世，你——你怎么从来没跟我说起过？"

火坨坨轻轻把空心儿脸颊上的泪水用手掌拭去，道："好孩子！别哭，都是过去的事情了，还提它做什么呢？"

空心儿泣不成声。

第七十七章　寻　雀

众人垂泪。萧如期更是上前掏出身上的一块锦帕，替空心儿将脸上的泪水擦去，含泪道："空心儿！别哭！你不是孤儿，你有姐姐，以后我就是你的姐姐！"

空心儿一下子伏在了萧如期肩头，哭得更伤心了。

忽然，马相搏叫道："咦，燕——燕千里哪里去了？"

原来，就在刚才，燕千里趁众人不在意的时候，悄悄离去了。众人抬眼搜寻，哪里还有燕千里的身影？

似朔跥足，面有愧色，道："想不到我大杞国的五刑大夫燕千里居然是七夺教的恶使食迷，亏我这么多年还把他当成了铁面无私的贤臣，委实太可恶了。"

石英与宁蓝相视一望，对太子似羽道："太子殿下，我和宁将军去追！"说着就要出门。

火坨坨道："大家都不要追了！其实他走的时候，我看到了。"

众人面面相觑。火坨坨站起身来，走近冰堆上的姒鸿，双手一抬，道："起！"

姒鸿的身体缓缓上浮。众人小心翼翼靠近，却见姒鸿的身下什么也没有了，哪里有什么天牧毒蛇？

杨睿愕然道："那蛇去了哪里？"

火坨坨道："其实这天牧毒蛇就是这个燕千里所化。"

姒朔惊道："这燕千里真的是魔教的人？"

火坨坨点头道："其实，他本来就是雍丘城下的蛇王。只是多年前，王城扩建，毁了它的巢穴，这才使它对姒姓天下耿耿于怀。后来它机缘巧合，遇到了七夺教的教主祝亥，加入了七夺教。由于它有千年道行，颇具一些本领，被祝亥立为七夺教四恶使之一，取名食迷。"

众人点头，恍然大悟，道："原来如此！"

姒朔朝火坨坨欠身，道："小王拜见火掌门！今日要不是掌门及时赶到，不仅空心儿小兄弟性命不保，而且还得任由燕千里继续迷惑下去，乱我朝纲，害我忠良，那后果可真的是不可想象了。"

火坨坨微微一笑，道："王子殿下客气了。白虎门是杞国的大宗派，当然也是忠君爱国的一分子。再说，燕千里受七夺教教主祝亥的指派，潜伏雍丘多年，连大王都没察觉他的祸心，殿下又何必自责呢？"

姒朔垂手道："是，小王谨记火掌门的教诲！"他转头向太子姒羽道："王兄！这么多年，我们都被燕千里给骗了。"

姒羽道："从此以后，我们兄弟要齐心协力，协同李国相好好为父王分忧。"

姒朔道："王兄说得极是！"

宁蓝奇道："火前辈！刚才你既然发觉了燕千里离开，为什么不阻止他？"

火坨坨道："因为我还要通过他，找到隐匿在雍丘王城的另外一个人。"

"另外一个人？"李奉贤道："是谁？"

火坨坨道："黄雀。"

太子姒羽愕然，道："黄雀？"

火坨坨道："不错。这是一个比食迷更具危险性的人。"

杨睿道："扑龙、黄雀、琥珀、食迷。火掌门说的可是七夺教的恶使黄雀？"

火坨坨道："正是。"

石英也听说过七夺教四恶使的事情，此时他听火坨坨这样一说，不由得吃了一惊，道："前辈的意思是说，雍丘王城里还隐匿着七夺教的另外一个恶使黄雀？"

火坨坨道："这也是我的一种猜测，但是这样的感觉非常强烈。"

姒朔道："火掌门你这样的猜测有何依据吗？"

火坨坨道："雍丘王城近日的动静这么大，我想凭食迷一个人是不可能做到的。所以我推断，必定还有一个人与他配合，而配合他的这个人绝对是一个超凡之人。七夺教之中，除了祝亥本人，能有如此能耐的，只有黄雀。"

杨睿暗自点头，沉吟道："也许——也许火掌门说得有道理，可能——可能雍丘王城之内确实存在着这样的一个人。"

萧如期看着杨睿，道："你是不是有什么发现？"

杨睿道："现在还没有。我也只是一种感觉。"

火坨坨道："其实，要找出这个人，也不是一件难事。"

太子道："前辈有何高见？"

火坨坨道："食迷此去，一定会去与那个人会合。我已经在食迷身上施了炭迹幻影之术，我们只要依迹寻去，必定能找到他。"

李奉贤道："火掌门不愧是得道高人，难怪你见燕千里溜走，也不加阻拦，原来是另有深意。"

火坨坨看看冰堆上的大王姒鸿，忧虑地道："只可惜大王身上中的奇毒，不知是何蛊。我怕时间一长，即使是伏羲大神亲临，恐怕也难救回他的性命。"

火坨坨此言一出，在场诸人原本松缓的神经又立即绷紧了，均着急得直搓手，道："这可如何是好？"

萧如期道："火前辈，那如此说来，似大王所中之毒，想必就是这个所谓的五刑大夫所下了。只要将他擒获，逼迫他替大王把身上的毒给解了，岂不是好？"

火坨坨道："嗯，只能是这样。七夺教内的很多法术虽然来源于道门，但是七夺教的人早就已经对它们加以演变，融入了邪恶的本元，所以，所有的蛊毒必须施毒者自己才能解得。"

杨睿叹道："唉，要是王仙人在就好了，他说他可以解了此毒。"

火坨坨道："王十八仙人是正仙大神，他如果出手，当然是可以救得。但是，这位仙翁生性怕蛇，此时恐怕已经去得无影无踪了。"说着摇头苦笑。

忽然杨睿眉头微微皱了一下，随即又摇了摇头，自言自语道："不可能，不可能！"

萧如期问道："什么不可能？"

杨睿没有作答，只是一个劲地摇头，喃喃自语道："这——这绝对不可能。"

李奉贤道："睿儿，你有什么想法？尽管说出来。"

杨睿看了看姒朔，顿了一下，道："我想，我们要找的那个人或许——或者隐藏在——隐藏在——"

姒朔见杨睿说话吞吞吐吐，催促道："隐藏在哪里？你倒是说呀。"

杨睿咬咬牙，看着姒朔，从嘴巴里吐出了一句话来，道："他或许隐藏在王子殿下你的府上。"

姒朔大怒，叫道："杨睿，你胡说些什么？"

第七十八章　莺　啼

杨睿此言，令众人的眼光全部投到了姒朔的身上，都诧异莫名。

姒朔自己则是十分恼怒，脸色青一阵红一阵。他冷冷道："杨睿，你说话可有证据？如若不然，我要治你的罪。"

杨睿道："我也是一种感觉，强烈的感觉。"他转头对萧如期道："如期，你还记得，我们第一次听到大王身上中的毒蛊的名字是在什么时候？"

萧如期想了想，道："不是王仙人说的吗？王仙人既然说了能解，自然会有办法的。"

杨睿摇头，道："不对，我也是突然之间想起来的。我们第一次听到木人蛊三个字，是在王子府。"

萧如期被杨睿的这句话提醒了，道："不错，我也想起来了，当时是莺莺姑娘说的。她说大王中了木人蛊，满朝的人都认为是你杨睿下的毒。"

姒朔斥道："杨睿，仅凭我府上的一个侍女随口一说，你就内心不平，诬陷七夺教的恶使藏匿在我府上？"

杨睿道："王子殿下，我不是这个意思。我在想，大王一直昏迷不醒，连你和太子、国相都不知道他所中是何毒，为什么莺莺居然能知道？"

火坨坨若有所思，点头道："王子殿下，杨公子说得有道理。如此说来，这莺莺姑娘必定是听你府上之人提到过木人蛊，而她一个女孩子家心细，就暗中记下了。"

"而在莺莺姑娘面前提起木人蛊的人，便是燕千里的同党？"太子道。

火坨坨道："应该就是这样。"

姒朔见众人这样一分析，也觉得事关重大，不由得内心一惊，但是如此一来，燕千里的同党藏匿于自己的府上，他姒朔就是有十张嘴也说不清楚了，内心也不禁对杨睿有了一丝恨恨之意，冷声道："那又怎么样？难道这就说明我也是他们的同党吗？"

萧如期大声道："殿下，你这个人怎么这样不分好歹呢？我们大家现在都是在想方设法找出对方的同党，为的就是救活你的父王，你怎么还咄咄逼人呢？"

姒朔道："那就多谢萧公主了。可是眼下是我杞国的事情，还如此劳驾你一个堂堂虞国的公主，来为我们排忧解难，真的是感激不尽啊！"

所有的人都能听得出来，姒朔的话语中含有讥讽的口吻，言外之意，其实就是认为萧如期多管闲事，萧如期又如何不知？

萧如期脸上一红，道："王子殿下，你既然这样说，那你自己想办法吧。"她一把拉着杨睿的手，道："我们走！"

李奉贤道："姑娘要去哪里？"

萧如期道："人家既然已经这样说了，我还留在这里做什么？"

姒朔道："你走好了，但是杨睿必须得留下。"

萧如期道："你是杨睿什么人？他凭什么要听你的？"

姒朔傲然道："杨睿是我杞国的臣子，是衡将军府的人。"

萧如期冷笑道："衡将军府的人？衡将军都已经被你们害死了，怎么现在又想起他来了？"

姒朔大怒，喝斥道："大胆！你居然敢当众挑拨离间？你又是杨睿的什么人？"

萧如期的声音比姒朔的声音更大，道："我说的是事实。我是他什么人？我——我是他女人，怎么啦？"她话刚一出口，脸色一阵绯红，感觉脸上发烫。

杨睿也脸色通红，萧如期的一句"我是他女人"，让杨睿的心里更是怦怦直跳，他局促地道："你们——你们都别吵了。眼下大敌当前，应该大家一起想办法抓住燕千里，先把大王救活才是最要紧的。"

众人点头。李奉贤看着火坨坨，道："火掌门，你看接下来该怎么办？我们都听你的。"

石英和宁蓝齐声道："愿听从前辈调遣！"

太子似羽躬身对火坨坨道："前辈是世外高人，现在我朝中危机四伏，还望前辈能鼎力相助。我先代父王谢过！"

火坨坨道："太子殿下说得不错，食迷和黄雀一日不擒获，不但大王性命堪忧，而且雍丘王城的危机一日不能消除——"

忽然，火坨坨侧耳，道："什么声音？"

杨睿跟随火坨坨在白虎山学过玄功，听力远超常人，他闭目细听，道："好像远处有莺啼的声音。"

火坨坨自言自语，道："黄雀？黄雀？"他问杨睿："刚才你说王子府上的那个侍女叫什么名字？"

杨睿道："她叫莺莺。"

火坨坨喃喃地道："莺莺？黄雀？黄雀？莺莺？"突然他一拍大腿，道："难道这个莺莺就是七夺教的恶使黄雀？"

众人大惊——莺莺是似朔府上的一个下人，才十八九岁年纪，而且只要是王城之人，都知道她是王子府上的仆人家奴哉的养女，这十几年来，她始终在王子府，甚至都没有出过雍丘城。

——莺莺怎么可能是黄雀呢？

似朔更是惊异不已，只道："这——这怎么可能？我与杨睿还有莺莺，我们三个人是一起长大的，她怎么突然就变成了魔教的恶使黄雀了？"

太子、国相和石、宁两位将军更是一脸的茫然，都暗自摇头，心道："怎么会是这样？"但是火坨坨分析得却又似乎有一些道理。

此时，火坨坨与杨睿都能听到远处的莺啼越发凄厉，隐隐约约还伴着一两声低沉的低吼，似狼似虫。

——在场所有的人都侧耳细听，也能听得明白，确实有莺啼之声

281

传来。

火坨坨叫道："不好！他们想跑！"

萧如期道："前辈，那我们赶紧去追。"

火坨坨道："我除了在燕千里身上暗暗施了炭迹幻影之外，还下了白虎门的'品伤咒'，此咒短时间内即可发作，被施咒之人极度痛苦，必定要想方设法去找一切可以对他施以援手的人。想必此时燕千里的品伤咒已然发作了。"

杨睿道："火掌门果然是神人，想那燕千里作恶多端，也万万没有想到他会中了你的计策。"

马相搏"唰"的一下抽出手里的长剑，叫道："掌门，那还等什么？我要跟你们一起去，为游云师姐报仇！"

第七十九章　偷　袭

众人都要与火坨坨一起前去寻找莺啼的位置，可是被火坨坨制止了，火坨坨道："我和杨公子去就可以了，你们全部都要留下来守卫姒鸿大王，以防中了对方的调虎离山之计。"

神勇将军石英、宁蓝等觉得火坨坨说得有理，便点头答应了。

萧如期道："我也跟杨睿一起去。"

火坨坨略一沉吟，道："好，就带上你吧！"

火坨坨与杨睿、萧如期三人奔出天禄宫。远处的莺啼声隐约从雍丘城的西边传来。

杨睿道："他们进了望月山？"

萧如期道："如果一旦他们进得深山，寻找他们就难了。"

火坨坨道："无妨，燕千里身上有炭迹幻影，他跑不了的，只是我担心万一他死了，那就糟了。"

杨睿道："掌门你是说品伤咒会要了他的命？"

火坨坨道："那倒不会，我是怕黄雀会对他动手。"

萧如期不解，道："他们是一伙的，怎么会呢？"

火坨坨道："但愿是我多虑了。"三人说着，可脚下的步子却丝毫不缓，几个起落，已经出了雍丘城，朝城外的望月山而去。

一路上，火坨坨提气而行，杨睿内力也已有积蓄，紧随其后，火坨坨见萧如期身法轻灵，一点也不落后，不禁暗自啧啧称奇，心道："真没看出来，这看上去娇滴滴的虞国公主，原来也是一位身怀绝技之人。"

原本火坨坨还在为萧如期的安危担忧，此时他从她矫健的身形步法上，已经对她的武功底子有一定的了解。

此时已到了早晨，望月山间岚雾袅袅，越奔近山林，莺啼之声越是清晰，似乎已经近在咫尺了。

不一会儿工夫，火坨坨等三人已经到了一面山崖下，崖下一处溪涧，清澈见底。

忽然莺啼之声立时消失了，茫茫大山，一片死寂。

火坨坨三人瞬间停住了脚步，警觉地环视着四周。

此时的杨睿见到这条溪流，顿时内心很是茫然——去年的冬天。就是在此处，大王姒鸿与父亲杨继善就曾带着自己和姒朔等来到了这里围猎，当时他无意之间救下了游云，杀死了七夺教教主祝亥的独生子。

杨睿为此一直耿耿于怀，始终认为是自己闯下了祸事，连累了父亲。可是现在想来，事情远不是自己想象的那样——七夺教的恶使扑龙与食迷早在多年前就已经隐匿于虞、杞两国的朝中，以高官身份作为掩饰，以图扰乱两国的朝纲。

"原来，七夺教教主祝亥早就布置好了非常大的一盘局，为的只是报二十年前的仇怨。"杨睿心道："祝亥真是心机重大，险恶之极。"

杨睿心念及此，不由得又暗自为游云担忧起来。这么多天以来，游云被祝亥掳去，生死未卜，不仅如此，连紧跟而去的逗喜也是音信全无——这绝不是一个好的预兆。

萧如期见杨睿忽然之间似乎魂不守舍，便道："你怎么啦？"

杨睿强打起精神，道："没事。这地方我曾经来过。"

火坨坨道："我们循着声音，跟踪到了这里，突然没有了对方的踪迹——"

杨睿道："掌门，你不是说在燕千里身上施了炭迹幻影吗？"

火坨坨道："我就奇怪在这里。一路上，我都嗅到了燕千里身上的气味，怎么到了这里就突然消失了呢？"

杨睿对于火坨坨的话，没有丝毫怀疑，他知道火坨坨是得道高人。他掌握的秘术当然只有他自己才能知晓运筹之术，可是凭着一个黄雀和受了"品伤咒"的燕千里，怎么可能摆脱火坨坨的跟踪？

火坨坨也感觉事情很是蹊跷。

——更让火坨坨心头隐约感到不安的是，此时的他居然嗅到了一种气息。

一种死亡的恐怖气息。这气息连杨睿和萧如期也都感受到了。

其实，若是论胆量，萧如期的胆量则比火坨坨、杨睿都要大，她从小在王宫长大，是一国的公主。国王萧木的掌上明珠，平时别人都让着她，养成了天不怕地不怕的性格，而且她对武艺有着超群的兴趣与悟性。所谓艺高人胆大——从来没有上过战场的她，甚至于还去军营带兵打仗。

——可是现在，在萧如期的心头也泛起了一丝莫名其妙的恐惧。

这种恐惧，来自四周的山川溪流，来自空气，或者来自天上的飞鸟。

就在这时，火坨坨内心一凛，他见到崖下的溪流中有一道强大的水柱冲出了溪面，如龙卷风一般朝他们三个席卷而来。

火坨坨叫道："小心！"

杨睿和萧如期疾速散开，双双执剑，迎了上去。

火坨坨拦着水柱的中间就是一剑划出，水柱立即迸溅，从水柱里飞出两个人，一个是燕千里，而另外一个正是姒朔府上的丫鬟莺莺。

燕千里与莺莺均是赤手空拳，他们身在空中，却不落下来，而是各自出掌朝火坨坨击去。

火坨坨提剑一迎，剑气到处，一道炫目的红光射向了燕千里和莺莺。突然莺莺的肋下闪电般突出了一副红色的披风，一下子盖住了火坨坨的剑气——披风上闪闪发光配以丁零当啷的铃响，数道细细的黑烟直喷向杨睿和萧如期。

杨睿和萧如期连出几剑，均刺空，两柄剑挑起半空中的大红披风，"哗啦"一声，披风被剑锋撕裂成碎片，里面却不见了燕千里与莺莺。

——燕千里的掌中也已经陡然多了一截铁杆，从火坨坨的背后偷袭，幸亏火坨坨经验丰富，回剑一挡，燕千里一招偷袭不成，与莺莺双双落在了地上。

此时的莺莺换上了一身红袍，额头上点了一抹朱砂，两边的脸蛋上还涂了胭脂，对着杨睿咯咯笑，道："杨睿哥哥！你怎么也来了？"

莺莺与杨睿是从小到大的玩伴，在杨睿的心中早就将她当成了自己妹妹一样，可是现在的莺莺看起来异常地恐怖，令杨睿有一种不寒而栗的感觉。

第八十章　交　易

莺莺笑吟吟地走向杨睿和萧如期。杨睿明显感觉到了一股森然的感觉正朝自己逼近，就连胆子一向很大的萧如期也内心发毛。

杨睿不由得手里紧了紧握着的剑柄，他紧张得甚至于不敢用力喘气，两只眼睛死死地盯着朝自己一步步走过来的莺莺。

萧如期手持利剑，跨步上去，挡在了杨睿的面前，严阵以待。

莺莺撒娇地道："杨睿哥哥，你看看你多有福气，居然有这么一位甘愿为你舍生忘死的红颜知己。"

萧如期道："你这个妖女，别过来！"

莺莺在离杨睿几步的地方停了下来，微笑道："好吧，你是我杨睿哥哥的大老婆，我是他的小老婆。那你就是我的姐姐，你说让我不要过来，那我只能不过来了。咯咯！"

萧如期又羞又怒，斥道："你好不要脸。"

莺莺故作惊讶，尖叫一声："哎呀！你不愿意做大啊？那你做小的好了，我不在意的。"

火坨坨挡住了燕千里，扭头对萧如期道："别中了她的分心术，当心！"

萧如期一听，心头一紧，便不再搭理莺莺了。

杨睿一脸迷惘，道："你真的是黄雀？七夺教的黄雀？"

莺莺道："什么真的假的？我本来就是。呵呵。"

杨睿疑惑地道："可是——可是你小小年纪，而且从小就在王子府长大，怎么可能——"

莺莺咯咯笑道："杨睿哥哥，有志不在年高，听说过吗？你们的大王姒鸿一大把年纪，却昏庸无能，好好的一个国家被他治理得一塌糊涂，又有何用？"

杨睿道："你是什么时候加入的七夺教？又是如何成了七夺教的四大恶使之一？"

不知为什么，莺莺听到杨睿如此一问，立即收起了一脸俏皮的神色，道："十五年前，我当时才三四岁，就被祝教主施以了'黄雀咒'送到了雍丘城的王子府门前，后来被我的养父家奴哉抱养，再后来我就成了王子府的一名丫鬟。"

杨睿诧异，道："黄雀咒？"

莺莺道："黄雀咒是本教至高无上的方术，凡是能得此咒者，皆随着每个日日夜夜的阴阳之变而内力横生。"

燕千里叫道："黄雀，你莫要泄露本教的秘法。"

莺莺白了燕千里一眼，怒道："我看着你整天老成持重的一副阴沉沉的样子就来气。关键的时候还需要我来助你。要不是你不争气，别说白虎山火掌门，就是大罗神仙来了，也不至于将我识破。"

燕千里似乎知错，垂头道："你说得极是。"

火坨坨道："也许你说得没错，起先，我虽然有所怀疑，却始终找不到黄雀是谁。即使把雍丘城掘地三尺，也不可能猜到你就是黄雀。"

莺莺道："那后来你又怎么得知是我呢？"

"因为你发出的阵阵莺啼，加之杨公子对你的怀疑。"火坨坨道。

杨睿道："不错，你曾经说过，姒鸿大王是中了七夺教的木人蛊毒，我后来忽然想，你一个小小年纪的王府丫鬟，怎么就知道木人蛊呢？"

莺莺点头道："哦，那原来还是怪我自己太疏忽大意了。"她继续道："我从五岁开始，祝教主就每半年来雍丘城一次，授我'白刃大法'。到我十岁的时候，其实已经将'白刃大法'修完。"

杨睿莫名其妙地看看萧如期，一时不知道如何应答是好。

火坨坨一惊，道："白刃大法？"

莺莺悠然神往地道："不错，我到现在还清楚地记得，就在我十二岁的时候，雍丘王城举行了一场搏剑比赛，当时是衡将军不在王城，主持搏剑大赛的是石英将军。"

此时，莺莺提及此事，杨睿也想起了当年的那场搏剑大赛，也正是那场搏剑大赛，才让宁蓝脱颖而出。他苦战数局，击败了众多高手，由此而荣升成为"偏将军"。

莺莺道："当时我也在人群中看热闹，当我见到宁蓝将军的剑技，简直不敢相信自己的眼睛——这都是一些什么剑法？如此不堪，简直就如三岁小孩玩的把戏一样无聊透顶。"

萧如期冷笑道："你简直是大言不惭，你的意思是说，当时你才十二岁，就已经能完胜人家了？"

忽然，火坨坨叹道："萧姑娘，她说的确实有可能。白刃大法原先是我白虎门的失传绝学。在百年前，被本教的一位先人盗走，他离开了白虎门，远赴黑水岛，创立了七夺教。"

杨睿此前在白虎山听说过，百年前白虎山的那场惊变，不由自主地道："掌门说的可是道妖？"

火坨坨道："正是！"

莺莺转头对火坨坨道："火掌门，我们来做个交易，如何？"

火坨坨道："黄雀姑娘请说！我坨坨老汉听听这交易有没有赚头。"

萧如期急道："前辈，不要上她的当！"

莺莺嘻嘻一笑，道："萧姐姐，我在和火掌门谈生意，你在一旁多嘴多舌，当心我会割了你的舌头。嘻嘻！"

萧如期本来对眼前的这个"莺莺"很是轻视——她不相信莺莺真的有那么大的能耐。可是刚才她听到火坨坨的这番话，便不由得心里一颤。现在莺莺突然说要割了自己的舌头，萧如期明知道对方仅是一句恐吓的话，也不禁内心一紧，便不再言语了。

莺莺道："火掌门，既然我和五刑大夫的身份都已经暴露了，那么雍丘王城再也不可能继续待下去。你今日放过我们两个，让我们回去黑水岛向祝教主复命，我让食迷将姒鸿大王的木人蛊毒给解了，怎么样？"

火坨坨叹喟道："这恐怕不行。如果我今天放走了你们，待你们回到了黑水岛，那将会后患无穷。再说，这位五刑大夫——不，应该叫他食迷先生，他身上也中了我的'品伤咒'，一命换一命还差不多。但是，如果今日我同时放走了你们两个人，那我坨坨老汉岂不是太亏了吗？"

莺莺双手一摊，道："没事啊，你不换也不要紧。火掌门，我知道，以我的能力，击败你确实不可能。但是，如果在我死在你手里之前，要拉他们两个做一下垫背，应该也不是什么难事。"

第八十一章 划 脸

莺莺轻描淡写的一句话，让火坨坨陷入了沉思。不错，要是以自己的力量，要想击杀燕千里和莺莺确实不是难事。但是，如果要想生擒他们两个并且迫使他们就范，则未可知。

火坨坨犹豫了。

萧如期叫道："前辈，不要听她鬼话连篇，放虎归山后患无穷。"

莺莺妩媚地道："哎哟，姐姐，我是黄雀，当然小鸟依人，你才是母老虎，你这样强悍，当心以后我的杨睿哥哥不要你——"话音未落，人已到了萧如期的跟前，探出一只手来，抓向萧如期的面门。

萧如期只觉得眼前一花，顿感到一阵寒气扑面而来，她想都不想，本能地挥出了一剑。

就在萧如期刚才喊叫的时候，杨睿就已经预感到了莺莺必定会紧随而来地对萧如期发出一击—— 等到莺莺刚才接话，说到后半段的时候，杨睿已经出剑了，他的一剑先萧如期一步刺出。

杨睿一剑抢在了萧如期之前挡住了莺莺的袭击。

莺莺五指呈爪状，刚要触及萧如期的脸，突然瞬息间陡然掌心多了三把明晃晃的利刃，呈螺旋状飞速转动，分别朝萧如期的眼睛、嘴巴和咽喉三处划去。

——白刃大法。白，即无，也可以理解为有，无中生有；刃，利器，令人胆寒的利器。

"叮叮"两声，杨睿的一剑挑飞了莺莺掌心发出的一把利刃。

萧如期自己挥剑挡去了莺莺发出的另一把利刃。

——还有一把利刃，萧如期避无可避，直直地插向了萧如期的嘴唇。

千钧一发之际，萧如期突然身子微颤，似乎被一股强大的无形之力推了出去。

莺莺的第三把刺向萧如期嘴唇的利刃，擦着萧如期的脸颊而过，在她的嘴角边的脸蛋上，划了一道浅浅的口子，鲜血一下子渗了出来，显然已经破相。

萧如期大骇，吓得花容失色，连滚带爬地单膝跪地，用剑支撑着身子，脸色都白了。

原来，火坨坨也预料到了，莺莺会突然之间对萧如期发出偷袭。就在她接萧如期的话茬之时，火坨坨也已经做好了充分的准备。他暗暗鼓荡起一股内力，后发先至，将萧如期推了出去，才使萧如期免遭毒手。

杨睿疾步上去扶起了萧如期，挡在了她的面前，叫道："莺——黄雀，你太歹毒了！"

莺莺咯咯笑，道："杨睿哥哥，你瞧你，刚才我只不过是跟这位姐姐开了一个小小的玩笑嘛。看把你给吓成这样，唉，都是我不好，我给你赔罪了。"说着，朝杨睿微微欠身。

萧如期要不是刚才亲身经历了莺莺的一击，她绝对想不到眼前这个娇滴滴的女孩子，居然有着如此奇绝毒辣的身手。直到此时，萧如期仿佛还没有从恐惧中缓过神来。她惊魂未定，一句话也说不出来，只是愣愣地看着莺莺。

忽然，燕千里的脸色大汗涔涔，摇摇晃晃，痛苦道："火掌门，你难道真的不惜要用姒鸿大王的死来换取我的性命？"

燕千里体内中的"品伤咒"是白虎门至阳至猛的玄咒。此咒系碧凌神君亲创，是白虎门的一种移祸术。碧凌神君创此咒的初衷，就是惩戒本门犯下罪恶之人，凡被施了此咒的人，五脏四肢犹如裂开一般疼痛，纵然有千种神通，也使不出来。

火坨坨作为白虎门的掌门，他对本门的玄术运用自如，神不知鬼不觉地在燕千里身上施了品伤咒，燕千里丝毫没有察觉。

——本来火坨坨是要迫使燕千里用"木人蛊"的解药来换"品伤咒"的解药。然后以燕千里为筹码，来换取被祝亥掳去的游云——他没想到中途居然又多出来一个七夺教的恶使黄雀，这令火坨坨的内心又多了一分胜算。

此时，火坨坨见燕千里痛苦难耐，心知时机已到，便道："你们七夺教也算是名动天下的大教，却干着为害天下的事情。你们两位即刻随我去天禄宫见姒鸿大王，待姒鸿大王的毒解了之后，我可以考虑让你离开。但是——"

燕千里道："但是什么？"

火坨坨指着黄雀，道："但是她必须要留下。"

莺莺娇叫一声，道："火掌门，你一个怪模怪样的老爷爷，干吗要让我陪你呢？雍丘王城之中有的是漂亮的宫女。"

火坨坨喝斥道："混账，你这大胆妖女，敢拿我火坨坨来开涮？"

莺莺扑哧一笑，道："老爷子，莫生气，小女子只是开个玩笑嘛。"

火坨坨道："听说你们祝教主抓走了我白虎门的弟子游云，我要用你来做押。你们祝教主什么时候把我白虎门的游云毫发无损地送回来，你就什么时候自由了。怎么样？这样的交易才算公平吧？"

莺莺故作思考，道："嗯，也行，我去你们白虎山做客，还怕你亏了我不成？"

火坨坨道："黄雀姑娘驾临白虎山，是我白虎门的荣幸，自然亏待不了你。"

莺莺道："我想也是。不过，我就怕以我的分量不足以能达成火掌门的心愿。"

火坨坨微笑道："黄雀姑娘过谦了。你身为贵教的四大恶使之一，难道在祝教主的眼中还不如一个白虎门的女弟子重要？"

莺莺装出一副惋惜的样子，道："唉，火掌门你有所不知。我们教主之所以要将贵派的游云掳去，其实是有着深意的。"

杨睿愤愤道："什么深意？"

莺莺捂着嘴巴笑，道："教主的独生爱子，就是为了这个游云姑娘而死。教主他老人家怎么会这么轻易地就放了她？他将她掳去，势必是要将她押至我们少主的坟前活祭。"

杨睿、火坨坨、萧如期都大吃一惊，异口同声道："什么？活祭？"

莺莺尖叫一声，道："哎呀！杨睿哥哥，你心疼了？"

杨睿道："杀死那个混蛋的人是我，关游云什么事情？你们祝教主要报仇，只管来找我就是。"

莺莺道："杨睿哥哥，你倒真的是一个有情有义的人啊。不过，你别着急，她是起因，而你则是亲手杀了我们少主的人，所以，你们两个人一个都不能少。"

火坨坨沉声道："如今游云身在何处？"

莺莺道："火掌门放心，在杨睿哥哥还没有到位之前，教主是不会先将贵派的游云给烤了。我们教主做任何事情都很霸凌。所以说，最起码现在你们的那位游云姑娘性命无忧。"

第八十二章　搏　杀

萧如期低声骂道："别不要脸了，到现在还一口一个杨睿哥哥，恶不恶心？"

莺莺朝萧如期做了一个鬼脸，道："萧姐姐你又开始多嘴了？是不是刚才给你的教训还不够？真的要让我把你的舌头割下来，你才肯听话？"

萧如期心头一惊，吓得不敢回应，只是怒目瞪向莺莺。

杨睿和火坨坨听到莺莺这样一说，均暗自先把一颗担忧的心放下了。

杨睿朗声道："既然如此，那也行，只要你们让姒鸿大王醒来，便让你们离开雍丘。至于云儿，她是白虎门的弟子，能不能救回来，自然有白虎门来解决。"

火坨坨一听杨睿这话，内心顿时不由得赞叹，心道："公子确实已经长大了，说话的语气和做事的尺度都把握得恰到好处。"

——既然游云暂时性命无忧，要知道，目前最最要紧的事情那便是让姒鸿回阳。姒鸿身上的毒蛊一解除，杞国社稷无忧，才能有心思与精力抽出来去对付七夺教。

——而杨睿的一句"她是白虎门的弟子，能不能救回来，自然有白虎门来解决"，不仅显示了他内心的决心，言外之意更是揽下了这一重大的使命与责任。

莺莺问火坨坨："火掌门！刚才杨睿哥哥说的话，可算数？"

火坨坨道："当然算数。"

莺莺道："那既然如此，你们去找真正的凶手吧。"

杨睿道："你什么意思？"

莺莺道："姒鸿虽然中的是我们七夺教的木人蛊，可是下毒之人却并不是这位食迷大人。"

杨睿大怒，道："堂堂七夺教的大恶使，居然也有做了事情不敢承认的时候？"

燕千里此时已经难忍身上品伤咒带来的剧痛，急道："雍丘城中发生的几次狼族伤人事件确实是我所为，但是姒鸿大王身上的木人蛊的的确确不是我所施。我也无能为力。"

火坨坨奇道："你是说，雍丘王城之中还有你们七夺教的高手藏匿在此？"

燕千里苦笑，道："其实，我跟随祝教主多年，所学尽是叼食残噬之术，根本就不懂本教施蛊的法门。"

杨睿一愣，看着莺莺，道："那就是你了？"

莺莺不答，反问道："姒鸿一死，谁最想得到杞国大王的宝座？"

293

杨睿道："当然是太子殿下。"

莺莺道："错，姒鸿一死，杞国大王的宝座自然落到了太子手里，他又何谈什么最想得到——"

火坨坨失声道："你是说二王子殿下？"

莺莺道："不是他，还有谁？"

杨睿怒道："简直是一派胡言，即使姒朔殿下有心窃取王位，他不是七夺教的人，又怎么懂得木人蛊的法门？"

"我教他的呀！"莺莺得意地道："杨睿哥哥，我从小就在王子府上做丫鬟，天天跟姒朔殿下在一起。只要我愿意教他，他即使再笨也学会了呀，嘻嘻。"

杨睿一听，顿时觉得脑子一亮，道："这么说，我爹也是被——"

莺莺道："不错，其实在杨将军入狱、你逃出雍丘城之后，令尊大人便已经被施了手脚。"

杨睿摇头道："不可能的，家父惨死狱中之时。当时姒朔殿下正与我一起在边关返回雍丘的路上，他又怎么能分身下毒？"

莺莺道："你爹身上的三足飞龙蛊是祝教主亲自所下。但是也是在姒朔殿下的安排下，祝教主才进得了雍丘王城的天牢。"

杨睿痛苦地回忆道："我想起来了，三足飞龙蛊是定期发作的。你的意思是，其实姒朔殿下与祝亥早就有了勾结？"

"正是，"莺莺道，"当时，你逃出了雍丘，祝教主便已经到了雍丘，密会了姒朔殿下。当时，祝教主原本要立时处死令尊，但是姒朔殿下一直想策反令尊与宁蓝将军，两位将军宁死不屈。姒朔便允了祝教主对令尊施了蛊毒之刑，你们回来的前几日正逢蛊毒发作。"

杨睿顿时觉得莺莺说得不错，如果姒朔确有代太子而上位之心。莺莺作为七夺教的黄雀恶使，自然早就察觉出来了，姒朔受她暗自蛊惑，偷偷学了木人蛊术，也并不是没有可能。

——既然如此，姒朔与祝亥暗中勾结也不是没有可能。

萧如期恨恨道："你这个妖女居然如此居心歹毒，教人邪恶之术，让人家父子、兄弟互相残杀，你又于心何忍？"

莺莺冷笑道："于心何忍？家国天下面前的决断，又岂能是你一个落魄公主所能窥察出端倪的？"

就在这时，忽然火坨坨闷哼一声，身体一晃，险些栽倒在地。

杨睿大惊，快步上前一把扶住了火坨坨，急叫："掌门，你——你怎么啦？"

火坨坨一口鲜血狂喷了出来，手指着燕千里，道："他——他偷袭我！"

杨睿扭头看燕千里，却见他已经一改此前的痛苦状，正手持铁杵、脸色阴暗地盯着火坨坨看。杨睿大惊，道："你——你不是中了火掌门的品伤咒吗？"

燕千里哈哈大笑道："臭小子，你忘了我的外号吗？"

杨睿道："食迷？"

燕千里还没有说话，莺莺却已经替他接话了，她慢条斯理道："食迷，顾名思义，就是可以吞食一切，包括品伤咒。"

火坨坨脸色惨白，道："果然不愧七夺教恶使之盛名，今日让我老朽真的是大开眼界了。"

燕千里道："火掌门，贵门的品伤咒也的的确确非同小可，只可惜今天遇到的是我食迷。怪只能怪你心慈手软，也略微有点托大自负，自认为我中了你的品伤咒，便只能是你手里任人宰割的羔羊。殊不知，我食迷既然吞得下一切，当然也就能消受得起。"

莺莺道："火掌门，你要是刚才当断则断，不给他拖延时间，本就可以在他自我冲关之前，一举将他击杀。剩下我一个人，你就可以轻松对付了。可是现在，我估计你很难办到。"

火坨坨内心大悔，暗暗叫苦。他万万没有想到，燕千里居然能凭自己的神通之术，不动声色地冲破了品伤咒的法门，完成了一次自我救赎。

燕千里说得没错，七夺教"食迷"的确不是浪得虚名，正是火坨坨的托大与心慈手软造成了眼下的境况。

——火坨坨受燕千里偷袭的一击，伤在了后背。幸亏火坨坨有玄功护体，饶是如此，燕千里的铁杵魔力非凡，已将火坨坨体内的真元击溃，原先赤红色的脸也瞬间变成了苍白。

杨睿急切地道："火掌门！你感觉怎么样？"

第八十三章　父　女

火坨坨暗自运功，想把体内的真元重新聚集起来，居然不能回应杨睿的关切，无法开口说话。

燕千里道："火坨坨，你又何必行无用之功呢？留你一条命，赶紧回白虎山养老去吧。"他顺手一指杨睿，道："这小子是祝教主志在必得之人，我们得把他带走，还有这个姓萧的死妮子——"

蓦地，一道耀眼的炫黄之光从天而降，一下子盖住了燕千里——燕千里的话音也戛然而止。

炫光在燕千里的头顶疾旋，其间夹杂着刺耳的"叮叮当当"之声。

燕千里手忙脚乱地也在打转——他是在应付突如其来对他的搏杀。

莺莺冲上前，加入了战团，以二敌一。

杨睿和萧如期赶紧将火坨坨扶在一旁打坐，二人面面相觑。不禁又惊又喜，一下子居然呆住了。杨睿定睛才看清楚，原来炫光之内的那团黄影竟是清歌狂，不禁失声叫道："萧——萧前辈！"

清歌狂苦心孤诣、怀着旷世仇怨跟随负琴生修仙十九年，为的就是有朝一日能杀死所有的仇敌。

在数月前的绒栀王城，清歌狂平生最大的仇敌、胞弟萧木被祝亥事先用冰火覆天蛊处死。

清歌狂一直耿耿于怀——他曾经无数次想象着如何亲手杀死萧木，可是最终这个令自己九死一生的大仇家却并没有死在自己的手里。

对于清歌狂来说，世间还有两路仇家——雍丘王城的姒氏皇族和白虎门。

——姒鸿当年为了修杞、虞两国之好，欲将逃难而来的萧清歌献于虞国；而白虎门虽然对自己没有特意加害，却在那件事情上表现出了他们的懦弱，使得自己的挚友祝亥以及他的同门师姐花千千、无辜的山民汤氏祖孙俩也遭受了牵连，因此，白虎门同样对自己有着深重的罪孽。

绒栀王城一别，杨睿与姒朔等离开了王宫，回到了雍丘。清歌狂随即被负琴生带走，但是仅仅过了数日，清歌狂便挣脱了负琴生的束缚。

负琴生是清歌狂的师傅，原本他是可以降伏清歌狂的，但是清歌狂却执意要走，他甚至对负琴生以死相逼。

"好自为之，你走吧！"负琴生说道，他知道如果强留清歌狂在身边，以清歌狂一意孤行的性格，他必定会自毁而死。

清歌狂内心的积怨太深了，他怨恨世界上所有的人，包括他曾经的恋人霜月。

——自己的女人霜月尽管是受了萧木的欺骗，但是在长达二十年的时间里，居然也和仇人渐渐相爱了，她又是何等的下贱？

燕千里和莺莺双双夹攻清歌狂，瞬间便尝到了苦头。

论实力，燕千里和莺莺同属七夺教四大恶使之列，单独挑任何一个出来都可以完胜王城内如石英这样超一流的高手。

莺莺本以为会很快就可以将这个从天而降、莫名其妙的怪人给斩杀了。从莺莺的内心来说，她有绝对的把握。

然而，乍一交上手，莺莺立即就改变了自己的判断，继而刹那间心头涌现出了一丝恐惧。这种恐惧是她有生以来的第一次。

莺莺以闪电之速扑向了清歌狂，她攻出的白刃大法第一式，原本以为可以一击必杀，哪知道对方对她的一击不避不让，直接伸出手里的一杆玉箫随手一划。

箫未到而气先至，一股强大无比的力道一下子压得莺莺喘不过气来。

邪气？魔气？妖气？

——都不是，是仙气。一股纯阳纯刚、至正至猛的杀人之气。

莺莺暗叫一声"不好"，想抽身已经晚了。

与莺莺相比，燕千里的处境更为艰难。他在转瞬之间已经被迫接了清歌狂的五招，虽然手忙脚乱地保住了性命，可是他的印堂、肩井两处也着实被对方的玉箫戳了一下。

燕千里感到天旋地转，体内虚空，整个人犹如一只狂风之中断了线的风筝。

清歌狂面对七夺教两大高手的围攻，没有丝毫的压力，居然形同儿戏，这令在一旁的火坨坨极为惊讶。

火坨坨心道："我十几年未下白虎山，没想到天下竟然出现了这样的高手。看他的身手，虽然凌厉凶猛，却暗藏着一派翩然仙气，莫非是青龙门的人？"

青龙门是仙家别派，江湖上很早就流传着一句话，叫作："白虎门的剑，七夺教的毒，青龙门的丹术，藏娇楼的巫。"火坨坨曾经听先师喜厌道人说过，此四大派别虽各有所长，究其源头却均出于"道"，每逢一甲子，四派即聚于"回春山"论道——上次"回春论道"之时，火坨坨还不是白虎门的掌门，他没有资格参加，由其师喜厌道人带着师弟聋琴师同往。

也就是在那次盛会上，"虎山三圣"之一的聋琴师被青龙门的负琴生一眼相中，传授了他的琴艺，让聋琴师受益终身。

火坨坨此时在暗自调息，口不能言。他惊讶地看着面前的三个人在打斗，又听杨睿叫了来人一声"前辈"，料想此人应该是友非敌，不由得心头宽慰了许多。

萧如期的脸色一阵红一阵白，喘着娇气，似乎内心无法平静。

杨睿知道，眼前的这位绝世高手就是萧如期的亲生父亲，此时他的出现必定是为了寻找自己的女儿——当然，还有一种可能，那就是他要来杀了自己。

忽然，莺莺一声尖叫："杨睿哥哥救我！"

杨睿定睛看去，只见燕千里已经倒地不起，不知是死是活。

莺莺则被清歌狂一把拧着脖子，手足颤抖，犹如一只待宰的山鸡，眼睛里散发着绝望无助的神色。

清歌狂本就身形高大，此时更是威风凛凛。他一手拎起娇小的莺莺，一手执箫，正目空一切地看着火坨坨等三人。面色铜黄如蜡，没有丝毫表情。

杨睿急叫："萧前辈手下留情！"

清歌狂像扔垃圾一样，随手将莺莺掷在了地上，缓步朝萧如期走来。走到萧如期的面前，道："跟我走！"

萧如期漠然道："我为什么要跟你走？"

清歌狂道："我救了你们三个人的命。"说着，他面对着火坨坨道："火掌门，二十年前，你面对一个人的生死，漠不关心，而二十年后，这个人却救了你的命。"

火坨坨点点头——此时他已经猜到了眼前的这个人是谁了。

清歌狂又面对着杨睿道："还是二十年前，你的父亲衡将军受命残害过一个无辜的人，同样，我今天也救了他的后人。"

杨睿面有愧色，道："萧前辈不计前嫌，功德圆满，晚生感激不尽！"

萧如期盯着清歌狂，恨恨道："可是你杀死了我的母亲！"

清歌狂脸上的肌肉微微颤动了一下，道："她该死。普天之下，凡是背叛过我的人，他们都不配活在这个世界上。"

萧如期噙着眼泪叫道："谁让你来救？我是生是死，与你何干？"

杨睿道："如期，你不可对萧前辈太无礼。"

清歌狂一愣，对杨睿道："她以后就交给你了。如果你让她受了半点委屈，后果很严重。"

杨睿愕然，道："我——萧前辈你——"

清歌狂独眼一翻，道："看你结结巴巴的，胆小如鼠，我清歌狂怎么会有你这样窝囊的女婿？"

萧如期又羞又怒，叫道："你——你瞎说什么啊？"

清歌狂哈哈大笑，笑得声音不大，却余音浑厚，响彻山谷。

第八十四章　真　凶

天禄宫内，乱作一团。冰堆之上的姒鸿身体渐渐发硬起来，脸庞也明显地变形，如刀削下去一般，并且颜色越来越蜡黄难看，似乎已经到了阳气耗尽，濒临死亡的边缘。

留守在天禄宫的姒羽、李奉贤等见此急得团团转，却无计可施。

石英与宁蓝是武将，对解毒救人之术更是一窍不通，相互看看，跺脚道："这——这可如何是好？"

姒朔道："李相，父王可能不行了，要不要去叫敛官来？"

空心儿上前探头看看，道："王子殿下，老大王还没有完全断气呢。"

李奉贤无奈地摇头道："估计大王阳寿已尽，怕是挺不过去了。"

宁蓝道："要是王神仙在此就好了，他一定会有办法救大王。"

忽然，天禄宫外一阵急促的脚步声传来，马相搏扭头看，大喜，道："火掌门和杨公子他们回来了！"

杜寅赶紧迎上去，喜出望外地搀扶着火坨坨，道："师傅！"

火坨坨点头，与杜寅、空心儿、马相搏等站在一起，一言不发。

——火坨坨、杨睿、萧如期回来了，身边还跟着一个人独眼怪人，身着麻黄长衫，正是清歌狂，却不见了燕千里与莺莺。

原来，在望月山中，清歌狂重创了燕千里与莺莺之后，却没有杀死他们，也没有将燕千里挟回来为姒鸿解毒，而是将他们驱赶走了。

当时杨睿大急，道："萧前辈，这两个人放不得，姒鸿大王身上的木人蛊还没有解——"

清歌狂冷冷道："姒鸿老贼死有余辜，为什么要救他？人的阳寿是天注定的，你想救就能救得了？"

莺莺和重伤的燕千里相互搀扶着站起，脸色惨白，道："多谢阁下不杀之恩，后会有期！"

清歌狂道："你们的教主与我曾经共赴生死，我又怎么会杀他的教派大使？你们走吧！"

杨睿等三人只能眼睁睁看着莺莺扶着燕千里一瘸一拐地离去。

莺莺走出去几步，回头对杨睿道："虽然你我各为其主，可是你还是我的杨睿哥哥。希望有一天我们在黑水岛还能见面。"说完搀扶着燕千里头也不回地走了。

杨睿怅然若失，此时的他内心五味杂陈，被另外一种异样的情绪给充斥着。

火坨坨舒缓了一下气息，起身道："原来是萧——萧太子，真的是失敬了！"

清歌狂木然道："二十年前，萧太子早就已经命丧你们白虎山了，这世间哪里还有什么萧太子？"

火坨坨满脸惭愧，道："真没想到你能有此造化，不但大难不死，还练成了如此惊世骇俗的奇功，令老朽实在是佩服之至。"

杨睿道："火掌门，姒鸿大王他——"

火坨坨叹道："刚才萧太子说得没错，生死有命，一切要看姒鸿大王自己的命了。"

……

姒朔曾经在虞国的王宫之中见过清歌狂，他惊叹于清歌狂的神功，也对其癫狂的性格心有余悸，此时他忽然见清歌狂居然也来了，内心不由得隐约有了一丝不安。

杨睿亲耳听到莺莺说，姒鸿身上的木人蛊毒是姒朔所施，尽管不知道她说的是真是假。可是再次见到姒朔的时候，杨睿的心中不免有了一丝异样的感觉，他匆匆朝姒朔看了两眼，目光与姒朔相对，急忙扭头避了开去。

太子大急，道："燕千里呢？他怎么没有来？"

萧如期道："燕千里走了。"

太子道："啊？那——那我父王的毒如何解去？"

李奉贤面现忧色，道："大王之命，乃天授，如若天神庇佑我大杞国。大王这一大难必定会挺过去，如若不然，也是天命如此。"

姒朔愁眉不展，道："李相说得没错，王兄，你又何必焦虑呢？"

太子垂泪，道："话虽如此，可是我又怎能就这样眼睁睁看着父王受这样的毒蛊而死，却束手无策。"

姒朔也道："事已至此，王兄难过又有何用？好在父王已经意识全无，这样离去，倒也悄无声息，没有了丝毫痛苦。"

杨睿听姒朔这样一说，内心大恸，他一下子便想起了父亲杨继善来，不由得气往上冲，冷冷地道："大王贵为一国之君，受不得蛊毒之痛，难道我父亲就受得？"

姒朔愕然道："杨睿，你怎么了？又犯浑了？"

杨睿突然大怒，道："王子殿下，我知道你们是王族，性命贵不可犯，可是难道我们臣子的命就不是命吗？"他说到这里，已经情绪激动不已。

众人瞪大眼睛看着杨睿，一时之间居然不知道说什么好。

萧如期上前轻轻扯了扯杨睿的衣角，压声道："你没事吧？"

杨睿自己也不知道为什么突然之间会情绪失控，父亲惨死之痛其实一直在杨睿的心中强压着。大局当前，杨睿本来已经不想再提父亲之事，可是他刚才听到姒朔的一句"好在父王已经意识全无，这样离去，倒也悄无声息，没有了丝毫痛苦"，顿时又想起了狱中惨死的父亲，不由得心如刀割。

李奉贤叹道："唉，贤侄，令尊之死，我作为一国之相，负罪尤深，是我没能保护好杨将军。"

杨睿悲愤道："李国相！权倾天下真的就那么重要吗？可以让多少人性情泯灭，残害忠良？有的人都已经是带着荣华富贵而来到这个世间，贵为王子，还想要登顶为王，不择手段？"

姒朔听杨睿这句话一出口，顿时脸色大变，叫道："杨睿，你疯了？你知道你在说什么吗？"

杨睿失望至极地对着姒朔摇摇头，道："王子殿下，到现在为止，你的内心竟然还是如此的冷静？"

太子不明就里地看着杨睿，又看看李奉贤，却见李奉贤正捻须点头，一言不发地静观其变。

姒朔脸色青一阵红一阵，道："莫名其妙。"

杨睿逼视姒朔，道："恭喜殿下，不仅仅习得了木人蛊毒之术。更精于心机，你真的让我杨睿刮目相看，自叹不如啊。"

众人面面相觑。姒羽道："杨睿，你此话是何意？"

杨睿一字一顿地道："王子殿下大功告成，他不仅将所学之技施在了大王的身上，他还暗中勾结七夺教祝亥，用三足飞龙蛊杀死了我的父亲。"一言已毕，"唰"的一下抽出了佩剑，直指姒朔，道："你想弑君称王，是谓大逆不道，用恶蛊残杀我父亲，是谓不仁不义。我杨睿今日哪怕冒天下之大不韪，也要报仇——"说罢仗剑朝姒朔扑了上去。

第八十五章　设　局

一切都已经很明了了——残杀父亲杨继善的原来不是燕千里，而是祝亥，而姒朔是同谋。

姒朔的剑术本来和杨睿不相上下，可是杨睿经过白虎山修习，早就远超过了他，再后来杨睿经历了多番实战，所学剑艺更是精进。此时杨睿和姒朔近在咫尺，又是骤然发起的一击，姒朔根本连拔剑的机会都没有，杨睿的剑已经到了他的胸口。

突然，一阵白烟冒出，冰堆上姒鸿的身体腾空而起。从姒鸿身下飞出一人，发出了一阵刺耳的啸声，快如闪电，一道寒光斜斜地横生而出。杨睿顿感手臂一颤，手里的长剑"当啷"一下，断为了两截。

姒朔死里逃生，吓得面如土色，脱口而出："祝——教主——"

众人定睛一看，不禁一惊。

——此人果然是祝亥，原来他一直用幻术隐藏于姒鸿身下的冰堆之中。

祝亥见到清歌狂，微微一惊，冷冷地道："你怎么也来了？"

清歌狂道："冤冤相报何时了？过去的就让它过去吧。"

祝亥仰头打了一个哈哈，道："看来清歌兄修仙已然成正果了。"

姒朔惊魂未定，道："还请祝教主主持公道！"

姒羽、李奉贤等面面相觑。

杨睿气极道："王子殿下，你处心积虑害得大王生死未卜。现在居然让一个邪魔外道来主持公道？真是滑天下之大稽啊！"

李奉贤斥止，道："唉，王子殿下，你这成何体统？"

宁蓝乍见祝亥，也是大吃一惊。早在数月前，宁蓝曾经在天牢之中见过祝亥一面，也就是那一次，祝亥向杨继善身上布下了三足飞龙蛊。他曾经亲眼看到杨继善蛊毒发作的模样，简直是惨不忍睹，要不是仙人王十八及时相救，宁蓝虽然身上没有蛊毒，却也早就遭到燕千里等人的迫害了。

"就是他，"当下宁蓝叫道，"杨公子！是他害死了杨将军！"

杨睿眼中似乎就要喷出火来，手持半柄断剑，就要扑上前去与祝亥拼命，被清歌狂一把拉住。

清歌狂沉声道："不要白白送死！"

萧如期既防止祝亥会对杨睿发起袭击，又担心杨睿会忍不住突然扑上去报仇，便挺身挡在了杨睿的身前。

姒朔原本胜券在握——他早就知道祝亥在此多日。如果祝亥应允，他早就可以灭了王兄姒羽等，让自己上位成王，但是却遭到了祝亥的反对，因此他不得不等待。

——祝亥要等的就是杨睿。仙人王十八助杨睿逃脱了天牢，祝亥便隐约感觉到事情变得复杂了。紧接着，祝亥用幻术，化气为蛇，在天禄宫吓跑了王十八。本来想趁机活捉杨睿，却没想到火坨坨竟然又出现了。

火坨坨是白虎门的掌门，玄功天下第一，尽管现在他年事已高。祝亥自忖如果硬拼，或许自己可以略胜火坨坨一丝半筹，但是却没有十足的把握。

最最关键的是，祝亥的终极目标并不是帮助姒朔夺得王位——要不是所有的一切是他精心布下的一个大局。以姒朔的资历，他甚至连跟祝亥攀结的机会都没有。

碧凌剑。一切都是为了碧凌剑。

二十年前，祝亥为了祖护挚友萧清歌，反出白虎山之时，以偷梁换柱的方式盗走了碧凌剑。然而，当他在从七夺教的老教主那里得知，碧凌剑与碧凌龙诀必须合二为一的时候才能显示神力，内心叫苦不迭。

——有剑无诀或者有诀无剑，二者均废，只有剑诀合一，才能真正做到天下无敌，雄霸世间。

从那时候开始，碧凌龙诀便成了祝亥梦寐以求的圣物。这么多年来痴痴以求，却始终不得。在苦苦思索如何得到碧凌龙诀的同时，他并没有忘记当年的仇恨。于是，将食迷和扑龙安插到了雍丘与绒栀两座王城，分别做了杞、虞两国的五刑大夫和国相，为了以防万一，他又在雍丘城内暗中培养起了一个黄雀——莺莺。

螳螂捕蝉黄雀在后，江湖上盛传"扑龙、黄雀、琥珀、食迷"七夺教四大恶使的传说，可是没有人能想到鼎鼎大名的"黄雀"居然是姒朔王子府上的一个十七八岁、不谙世事的丫鬟。

祝亥最初的设想是扰乱朝纲，使得天下大乱，迫使白虎门出面平息纷争，然后再伺机夺取碧凌龙诀。为了布这个局，祝亥花了十几年时间。没承想刚要动手的时候，独生爱子祝无忌意外折死在了杨睿的手里。这让祝亥雷霆暴怒。

杀子之仇，令祝亥差一点失去了理智，他发誓一定要将杨睿碎尸万段。然而，当派出去追杀杨睿的琥珀告诉祝亥，杨睿已经投靠了白虎门的时候。祝亥一下子改变了主意，于是，一场更为阴险的局，便在祝亥的心头萌生了。

他唆使姒朔前去摘星关协助杨睿，其实就是让姒朔借机接近杨睿，以谋求最佳的时机。在绒栀城王宫内，祝亥差一点就能将杨睿强掳，没想到中途意外杀出来一个清歌狂，令他不得不改变了计划。

现在，清歌狂又出现了，这让祝亥非常地恼火。

祝亥非常清楚地知道，本来一个火坨坨就很难对付了，此时又多了一个清歌狂，今日要想带走杨睿，基本无望。

石英、宁蓝等对姒朔和祝亥怒目而视。马相搏更是紧握手里的长剑，紧紧盯着祝亥——马相搏对游云一往情深，爱至骨髓。如今，游云被祝亥掳去多日，生死未知，马相搏每天都如坐针毡，寝食难安。眼下，掳走游云的人就在面前，教他如何能平静得下来？

姒朔也看出了祝亥的心思，忐忑不安起来，叫道："祝教主，今日你若能助我成事，大杞国的国相之位，非你莫属！"

祝亥哈哈大笑，道："大杞国的国相之位？哈哈哈哈，你以为我祝某人是你们这些蝼蚁之辈？区区一个国相就想让我出手救你？"

姒朔惊恐万分，道："王位，你来做大杞国的大王！"

祝亥厉声道："杞国，虞国，虢国，天下之大，像你们这样的弹丸小国何止百十个？让我挨个去做大王，岂不是很无趣的一件事情？"

火坨坨捂住胸口，道："师弟，二十年了，别来无恙！"

祝亥正视火坨坨，道："托师兄的福，我很好。"忽然他道："你受伤了？"

火坨坨点头道："没错，二十年前，我没能护你周全，至今想起仍然惴惴不安。"

祝亥道："师兄，过去的事情就让它过去吧，这么些年来，我对师兄也很是想念，正好你也受伤了，随我去黑水岛一游，顺便调养一番，如何？"

火坨坨道："多谢祝师弟美意，师兄老了，恐怕难以同行，还望师弟见谅！"

祝亥面带和悦，道："那就由不得你了。"

第八十六章　挟　持

当祝亥此言一出，清歌狂已经意识到了他要动手了，便上前挡住了祝亥，道："火掌门当年虽然没有出手救我们，可是他也没有落井下石加害我们，让过去的事情都过去吧！"

祝亥奇怪地道："清歌兄，你修仙所为何事？难道不是为了报仇？"

清歌狂点头道："我确实是为了报仇，这二十年来，我无时无刻都在想着报仇。我的仇人萧木已经死了——"

祝亥打断清歌狂的话，道："可是你忘了吗？我们当年的仇人不仅仅是一个萧木。"

"不错，"清歌狂长叹一声，道，"就在来的路上，我还在想着让姒鸿有多少种死法，我也要让白虎门如何向我跪地求饶，可是，当我再见到我的女儿如期之时，我突然醒了。"

祝亥道："英雄气短，儿女情长。"

307

　　清歌狂摇头，道："冤有头，债有主。再说，你能不能赢得了火掌门姑且不论，即使你伤得了他，白虎山人才济济，'虎山三圣'又怎么能放过你？"

　　祝亥道："火掌门是我的师兄，我怎么会伤害于他？我只是盛情相邀，让火师兄去黑水岛盘桓数日。"

　　清歌狂呵呵一笑，道："谁不知道黑水岛是七夺教的总部？外人去了又怎能轻易离得开？你想强邀火掌门去黑水岛，无非就是觊觎白虎门的碧凌龙诀。"

　　祝亥不置可否地抱着双手，道："清歌兄，你的意思是要阻拦？想你我二十年前是何等的交情？事到如今，以你我实力，同仇敌忾，强强联合，完全可以稳掌天下，你为什么要处处与我为难？"他补充了一句："杨睿于我有杀子之仇，我看在他是你女婿的面子上，已经既往不咎，放了他一马，可是你现在又来与我作对，难道你真的要与我为敌？"

　　萧如期叫道："爹——快杀了他！"

　　清歌狂愣住了，道："你——你是叫我吗？刚才叫我什么？爹？"

　　萧如期道："不是叫你还能叫谁？我萧如期有几个爹？"

　　清歌狂独眼闪动了一下，喃喃自语："你终于肯认我了？我是你爹！我是你爹！"

　　祝亥冷笑道："恭喜清歌兄父女相认，可贺之至！但是，你真的能杀得了我吗？"

　　清歌狂摇了摇头，道："你我曾经是生死之交，我的这条命都是你当年舍命救下的，又怎么可能杀你——"

　　在场众人默不作声，听着清歌狂与祝亥的对话。但是大家的心都悬在了嗓子眼上，因为大家内心都清楚，一场惊心动魄之战随时可能爆发。

　　忽然，火坨坨发出一声闷哼。众人转眼望去，却见杜寅已经揽住了身体疲软的火坨坨，将手里的长剑架在火坨坨的脖子上，歇斯底里叫道："你们都退后——"

这一变故，出乎所有人的预料。原来是杜寅趁所有人的注意力都放在清歌狂与祝亥身上的时候，突然出指封住了火坨坨的身上大穴，一下子控制住了他。

火坨坨本来就负有内伤，而此时更是毫无防备，他万万没有想到自己的弟子杜寅会对他下手，瞬间就失去了反抗之力，被杜寅控制住了。

杨睿喝道："杜——杜师兄，你干什么？"

杜寅不理杨睿，叫道："祝教主，我们来做个交易，如何？"

祝亥哈哈大笑，道："妙极妙极！你倒是说来听听。"

马相搏与杜寅近在咫尺，可是杜寅手里的利剑架在了火坨坨的脖子上，投鼠忌器。马相搏不敢冒险相救火坨坨，只得斥道："杜寅，你太卑鄙了。"

杜寅冷笑道："我卑鄙？我身为师傅他老人家的大弟子，又是白虎门的掌教弟子，这么多年来，我把我自己当成了他的儿子一样，可是他呢？他不仅仅传授了杨睿的玄功剑法，还将作为白虎门无上至宝的碧凌龙诀传授给了杨睿这样一个外人。"

火坨坨身上的大穴被封，身不能动，却可以说话，道："好好好，你真是我的好弟子！"

杜寅愤愤不平，道："师傅，我跟随了你老人家多年，有哪一点比不上杨睿？为什么我在你的心目中，连一个外人都不如？"

火坨坨苦笑一下，便不再说话。

祝亥道："小子，你想与我做什么交易？"

杜寅大声道："我知道碧凌剑已经在你手中。祝教主，你一直想得到碧凌龙诀，这样就可以剑诀合一，雄霸天下了。如今，世间只有杨睿和我的师傅火掌门知晓碧凌龙诀的法门。杨睿有这个泰山老儿撑腰，想必一时之间无法如你所愿，那现在只有我师傅才是你最想要得到的宝贝。"

祝亥道："不错，小子，你挺聪明。你是想改换门庭，投我七夺教门下？让我教你神功秘法？"

杜寅道："正是。只要你能答应，我现在就可将火掌门交于你，你带我一起走。"

杨睿又惊又怒，道："杜寅，没想到你是这样的一个卑鄙小人，我杨睿就是拼了一死，也不会让你们将火掌门带走。"

祝亥突然哈哈大笑起来，道："妙啊！没想到号称天下玄门正宗的白虎门，居然也出了这样一个头脑精明，敢作敢当的大弟子，令我这样一个邪魔外道都佩服之至。好，我答应你！"

姒朔大急，道："祝教主，我也与你们共进退。"

"你们休想得逞！"杨睿仗剑上前，挡住了天禄宫的出口。与此同时，萧如期、石英、宁蓝、马相搏等也都一起上前，持剑与杨睿站在了一起。

空心儿虚弱地躺在一旁的木榻上，怒眼看着杜寅，道："你这个白眼狼，枉白虎山上上下下对你那么好，竟然做出这样下三滥的事情。"

祝亥目视清歌狂，道："清歌兄，现在白虎门中有人出了这样的一记妙招，既不伤害你们的父女之情，也撇清了你的关系，你意下如何？"

清歌狂看看萧如期，却见萧如期也在用期盼的眼神看着他，便摇头道："话虽如此，可是我还是不能袖手旁观。"

清歌狂此言一出，杨睿心头大定，道："萧前辈！万不可让他们带走火掌门！"

忽然，火坨坨道："这样也好，你们都不要争了，也无须再斗。祝师弟，我就随你去黑水岛走一遭。"

第八十七章　解　毒

众人见杜寅突然反水，挟持了火坨坨，倒戈站在了祝亥一边，不由得又惊又怒。却有一个人如同抓住了救命稻草一般，他就是姒朔。

莺莺从小就是姒朔府上的丫鬟，作为七夺教的"黄雀"，她肩负着教主祝亥交给她的使命。

其实，早在两年前姒朔就已经知道了莺莺真实的身份。这不仅没有使姒朔惊恐，反而让姒朔兴奋不已——登上杞国王位，是姒朔梦寐以求的渴望。

七夺教能使姒朔梦想成真，也就是从那时候起，姒朔与莺莺、燕千里达成了一种默契。

看起来，一切好像在姒朔的掌握之中。王兄姒羽虽然是太子，可是王位的继承人似乎非姒朔莫属。尤其是朝中中流砥柱、刚正不阿的杨继善死了以后，自己又在摘星关得功而返，姒朔更是觉得自己离登基称王之日不远了。

——目前，阻碍自己登上王位宝座的唯一一件事情就是父王姒鸿依然健在。于是，姒朔便趁杨睿那次刺杀姒鸿的冲动之余，不失时机地悄然在姒鸿身上下了木人蛊毒。

其实作为国相李奉贤，他也隐约感觉到了姒朔的异样。但是他始终不愿意相信姒朔会包藏祸心，毒害姒鸿。但是在李奉贤看来，最起码姒朔跟五刑大夫燕千里走得很近，而燕千里逮捕杨继善、宁蓝一事就足以说明他是在有意扰乱朝纲。

"要是祁炫在就好了！"李奉贤一度这样想。

——祁炫是李奉贤的爱徒，他虽然是一介书生，可是精于奇谋之道，曾经在三年前力挽狂澜，拯救过杞国于危难。然而，当时的祁炫却选择了辞官归隐，至今下落不明。（详见《碧凌剑之危机四伏》）

李奉贤独木难支，姒朔却已经成功在望了，离最终的全盘胜算仅差一步之遥。

然而，就是这最后的一步，让姒朔功亏一篑。

此时，姒朔所有的计划都被打破了，他已经嗅到了死亡的味道。所以在姒朔看来，眼下杜寅和祝亥是自己唯一的依靠。

姒朔叫道："祝教主，我们一起走！"说着，他转身对李奉贤道："国相，你难道不想知道你的爱徒祁炫的下落吗？"

李奉贤一惊，道："你知道？"

姒朔道："我当然知道。只要今日你答应让我全身而退，离开这里，我三个月内确保将祁炫带来见你！"

杨睿听到"祁炫"二字，不由得心头一震。祁炫是国相李奉贤的经学弟子，曾经是享誉杞国的第一智者，也是杨睿的好友兼兄长，三年前突然不辞而别，从此像人间蒸发了一般。

没有人知道祁炫为什么要消失，又去了哪里。

李奉贤打了一个哈哈，道："我李奉贤身为一国之相，又岂能公私不分？何况上有大王、太子，我又怎能做得了这主？"

姒羽道："姒朔王弟，我真的没想到，原来一切都是你在从中作梗。快快解了父王的蛊毒，王兄答应把王位让给你。"

姒朔大喜，道："此言当真？"

姒羽还没有答话，杨睿叫道："太子殿下，你千万不能把王位让给他。"

忽然，祝亥哈哈大笑起来，道："你们在争来争去，简直不把我放在眼里。你们说能把王位让给他，难道他就可以活命吗？简直是笑话。"

众人一愣。祝亥转向姒朔道："你一介脓包，这么好的一副局面被你搞成了这样，还累得我差一点折损了黄雀、食迷两位干将，怎么还有脸面活着？"

姒朔一听，面色惨白，惊愕道："祝教主，你——"突然，姒朔手捂住心口，现出了痛苦之色，手指着祝亥道："你——你——"

众人见状，纷纷朝后退去。

祝亥道："你们不要怕，以你们的身价，还无福消受本教主的宝蛊。"

姒羽惊道："你给他下了毒？"

祝亥微微一笑，道："他身上的毒，是黄雀早就下了，只是恰好此时发作而已。"

姒朔"扑通"一下滚倒在地，浑身抽搐，双手使劲抓挠着自己的心口，哀号道："祝教主——饶命——王——王兄救我！"

姒羽脸色大变，颤声道："他中的是什么毒？祝教主，你快救救他！"

祝亥道："他企图弑君，取代你而上位，如此对你，你还要帮他求情？"

姒羽一脸忧伤，道："毕竟是同胞兄弟，好在他大错尚未铸成，还请祝教主饶他一命。"

祝亥摇头，道："殿下如此仁厚，难怪你弟弟要来抢夺你的位置，取而代之。可惜，他已经中毒太深，无药可解了。"

姒羽看着姒朔满地打滚，不禁悲痛道："王弟，你要是早知道有今日，又何必做出大逆不道的事情？现在可怎么办才好？"

杨睿叫道："他不能死，他一死，大王身上的蛊毒就没办法解了。"

祝亥道："不错，我七夺教的宝蛊圣毒，历来都是亲施亲解。二王子身上的毒是黄雀所下，必须要黄雀亲自才能化解。同样，姒鸿大王身上的木人蛊是这位二王子所种，当然也只能由他来解，旁人无可奈何。"

原来，七夺教的蛊毒与其他的巫蛊全然不同，每一种蛊毒可以变化成数种技法。在传授给别人之时，都留有一个"空门"，以便所学之人融入自己的秘咒。毒蛊布施在别人身上以后，哪怕是施毒者的师傅出手，也无法破解蛊毒的最后一条秘咒，自然便无法彻底清除其身上的毒。

姒羽、李奉贤、石英等惊愕不已，急得直搓手，均道："这可如何是好？"

火坨坨受制于杜寅，无法动弹，道："大王所中的木人蛊虽然是七夺教的秘法，但是，七夺教源于道门。白虎门的玄功要彻底清除大王身上的毒，自然是做不到。但是要让大王苏醒，暂保其性命，本来也是可以做到的。只可惜老朽现在体内真元涣散，无法助大王一臂之力。"

杨睿听火坨坨这样说，顿时想起了当日在白虎山，琥珀体内的三足飞龙蛊发作之时，的确是火坨坨用玄功施以援手，封住了琥珀身上的蛊虫，才得以活命。

此时，原本在地上痛苦翻滚的姒朔，口中的哀号之声渐渐地没有了，整个身子缩成了一团，不再动弹。

众人面面相觑，都一脸惊恐之色。

就在这时，清歌狂道："谁说木人蛊除了下毒之人，就无法化解？"他说着缓步朝冰堆上的姒鸿走上前去。

清歌狂旁若无人的举动，让众人又惊又喜，饶是祝亥也不由自主地朝后退了几步，看着清歌狂如何为姒鸿解毒。

杨睿与萧如期各执长剑，而另一只手紧紧握在一起，彼此隐约预感着或许有什么意外发生。

第八十八章　回　阳

清歌狂走到冰堆旁，看了一眼冰堆上一动不动的姒鸿，缓缓探手，正欲伸向姒鸿，身后的祝亥叫道："且慢！"

杨睿等紧握着手里的兵刃，防止祝亥突然袭击清歌狂，都做好了一拥而上的准备。

哪知道祝亥并没有动手，只是道："清歌兄，你确定真的能做到？万一要是失手，那你面前的这位大王可就再也活不过来了。"

清歌狂淡淡一笑，道："你以为全天下就七夺教的毒独树一帜？"

祝亥道："我倒要见识一下清歌兄的神通。"

清歌狂不语，径直探手，单掌放在姒鸿的胸口，轻轻一掠。但见一道幽兰的虹光弥散在姒鸿的躯体之上，不断地旋转。

众人聚精会神盯着姒鸿的身体看，只见清歌狂单掌抵在姒鸿的胸口。

另一只手并拢五指，朝姒鸿头顶的百会穴靠近，众人见又是一道隐隐的红光直透进了姒鸿的头顶，源源不断。

火坨坨赞道："萧太子神功盖世，真不愧是青龙门的高手。如此起死回生的法门人世间独树一帜。"

祝亥脸色大变定睛细看，清歌狂的双掌已经在姒鸿的躯体之上翻飞而动，再细看姒鸿的脸色却已经慢慢变得红润了起来。

姒羽、李奉贤、石英等异口同声道："父王、大王！"

杨睿与萧如期相视一望，大喜过望。

突然，马相搏叫道："当心！"长身而起，一剑刺了出去。

众人被马相搏的一句叫喊吸引过去，却见原本已经在地上蜷缩一团的姒朔此时已经歪歪斜斜站立了起来，面目狰狞地张开双臂，四下探头而望。忽然，他的目光停留在了清歌狂身上——尽管他的背上已经插着一柄马相搏刺出的长剑，可是依然快如猿猴般朝清歌狂扑去。

如此变故，谁也预料不到。杨睿和萧如期心有灵犀，就在姒朔快要触及清歌狂的刹那间，杨、萧二人手中的利剑已经先一步劈到，姒朔的双手齐小臂处被"咔嚓"斩断。

清歌狂正全神贯注施功给姒鸿体内，此时一旦有什么闪失，不但姒鸿回阳无望，甚至于清歌狂自己都会体内真气紊乱而死。

姒朔双臂被砍，竟丝毫感觉不到疼痛，依然张着满是污血的嘴巴扑向了冰堆上的姒鸿，喉咙里不断发出"嗷嗷"的怪叫声。

石英与宁蓝大惊失色，他们二人哪里见过如此恐怖的景象？但是二人毕竟是身经百战的武将，双双将手中的长剑一挺，护在了太子姒羽和国相李奉贤的前面。

"他已经变成妖人了！"杨睿叫道。

萧如期已经拦住了姒朔，不让他接近清歌狂。一连劈出了几剑，每一剑都劈中了姒朔的肩头，可是姒朔却不躲不闪，径直朝前冲上来。

杨睿单剑回绕，猛提一口真元，顿时衣衫鼓荡而起，疾速出掌一把扯住了姒朔散乱的头发，朝后拉去。

祝亥大喜，暗叫一声："天助我也！"快步踏出，朝火坨坨奔去。低沉地喊一声："我们走吧！"挟着火坨坨便出了天禄宫。

杜寅紧随其后奔出，叫道："等等我！"

空心儿和濮舒、马相搏三人惊慌失措。明明知道不敌，但怎么可能眼睁睁看着掌门被他们抢走，异口同声叫道："放了掌门！"追了出去。

杜寅慌慌张张地跟出了天禄宫，哪里还能见到祝亥与火坨坨的身影？他的内心充满了恐惧，见空心儿等三人追了出来，不由得大叫道："来吧，今日怎么也是个死，这样的死法倒也干脆。"

空心儿、马相搏、濮舒三人将杜寅团团围住。

马相搏的剑还留在姒朔的身上，他此时赤手空拳，怒目叫道："杜寅，你快快弃剑吧！"

杜寅歇斯底里，道："让我弃剑？你们以为就凭你们三人能拦住我吗？"

濮舒道："师兄，你以下犯上，挟持掌门，还企图勾结七夺教，谁也救不得你，快快随我回白虎山，接受门规惩戒！"

杜寅冷笑道："事已至此，难道我还指望你们能放过我？来吧。"说着，长剑一递，朝马相搏攻出了一招。

在空心儿、马相搏、濮舒三人之中，数马相搏的实力最强，濮舒其次，空心儿居末。可是此时的马相搏两手空空——马相搏虽然武艺高，可是他的一身功夫全在剑上。此时，马相搏手中无剑，自然也就成了杜寅最容易攻破的目标了。

空心儿叫道："马师兄小心！"

马相搏脚步一错，侧身闪过杜寅的一剑。杜寅又是一连劈刺，马相搏再也没有后退，而是脚下如同生了根似的，全凭上身腾挪，将杜寅的招数尽数化解。双掌翻飞，几次差一点抓住了杜寅手中的剑刃。

与此同时，濮舒的长剑已经刺到。杜寅回剑相格，正欲回击，空心儿的一剑也攻到了。空心儿武艺最弱，加之此前不久又受了蛇咬之毒，身子虚弱，他的一剑看似快速，实则无力。

杜寅哪里能看不出来其中的门道？他叫一声："来得好！"身形一转腰肢贴着空心儿的剑刃游走，单手出击，直取空心儿的咽喉。

眼见空心儿将要被杜寅锁喉，紧急关头。马相搏已欺身而至，十指分击杜寅的前胸与双目。

杜寅将剑下撩，欲将马相搏一劈两半，却不想马相搏抬手而上，五个手指已经扣住了杜寅手中的长剑。而马相搏的另外一只手也格开了杜寅对空心儿的一击。

杜寅顿时感到手臂一震，长剑已被马相搏夺了过去——濮舒的一剑不失时机地刺中了杜寅的右肋，他惨叫一声，翻滚倒地。

濮舒毕竟一时难弃同门之谊，见自己刺中了杜寅，不禁茫然若失，道："师兄！"

杜寅口角鲜血开始外溢，惨然问马相搏道："马师弟，刚才你使的是什么功夫？"

马相搏冷冷道："指派龙吟！"

杜寅的眼睛突然焕发出了异样的光彩，强忍剧痛，道："好好好，我身为白虎门的掌教大弟子，十几年来，一无所获。没想到不仅师傅将碧凌龙诀传给了杨睿，就连你这样一个烧火做饭的道工，居然也学到了三圣的绝学，这也是我杜寅的悲哀吧。"

马相搏道："你心胸狭隘，咎由自取，又怎能怪得了别人？"

杜寅奄奄一息，眼角流出了两行清泪，道："我——我不后悔！"

第八十九章　辞　封

姒朔死了，死于杨睿与萧如期的夹击。

大王姒鸿也死了，死于清歌狂的功亏一篑。

——变成了妖人的姒朔简直比魔鬼还要可怕，他无惧疼痛，无惧危险，无惧死亡。

清歌狂已经将体内的纯阳之气注入了姒鸿的体内，姒鸿的脸色也已经红润了起来，甚至他的睫毛已经开始微微抖动了，原先僵硬的手指也颤动了几下，有了知觉。然而，一切都由于姒朔的疯狂猛扑而导致了功亏一篑——

姒朔不要命地终于冲到了清歌狂的身边，他张开了满是污血的大口，朝清歌狂的后脖咬去。

本来这一切完全可以避免，因为当时杨睿的剑完全可以够得着姒朔的头颅。

如果在那千钧一发之际，杨睿当机立断，挥剑砍下姒朔的头颅，则可避免后面的事情发生。

然而，就在这最为关键的时刻，杨睿犹豫了——他与姒朔是从小到大的好朋友，胜似兄弟。当杨睿得知了姒朔暗中所作的恶行之后，一度想杀了他，为父报仇。可是当要杨睿亲手砍下姒朔的头颅之际，他一下子又迟疑了。

正是杨睿的这一迟疑，断送了姒鸿的性命。

姒朔一下子咬住了清歌狂的后脖。

仙人之所以是仙人，就是已经修成了纯阳之体，面对姒朔死而复生的狂性大发。清歌狂其实一切都看在眼中，但是此时的清歌狂已经开始催动体内的纯阳气息灌输给姒鸿，他不想半途而废。

直到姒朔咬中了清歌狂后脖的一刹那，清歌狂体内的气息一下子涣散了。

姒鸿寿终正寝，必死无疑已经是板上钉钉的事情了，更不幸的是，清歌狂受姒朔邪恶的一咬，一股阴气直透进清歌狂的体内。

就在萧如期一剑砍下姒朔头颅的瞬间，清歌狂"哇"地喷出了一口鲜血，摇摇欲坠，脸色惨白，道："我命休矣！"

萧如期一把扶住了清歌狂，急叫道："爹！"

清歌狂推开萧如期，道："千别拦着我，让我走！"

杨睿惊道："萧前辈——"

清歌狂惨笑道："我已被这厮咬中，体内的护体纯元已破，很快就将变成他这个样子。"

萧如期泪如雨下，哽咽道："那怎么办？爹！你——你要去哪里？"

清歌狂跌跌撞撞出天禄宫而去，道："我得去找我的师傅负琴生！再晚就来不及了。期儿，你多保重！"

杨睿呆呆地站立在姒朔的尸体旁，喃喃自语道："为什么会变成这样？"

……

三月的雍丘城天朗气清，桃柳芳菲。

太子姒羽登基的那天，整个雍丘城都沉浸在了一片祥和之中，连远在摘星关的马元鹏都千里迢迢专程赶来参加姒羽的登基大典。

杞国朝纲的重要岗位也做了一些调整。

原先的神勇将军石英、威武将军马元鹏官居原职，而宁蓝则被封为"忠烈将军"，与"威武""神勇"并列，官居一品。

李奉贤固守国相之位。原本姒羽大王想留马相搏在朝中任偏将军的，可是马相搏却坚决不受——在马相搏的心中还有一件更重要的事情，急迫需要他去做。

马相搏要与杨睿一起去黑水岛，他要亲自救出游云，那是他心目中比自己生命还要重要的至爱。

朝中"五刑大夫"一职铁定是留给杨睿的，但是被杨睿拒绝了。

李奉贤道："贤侄，此番我大杞国能跨越生死存亡，荡除妖孽，重振朝纲，你居功至伟，五刑大夫一职非你莫属。"

姒羽也道："杨睿，斑狱司关系到整个杞国的世道公正和太平，由你来出任五刑大夫，我才放心啊！"

杨睿道："大王！国相！我杨家一门赤胆忠心，杨睿别无所求，只想恳请大王能为家父平冤昭雪。"

姒羽道："这个自然。令尊杨将军位居衡将军数十载，恪尽职守，鞠躬尽瘁。唉，没曾想最终抱冤枉逝，实在是我杞国之大悲大痛。本王将昭告天下，杨继善将军永享衡将军衔，世代继袭。从今往后，我大杞国将不再设立衡将军一职。"

杨睿热泪盈眶，道："谢大王！我还有一事——"

姒羽道："但说无妨！"

杨睿道："白虎门火掌门与游云被七夺教掳去，我要即刻启程，赶赴黑水岛营救他们。"

姒羽与李奉贤相互看了一眼，面有难色。

李奉贤担忧道："贤侄！黑水岛神秘莫测，远在千里之外不说，即使你抵达了那里，以你一人之力，如何应付得了祝亥？"

杨睿道："但是我势在必行。因为碧凌剑在二十年前就被祝亥盗去，这本是白虎门的圣物，我一定要将它夺回来。"

姒羽见无法劝止杨睿，只得道："那你好自保重！何日启程？"

杨睿道："刻不容缓，今日连夜启程。"

李奉贤道："如期姑娘也与你一起去吗？"

杨睿道："正是！"

李奉贤道："我有一个不情之请，不知道该不该说？"

杨睿道："国相请明示！只要杨睿能做到的，定当全力！"

李奉贤道："我与如期姑娘虽然相识得晚，可是我见她尤其亲切，如果如期姑娘愿意的话，我想收她作为我的义女。"

杨睿大喜，道："那太好了，我想如期肯定欢喜。"

当下，便召萧如期进殿，见到李奉贤，当她听完李奉贤的打算，果然满心喜悦。萧如期经历了家境的诸多变故，母亲死了，亲生父亲清歌狂又已是世外之人，唯一的弟弟萧燮也将她赶出了王宫。

眼下突然李奉贤要收她做义女，不禁感觉在这人世间自己又多了一个亲人。自然由衷欣慰，双眼含泪，拜倒在地，哽咽道："爹！"

杨睿与姒羽看着李奉贤和萧如期这对父女相拥在一起，也感慨不已。

李奉贤掏出随身的一块玉佩，道："这块玉髓，是我拜木族祖传的宝物，上面有一只天然的红鹰，栖息于虹枝之上。"递与萧如期。

萧如期道："爹，我有幸得你垂怜，收为女儿，理应送你礼物的。"

李奉贤道："我女如期，虽为一介女流，却是英姿飒爽，不让须眉。雄鹰翱翔苍穹，哪怕万里之遥，也始终认得回家。你与杨睿此次去黑水岛，务必小心。为父老了，余生所盼，就是能有朝一日在雍丘城等到我女儿平安归来。"

萧如期小心翼翼接过李奉贤手里的玉髓，哽咽道："爹，女儿一定会回来的，你一定要等着我！"

杨睿的内心异常沉重，他的内心充满着矛盾，"此去路途凶险，基本上可以说是九死一生。不，应该是命悬一线。到底该不该带上萧如期？还有马相搏，他们一意孤行非要一起去，岂不是去白白送死？"

——但是，有一点是肯定的，那就是，"我杨睿必须去！"

第九十章 浩 泽

杨睿和萧如期、马相搏各骑一匹快马出了雍丘城，朝西边去了。

黑水岛在杞国的极西之地，那是一片水的世界。据说，那里的水是黑色的，泱泱大泽，浩浩汤汤，绝大部分时间都是恶浪滔天，中间有一雄奇之岛——七夺教的总坛。

在临行前，李奉贤叮嘱杨睿，先去拜木族，打造一艘船。

拜木族是在西海之滨的望族，祖上为精于木工的大匠。擅造船、制网，作为国相的李奉贤便是出自此族。

黑水岛与西海有一水路相连，寻常渔人到了西海的浅水即返回。从来不敢涉船黑水大泽，更多的人甚至于连黑水岛的名字都没听说过。

转眼半月过去了，杨睿、萧如期和马相搏三人过了杞国西部的草原。前面出现了几座寸草不生的高山，山顶白雪皑皑，山下却是暖阳温和。

三人再沿着一条蜿蜒的故道继续西去，遥望远处，隐隐约约可以看到前方的西海，有海上渔人的归船帆帆点点返回岸边。

杨睿道："国相说，拜木族在西海一带是望族，我们初次登门拜访，都要谨言慎行，千万不可短缺礼数，别让人家看轻了我们。"

萧如期和马相搏点头称是。哪知道，三人沿途打探了几个渔人，却都称不知道拜木族在哪里，这不禁让杨睿疑惑不解。

杨睿道："这是怎么回事？按理说拜木族这么大的门庭声望，不说路人皆知，最起码也得有渔人知晓大致的方向，怎么可能这样一无所知呢？"

萧如期道："这西海沿岸太广，一路有那么多的渔湾，也许是我们还没有到达拜木族领地，也未可知。"

马相搏道："如期姐姐说得对，我们再朝前面问问吧。"

杨睿三人又朝前去了十几里，天色渐渐暗了下来，却再也没有遇到一个晚归的渔人，均感到很是沮丧。

眼见海的上空夕霞已经落去，暮云低垂，海面逐渐朦胧起来，耳边不停传来海鸟的叫声。

杨睿强打笑脸，道："看样子我们今日只能在这海滩上度过一夜了。"

就在这时，杨睿忽然听到海面上有隐隐约约的呼救声："救命啊！救命啊！"

杨睿侧耳细听，急道："不好，海上有人喊救命！"

萧如期和马相搏此时也听到了海面上传来的呼救声，不禁吃了一惊。

马相搏道："杨大哥，怎么办？我们得赶紧想办法救人啊！"

杨睿看看四周，一片滩涂上除了海沙，再没有其他的船只木料等漂浮之物，焦急道："这——这怎么救?"

海面上传来的呼救声越来越急促，听声音似乎也离岸边不远，只是朦朦胧胧，一时之间找不见那求救之人。

杨睿三人循着声音仔细搜寻，终于看到了远处的海面上有一个黑点在浮动，时隐时现。

杨睿道："我看到他了!"翻身下马，提剑朝海里冲了去。

马相搏紧随其后，叫道："杨大哥，我也去助你一臂之力!"

萧如期叫道："你们小心啊!"

杨睿和马相搏扑到了海里，使劲朝呼救的人身边游了过去。近得他跟前，也不由得大吃一惊，原来落水之人是一个中年男子。浑身衣衫破烂，周遭泛起了血水，正在海中与一只海蛟搏斗。

海蛟凶猛异常，咬着中年男子的大腿就是不松开。中年男子似乎也并非寻常的渔人，他在海中与恶蛟扭打，双手死死掐着恶蛟的脑袋，不让它的身体朝海底钻去。

一蛟一人就这样在海面上扭成一团，中年男子渐渐体力不支，正在绝望之际，忽然见有两个人朝自己身边游过来，急叫道："救命啊! 快来救我一把!"

杨睿与马相搏游近，双双拔剑便砍，恶蛟的脑袋被中年男子死死控制住了。它无法逃开，顿时被杨睿和马相搏的两柄利剑斩成了数节。上半断咬住中年男子的口也松开了，几段身子飘飘忽忽慢慢沉入了海面下。

中年男子被杨睿与马相搏架起，一起朝岸边游去。

上得岸来，中年男子连连称谢，道："今日多亏两位壮士相救，请受我李果一拜!"说着躬身朝杨睿和马相搏作揖。

杨睿急忙道："使不得! 快快请起!"

马相搏奇道："李大哥! 这么晚了，你怎么一个人在海水里?"

李果苦笑道："实不相瞒，我是打鱼的，本想趁天色明亮之时归家。

却不想渔网兜住了这样的一个怪物，船也被那畜生弄沉了。要不是两位壮士相救，我已经葬身在那恶蛟的腹中，真的是万分感谢！"

杨睿点头道："原来如此！"

李果道："看三位风尘仆仆，这是要去哪里？"

杨睿道："我们是从雍丘而来，特意拜访这西海之滨的拜木族族长，可是一连打听了多人，都未能如愿。"

李果打量了一下杨睿等三人，道："你们从雍丘而来？这路程可不近啊！"

杨睿道："正是！李大哥，你是这一带的渔民，你有没有听说过拜木族？"

李果道："你们是我的救命恩人，我当然不能瞒你，其实我就是拜木族的人。"

杨睿、马相搏和萧如期大喜，相互看看，简直要欢呼雀跃起来。杨睿喜色道："这也太巧了吧！李大哥，那我们今日救你，算是救对了。"

李果道："天色已晚，你们赶紧随我去。身上的衣服都湿透了，得赶紧换上，这样的时节，最容易生风寒。"

杨睿道："那太好了。李大哥能不能骑马？"

李果道："我虽然是在海边长大，可是马还是会骑的，只是骑术不精，不从马背上摔下来就行了。"

杨睿哈哈大笑，道："李大哥果然是个豪爽之人。"

当下，杨睿和萧如期二人共骑一马，将一匹马让与李果骑，四人上马扬鞭。李果打马朝前引路，杨睿等三人跟在后面去了。

杨睿至此时，终于心头初定，心道："这李大哥在海中可以与恶蛟混战那么久，原来是拜木族的人。难怪此族在这西海之滨声望奇高。只是，为什么沿途打听了那么多人，居然没有一个人听说过呢？"

第九十一章　船　饮

李果带着杨睿等三人骑行了约摸半个时辰，前面出现了一处无尽褐色的山崖，矗立在大泽的水边。崖下是舒缓的浅滩，有大小数十只木船停泊在此，可见暮色沉沉下，船楫上有油灯闪亮。

"到了！"李果下马，道："你们随我来！"

萧如期奇道："拜木族就生活在船上？"

李果微笑道："正是。其实，沿着这大洋四周的渔民，都是拜木族的族人。只是他们平日里少与外人来往，看你们又是一派风侠打扮，没有理会你们罢了。"

杨睿恍然大悟，道："原来如此。"

马相搏道："我想起来了，你们世代生在这汪洋大泽边，以船为家。对造船的木头很是稀罕，所以便索性给自己取了一个拜木族的名字？"

李果点头道："小兄弟倒很机灵。"

正说话间，有船楫上的孩童跳下来几个，奔到跟前，兴奋道："爹！"

李果将孩童一把抱起，道："爹今天差一点回不来了，快见过这几位恩人。"

孩童不明就里，瞪着好奇的眼睛看了看杨睿等人，将小脸埋入了李果的脖子后面。

杨睿等随着李果来到了一艘大船上，船是用十数棵整木制成，分上下两层，有十余丈。四人刚一上船，就有一妇人上前，她见到杨睿等，先是一愣，随即便唯唯诺诺，欠身将杨睿等引到了舱内。

李果道："这是我内人，没有见过世面，失礼之处还望三位莫怪！"

妇人端上鱼干和腌制的贝类、烈酒，供杨睿等三人食用。

就在此时，有两个身着鲸皮的汉子急匆匆进来，见面即拜，有一人道："听说大哥遇到了妖蛟袭击？急死我们了，刚才去了洋中一番寻找，好让人担心。"

李果道："诸位请起！我无大碍，快来见过三位恩人！"

两位鲸衣汉子拜向杨睿等，杨睿赶紧扶起来，道："使不得！"

李果吩咐妇人添加了陶碗等，大家一起围坐下来。

李果端起一碗酒，道："救命之恩！无以言表！敬三位少侠！"说完一饮而尽。

杨睿、萧如期和马相搏均都将面前陶碗中的酒干了。

杨睿道："李大哥言重了，我是李国相的下属，这位如期姑娘是国相大人的义女，大家都是自己人，又何必客气？"

李果等拜木族人点头称是。原来李果是拜木族的族长，刚才进来的两位是李杆、李根，都是拜木族的当家人。

直到此时，杨睿的内心多少有一些失望。原先，在杨睿的心中，国相李奉贤出身西海望族，拜木族不说庄严如王宫，好歹也会是高府大院，家奴众多，哪知道此时一见，居然是一帮渔民。

李果好像看穿了杨睿的心思，微笑道："少侠是不是原先以为我们拜木族是庄园大户，没曾想却是一群打鱼的？"

杨睿忙道："李大哥说哪里话，西海远离中土，此地除了山丘，便是汪洋，打鱼也是情理之中的事情。"

李根道："少侠有所不知，要不是祁炫，恐怕我们拜木族连这一片栖身之地都难以保全啊。"

杨睿一听"祁炫"二字，不由得又惊又喜，道："祁炫？你们知道祁兄的下落？"

李果等三人相互看看，均摇头叹息。

杨睿道："我与祁兄相交甚厚，三年前，我刚入雍丘王城的禁军，他便不辞而别了，从此不知去向。"

李果道："我们也在四处打听他的下落，可惜直到今天依然没有他的消息。"

杨睿问李根道："对了，你刚才说要不是祁兄，连这片地方都没有，是什么意思？"

李根道："少侠可曾记得三年前虢寇乱杞之事？"

杨睿道："那还能不记得？那时，我刚入禁军营，虢寇奇袭西海沿岸，烧杀抢掠，满朝皆惊，就连太史大人李伟轩也因此殒命，祁兄虽是文臣，可要不是他足智多谋，与太平将军董大人珠联璧合，文武相济，力退强敌，哪里还有这几年杞国百姓的安生日子？"

李根道："不错。当时，虢寇来势汹汹，已经基本上侵占了西海至阳平关的所有地方，正蓄势待发准备向雍丘进发。令尊大人杨继善将军镇守摘星关，无法抽身。阳平关守将董大人由于兵力不足，难以招架，更要命的是，虢寇诡计多端，擅暗杀奇袭之术，太史李大人就是被他们这样置死的。"

杨睿扼腕叹道："李大人死得太冤了。我还记得，当时妫鸿大王主张派遣石英将军前去阳平关援助董大人，可是遭到了太史李大人的反对。"

李果替众人又把酒斟满，道："神勇将军石大人虽然武力过人，可是虢寇神出鬼没，并非武力所能制服的。"

杨睿道："李大哥说得极是。祁兄虽然是一介书生，可是他满腹奇巧精谋，关键时刻还是他力挽狂澜，救了杞国的危难。不瞒诸位说，我杨睿一直在心里将祁兄作为楷模。"

前些日子在天禄宫时，萧如期、马相搏都听到妫朔死前说起过祁炫，当时妫朔说祁炫是国相李奉贤的学生，此时听到杨睿与李果等谈起祁炫精彩退敌的往事，二人不由得内心大感意外。

萧如期道："你们刚才所说的这个祁炫是我义父国相大人的学生，那应该说我义父在计谋方面比祁炫更胜一筹呀，怎么——"

杨睿道："如期，你是不是想说，既然学生祁炫有那么大的能耐，作为老师的国相李奉贤大人理应棋高一着，为什么面对前些日子雍丘之乱束手无策？"

萧如期道："就是啊，这不合常理呀。"

杨睿道："你有所不知。祁兄有两个老师，其中一个就是你的义父李国相，另外一个老师，那就是三年前遇害的太史李伟轩大人。他们一个是祁兄的经学老师，另外那个遇害的李大人才是教他奇技谋略的老师。"

萧如期点头，道："哦，原来如此！"

第九十二章　抢　船

当拜木族的李果等三位当家人，听闻杨睿他们要去黑水岛的时候，李果等面面相觑。经过一番长谈，李氏三兄弟觉得杨睿勇气可嘉，可是胜算不大。当时拗不过杨睿的说辞，便同意了他借船的请求。

李果道："此去黑水岛凶险无比，你可要想清楚了。不说到了黑水岛之后怎么办，就是这一路的惊涛骇浪，你们也未必能闯得过去。"

杨睿道："事在人为，还请李大哥帮我这个忙。"

李果等三人相互看了一眼，道："既然如此，等我明日将这大船改建一下，即可启程。"

杨睿和萧如期、马相搏大喜，齐道："多谢！"

第二天，李果便开始动手改造大船。杨睿见大船本已经非常结实，可李果还是坚持说需要时日改造，内心不由得大是疑惑。

李果好像看穿了杨睿的心思，道："少侠，你看这船，船身虽然庞大，可是它却是一艘杂船，经不起大风浪的。"

杨睿道："李大哥，那什么样子的船才能驶出这汪洋大泽？"

李果指着浩浩荡荡的大泽，道："这泽面上你看似风平浪静，其实只要船行至中央，稍有微风，便可翻起滔天巨浪，而且水里怪蛟横行，你也见到过的。"

杨睿点头称是。

李果道："普通的木船，哪怕再大，只能在浅水之间用于捕鱼之用。要想去黑水岛，必须在船中腰处加上大横梁，舵杆也要换上铁力木的。并且还要在舱板之间用鱼油和桐油拌和加固，要不然，几个海浪迎头过来，船再大，也得散架了。"

杨睿等见李果如此一说，不由得暗自称赞，心道："拜木族擅船楫之术，果然名不虚传。"

拜木族是大族，造船之人有很多，李果挑选了李根、李杆等十数名精干族人，一起动手。不几日便将一艘大的海船改造完成，船身长四五丈，宽一丈有余。再在舱底安插了几个大的木桶，以便于装上一些淡水饮用。

李果带着杨睿与萧如期、马相搏来到船头，迎风遥望着浩瀚无垠的大泽。杨睿等三人想起即将扬帆起航，去黑水岛与七夺教有一番恶战，内心既紧张又激动。

马相搏的内心尤其激情澎湃，这一天，他已经等了好久。

杨睿心知马相搏内心暗恋游云，此时见他遥看大泽深处的表情，便知道他的内心有多么的急切。

萧如期道："那我们什么时候起锚？"

李果道："按照我们拜木族的说法，大船楫出航前，都要祭海拜天，祈望平安。今晚是良辰吉日，我们祭拜之后，明日你们就出发吧！"

杨睿道："一切都听李大哥安排！"

……

是夜，月白风轻，天朗气清。

李果按照拜木族的习俗，为出泽的大船举行了盛大的祭祀仪式。

众多的拜木族族人在西海岸边架起了篝火，跳着赤足舞，喝着烈酒，好不隆重。

其间，李果也向杨睿、马相搏二人详尽讲解了驾船的技艺，杨睿和马相搏也都一一记在了心里。

杨睿坐在篝火旁，愣愣出神。萧如期挨着杨睿坐下，她见杨睿神情庄肃，心知他此时的内心必定心潮澎湃，毕竟此次去黑水岛，前途未卜，也难怪杨睿忧心忡忡。

萧如期依偎着杨睿坐下，道："你是不是在担心？"

杨睿看着飘忽的篝火，道："我倒不是怕死，只是我担心到时候会连累了你和马相搏兄弟。"

萧如期柔声道："我萧如期虽然出身虞国，可我现在是杞国李奉贤国相的义女，又是你的未婚妻。你此番前去黑水岛，我于情于理都要与你在一起的。"

杨睿握着萧如期的手，感慨万千，道："如期！你说，这人世间为什么会有那么多的尔虞我诈？相互争来争去，即使享尽荣华富贵，占足了天下所有的土地，又能怎么样？人生在世，区区几十年，最终还不是化成一堆白骨？还不如各自轻松平淡地活着。"

萧如期叹道："是啊，可就是有那么一些人，明明知道这个道理，却还是贪得无厌。宁愿险中求富贵，求权力，哪怕为之付出再大的代价，也是在所不惜。"

杨睿将萧如期揽在怀里，道："如若天可怜见，庇佑我们此去能完成大事。归来之后，我想带你去隐居。就和汤姐姐那样，选一处清净之地，修几间屋舍，养花种草——"

萧如期嗔道："你是不是又在想着你的汤姐姐了？"

杨睿哈哈一笑，道："哈哈哈哈，我想她干什么呢？这不是话赶话才提起她的嘛。"

萧如期道："话赶话也不行。从今天开始，你心里哪个女人都不能想，只能有我一个人。"

杨睿道："那是当然！"将萧如期搂得更紧了。

就在这时，忽然不知道有谁发出一声喊，道："不好了，海船被人开走啦！"

杨睿大惊失色，赶紧与萧如期站起来，朝大泽中望去。见月光下，泽面波光粼粼，才改建好的那艘大船已经缓缓启动，朝远处而去。

杨睿一惊，这可非同小可，他和萧如期赶紧拾起地上的剑，向大泽奔跑过去。此时，马相搏、李果等也已经赶到，叫道："快，不要让人把船开走了。"

马相搏提剑没命地朝大泽中扑了过去。这大船对马相搏来说，比自己的性命还重要，因为能不能再见到他心爱的游云，希望全寄托在这大船之上。

由于大船尚没有离开浅水区域，船行得很慢。

杨睿、萧如期和马相搏等全部冲到了水里，转眼便追上了缓缓而行的大船。就在杨睿等爬上船架之时，忽然从船舱里闪出一个人来。宽袍大袖，十指如钩，"呼啦"一声响起，杨睿等顿时觉得阴风扑面而至。

杨睿与萧如期心有灵犀，双双同时出剑相迎，与那人战在一起。

马相搏也挺剑上前，参与了战团。杨睿等以三敌一，却奈何不了对方丝毫，却有几次差一点被对方夺去了手中的长剑，三人内心均不由得暗自吃惊。

那人出招凌厉，杀招绵绵频使，数招一过，马相搏肩头吃了对方一爪，"呲"一声，连衣服和肉都被扯下来一块，鲜血直流。

马相搏大怒，叫道："我与你拼了！"丝毫不避对付的攻势，径直又扑了上去。

对方忽然"喋喋"怪笑了起来，道："就凭你？拿什么跟我拼？"

杨睿一愣，脱口而出，叫道："花婆婆？"

第九十三章　启　航

马相搏刚要扑到对方身边，却被杨睿喊出的一声"花婆婆"给惊呆了，他急收了身步，惊异地道："花——花师叔?!"

不错，此时站在杨睿等面前的这个抢船之人，正是白虎门的名宿花婆婆。

杨睿、马相搏扔下手里的剑，拜倒在地，齐道："拜见婆婆!"

萧如期也看清了眼前的此人，正是当日闯进虞国军营的那个妇人，道："原来是你?"

李果等三兄弟也各手持一柄铁桨赶了上来，道："大胆妖妇，敢来拜木族抢船。"说着就要上前动手。

杨睿急叫："李大哥! 切莫动手!"

李果疑道："你们认识?"

杨睿道："这位是白虎门的花师叔，李大哥千万不可无礼。"

李果兄弟三人面面相觑，朝后退了两步。

杨睿道："婆婆! 你怎么会在这里?"

花婆婆阴沉着脸，道："小子，你们几个人是想去黑水岛送死吗?"

杨睿道："婆婆，火掌门和云儿都在黑水岛，说什么我们也要把他们救回来。"

花婆婆嘿嘿冷笑，道："就凭你们三个人?"

马相搏不敢作声。

萧如期大声道："凭我们怎么啦? 大不了一死。"

花婆婆打量了萧如期几眼，道："想死还不容易? 我现在就可以成全你，干吗还要跑去黑水岛送死呢?"

杨睿自从知道了花婆婆二十年前的事情之后，对这位白虎门的神秘怪妇渐渐去除了畏惧，不仅如此，他的内心甚至还对花婆婆充满了同情。当下恳求道："婆婆，你救救云儿吧！"

马相搏原先不敢与花婆婆说话，只是低头站着，此时他见杨睿如此向花婆婆发出请求，便壮着胆子道："婆婆！你是白虎门的人，游云师姐又是你唯一的弟子，你就救救她吧！"

花婆婆斜眼看了一下马相搏，道："唯一的弟子？那死丫头偷了我的鬼梅，害我的容颜无法恢复，我还没有找她算账呢。"

杨睿道："婆婆！当日云儿是为了救我才不得已做出了盗取鬼梅之事，只要婆婆能答应帮我们一起救出云儿和火掌门，他日回到白虎山我定当听候婆婆任意发落。"

萧如期白了一眼杨睿，道："凭什么任她发落？难不成那个游云是你的心上人不成？"

杨睿还没有说话，马相搏抢着道："只要婆婆救了游云师姐，我马相搏愿意做任何事情，哪怕让我去死。"

花婆婆抬头看着天上的月亮。

一只孤雁正在高远的夜空，发出了隐隐约约的声声哀鸣，缓慢地从月下飞过。

花婆婆抬着头愣愣出神，喃喃自语道："我到底是去？还是不去？"

原来，花婆婆自从离开了白虎山之后，便遇到了琥珀。她知道琥珀是七夺教的人，便一路跟踪至虞国后便不见了琥珀的踪影。

上次杨睿在虞国军营里遇到了花婆婆，便是由于她在四处搜寻琥珀的下落。其实，那一次琥珀去虞国绒栀城，是为了寻求教主祝亥的"压虫丸"，以临时性解除体内"三足飞龙蛊"的痛楚。

后来花婆婆得知，游云被祝亥掳到了黑水岛，便一路打听，准备直接去黑水岛。可是，面对茫茫大泽，饶是花婆婆这样的绝顶高手，也只能望洋兴叹。

花婆婆毕竟是花婆婆，她知道这里所有的船只都无法渡过这浩瀚无垠的恶水，于是她就静静地潜在这附近等待时机——她知道，杨睿一定会想办法去黑水岛救人。

——只要杨睿有办法出航，她就可以抢先一步夺得他的大船。果然不出花婆婆所料，不几日，杨睿和萧如期、马相搏三人如期而至，这让花婆婆内心窃喜不已。

杨睿等见花婆婆自顾看着天上，如醉如痴，都不敢出言，默默地看着她。

良久，花婆婆道："好！我就带上你们！"

杨睿等三人大喜。杨睿道："婆婆，我就知道你不会袖手旁观的。"

花婆婆冷冷地道："我此去黑水岛，心生已久，可不是刻意为了帮你们。"

马相搏喜色道："花师叔！那我们现在就起锚吧？"

杨睿看了看李果，道："李大哥，马相搏兄弟说得没错，我们不如现在就此起锚，连夜出发吧。"

李果道："既然如此，我也不便强留。少侠！诸位多保重！"

杨睿等点点头。

李根道："少侠，一路可能遇到诸多恶风险浪，千万要多加小心。"

杨睿道："我们会的，请三位大哥放心回吧。"

李果道："舱内的食品和淡水我已经给你们备好了，足以支撑你们到达黑水岛的。"

杨睿拱手道："多谢！"

马相搏和萧如期也一一与李氏兄弟告别，李氏兄弟帮杨睿等人把高桅上的风帆升起，便下得船去，站在水中，目送着杨睿等进了船舱内，均依依不舍，挥手相送。

大船开始缓缓朝汪洋大泽的中央驶去。马相搏独自一个人掌着船舵，心里激情澎湃，道："公子，你说我们几天才能到黑水岛？"

花婆婆盘腿坐在船头，淡淡地道："小子，你就这么想早点死？"

马相搏朝她做了一个鬼脸，道："本来我们是没有丝毫把握的，现在情况不同了，未必死得了。"

杨睿和萧如期并肩站在花婆婆身边，道："是啊，有婆婆你跟我们在一起，一定能救回火掌门与云儿的。"

花婆婆道："其实，只要我们方法得当，再加上稍微走点好运的话，想要救出火不明和游云这个死丫头倒也不难。"

杨睿一愣，道："婆婆你有什么高见？"

花婆婆闭着眼睛，道："只要你能在黑水岛上将碧凌剑先得手，再施以你身怀的碧凌龙诀，祝亥哪里还是你的对手？"

杨睿惊道："婆婆也知道碧凌剑在黑水岛？"

花婆婆道："我二十年前就已经知道祝亥以偷梁换柱之法盗走了碧凌剑。"

杨睿道："婆婆是如何得知的？那你后来怎么没告诉火掌门呢？"

"笑话！"花婆婆冷冷道："我为什么要告诉他火不明？"

萧如期插话道："你是怎么知道的呢？"

花婆婆得意地道："其实当年的碧凌剑根本就不是祝亥偷的，而是我趁他们在全神贯注应付官军，大家都相持不下的时候，偷偷去碧凌殿将碧凌剑调包了。"

杨睿、马相搏、萧如期三人愕然。

花婆婆道："后来我们跳崖之后却都没有死，我知道我不可能出得了白虎山了，便在昏迷之前将碧凌剑塞到了祝亥的怀里。"

杨睿怅然若失，叹道："婆婆，你要不是当年的一念之差，弄丢了碧凌剑，又何来后面发生的那些事情。"

第九十四章　巨　浪

杨睿心知此时再怎么怪花婆婆，也是无济于事，便不再多说，和萧如期牵手进了舱内，各自休息。

夜已深沉，大船行至西海的远处中央。马相搏放眼四周，白茫茫一片，分不清天与水的边界。只觉得自己连同大船一起被裹在了混沌的世界里，没有上下，没有远近，也没有里外之分。

船舱内的杨睿和萧如期各自和衣而卧，却都不曾真正地睡着。

有很多事情在杨睿的脑海中盘旋——过去的事情暂且不去思量，目前最重要的是如何面临黑水岛之行。尽管现在有了花婆婆的加入，自己多了一个强有力的帮手，可是对于神秘莫测的黑水岛来说，一切都是未知的。

——还有一件事情是杨睿非常担心的，那就是花婆婆到时候会不会真的帮自己。

此前，杨睿一直以为是祝亥当年偷偷盗走了碧凌剑，可是刚才杨睿听到花婆婆说，居然是她做的手脚。如此说来，她万一到了黑水岛，见到了祝亥之后旧情复燃，那该如何是好？

此时，杨睿特别想念一个人，那就是祁炫。

“要是祁炫在的话就好了。”杨睿心道：“他一定会有办法的。”

不错，祁炫素来以足智多谋著称，可惜在三年前不知道何故而销声匿迹了。

按常理来说，三年前的祁炫虽然是一介书生，却连太平将军都甘愿做他的副手。最终果然不负众望，大破虢寇，此最终结果应该是满心欢喜才是。可是他居然不辞而别了，而且他走得那么毫无征兆，没有任何人知道他的去向。

祁炫就像人间蒸发了一般。

杨睿比祁炫小三岁，一直将祁炫视为自己的偶像。自从祁炫失踪了之后，杨睿也曾经试图找过他。可是最终却没有那么做，原因有二，一是自己身为王宫的禁军，没有朝廷的派遣，是不能擅离职守的。更重要的原因则是，祁炫的去向成谜，根本无从寻起。

萧如期知道杨睿没有睡着，她干脆坐了起来，道："你在想着你之前的那位好友祁炫？"

杨睿道："如期，你真的是冰雪聪明。"

萧如期道："人在困惑的时候，总会去想那些或许能帮助到自己的人，你是不是对黑水岛一战内心没有把握？"

杨睿也坐了起来，叹道："据说，黑水岛上机关重重，那可是七夺教的老巢。"

萧如期道："你恐惧吗？"

杨睿点头，道："我真的后悔带你一起来。"

萧如期将头靠在了杨睿的肩上，道："有什么好后悔的？大不了我们一起死在黑水岛，这样就可以永远不分开了——"

杨睿一把捂住了萧如期的嘴巴，道："别胡思乱想。"

这一夜，就这样度过了，船上的四人均没有入眠。

花婆婆一直在船头盘腿打坐，宛如入定一般。

杨睿等四人就这样在汪洋大泽中行驶了几日，饿了就吃一些舱内备好的食物和淡水，困了就在船舱内休息。

马相搏起初一直做着舵手，随后几天杨睿也偶有替换他，让他去舱内睡一会。这几日，花婆婆沉默寡言，一直在打坐运功。

杨睿等见此情景，也不敢对她多加打扰，好在这几日天气尚好，并没有什么风浪出现，也让杨睿等内心稍稍安顿了一些。

船行了数日，放眼望去，四面八方依然是茫茫一片，哪里能看到黑

337

水岛的影子。

萧如期道:"我们不会是航线错了吧?"

杨睿四下张望着摇头,道:"应该不会错的,我们是按照此前的航线一直前行的。李果大哥说过,黑水岛位于这大泽深处的正中央,所以,无论在哪个方向出发,只要一直朝大泽的中央去,终究会看到黑水岛的。"

这时,花婆婆走出了船舱,对杨睿道:"你们两个又在说什么?"忽然,她皱了皱眉,道:"怎么起风了?"

萧如期奇道:"前辈,没有起风呀。"

花婆婆侧耳,好像仔细听着什么,道:"不对,不对!起风了,而且是大风,很大的风。"

杨睿知道花婆婆是白虎门的绝顶高手,虽然她是女流之辈,可是玄功的修为已经到了化境,甚至于不输火坨坨。此时杨睿见花婆婆表情凝重,自然她是察觉到了什么异常,或者说,她已经预感到了什么。

想到这里,杨睿不禁抬头朝远处望去,可是他刚一抬头的时候,果然发现了异常——萧如期鬓角边的秀发开始轻轻地飘动。

杨睿郑重其事地朝远处遥望,也狐疑地道:"咦?!"

——只见原来远处茫茫一片的水面上,隐隐约约似乎泛起了一层青色,高耸入云。

"那是什么?"萧如期也察觉到了远处水面上的变化,她问道。

花婆婆眯着一双耷拉着鸡皮的眼睛,一动不动地看着远方。

杨睿定睛再看时,发现远处齐天高的青幕渐渐地变成了灰白色,而且颜色越来越深。

萧如期头上的秀发已经开始飘起来了,耳边隐隐约约有了异样的声响从远处传来。

风的声音。

水的声音。

排山倒海般的声音。

正在驾着船舵的马相搏忽然尖叫道："你们快看，浪——来啦!"

浪果真来了，而且是连接苍穹的巨浪。

巨浪已经离大船只有几百丈之遥，夹杂着轰轰的啸声，奔袭而来，刹那间，天地犹如在翻滚一般。

杨睿和萧如期、马相搏均大骇，竟然被惊呆了，不知所措。

花婆婆急叫："快——快下帆!"

杨睿等三人听到花婆婆这一声叫喊，如梦初醒，赶紧朝船桅抢去。可是，已经来不及了。

——巨浪已经到了眼前，船身开始抬高了起来。

马相搏一下子站立不稳，差一点滚倒，他一把抓住船桅上的绳子。可就在这时，大船在震颤中开始倾斜，一个滔天恶浪迎着船头撞了上来，一下子堵住了四人的视线，由上而下盖住了大船。

船板刹那间发出了"咔嚓"几声巨响，似乎有舱板被巨浪摧折了。

杨睿正待扭头看，却听身边的萧如期"啊"的一声尖叫，杨睿不假思索，伸手去拉，可是却拉了个空。

"杨睿救——"萧如期本来想喊"杨睿救我"，可是最后一个字还没有喊出来，已经被巨浪卷进了滔滔之水中。

第九十五章　挫　蛟

尽管李果等提醒过杨睿，此行黑水岛，有可能会遇到风浪，可是令杨睿万万没有想到的是，李果口中的风浪居然是如此的巨浪。

无风不起浪，应该是先有风而后才有浪。而在这西海，狂风与巨浪几乎同时而至，此前没有丝毫征兆。

饶是花婆婆这样的绝世高手，也被这突如其来的巨浪给震惊得蒙了。她暗中运气，双足如钉子一般牢牢地定在原地，身子却还是被水浪击得左右摇摆。

马相搏死死抓住了桅杆上的绳子，一连被浑浊的黑水呛了几口，顿时方寸大乱，已经快要撑不住了。

然而，与他们几个相比，此时情况最危急的当数萧如期——她已经被巨浪卷到了滔天的湍流之中。

杨睿一把没有将萧如期拉住，却正看到她掉入了汪洋之中，不禁大惊失色，叫道："如期！"情急之下杨睿来不及细想，纵身一跃，也跳了下去。

萧如期在北方长大，又是女孩子，不识水性。她一掉入水中，便被水呛得差一点晕死过去，身体被恶浪劈头盖脸裹挟着，只能拼命扑腾，越扑腾越无助，又呛了好几口水。

就在萧如期感受到了死亡的召唤之时，她突然觉得水下的双腿一紧，紧接着，身体被人从水下一抬，她的脑袋已经冒出了水面。

萧如期惊恐至极，喘了几口气，低头一看。她看到了水下的杨睿正死死抱着她的腰，将她朝大船边靠近，而他自己的整个身体却都沉在了水里。

原来，杨睿情急之余，体内的罡气发于足端，与深水形成了一股抗力，这样才使自己不至于往水底坠去。然而，他的整个身体没在了水中，无法呼吸，只能苦苦屏住鼻息，艰难地拖着萧如期往船边一点点而去。

恶浪还在继续肆虐，而且一浪高过一浪，天空中的乌云也开始笼罩下来了。天际的厚云间不时闪现出几道刺眼的白光，紧接着就是令人心惊胆战的炸雷。

此时，在船头的花婆婆与马相搏已经快要支撑不起了。船体剧烈地颠簸并夹杂着汹涌的恶浪，让花婆婆、马相搏丢掉了所有的幻想——马相搏几次差一点滚落水下。花婆婆也只得勉强靠着轻身功夫死死揪住船体上的缆绳才得以保住自己不被海浪冲走。

萧如期被杨睿在水中拖着快要靠近船体的时候，忽然她尖叫一声："杨睿，你身后——"

一群蛟龙张牙舞爪地从四面八方游了过来。

水中的蛟龙速度极快，瞬间便到了杨睿的身边。

萧如期突然觉得身体一轻，直直地腾空而起，"啪"的一下，重重地摔在了船板上。

——萧如期被杨睿的奋力一扬，抛到了船上，与此同时，七八条凶猛的恶蛟一起张开了血盆大口，扑向了杨睿。

杨睿一下子被众蛟压制着朝深水里沉去。

"杨睿！"萧如期发出了撕心裂肺的呼喊！

马相搏叫道："杨公子——"他一下子松开了紧抓着桅绳的双手，朝前一跃，跳到了水中。

花婆婆低喝道："臭小子，不要命了？这不是找死吗？"她不假思索地也飞身跃了下去。

萧如期趴在船头，惊慌失措地看着翻滚着水里的马相搏、花婆婆二人还有数条浮于水面的蛟龙，几乎要哭出来了，急叫："杨睿！杨睿!"

却不见杨睿再冒出头来。

马相搏一个猛子，扎进了水底。

紧跟着，花婆婆也纵身一跃，没进了水下。

萧如期睁大眼睛慌乱地盯着恶浪滔天的水面，叫道："杨睿——花前辈——马相搏——"

风声、雷声、浪声，就是不闻对方的应答声。

萧如期急得差一点要哭出声来，不停地趴在大船的四周，朝水中叫喊杨睿的名字。可是始终不见水面上有杨睿等三人冒出头来，她一下子绝望了。

恶浪翻涌，船体倾斜，上下摇晃不定，随时有被巨浪吞噬的可能。

萧如期紧紧抓住桅杆上的缆绳，奋力一扯，桅杆顶部的风帆呼啦一下被狂风卷走了，瞬间没了影子。船身稍微缓和了摆动，却依然还是侧着，在黑水中打着转。

萧如期盯着黑水洋面上悲号，不停地叫着杨睿的名字。忽然，她看到了不远处的波涛之中，有一条巨蛟腾空跃出了水面，它的背上骑着一个人影，原来是花婆婆，她背后还驮着一个人，正是杨睿。

紧接着，又一条蛟龙游上水面，背上也有一个人死死抱住了它长长的脖子，却是马相搏。

萧如期大喜，叫："杨睿——"

巨浪中，花婆婆一手按住恶蛟的头，另外一只手如钩子一般，死死抠住了蛟龙的眼睛。蛟龙吃疼，不住地伸长了脖子朝上蹿。

花婆婆背后的杨睿也缓过气来，他扭头看马相搏，见马相搏也学着花婆婆的样子，正骑在一条蛟龙的背上，冒出了水面。不由得大喜过望，叫道："马兄弟，快过来！"

花婆婆手臂一使劲，将蛟龙的头颈朝船边牵引，蛟龙几个腾空便到了船边。杨睿一跃而起，落在了船上，正巧看到舱边有一把剑。杨睿拾起长剑，将它抛给了马相搏，叫道："接住！"

马相搏一揽臂，接住了杨睿抛过来的剑，直直插入了蛟龙的脑袋。

蛟龙发出一声"嗷"叫，一个猛子扎进了水里，马相搏借势一跃，跳到了船头。

杨睿叫道："前辈！快上来！"

花婆婆拧着恶蛟的脖子，蛟龙一甩身子，花婆婆顺着这股力道，身体平平掠起，如一只狂风中的鹰隼，直飞到了木船之上。

萧如期一把抱住杨睿，"哇"的一声哭了出来，道："我——以为你死了呢，呜呜——"

杨睿惊魂未定，轻轻拍拍萧如期的肩，道："我没事，这不是回来了吗？"

花婆婆在水中先是使用"花煞擒龙"绝技将下沉中的杨睿起底捞住，又制服了两条扑上来的恶蛟。经过一番缠斗，精力大耗，正瘫坐在甲板上，低头吐出了几口黑水，强压着起伏的内息，一言不发。

马相搏爬了过去，轻轻帮花婆婆拍了拍背脊，道："花师叔，你没事吧？"

花婆婆抬眼看看马相搏，咳嗽了几下，喘息道："没事，你花师叔我还没那么容易死掉。"

第九十六章　讯　音

静。

死寂一般地静。

杨睿等四人浑身湿透、瘫坐在船头，都沉浸在死里逃生的余悸之中，谁也没有注意到风是什么时候停的，雷是什么时候停的，浪是什么时候停的。等他们缓过神来之时，一切都已经消失了。

浩渺的洋面上，水平如镜，只有倾斜的船体、折断桅栏、扯去的风帆和舱内的积水告诉他们刚才发生的一切是真实的。

萧如期左顾右盼，错愕道："咦，这是怎么回事？"她抬头看看天上——蓝天白云，温暖的阳光从天而降，铺射在每个人的身上。

马相搏大喜，高兴地叫了起来，道："风暴终于过去了。"

花婆婆自言自语道："天意，难道是天意？"

杨睿道："前辈，你的意思是说，这是一种征兆？"

花婆婆道："这世间的事情没有任何一件是孤立的。"

马相搏道："花师叔，你的话是什么意思？"

花婆婆道："臭小子，你学武的悟性那么高，怎么遇到这样的事情却想不明白呢?"

马相搏看看杨睿,又摸摸自己的头,腼腆地笑了,满脸愧色,道:"我本来就笨嘛!"

花婆婆道:"刚才这般滔天巨浪,是因风而引起。我们为什么要去黑水岛?因为黑水岛上有我们想要夺回来的东西,非去不可。"

马相搏似懂非懂地微微点了点头。

萧如期道:"前辈,你的意思是,刚才这场风暴也不是无缘无故生起?其中必定有原因?"

"那是自然。"花婆婆道:"玄门道学的起源便是从无到有,一生二,二生三,三生万物。如此天朗气清,怎么可能会无缘无故地来这么一场风暴?"

杨睿道:"前辈的意思是——我们此去黑水岛,会有不测?"

花婆婆缓缓道:"也不是没有这种可能啊!"

萧如期一惊,脱口而出道:"那——那我们还去吗?"她刚才委实被如此惊涛骇浪吓得不轻,到此时内心其实还没有完全安定下来。

"当然要去呀!"马相搏急道:"要是不去,游云师姐怎么办?再说,都已经到了半道了。"

花婆婆白了马相搏一眼,道:"看把你急的,谁也没说不去啊。你心里就装着你的游云师姐?可是你有没有想过,你心里有她,她心里有你吗?"

马相搏脸上一红,低声道:"我心里有她就已经够了,只要她平平安安的,我就已经心满意足了,至于她心里有没有我,又有什么打紧?"

花婆婆叹道:"唉,你这个臭小子,怎么就这么傻呢?游云那死丫头心高气傲,有什么好的?你忘了上次你为她求情的事了?她当时是怎么骂你的?人家已经明确地说对你没有丝毫情谊,说你是癞蛤蟆想吃天鹅肉。"

马相搏呵呵笑道:"那是她怕连累我。再说了,在我的心目中,她本来就是一只天鹅，我做一只能天天看到天鹅的癞蛤蟆不也挺好的吗？"

花婆婆伸出手指点点马相搏，道："你真的是愚蠢之极，不可救药了。"

马相搏委屈地低下头去，道："我说的本来就是事实嘛，这世间哪里有能天天看到天鹅的癞蛤蟆？这样幸运的癞蛤蟆，谁不想做呢？"

听到这里，萧如期再也忍不住地笑出了声来，捂着嘴道："马相搏，我真没想到，这世界上居然还有你这样痴情的人，这次见到了你的游云师姐，我一定要在她面前替你多说一些好话。"

没想到马相搏连连摇手，道："不不，如期姐姐，你可千万不能说，你一说，以后她可能再也不会理我了。"

就在这时，忽然从远处隐约传来了一阵"咚咚"之声。

杨睿等人又惊又奇。萧如期道："这是什么声音？"

马相搏道："好像是敲鼓的声音。"

四人抬眼在洋面上四下搜寻，杨睿惊叫道："你们快看——"

——在离大船很远的地方，竟然不知从什么时候起，出现了一座光秃秃的小岛。

萧如期赶紧执剑在手，道："黑水岛到了。"

花婆婆疑虑地道："这岛才巴掌大小，岛上寸草不生，一定不是黑水岛了。"

杨睿道："前辈说得不错，这样一个小岛，怎么可能是名满天下的黑水岛呢？想必是一座荒岛。"

"咚咚"的鼓声隐约不断地传来。

马相搏道："公子，这鼓声就是从那荒岛上传来的。"

花婆婆道："大家都先不要猜了，我想这岛必定有古怪。"

萧如期道："就是，刚才我们可一直都没有发现有这样一座荒岛呀。"

花婆婆做了一个手势，道："你们都别出声，细细听。"

四人静下心来细听，鼓声虽然遥远，却节奏分明，抑扬有致，宛然一曲鼓乐，雄浑而鸣。

杨睿和萧如期、马相搏三人原本是练武之人，于音律一窍不通，却此时也听得如醉如痴。

花婆婆喃喃自语，道："怎么会这样？"

杨睿道："前辈，你听出来什么古怪？"

花婆婆不理，直道："按理说不应该呀。"她缓缓摇头，一连说了几句："不会！不会！不会！"

杨睿等三人面面相觑，他们见花婆婆如此恍惚的表情，均不由得内心又不安起来，不知道这里面到底有什么玄机，都一脸恐慌地看着花婆婆。

花婆婆慢慢地站了起来，遥望着远处的荒岛，道："飞龙讯音？这是飞龙讯音——"

杨睿道："飞龙讯音？这是什么曲子？"

花婆婆朝前走了两步，眼睛一动不动地盯着远处的小岛，道："飞龙讯音不是什么曲子，而是神咒。"

"神咒？是咒语吗？"萧如期道："可是咒语不都是出自人之口的吗？怎么还可以用鼓来敲呢？"

花婆婆的脸上忽忧忽喜，道："所以说它是神咒呀。"

萧如期看看杨睿，又看看马相搏，不明就里。

花婆婆道："其实我也没有亲耳听过飞龙讯音，但是我曾经听喜厌先师提起过。造化，真的是天大的造化啊！万万没有想到，在这浩瀚无垠的地方，居然能亲耳得聆此音，也不枉此生了。哈哈，哈哈哈哈——"

杨睿等见花婆婆这样痴狂的表现，内心更是又惊又疑，不由得脸色大变。

马相搏道："花师叔，你到底怎么啦？这不就是一段鼓声吗？你别这样吓我们啊！"

花婆婆指着前面远处的小岛，道："去！一定要去看一看！"

第九十七章　荒　岛

杨睿、花婆婆等人检查大船，见大船所幸并没有大的破损，只风帆扯去，其中一根桅杆断了，便重新将一片备用的风帆扬起，朝荒岛驶去。

大船行进荒岛前，杨睿四人都大为失望。只见这座荒岛不大，犹如一个小丘一般浮现在汪洋大泽的中央。岛上光秃秃的，没有一棵树木，全部都是裸露在水面的褐色岩石。偶有稀疏的杂草生长在岩石的缝隙之间，与褐色岩石上停栖的一群群大鸟，方显出了些许的生气。

杨睿、花婆婆等将大船停靠在岩石滩边，四人上得岛来。

马相搏道："花师叔，岛上怎么没人？刚才的鼓声明明是从这里传过去的。"

花婆婆环视了一下荒岛四周，扬声道："白虎门花千千拜见岛上圣君！"她提气一喊。声音如同天啸一样传了开去，一直在整个岛上萦绕。

杨睿、萧如期不由得暗自叹服，心道："花前辈果然不愧是玄门正宗的名宿，就冲她这一腔中气，世间有几人能具备这样雄浑的功力？"

岛上除了鸥鸟的鸣叫，没有丝毫回应。

花婆婆连喊了数声，也不见有人出来应答。

杨睿道："前辈，我们分头去找找！"

花婆婆道："且慢！这岛方圆也不过这么一点大，不用分头去找，大家在一起。"

杨睿一听，顿时感觉花婆婆言之有理。此岛在汪洋之中如此突兀地就出现了，而且刚才明明有鼓声传出，可此时大家登上来了，却不见有人，岂不让人费解？

萧如期奇怪地道："花前辈，这荒岛出现得如此离奇，莫非是黑水岛的附属之地?"

花婆婆沉吟道:"不会,不会!"

马相搏道:"花师叔,你怎么如此肯定?"

花婆婆道:"黑水岛是七夺教的总舵,是邪妄之所,怎么可能传出飞龙讯音呢?"

杨睿道:"前辈,你一直说它是飞龙讯音,可飞龙讯音到底是怎么回事啊?"

花婆婆道:"等大家见到了这岛上的主人再说吧。"

四人一起沿着岛上的沙滩边走边寻,四下里搜寻,可是转了一圈下来却不见人影。

马相搏挠头道:"真是奇怪,怎么会这样呢?"

杨睿抬眼看岛上的岩石,有的地方突兀嶙峋,道:"莫非这岛上有什么岩洞?"

萧如期道:"即使岛上的人居住在岩洞之中,刚才花前辈的几声喊叫,响彻云霄,他们也应该能听到了。"

杨睿点头道:"那倒也是。如此说来,这荒岛还真的有一些古怪,大家要小心了。"

花婆婆忽然道:"我们先回到船上去,再做计较。"

马相搏道:"花师叔,你是担心这是七夺教使的幻术,别到时候他们把咱们的船给弄走了?"

花婆婆道:"臭小子,你这次倒猜对了我的心思。"

杨睿等听花婆婆这样说,赶紧又返回了大船之上。马相搏去舱内取出来食物,大家分吃了一些,便盘坐在船头上静静地观察着岛上的动静。

花婆婆道:"我花千千活了大半辈子,居然还能遇到如此蹊跷之事?"

杨睿道:"对了,前辈,你现在能跟我们说说飞龙讯音的事情了吗?"

花婆婆见杨睿问起,便道:"唉,这事情说来话长——"

萧如期道:"花前辈,反正现在闲着也是闲着,你就说给我们听听呗。"

花婆婆沉吟了一下，道："这事还得从数百年前伏羲大帝和碧凌、天画两位神君在白虎山坐而论道开始说起。"

对于数百年前伏羲、碧凌、天画于白虎山论道铸碧凌剑、开创白虎门一事，杨睿早在白虎山的时候就已经听说过了，但是萧如期却是第一次听说。她兴致很高，不由得惊叹道："杨睿，你真的是碧凌神君昔日的坐骑投胎转世吗？"

杨睿道："我也不知道是真是假，但是白虎山的三圣和火掌门当时确实是这样跟我说的。"

花婆婆道："此事不假，要不然他火不明怎么可能将碧凌龙诀传于你一个外人？"

"哦，"杨睿点头道，"既然前辈也是这般的认为，那一定是真的了。"

马相搏问道："花师叔，那你还没有说起飞龙讯音呀？"

花婆婆白了马相搏一眼，道："臭小子，饭要一口口吃，故事当然要一段段听啊。"

马相搏低下头去，道："是，师叔！"

花婆婆道："当年，碧凌剑铸成之后，伏羲大帝与天画、碧凌两位神君额手相庆。自然很是欢喜，可是就在此时，天画神君随身佩戴的一块玉龙却不高兴了，说天画神君偏心，将玉精铸成了碧凌剑，却弃它不用。"

杨睿道："难道后来又铸了一把剑？"

花婆婆摇摇头，道："那倒不是。当时，伏羲大帝便道，'天地有阴阳之分，刚柔之变，如此神器为何不也造就出一对来呢？'随即，便将那块玉龙环佩接了过去，道'碧凌剑是武伐之器，你就转化为文成之律吧'。"

杨睿道："一文一武？"

花婆婆道："不错，当时，伏羲大帝便将那块龙环玉髓注入了通天精气，消除了它的外形，推演了一套鼓乐，取名飞龙讯音。"

杨睿、萧如期和马相搏均点头，道："哦，原来如此！"

花婆婆道："飞龙讯音虽然是文成之律，却因为其赋予了伏羲大帝的神明意义，所以，它照样可以消灾灭祸，震鬼降魔，与碧凌龙诀并列文武二法诀。"

杨睿叹道："难怪前辈刚才对飞龙讯音如此敬若神明，原来它还有这样的一段渊源。"

花婆婆道："当年碧凌剑与碧凌龙诀归属白虎门传承下去，而至于飞龙讯音，当年伏羲大帝与天画神君是如何商议传承的，喜厌先师却并没有跟我说起过，可能是由天画神君自己去选择有缘之人作为她的衣钵，也未可知。不过——"

杨睿道："前辈！不过什么？"

花婆婆道："我想，既然飞龙讯音是文律神器，应该与柔与水有关，它能在此处出现，也是在情理之中的。只是我们摸不清楚它的传承渊源罢了。"

杨睿道："前辈说得极是，正如前辈所说，或许当年碧凌剑留在了白虎山，天画神君在另一处浩瀚泽国将它流传于世，也是有可能的。"

就在这时，忽然萧如期失声叫了起来，道："前辈，人？有人来了——"

第九十八章　逸　事

杨睿等人抬头看去，远远看到小岛上的一处崖石边，站着一个披着兽皮的人，身形佝偻，正在呆呆地左右顾盼。

花婆婆、杨睿飞身跳下大船，朝小岛上奔去，萧如期和马相搏紧随其后也追了上去。

可是待杨睿等四人奔到了近前，那身披兽皮的人却已经不见了踪影。

马相搏道："我们分头去找，这次一定要把他找出来。"

花婆婆急道："大家在一起。刚才我们已经看到他了，切不可鲁莽行事。"

萧如期道："前辈，你说他明明就在岛上，为什么不出来见我们呢？"

马相搏压声道："花师叔，我看刚才那人鬼鬼祟祟的，不像一个好人，莫非真的是七夺教派来的奸细？"

花婆婆斥道："别乱说，能懂得飞龙讯音之人，怎么可能是歹类？"

马相搏被花婆婆一喝，吓得不敢作声了。

杨睿静静地观察着岛上，一言不发。

萧如期道："杨睿，你怎么不说话？"

杨睿思虑重重，道："我刚才看这岛上之人的身形体态怎么感觉似曾相识呢？"

萧如期奇道："似曾相识？怎么可能呢？这可是一座汪洋大泽之中的荒岛，我们也都是第一次踏上这里。"

杨睿道："就是啊，我也正在奇怪呢，怎么会有那样的感觉呢？"

花婆婆问道："婆婆我老眼昏花，刚才岛上那人是男是女？"

萧如期和马相搏异口同声，道："男的。"

花婆婆道："这就好生奇怪了。如果是天画神君的衣钵传人，应该是女的才是啊。"

马相搏道："为什么呢？"

花婆婆没好气地道："天画神君自身是素女玉体，她的传承一脉怎么可能是男人？那成何体统？"

马相搏低声道："哦，那倒也是，不过，凡事都有例外的嘛，就像咱们白虎门，不是也有男有女？"

花婆婆不悦道："反正我就认为这样混修不好。"

马相搏连道："是，是，花师叔我错了。"

花婆婆问杨睿，道："你刚才说什么？"

杨睿道："离得太远了，仓促之间我也没有看清楚，但是我感觉他的体态很熟悉。"

花婆婆道："这算什么？这世间的人如此之众，体态一致之人何止千万？"

杨睿摇头，道："不是，还不仅仅是体态像，主要是我内心的感觉，那是一种强烈的感觉。"

萧如期忽然道："你不会想说刚才的那个人像你的那个失踪了的好朋友祁炫吧？"

杨睿点头道："正是！"

萧如期掩面笑出了声来，道："哎呀，我看你真的是痴迷了，这样下去可不行。"

花婆婆道："我听你们说起过这个祁炫，他到底是个什么样子的人？他又是如何失踪的呢？"

杨睿叹道："如果说二王子姒朔曾经是我最好的玩伴，那么祁兄则是我在雍丘城最好的朋友，他是本朝太史李伟轩和国相李奉贤共同的学生，可是他并不住在宫内，而是在城外开了一间'奇巧馆'。"

"奇巧馆？"萧如期道："那是一处什么场所？"

杨睿的脸上洋溢着回味的神情，道："祁兄比我大三岁，按他的天资，如果练武，必定能成一代高手，可是他偏偏喜欢舞文弄墨，钻研那些孩童才痴迷的小玩意。"

花婆婆道："人各有志，做自己喜欢的事情，才是真性情。"

杨睿道："三年前，虢寇肆虐，他们神出鬼没，四处刺杀朝廷将领。平阳关的董将军飞书告急，姒鸿大王派太史李伟轩大人和祁兄去破除他们设下的险局，没想到李大人遭到了虢寇的暗算，遇难成仁。"

马相搏恨恨道："虢寇前些年猖獗，连白虎山那边都有所耳闻。"

杨睿道："李大人遇害以后，祁兄非常自责，可他最终还是凭借着一己之力，硬生生将虢寇的生死大局给破了，与董将军一起尽数剿灭了虢寇。"

花婆婆道："那后来呢？"

杨睿道："后来，祁兄却在回朝复命受奖的途中，突然不辞而别了。"

萧如期道："是不是他心里有对他的老师李大人之死抱有愧疚，从此选择了归隐？"

杨睿摇头道："一开始我们大家都这样认为的，可是后来都觉得这样的答案过于牵强。你想，祁兄虽然机智过人，可是他却天生乐观，性情如同孩子一般，风流倜傥，任性贪玩，他如何会选择寂寞的隐居生活？"

花婆婆道："人的性格是会变的。"她说这句话的时候不由得想起了自己半生的经历，却也只能暗自叹息。

杨睿道："以我对祁兄的了解，他一定是遇到了什么非常重大的事情，才会选择消失的。"

萧如期道："既然虢寇已经被荡除了，他得胜回朝，应该是加官进爵呀，怎么还会有什么重大的事情呢？"

杨睿茫然道："这就是我这三年来一直想不通的地方。"

马相搏支支吾吾，道："会不会他——他遇到了什么不测？"

杨睿道："不会的，因为他是在回来的路上，即将进得雍丘之际才失踪的。他的身边不仅有众多的将士护送，还有太平将军董浩陪同，谁又能伤得了他分毫？"

萧如期道："就那样凭空消失了？"

杨睿道："不错，这是杞国的最大一桩悬案，三年过去了，至今无人能解。"

萧如期道："你说既然祁炫也是我义父的学生，那祁炫失踪以后，我义父就没有派人去寻找吗？"

杨睿道："怎么不找？就在祁兄失踪的当天，国相大人就连夜派出了宁蓝将军和其他的一众禁军高手，奔赴各地寻找祁兄的下落，活要见人，死要见尸，可是一连寻了几个月，杳无音讯。"

花婆婆道："那应该是祁炫故意躲避的缘故，他既然能独力破局虢寇，想必聪明绝顶，他要真的不想让别人找到，那旁人自然无法查到他的下落。"

杨睿道："前辈说得很对！但是不知道为什么，我刚才越发感觉他的存在，似乎与我近在咫尺一般。"说到这里，杨睿异常动容。

一直等到夕阳西下，再也不见先前的那个人出现，眼见天色渐昏，花婆婆等只得又重新返回到了大船之上。

第九十九章　岩　画

月亮升起来了，又扁又圆，它悬浮于浩渺的黑水之上，既高且低。

花婆婆等都已经进了舱内歇息了，杨睿独自一个人静静地坐在船头，默默注视着面前的荒岛。

"黑水岛还有多远？它到底在哪里？"杨睿在心中不停地问自己。

已经在这茫茫水国中行进了好多天，可是，除了眼前的这座荒岛之外，放眼望去，能看到的只有水。但是，有一点，杨睿发现到了一些异常，那就是出航之时的水是清澈的，可是现在所处水域的水色似乎有点变深了。

"这是不是就意味着快要接近黑水岛了？"杨睿想到这里，既紧张又兴奋。

忽然，杨睿的眼睛一亮，他惊讶得差一点叫出了声来——

在凄清的月色下，杨睿前面不远的一面褐色岩石上，竟然闪烁着星星点点的荧光，组成了一幅漫长的画卷。

杨睿这一惊非同小可，这岩石本是天然形成的礁垒，白天在自然光下没有异样，此时被月光一映照，它上面的图画才显现了出来。

更让杨睿惊讶的还是接下来他的发现。

——杨睿再仔细一看，一颗心差一点飞出了体外，原来，岩石上出现的星星点点组成的这幅长卷居然是雍丘城的全图，上面有王城、有望月山，还有城外的柳林、茅屋，尤其是柳林深处的一处竹楼更是独特，它看上去就是此前祁炫留下的"奇巧馆"之缩影。

"祁兄！祁兄！"杨睿叫喊着，跳下船朝岩石前奔去。

杨睿不再有任何怀疑，此时的他已经在内心深处断定，先前在岛上出现的那个人，就是他的好朋友、三年前失踪的祁炫。

正在舱内歇息的花婆婆、萧如期和马相搏三人也被杨睿突如其来的叫喊声惊醒，纷纷奔出了船舱，他们也都被荒岛岩石上出现的荧光惊呆了，一起奔向前去。

杨睿不停地在月光下到处寻找着，呼喊着，叫着祁炫的名字。可是任凭他如何喊叫，岛上依旧是没有任何回应。

花婆婆等站在岩画前，仔细察看着上面的荧光，见整个岩礁上都在闪动。画面起伏，构图严谨，疏密有致，一看便知是有人故意用什么东西撒上去的，而且撒出此画之人，绝对精于丹青。

萧如期惊讶道："我们先前看这些地方没什么特别呀，怎么被月光一照却神奇地出现了这样的画面？"

花婆婆道："这些应该是用蛟龙的骨头，焚烧之后研成粉末撒上去的，因为焚烧过的骨粉颜色与褐色的石头没有太大的区别，所以我们此前并没有在意。"

马相搏点头，道："原来如此。可是为什么要在这样荒无人烟的地方撒这样的一幅大画呢？"

花婆婆道："看样子，这些骨粉撒上去已经有段日子了，看它们经过风吹日晒，已经基本上与岩石融为一体。做此骨粉画的人应该是想寄托着什么。"

就在这时，远处传来了杨睿的一声叫喊，道："前辈，如期！你们快来看——"

花婆婆等转身奔了过去，只见杨睿正站在一块突兀出来的礁石上朝远处看。三人跑近，顺着杨睿手指的方向望去，看到离荒岛千步之遥的水面上，黑压压一片东西在动。

萧如期脸上变色，惊道："那是一些什么东西？"

花婆婆沉声道："是恶蛟。"

马相搏大吃一惊，道："怎么这么多？师叔，它们正朝这边游来呢。"

花婆婆冷静道："你们不用惊慌，蛟龙虽恶，可是它们擅长在水里撕咬缠斗，不敢轻易上岸。即使它们上得了岸，我们手里有剑，又怕它们何来？"

萧如期强做镇定，道："前辈说得对，它们要是真的敢上岸，我们就跟它们拼个你死我活。"

杨睿道："前辈，你看这些蛟龙成群结队，有数百条。它们朝着同一个方向而来，是不是受了什么东西驱使？"

花婆婆点头道："一定是这样的。这样看来，此岛必有古怪，大家要小心了。"

听花婆婆这样一说，杨睿等三人都心头一紧，他们都知道花婆婆让大家小心的意思，其实并不是惧怕这些赶赴过来的蛟龙，而是惧怕驱使它们前来的背后原因。

岛上原先出现的那个人，想必是敌非友。

可是杨睿却并不这样想，道："他一定是祁兄！"

花婆婆道："何以见得？"

杨睿道："前辈，我从小在雍丘城长大，那里的一草一木我都非常熟悉，这岩礁上闪现的图，正是雍丘城的全貌。"

花婆婆道："那又怎样？"

杨睿道："前辈，我想，这一定是祁兄久居荒岛，日夜思念故土才撒骨成画，得以寄托遥思之情。再说，我对祁兄的丹青绝技非常了解，看这些岩画正是他的风格。"

萧如期疑惑地道："可是，如果你猜得不错，那他为什么对我们避而不见呢？现在又有这么多水里的怪物朝我们这边游来，显然是受了岛上什么东西的召唤，这说不通呀。"

杨睿道："他不见我们，一定有他的原因。"

马相搏道："公子！世间真的会有这么巧的事情？他失踪了三年，朝廷派出了多批人都未能找到他，我们刚一到这里，就恰巧被我们遇到了？"

正说着，无数的蛟龙已经游到了荒岛一侧的礁石前，尽管视线被部分突出的崖壁挡住了，可是据目测，这一群恶蛟不会少于数百条，它们正争先恐后地向荒岛另一面的崖石下去了。

杨睿与花婆婆相互看了一眼，不约而同地道："走！"拔腿就朝荒岛后面的方向跑去。

四人爬上了荒岛的顶端，借着月色往下探看，均愕然，面面相觑。

——临水的一处礁石上站着一个弯腰驼背的人，正朝面前水里簇拥翻滚的数百条蛟龙身上抛撒着什么。群蛟看上去异常亢奋，似乎正接受着主人的恩赐一般。

这次，杨睿居高临下，离那礁石上的人又近，他看得真真切切，虽然此人形体异样，脑门上的毛发稀疏，与印象中那般俊朗潇洒、风流倜傥完全不同，可是杨睿还是一眼就认出来了，他就是失踪了三年的祁炫。

第一百章　衣　钵

秃子，驼背，失聪，口眼歪斜，反应迟钝——这就是现在的祁炫。

杨睿怎么也无法接受这样的一个现实，他心目中的祁炫是何等的美男！何等的睿智！何等的风度翩翩！

当杨睿在荒岛的岩洞中面对面看着祁炫的时候，他忍不住泪流满面。简直不相信自己的眼睛，但是，眼睛可以骗人，心灵不会骗人。

不错，眼前的这个猥琐、残疾、略带痴呆的男子，就是他曾经的光辉偶像、雍丘第一才子祁炫。

是什么原因造成了祁炫今天的模样？他当初又为什么要突然消失？为什么时隔三年他会一个人独居孤岛？他为什么这样一个近乎废人的状态，却能驱使着汪洋大泽中的恶蛟？

很多疑团压了杨睿的心头，他迫切需要得到答案。

可是，祁炫却始终朝着杨睿，笑而不答。

杨睿的内心五味杂陈，可是无论他怎么苦口婆心，声泪俱下。

祁炫终究一言不发地看着他，并且还面带微笑。

因为祁炫根本就不知道杨睿在说着什么。

"他已经哑了！"花婆婆察觉出来了祁炫身上的诸多异常。

"什么？哑了？"杨睿惊讶地张开了嘴巴，喃喃自语："这——这怎么可能？"

萧如期和马相搏站在一旁，胆怯地注视着祁炫。

花婆婆道："我没有说错，他已经哑了，又聋又哑。这就是任凭我们在岛上任何叫喊，他都听不到的原因。"

"为什么会这样？"杨睿紧紧握着祁炫的双手，冲着祁炫喊："这到底怎么回事？你快说啊？"

祁炫挣脱出了杨睿死死抓住他的双手，伸出一只手掌，替杨睿轻轻拭去脸上的泪水。

杨睿看到了祁炫的眼角也噙着泪花，却没有掉下来，只是一副久别重逢的喜悦，一个劲地朝杨睿微笑致意。

萧如期上前，轻轻拍拍杨睿的肩头，道："你别这样，你说什么他也听不到，你这样他会心里更难过的。"

杨睿忽然恍然大悟，他将手指伸到了嘴里，使劲一咬，一下子将自己的手指咬破了，鲜血直流。

祁炫愕然。

杨睿用手指蘸着鲜血，在崖石上写了几个字："告诉我，到底是怎么回事？"

祁炫愣了一下，随即"哧"地撕下了自己身上披着的一小块兽皮。拉过杨睿的手，替他把手指包了起来，微笑着朝杨睿摇摇头。

杨睿一下子陷入了抓狂的境地。

"查！"杨睿歇斯底里地叫了起来："我一定要把这件事情查清楚。"

花婆婆道："杨睿，你这样会吓着他的。我们现在最要紧的是要弄清楚，先前岛上是何人在击鼓，是他吗？"

杨睿向祁炫做出了一个敲鼓的手势。

祁炫朝杨睿等四人招了招手，便转身而行。

花婆婆、杨睿等四人跟着祁炫拐过了一块巨崖，掀开一丛杂草，里面居然出现了一个大洞。四人跟着祁炫钻了进去。

礁洞外面看起来不易被发现，里面却很是宽敞，地上铺着干枯的杂草，和几张蛟皮，估计这也就是祁炫御寒的家当了。再抬头看洞壁上，开凿了几个凹进去的槽穴，里面端放着鱼油熬制的草灯，正发出清亮的光，旁边的石壁上居然悬挂着大小不一的各种鼓。

花婆婆等一下子看呆了。只见壁上的鼓都是用蛟皮制成，有的已经破损，可有的却很新鲜，看上去似乎前两天才剥下来。

马相博道："看来，先前那个敲鼓的人就是他了，这荒岛上应该只有他一个人。"

祁炫对洞壁上挂着的鼓，指指点点，不时朝杨睿示意，似乎在说："这些都是我自己做的。"

花婆婆沉吟道："这就奇怪了，他怎么会打击飞龙讯音呢？"

杨睿道："前辈，你断定我们先前听到的就是飞龙讯音？"

花婆婆道:"我可以断定它就是。虽然我此前从来没有亲耳聆听过此神咒,可是根据我的判断,应该不会有错的。"

萧如期道:"花前辈,你既然没有听到过?又怎么可以确定呢?而且这世上到底有没有飞龙讯音,尚未可知。"

花婆婆嘿嘿笑道:"我就凭这个!"说着,她朝洞壁上方挂着的一块蛟皮指了指。

杨睿等人顺着花婆婆的手势看去,见洞壁上端端正正张贴着一张羊皮,上面绘制着一个超凡脱俗的女子,姿态翩翩,犹如神人。

"这就是玉灵天画神君的造像!"花婆婆说着,诚惶诚恐地双膝跪地,朝洞壁上的羊皮绘像恭恭敬敬地磕了三个响头。

杨睿、马相搏大惊失色。要知道,花婆婆在白虎门中地位极高,而且她性格桀骜不驯,任何人都不放在眼里。她甚至于敢挟持"虎山三圣",为难白虎门的掌门火坨坨。可是此时她见到了洞壁上的圣像,居然如此一番顶礼膜拜,不由得让人感到壁上的圣像确确实实来头奇大。

祁炫起初并没有特别留意杨睿身边的花婆婆,此时见她跪拜石壁上的天画神君,也是内心一惊,这才暗自打量了花婆婆一番。

杨睿早就知道玉灵"天画神君"的圣名,知道她是与碧凌神君齐名的先天大神。当下更是不敢怠慢,弃了手中长剑,沐面正襟,也恭恭敬敬朝神像磕了三个头。

这样一来,轮到祁炫疑惑起来了。不错,洞壁上的造像,确确实实就是"天画神君",而自己正是得了天画神君的衣钵,才到此荒岛。来完成一件常人几乎无法想象的使命,可是,杨睿和眼前的这个鹤发鸡皮的老太婆怎么会一眼就认出了天画神君的造像呢?

祁炫百思不得其解,他消失了三年,根本不知道后来杨睿的一些经历,他也曾经听说过天下玄学正宗白虎门。可是他自己却没有去过白虎山,所以,祁炫根本就不认识花婆婆。

更让祁炫疑惑的是,为什么杨睿会突然来到这个荒岛上?他们一行四人这是要去哪里？当然，以祁炫的睿智，他很快就找到了答案。

"他们要去黑水岛。"祁炫心道："他们这是要去白白送死！"

第一百零一章　劫　满

一连几天，祁炫高烧不退，陷入了昏迷。

本来杨睿想让祁炫与自己一起去黑水岛的，可是见他突然之间似乎患了恶疾，不由得忧心忡忡。只得与花婆婆一起替祁炫诊断，并将真气注入。

无奈荒岛之上，无药可采，还是花婆婆用随身携带的丹丸，暂且压制住了祁炫的病变。

这一夜，杨睿到后半夜睁开眼睛，却不见了身边的祁炫。萧如期、花婆婆、马相搏还在一旁熟睡。他一骨碌爬起来，拾起地上的剑，便朝岩洞外跑去。

杨睿跑到了洞外，见凄然的月光下，祁炫独自一个人坐在礁石上，面对着水汽蒸腾的茫茫大泽发呆。

由于祁炫耳朵听不到，杨睿走到他的身后，祁炫也浑然不知。

祁炫面朝大泽深处，眼神有一些深沉，似乎在想着什么。

杨睿本想上前，可转念一想，心道："祁兄这么早就坐在这水边的礁石之上，必定有缘故。"便闪在祁炫身后的崖石后观望。

祁炫从怀中掏出来一根海玉打制的精巧之埙，就在口上。只见他嘴唇微动，埙随即发出一阵柔和的"呜呜"之声。

杨睿正疑惑间，却见水面上又浮起了几头大蛟，昂着头朝祁炫游了过来。杨睿大奇，恶蛟是黑水浩泽的深渊霸主，祁炫居然能对它们呼之即来，挥之即去，这不得不让人折服。想到这里，杨睿想看看祁炫到底在干什么，便立即全神贯注起来。

祁炫看样子见到那几头大蛟很是亲切，他上前几步，正欲弯下身去想接近大蛟，却发现远处的水面上缓缓飘来一艘小船。

船头站立着一人，扬声道："小人周福奉七夺教神旗总管司蒙之命，前来请祁先生一叙！"

杨睿大吃一惊，心道："七夺教？怎么祁兄果然与七夺教有关？"

他再回首四下搜寻自己的大船时，却发现已经不见了。杨睿这一惊非同小可，暗叫道："我们的船呢？这下可苦了！"

这茫茫大泽，没有了船，可如何离开？岂不终生被困死在这里？想到这里，杨睿忽然感到身后有异常，原来是花婆婆、萧如期与马相搏也都已经潜到了自己身边，四人一起伏在大礁后面朝祁炫窥探。

花婆婆压声道："别出声，我早就看出这祁炫有古怪！"

只见祁炫直起了身子，面对着小船上的来人，没有丝毫反应。

小船靠近祁炫所站的礁石，几头大蛟纷纷蹿进了水底。

周福却不下船，依然站在船头，道："我们司总管算到今日是你劫满之时，特遣在下前来有请先生。"

忽然，夜幕下飘荡起一个沙哑的声音，道："你们终于还是找来了！"

杨睿、花婆婆等一听这声音，无不骇然，这四下没有了其他人，刚才的这一声沙哑的声音不就是祁炫发出来的吗？

"可是，经花婆婆反复诊验，祁炫明明已经变成了一个又聋又哑的废人了呀。"此时的杨睿不知道是内心是喜是悲。

周福道："祁先生是个聪明人，我们司总管既然能算出你的劫满之日，当然也知道你是何时来到这里的。"

祁炫咳嗽了几声，道："那既然如此，你们司总管为何不早日动手？"

"早一天不行，晚一天也不行。"周福道："我们司总管是一个通情达理之人，要不然毁了祁先生三年的心血，这让人情何以堪、于心何忍呢？"

躲在礁石后面的杨睿等人越听越奇怪，不知道他们在说的什么，四人只是紧按手里的兵刃，屏气凝神观察。

祁炫叹道：“唉，看来还是什么都没能瞒过你们七夺教司总管的耳目，那你还不动手？”

周福道：“祁先生你误会了，我们司总管的的确确是一番美意，小人哪里敢冒犯先生？”

祁炫道：“那你们司总管不怕我到了贵岛上，把他的那点心机向你们祝教主给抖搂出来？”

周福嘿嘿笑两声，道：“小人只负责传话，来请先生，其他的一概不知。”

祁炫略一沉吟，道：“那好，你随我来！一同去取。”

周福喜色道：“先生真的愿意与我一同前往？”

祁炫瓮声瓮气问道：“你们司总管既然都已经找上门来了，我还有别的选择吗？”说完，便转身朝杨睿等藏身之处走了过来。

周福跳下船来，紧随其后。

杨睿大急，看看花婆婆，压声道：“前辈，现在怎么办？”

就在此时，祁炫已经与来人周福走近了礁石，花婆婆不及细想，她如野隼般扑了出去，双掌在空中连错两下，五根手指已经插入了周福的肩颈。

周福还没有反应过来，已经闷哼一声，被花婆婆活生生控制了。

杨睿、萧如期和马相搏相继跃出。

花婆婆逼视着祁炫，道：“其实你早就知道我们在了？”

祁炫点点头，道：“是的，此人不制服，你们永远去不了黑水岛。”

杨睿愕然，道：“祁兄！你？你——”

祁炫微微点头，道：“今夜是我的劫满之时，可是我的容貌再也无法回到从前了。”

萧如期道：“这是什么人？”

祁炫道：“他是七夺教的人。”

杨睿上前，一把抱住祁炫，眼含泪水，哽咽道："祁兄，我想你想得好苦啊！"

祁炫道："我又何尝不是如此？"与杨睿相拥在一起。

花婆婆忽然道："我们的船是你故意移走的？"

祁炫点头，道："不错，前辈好眼力。"

杨睿道："这又是为何？"

祁炫道："如果七夺教的人老远就看到这里多了一艘如此大的船，你想他们会怎样？"

杨睿恍然大悟，道："祁兄果然聪明！那，那我们的船呢？"

祁炫道："已经被我凿沉了。"

杨睿大惊，道："祁兄，那——那我们怎么去黑水岛？"

祁炫转身指着身后停泊的小舟，道："换上这个小舟！此人是黑水岛总管司蒙的信使，只能随他一起，你们才能上得岛去。"

第一百零二章　孽　灵

三年前还是玉树临风的祁炫独居孤岛三年，潜心炼"唤龙散"。由于在实践中反复以身尝丹，以至于头发掉了，耳朵也聋了，嗓子也哑了，甚至他身上的骨骼也因之而变了形。

要不是杨睿和花婆婆等在祁炫秘设的洞穴中，亲眼见到满地的炼丹窟和各种矿石，他们根本就不相信这一事实。

祁炫道："碧凌剑与碧凌龙诀固然可以荡平七夺教，但是，如果没有唤龙散，任何人都无法接近黑水岛。"

杨睿道："为什么？"

祁炫道："人们都知道七夺教，可是你们知道七夺教这个名字是怎来的吗？"

花婆婆道："我曾听喜厌先师说过，当年白虎门出了一个道妖的前辈。他钻研魔道成性，导致了邪心突发，误入歧途，创立了此教。至于为什么叫七夺之名，倒真的不是很清楚。"

萧如期道："是不是他们有七种夺命的毒蛊之术？"

祁炫摇摇头，从地上随意捡起一颗暗黄色的砂丸，手指运力，将其捻成粉末，道："其实不是因为有什么七种致命的毒蛊，而是源于一种凶猛的动物，就是七夺蛟。"

"七夺蛟？"杨睿、花婆婆等面面相觑。

祁炫道："白虎门虽然创立数百年，可真正鼎盛时期也就在百年前。当时白虎门人才济济，享誉一时。道妖作为白虎门中天赋极高之人，一度被认为是接掌白虎门的首选。可是没有人知道，其实他是天画神君座下的一块七夺蛟玉灵所化。"

杨睿看了一眼花婆婆，花婆婆暗自点头。他们知道，祁炫接下来就要涉入正题了。

果不其然，祁炫道："因为道妖是七夺恶蛟所化，所以它被驱逐出了白虎山之后。才远走黑水岛，创立了自己的教派，索性取名七夺教。"

花婆婆道："原来是这样！怪不得我们遭到了这么多恶龙的攻击。"

祁炫道："这些恶蛟其实只是零零星星的小祸患，真正的蛟王在岛上。它正处于眠寐之际，一旦此蛟王苏醒，就连七夺教教主祝亥都拿它没有办法，那才是人间大患。"

萧如期道："那这么说，如果它一旦发作，黑水岛上岂不是要天翻地覆？"

祁炫叹道："何止天翻地覆，简直是人间地狱一般。更为可怕的是，开启蛟王苏醒的法门为祝教主所独有，加之黑水岛上机关密布，你们此去根本没有生还的可能。"

马相搏大急，道："那——那游云师姐和掌门他们怎么办？"

祁炫道："这位小兄弟稍安勿躁，世间万物相生相克，蛟王虽恶，也有制服它的办法？"

花婆婆道："如此说来，祁先生是受了天画神君的秘旨，在这里潜心钻研克制蛟王的神术？"

祁炫道："不错，七夺蛟王是上古孽灵，它与天地同生。三年前我在阳平关协助董将军平乱的时候，曾经无意间邂逅了天画神君。她秘授了弟子飞龙讯音之术，此术与唤龙散同时施展，可使七夺蛟王降服。"

杨睿点点头，道："我明白了，祁兄，你这三年就是在这荒岛之上研制唤龙散？"

祁炫道："要炼成唤龙散，有精铜、牡蛎子两样矿石是必不可少的，普天之下，只有这区区弹丸之地才有。"

"这么说，三年前你就知道了这处小岛？"杨睿问。

祁炫道："是的，我在三年前就得到了天画神君的暗示。七夺教有雄霸天下之心，他们的祝教主在杞国、虞国、虢国早就安插了内应。因此，我当时悄然离开，不能被任何人知道我的去向。否则，一旦泄露半点消息，将功亏一篑——"

杨睿大惊，忧心忡忡，却也无计可施，目前最重要的是尽快夺回碧凌剑，救出火坨坨和游云。

萧如期道："祁先生，这样说来，三年前你的行踪不能泄露，我也可以理解，可是为什么你当时连你的老师国相李大人也要隐瞒呢？这就让人很费解了。"

祁炫道："李国相是我的恩师不假，可是我在没有确定谁是内奸之时，除了我自己之外，任何人都是我怀疑的对象。"

杨睿道："祁兄，你真的让我好生敬佩，我真没想到，这三年来，你怀揣这样的苦心孤诣。"

祁炫苦笑，道："如今我虽然变成了这副模样，可是我不后悔。"

花婆婆默默地听着，这近二十年里，她始终都是心怀怨愤地活着，可是此时她见到祁炫所做的一切，不禁内心释然，心道："人为什么而活？与祁炫、杨睿这些后辈相比，那些私怨情仇又算得了什么呢？"

杨睿道："祁兄，那我们何时去黑水岛？"

祁炫道："不急，黑水岛总管司蒙既然已经派人来请我上岛，那又怎么能不去呢？只是我还有一件事情，搞不明白。"

杨睿道："什么事情？"

祁炫道："我在将你们的大船凿沉的时候，在底部的夹层之中发现了霹雳芒。"

杨睿、花婆婆均一愣，花婆婆惊道："霹雳芒？"

祁炫道："不错，大船底部的夹层之中怎么会有这样的东西呢？"

杨睿不解，道："霹雳芒是何物？"

花婆婆脸色微变，道："霹雳芒是一种可定时爆炸的矿药。我们道家炼丹都是严格禁用的。些许粉末就可以致人自燃而死。"

杨睿、萧如期、马相搏大惊失色，面面相觑。

萧如期错愕，道："那这样说来，我们的大船岂不是随时都有爆炸沉没的危险？"

祁炫道："幸亏我发现得及时，要不然后果不堪设想。"

马相搏道："可是——可是我们的船是拜木族李果大哥他们帮我们重新改造的呀。"

"重新改造？"祁炫道："你确定是他们重新改造的？"

杨睿正色道："是呀，就在我们出航前，他帮我们重新改造了一下，说是怕船体年久失修，远洋会有危险。"

祁炫喃喃自语，道："拜木族是我恩师的家乡，他们不可能在船上做手脚的，这到底是怎么回事？"

杨睿等心有余悸，祁炫道："既然事已至此，船也沉了，就不要去细究其中的端倪，我们这就押着黑水岛的信使去黑水岛，只是此去吉凶未卜，我们都要做好心理准备。"

大家都点头称是。

第一百零三章　总　管

黑水岛的水并不黑，恰恰相反，水质非常清澈，几乎可以一眼望到底。底在哪里？深不可测。

——杨睿、祁炫等押着周福，驾着小舟，行得两天，穿过了数层浓雾弥漫的水域。到了日暮时分，前面的泽国出现了几座高耸入云的山峰，如仙如梦。

杨睿不禁暗叹道："如此仙境，要不是事先知道它的内幕，谁又能想到此地居然是臭名昭著的黑水岛？"

一路上，祁炫不断朝水中抛撒一些淡红色粉末，说是可以驱赶蛟龙，果然杨睿等再也没有受到恶蛟的袭扰。

杨睿等一舟五人来到黑水岛前，见临水有层层石阶，已有七夺教的教众上前盘查。周福受制于花婆婆，只得任由杨睿等人摆布，拿出了怀中的岛上通行令旗，岸上教众道一声："哦，原来是周福哥！放行！"

起先，杨睿等还担心岛上之人会进行盘查，可是没想到他们见到令旗就直接放行了，对杨睿等人看都不看一眼。

周福苦着脸道："他们都知道我是奉命前去请祁先生的，你们跟我一起，他们当然不会起疑。"他被身边的花婆婆抵住了背脊上的大穴，不敢有丝毫的反抗。

祁炫道："带我们去见你们的司大总管。"

周福战战兢兢道："司总管平日里都与教主夫人在一起，你们自己去找他。"

萧如期奇道："教主夫人？你们的教主夫人不是应该跟教主在一

起吗？"

周福脸上闪过一丝坏笑，道："教主平日里驰骋天下，很少在岛上。"

祁炫道："他们现在何处？"

周福道："司总管知道祁先生今天大驾光临，早就吩咐过小人，待祁先生一到，就将先生带到吐珠堂暂且歇息，任何人不得前来打扰先生。"

马相搏不解道："你们七夺教不是个个凶神恶煞吗？没想到对待客之道却如此讲究。"

周福道："这位兄台说笑了，我们七夺教是天下大派，黑水岛更是神圣之地，又岂能做那些丢了身份的事？"

祁炫道："你们司大总管私下强行邀请在下，想必一定是瞒着你们祝教主的吧？"

周福道："小人只是岛上受人差遣的下等之人，有幸跟随了司总管多年，承他厚爱，经常替他办好交代下来的事情，其他的一概不知。"

花婆婆、杨睿等押着周福边说边走，杨睿一路环视着四周，但见日落之后的黑水岛虽然影影绰绰，却到处已经亮起了大红灯笼，宛然张灯结彩的华府，更令人不解的是，岛上似乎隐隐约约萦绕着丝竹之音。

这哪里像是一处魔窟？哪里有半分邪恶之气？

杨睿不禁心想："外界传言，黑水岛是龙潭虎穴，听起来比地狱还要可怕，可是眼前的景象倒与传闻大相径庭。"他内心虽然这样想着，心底却没有丝毫的大意。

经历了诸多的艰难险阻，杨睿已经深知危险的含义——真正的危险是你察觉不到它的危险。

果然，祁炫小声提醒众人道："千万要小心！"

此时的马相搏内心激动不已，他恨不得马上要见到被黑水岛囚禁的游云。便悄声对杨睿，道："公子，要想方设法尽快找出关押掌门和游云师姐的地方。"

杨睿点点头，道："一切见机行事，切不可鲁莽。"

说话间，周福已经将杨睿等引到了一处馆舍，上书"吐珠堂"三个字，道："诸位请！"说着，自己先推开朱色大门，走了进去。

此时杨睿的心怦怦直跳。这么多天来，杨睿恨不得插上翅膀飞到黑水岛，现在终于已经身临其境了。

吐珠堂内，氤氲缭绕，阵阵异香令人精神为之一爽。

萧如期曾经贵为虞国公主，于香品自然极为了然。她细嗅一下，道："这不是我们虞国的高柏之香吗？"

周福赞道："这位姑娘好品位，不错，此香正是扑龙国相往日捎回来的虞国珍玩高柏之香。"

370

萧如期与杨睿相视一望，不由得内心感慨——萧如期被周福提及"扑龙国相"四字，本来已经淡忘的过去，又一下子浮现在了脑海。自己统领军营，与杞国交战摘星关，又仿佛成了昨天之事。

"扑龙现在在哪里？"萧如期不禁随口问了一声。

周福道："扑龙国相是本教的大人物，他的行踪小人哪里能得知？还望姑娘见谅！"

就在这时，有伺女奉上果品清茶。

周福道："各位慢用，我去请司总管来与各位相见。"

马相搏道："你一去不返，我们在这里岂不是成了待宰的羔羊？"

周福看看身边一脸冷峻的花婆婆，道："这兄台何出此言？你们诸位都是司总管请来的客人。别说加害，我们款待还怕怠慢了。再说，小人只是教中一个地位底下的小人物，退一万步说，如果真的司总管要为难各位，即使诸位控制了小人，又于事何补？"

花婆婆怅然道："不错，你去吧！"松开了周福。

周福不慌不忙，唯唯告退而去。

杨睿偷偷注意到了花婆婆脸上的表情，满脸原本铁青的鸡皮忽然渐渐地有了一些舒展。她不断地环视着四周，眼神中多了几丝梦幻之色。

对于二十年前白虎山惊变之事，杨睿早就对其中的来龙去脉清清楚楚了。他知道，此时的花婆婆应该是他们几个人之中内心最翻腾的一个。她与祝亥的渊源如此之深，虽然时隔二十年，可是爱恨情仇依然在她的内心深深地铭刻着，又哪有一丝的轻松？

杨睿再看了一眼祁炫，见他一脸木然地端坐着，面无表情。

忽然，吐珠堂外走进来一个人，朗声道："哎呀，怠慢！怠慢！在下司蒙，迎接各位贵客来迟，还请恕罪！"

杨睿等转头看去，只见一个身材魁梧的中年人急急忙忙地走了进来，一脸堆笑，客客气气地上前，走到祁炫面前，道："想必这位就是祁先生了？"躬身作揖。

祁炫道："司大总管客气了！"起身还礼。

司蒙又向杨睿等道："司蒙见过各位贵客！"

突然，花婆婆一下子站了起来，沉声喝道："快让祝亥来见我！"

第一百零四章　贵　妇

自从一踏上黑水岛，花婆婆的内心其实早就如同翻江倒海一般。这二十年来，她无时无刻都在想着再见祝亥一面。当年她为了他，甚至不惜做出了盗取碧凌剑这样的事情。直到他们双双跳下悬崖的那一刻，花婆婆对祝亥用情之深，可以用至死不渝来形容。

花婆婆盼这一天已经盼了二十年了，此时她已经来到了这个曾经是自己心上人的家——七夺教总舵，这怎么能让她按捺内心的冲动？

司蒙见花婆婆直呼祝亥的名字，顿时脸色大变，道："尊驾何人？"

花婆婆嘿嘿一笑，道："我老太婆你是不会认识的，你们教主可跟我老太婆熟得很哪，嘿嘿！嘿嘿嘿！"

司蒙愕然，大汗涔涔，道："施主开恩，司蒙知错了。"磕头如捣葱。

花婆婆本来是想让司蒙带她去见祝亥，可是她没想到他一听到自己与祝亥很熟，便反应异常，这大大出乎了花婆婆的预料，当下便将计就计道："你既然如此做贼心虚，又何必铤而走险呢？"

司蒙不敢抬头，道："司蒙历来对教主忠心耿耿，绝无二心，还望尊驾在教主面前多多美言。"

花婆婆道："那你暗自邀请祁先生来此，是何用意？"

司蒙道："邀请祁先生不是在下的本意，在下也是奉了夫人之命，才斗胆去请的祁先生。"

祁炫道："司大总管，你是不是有什么事情隐瞒着祝教主？"

司蒙抬起头来，道："祁先生，在下只是奉命而为，还望你能体谅我们做下属的苦衷。"

祁炫道："你想得到唤龙散？"

司蒙道："唤龙散是制服七夺蛟王唯一的神药，祁先生你大功告成，不也是为了天下苍生着想吗？"

杨睿大惑不解，道："司总管的意思是想让祁兄的唤龙散来压制七夺蛟王？这又是为何？"

司蒙道："实不相瞒，本教最近发生了一件大事，急迫需要祁先生的援手。"

杨睿问："是何大事情？难道还能难得住你们的祝亥教主？"

司蒙面有难色，道："属下不敢妄言！"

花婆婆道："那既然司总管不方便透露，我们也不强求，那你叫祝亥出来，与我相见！"

司蒙道："教主圣体，非在下所能请动，总之，祁先生将唤龙散呈出来给在下，我可确保诸位的安全。"言下之意就是如若不然，后果自负。

杨睿道："司总管可知白虎门火掌门与游云现在何处？"

司蒙一脸懵懂，道："什么火掌门？什么游云？在下不知。"

花婆婆冷笑道："这么说来，你是要考验我老太婆的耐心了？"长身而起，一抓探向了司蒙。

司蒙身为黑水岛总管，自然不是浪得虚名。他此时虽然低伏在地，可是花婆婆的招法未到，凌厉之风已经迫在眉睫。他从容抬臂，格开了花婆婆的一击，另一只手划出，阻挡了花婆婆的再次追击，道："尊驾好身手——"他话音未落，花婆婆的掌力已经透过了司蒙的防护，直逼他的胸口。

"扑"的一声，司蒙胸前中了花婆婆一记。他咽喉一甜，硬生生将往外吐出的一口鲜血又重新咽了回去。

花婆婆一招得手，双掌一翻，一下拢指抓向了司蒙的颈脖，想立即擒住司蒙。然而，就在花婆婆的五指刚触及司蒙的脖子时，她感到眼前一花，一股阴气已抵达了自己的手背。

——刀风乍现。

花婆婆是何等样人？她怎么可能任由斜刺里射来的刀锋伤着自己的手臂？撒手一抽，放脱了司蒙。与此同时，她身形一转，避开了对方的另一刀，朝后跳了开去。

杨睿等感觉眼花缭乱，这才定睛看清楚。原来面前已经多了一个身穿金丝黑衣的中年妇人，体态雍容华贵，面貌娇美。手里立着一把细细的弯刀，正缓缓收住了灵动的步态，一把将受了内伤的司蒙扶起。

花婆婆惊讶地打量着眼前的这个贵妇，道："你是何人？"

贵妇看了几眼在场之人，眼光落在了花婆婆身上，道："你是花千千？"

花婆婆也打量着面前的这个贵妇，道："真没想到，七夺教中，除了祝亥，竟然还有如此高手！你居然还知道我的名字？你到底是什么人？"

这时，司蒙面露惭愧之色，道："夫人！属下无能！请夫人发落！"

花婆婆一愣，道："你是祝亥的妻子？"

贵妇冷冷地道："我是黑水岛的主人。花千千，我曾经听说过你的名字，没想到，见面不如闻名！"嘴角边露出了鄙夷的神色。

花婆婆喃喃自语，道："难怪——难怪他不愿意再见我一面，原来他的身边早就有了你这个贱人——"

司蒙喝道："大胆妖妇，胆敢如此无礼，快见过黑玫夫人。"

花婆婆仰头打了一个哈哈，道："好一个黑玫夫人！如此容颜，又岂是祝亥独享之物？司总管，你这样维护她，难道不怕有朝一日东窗事发？祝亥会饶过你的性命？"

司蒙嗫嚅道："你——你胡说——"

黑玫夫人道："花千千，你别在这里朝别人身上泼脏水，我知道你此时的心情。你曾经是祝亥的相好不假，可是当年要不是你们所谓的名门正派做事畏首畏尾，偏袒不公，他又怎么会误入我七夺教，成了我的男人？"

杨睿和萧如期相互望一眼，心道："原来这个女人就是祝亥的妻子？听周福的语气，此女似乎对祝亥不忠，难道眼前的这个司总管真的与她有染？"

花婆婆被黑玫夫人一顿抢白，不由得语塞。

黑玫夫人不理花婆婆，转身对祁炫道："祁先生，现今本岛有一件棘手的事情需要你帮忙。如果你能与我们合作，从此天下太平，否则大家鱼死网破，谁也别想活着离开。"

杨睿等人面面相觑。祁炫道："唤龙散对你们就这么重要？"

黑玫夫人喟然道："不仅仅是唤龙散，还需祁先生能神奏一曲飞龙讯音，如若不然，本岛将会面临灭顶之灾。"

第一百零五章　报　仇

黑玫夫人的出现，大大出乎了杨睿等人的意料。看她在千钧一发之际救总管司蒙的身手，其本领似乎不在花婆婆之下。这令花婆婆和杨睿等人都感到意外——

看黑玫夫人年纪也就在四十岁左右，可是她看上去风姿绰约的一个女人，居然凭借着手里的一把薄薄的短刀，能从花婆婆手下抢人，这不得不说是一个奇迹。

黑玫夫人手里的短刀很薄，虽然泛出闪闪金黄色的光泽，可是却显得有点拙朴，并没有什么特别之处，好像是黑玫夫人随手从哪里捡来的一把不称手的兵刃一般。

但是，祁炫见之却很是惊讶，道："六残铜刀？"

黑玫夫人赞道："祁先生好眼力！这世上，能认识妾身手里这把六残铜刀的人，可没有几个。"

花婆婆惊道："六残铜刀？这不是百年前道妖从我们白虎门盗走的至宝吗？"

黑玫夫人不悦地道："花千千，你不要一口一个道妖，论辈分，他可是你的师叔！"

花婆婆喝道："他是你什么人？这把宝刀怎么会到了你手里？"

黑玫夫人傲然道："我是他的亲孙女，还有谁比我有资格拥有这件圣物吗？"

花婆婆"啊"了一声，心道："难怪这女人有如此身手，原来她居然是道妖的孙女？"

杨睿知道百年前道妖由道入魔的事情，可是对于六残铜刀却知之甚少。听黑玫夫人和花婆婆刚才所说，那这六残铜刀也必将是当年白虎门的一件神物。不由得将它与碧凌剑联想在了一起，脱口问道："如此说来，这六残铜刀与碧凌剑相比，又将如何？"

黑玫夫人道："六残铜刀虽然与碧凌剑不能相提并论，可是普天之下也就碧凌剑能与它相比了。"

祁炫道："夫人所言不虚！六残铜刀与碧凌神剑同属数百年前天画神君所锻，只是碧凌神剑锻造在先，时隔多年，天画神君才兴致使然，用万古精铜又锻了这把六残铜刀。"

黑玫夫人向祁炫投过来一丝赞许的目光，道："祁先生果然是旷古奇才，连这样的往事你居然也知晓。"

祁炫道："我不仅仅知道这些，我还知道。当年，天画神君在荒岛上锻造六残铜刀之时，受到了七夺蛟王的干扰，差一点功亏一篑，以至于在此刀上留下了一道遗憾。如若不然，其实此刀将会与碧凌神剑并驾齐驱，同为天地至宝。"

杨睿道："我好像明白了，当年天画神君锻造此刀之时，受到了这汪洋大泽隐藏的七夺蛟王的袭击。匆匆忙忙之下，留下了一道遗憾，所以此刀便取名六残？"

祁炫点头道："不错！因为七夺蛟王明白，天画神君锻出此刀之日，就是它命丧刀下之时。"

黑玫夫人侧目打量了一下杨睿，问道："你是谁？貌似天资也不俗啊！"

杨睿道："在下杨睿！"

黑玫夫人脸色遽变，道："你就是杨睿？"

杨睿道："正是！"

黑玫夫人颤声道："你真的是杀死我儿无忌的凶手？"

杨睿点头道："正是！夫人要报仇，尽管出——"杨睿话还没有说完，黑玫夫人已经出手了。

——杨睿在回答黑玫夫人之时，已经预料到了她会向自己发出致命的一击，他已经暗自蓄力，手里的长剑也已经随时待发。

果然如杨睿预测的一样，黑玫夫人的刀光如闪电一般掠到了杨睿的面门。杨睿的剑在刀光甫至之前，已经横立而起，"叮"的一声，细微的轻响，刀剑相交，杨睿手里的长剑断成了两截。

萧如期与杨睿近在咫尺，她却根本来不及相助，只脱口叫一声："小心——"

杨睿既然算出了黑玫夫人会突然出手，自然也预料到了自己手里的长剑，会在电光火石间毁于对方的六残铜刀之下——也许这千钧一发之际，正是杨睿险中求胜的关键。

黑玫夫人手里的刀，并没有因杨睿的长剑折断，而停止攻击，她刀锋斜撩而上，直袭杨睿的脑际。

杨睿右手微抬，将黑玫夫人的执刀之臂一引，左手已经五指张开，如迅龙之爪，捻住了对方的刀背，体内的罡气聚集指尖，疾速传到了黑玫夫人的手臂。

黑玫夫人顿时感到握刀之手一阵颤抖，几乎拿捏不住，六残铜刀差一点脱手，暗叫一声："不好！"正要运功相抗。

杨睿的另外一只手已经弃了断剑，食指中指并列一击，不偏不倚，正中黑玫夫人的乳中气穴。

黑玫夫人身子一软，手里的六铜残刀"当啷"掉在了地上。

杨睿不等黑玫夫人反应过来，已经运指如飞，"啪啪啪啪"，连封了她身上的四处大穴。

黑玫夫人束手就擒。

这一变化，看得诸人眼花缭乱，尤其令祁炫惊叹不已。他瞠目结舌，大声叫道："好！"

司蒙想来相救黑玫夫人，却已经迟了，叫一声："夫人——"他自己身上本来有伤，哪里还能帮上她的忙，只能眼睁睁看着杨睿将黑玫夫人一把揽住，她顿时动弹不得。

花婆婆哈哈大笑，乐得直拍手，道："妙！妙极了！小子，没想到你现在把本门的绝学练得如此纯熟，真的让我老人家刮目相看啊！"

萧如期喜得直搓手，她立即起身，从杨睿手里抢过黑玫夫人，道："人家都不动了，你还死死抱着她干吗？交给我吧！"

黑玫夫人内心气极，却苦于身上大穴被制，无计可施。

其实，此时的杨睿心有余悸，还没有完全平静下来，暗自大呼："侥幸！侥幸！"

——以杨睿的身手，别说制服黑玫夫人，要是正常比试，三个杨睿也敌不过一个黑玫夫人，即使他怀有"指派龙吟"之术。

黑玫夫人之所以落败被擒，唯一的原因就是她根本不了解对手，盛怒之下，太大意使然。

其貌不扬的杨睿身怀"指派龙吟"神术，是黑玫夫人万万没有想到的，等到她发现自己轻敌之际，已经晚了。

萧如期抱着浑身酥软的黑玫夫人，她轻轻地在黑玫夫人白嫩的脸蛋上捏了一把，"咯咯"笑道："哎哟，没想到祝夫人身上的肉这么细嫩啊？难怪你沾沾自喜，还瞒着祝教主私下里偷汉子。"

黑玫夫人贵为七夺教圣母，即使教主见她还得以礼相待，哪里受过如此之辱。脸色惨白，双目紧闭，眼角的泪珠哗然而下。

第一百零六章　入　教

杨睿在瞬间制服了黑玫夫人，出乎了所有人的意料，最激动的是马相搏，他叫道："公子，快让她交出掌门和游云师姐！"

黑玫夫人无法动弹，但是她依然口能言语，面如死灰，道："杨睿，你们会后悔的。"

杨睿道："夫人！只要你能带我们去见祝亥，我们不会难为你的。"

黑玫夫人惨色而笑，道："好！我带你们去！"

"且慢！"萧如期嘻嘻笑道："祝夫人，为了防止你使诈，我得在你身上做一点小小的手脚。"说着，她将手伸进黑玫夫人的后背。

黑玫夫人顿时感到背脊一阵奇寒彻骨，怒道："臭丫头，想干什么？"

萧如期笑嘻嘻道："我已经在你大椎中下了冰蛊消魂印，七天之后，如果没有我的解药替你化解，你就会变成一具冰美人了，而且每隔一天就会腐蚀一段肌肤，直至烂到骨髓爆裂。"

黑玫夫人恨恨道："你真歹毒！"

杨睿心道："如期在和黑玫夫人玩什么花样？冰蛊消魂印？这是什么法门？我怎么从来没听她提起过？"

黑玫夫人道："你们果真是不怕死的，那我们走吧！"

司蒙叫道："夫人，请三思啊！"

花婆婆得意地道："没想到名满天下的七夺教教主的夫人居然如此不济，还不带路？"

司蒙急道："夫人——"转向祁炫，道："祁先生，事到如今，我也无须再瞒你们了，请大家听我说！"

祁炫微微点头，道："那司大总管有什么为难之处，请说出来吧！"

司蒙看了一眼黑玫夫人，道："夫人，祁先生已经请来，又何必为了一些仇怨而误了大事？"

萧如期等越听越糊涂，不禁疑心道："这司总管葫芦里卖的到底是什么药？"

杨睿道："司总管，你到底有何难言之隐？为什么要执意要请祁兄来？"

司蒙长叹一声，道："诸位且莫急躁，还是待夫人亲口告诉你们吧！"说着，看看黑玫夫人。

黑玫夫人欲言又止，随即道："此时关系重大，我们换一个地方说话。"

黑玫夫人与司蒙带着杨睿等一行人出了吐珠堂，借着清晰的月光，来到了一座肃穆的峰下，近得峰前，众人闻到了一股硫黄的味道。

花婆婆警觉道："这什么地方？"

黑玫夫人冷笑道："怎么？你怕了？"

祁炫朝前赶上几步，低头看了一下峰底，一道深渊倾斜而下，里面正蠕动着黑黑的岩浆，不断往上冒着丝丝白气。

杨睿等诸人在崖边停下来，不由得很是诧异，不知道黑玫夫人将自己带来这里是何意。

黑玫夫人道："此处是当年家父殉道之地，历来都被七夺教敬为圣地——"

杨睿道："夫人，你将我们带来这里，意欲何为？"

黑玫夫人不答杨睿，却对花婆婆道："花千千，其实我早在二十年前就知道你的名字了，你知道为什么吗？"

花婆婆冷冷地道："除了祝亥那个负心汉告诉你，还能有谁？"

黑玫夫人道："是祝亥告诉我的不假，可是，他不是负心汉，而是全天下最有雄心壮志的真男人。"

萧如期"呸"了一声，道："既然你这么说，为什么还要瞒着他与司总管私通？"

司蒙正色道："属下一向奉夫人为神明，怎么可能做出如此下作之事？还请姑娘不要信口说笑。"

萧如期朝司蒙做了一个鬼脸，道："你紧张什么？人家夫人都没否认。"

黑玫夫人淡淡地道："臭丫头，我劝你别过于牙尖嘴利，损人不利己，对你委实没有好处。"

萧如期见黑玫夫人说得情真意切，便道："夫人莫怪，我也是开玩笑而已，那我们还是听故事吧。"

"二十年前的一天，外出两个月的家父归来，带回来一个浑身是伤，奄奄一息的人。"黑玫夫人开始了她的讲述，"这个人就是你们此时眼中那个十恶不赦的祝亥祝教主。没有人知道他的来历，就连家父也对他一无所知，只是回岛的途中偶然遇到，便起了恻隐之心，将他带了回来。"

花婆婆内心一凛，她知道，困扰自己半生的疑团也许即将被揭开了。

黑玫夫人道："当时，家父足足花了一个多月才将他治愈。可是伤愈之后，祝亥无处可去，便留在了岛上。"

杨睿道："当年的那段往事，我也有所耳闻，在那样的情况之下，他确实无处藏身。"

黑玫夫人道："黑水岛虽然背负着我祖父创立魔教的骂名，可是我祖父已经去世，家父继承了七夺教的教主之位，从来不与外界来往，也根本没有干过一件伤天害理的事情。"

"我娘在生我的时候就去世了。不久后，家父随即就遣散了岛上的教众。黑水岛全岛上下除了我们父女俩，就剩下十几个家仆，其中司总管就是其中一个。"

杨睿等朝司蒙看去，司蒙点点头，道："夫人所言不假，老教主遣散教众的时候。我也才十几岁，一直在岛上伺候老教主，我们打鱼为生，过着与世隔绝的日子，倒也快活自在。"

黑玫夫人道："我们就这样在岛上过了很多年，直到祝亥到来。祝亥比我小两岁，他留在了岛上，让我非常兴奋。我可以天天听他说着一些我从来没有听说过的事情，那些事情新奇好玩，对我来说，就如同着魔一般的诱惑，渐渐地，我爱上了这个男人。"

花婆婆脸上皱巴巴的皮肤颤动了几下，阴沉地道："后来呢？"

黑玫夫人道："也就是那个时候，我知道了你的名字——"

花婆婆冷笑道："整天有美人相伴，衣食无忧，那个时候的他还能提到我？"

"不，他提了。"黑玫夫人道："就在我向他表白的时候，他跟我说了关于他和一个叫花千千的女人，两个人之间的故事。"

花婆婆颤声问："他是怎么说的？"

黑玫夫人道："他说他们一起练剑，一起看星星，相亲相爱很多年。就在二人沉浸在甜蜜的日子、准备成亲之时，却为了保护一个好朋友，他们以死相拼，可是无奈对手过于强大了，最终为了不让他的这位好友被对方生擒，三个人一起选择了跳下白虎山顶的那面万丈深崖。"

杨睿内心一阵愧疚，他知道，当年的这件往事其实与父亲衡将军杨继善有着莫大的干系，心道："唉，要不是父亲当年有王命在身，又何至于弄成那样？"

黑玫夫人说到这里，叹道："这个故事听得我如醉如痴，我知道，从此以后，我将离不开这个男人了，我一定要嫁给他。也就在那个夜晚，我主动将身子给了他，给了这个曾经来历不明的男人。"

第一百零七章　上　位

黑玫夫人的话，让花婆婆一下子陷入了沉思。她当然知道当年的祝亥并没有死，时隔二十年，她无时无刻都在思念的痛苦中度过。后来，花婆婆知道了祝亥已经是臭名昭著的七夺教教主，内心便频发了幽怨。

"宁愿做教主，也不回来寻找自己？"那时候，花婆婆其实内心已经非常明确知道，她那个曾经誓言生死与共的情郎已经永远不可能回到自己的身边了。

但是，花婆婆不甘心，她要亲口听到祝亥背叛她的回答。

二十年前白虎山顶的那一场生死大战，花婆婆亲身经历，记忆犹新。

"没有谁比我对那一场劫难更痛恨，更绝望！"花婆婆道，"一切的梦想都在那一天被毁了！从此以后——从此以后——"花婆婆嗓音沙哑，再也说不下去。

萧如期的眼神中一片茫然，幽幽地道："生生死死也不过仅仅几十年，为什么要多出来这些恩怨？"

黑玫夫人本来受萧如期言语侮辱，心中甚是愤恨，忽然见萧如期发出如此一句感慨之言，不禁多看了她一眼，道："姑娘有所不知，这世间，成也人心，败也人心，万事万物、善善恶恶都在一念之间。"

杨睿道："夫人，当年花前辈与祝教主他们拼死相护的正是如期的父亲。"

黑玫夫人与花婆婆错愕，异口同声道："什么？她——她是萧清歌的女儿？"

杨睿看看低下头去的萧如期，道："正是！"

花婆婆虽然与萧如期在虞国大营见过面，可是她一直将萧如期当成是虞国的落魄公主，根本没有想到萧如期居然是清歌狂的女儿，此时突然被杨睿提起，简直不敢相信自己的耳朵。

她仰头大笑了起来，悲愤道："冤孽，真的是冤孽！没想到，你们两个仇人之后，居然成为了一对情侣。"

黑玫夫人长叹一声："这一切都是命中注定，又岂是人力所能改变？"

萧如期道："夫人，那——那后来呢？"

黑玫夫人道："家父对于我和祝亥的婚事一开始是反对的，反对的原因就是他曾经是白虎门的人。七夺教虽然到了家父手里，但已经名存实亡了。毕竟上一代与白虎门有着恩怨，江湖上提及七夺教，还是把我们当魔鬼一般看待。"

萧如期道："两个人既然相爱，又何必在乎这些门户之见呢？"

黑玫夫人道："我当时也是这样说，可是无论我怎么求家父，他依然不同意，还要把祝亥赶出黑水岛。然而，接下来的一件事情却改变了家父的想法。"

花婆婆冷冷地道："是你意外怀孕了？"

"不，是因为鲛寇。"黑玫夫人道。

一直默默无语的祁炫听到鲛寇两个字，顿时内心一动，心道："终于开始说到正题了。"

黑玫夫人道："在一个黄昏，大批鲛寇偷偷驾舟潜入了黑水岛，他们逼迫家父交出六残铜刀——"

杨睿道："对了，这六残铜刀不是说天画神君所铸吗？怎么会在黑水岛呢？"

祁炫插口道："当年天画神君追击七夺蛟王到了黑水岛，将蛟王降伏，用六残铜刀封压蛟王于此。后来白虎门前辈道妖散人，正巧来此岛盘踞，所以便意外得到了此刀。"

黑玫夫人道："不错，你又如何得知？"

祁炫道："在下三年前在平阳关曾有幸逢得机缘，偶遇天画神君，神君告知我这一段掌故。"

黑玫夫人微微点头，道："这就难怪了。"她接着说道，"虢寇残暴，连杀了我们岛上的几个家仆。我和司蒙等也差一点为他们所杀，而当时，家父正在闭关，不能受一丝打扰，否则有性命之忧。危急关头，是祝亥挺身而出，赶走了虢寇，救了整个黑水岛和家父的性命。"

花婆婆听到这里，内心不由自主又想起了二十年前祝亥为了萧清歌仗义出头的事情，不禁长叹道："他这个人就是争强好胜，喜欢强自出头。"

司蒙道："教主一心为岛，敢于以命相搏，全岛上下无不折服。"

杨睿道："在你们口中，你们的祝教主是一个顶天立地的大英雄，可是他却为什么要做祸乱天下的事情？"

花婆婆道："杨睿，你让她把话说完。"

黑玫夫人继续道："就这样，家父把我正式许配给了祝亥。可是，就在我们成亲的当天晚上，家父突然暴毙。"

萧如期、杨睿等一惊，杨睿道："这又是何故？"

黑玫夫人道："那是因为家父此前，在闭关之日受到了虢寇的侵扰，导致他体内经脉倒行。家父在临终之前，将一部七夺秘籍与这把六残铜刀交给了我。"

"由于蛊毒害人不浅，本来家父生前曾经几次要将它毁掉，但是又念及这是七夺教先祖倾注了毕生心血之作，便没舍得就此毁了。"黑玫夫人道："再说，家父已经去世，如果虢寇再来冒犯，黑水岛将如何抵抗？就这样，祝亥便开始钻研起了七夺秘籍，没想到他一旦将心思沉浸了进去，便再也拔不出来。"

祁炫道："咦，那不对呀，据我所知，你们七夺教与虢寇是同气连枝，互为盟友的呀？"

黑玫夫人冷笑一声，道："互为盟友？他区区贼寇，有什么资格与我们七夺教成为盟友？"

祁炫责问道："三年前，在平阳关，虢寇要不是得你们祝大教主相助，又怎么能害得了李伟轩大人？"

黑玫夫人道："居然有此事？我怎么一点都不知情？"她看了一眼司蒙，道："这之间的缘由，你可知晓？"

司蒙垂手道："属下不知！"

杨睿道："夫人，祝教主现在在何处？"

黑玫夫人与司蒙面面相觑，欲言又止。

花婆婆道："我们历尽艰难险阻，可不是专程来听你讲述爱情故事的，祝亥现在到底在哪里？赶快让他来见我！"

司蒙支支吾吾，道："这个——这个——"

马相搏早就在一旁憋不住了，他始终惦记着游云的安危。见一提到祝亥，黑玫夫人和司蒙就逃避，不由得大怒，道："你们到底在隐瞒着什么？再敢生什么异心，我一把火把你们黑水岛全都烧了。"

第一百零八章　神　旗

杨睿见黑玫夫人和司蒙总管有意隐瞒祝亥的行踪，知道其中必然有诈，心道："都说黑水岛如何如何险恶，怎么现在看来犹如世外桃源一般？除了眼前的崖下有一潭涌动的熔岩，看不出来哪里藏有危机。"

"祝亥去了哪里？"杨睿不断地想着："号称四大恶使的扑龙、琥珀、食迷、黄雀又去了哪里？"

只有找到了祝亥，才能夺得碧凌剑，救出火坨坨与游云。

"怎么也不见逗喜？"杨睿的内心隐隐感到了一丝不安。

自从逗喜在几个月前见游云被祝亥抓去之后，它便紧追不舍而去，一直到现在都没有现身，这不是一个好征兆。

杨睿心道："逗喜是精灵，按理说它早就应该回到我的身边来了，难道它也被祝亥抓住了？"

忽然，四周的丛林上方一阵骚动，杨睿等抬头看，但见有无数不知名的夜鸟正急匆匆飞出林子，似乎受到了什么惊吓，仓皇而去。

萧如期警觉道："大家小心！要注意了！"

司蒙道："诸位不必惊慌，这是本岛每日夜间的例行之事。"

马相搏仗剑而立，四下回望，道："每日例行之事？"

黑玫夫人嘿嘿笑了两下，道："区区几只野鸟，就把你们紧张成这样，那岂不是有愧了你们名声？天下谁不知道白虎门花婆婆是一个响当当的狠角色？"

花婆婆眯着一双鸡皮眼睛，道："你们两个鬼鬼祟祟，不敢说出祝亥的行踪，难道是他出了什么意外？"

黑玫夫人和司蒙相互看看，一脸的为难之色。

祁炫道："夫人和司总管这次请我来，想让我献出唤龙散，是不是另有其他用途？"

黑玫夫人惊讶地看着祁炫，道："祁先生果然聪明过人，这么说来，你已经猜到了？"

祁炫道："虽然我不知道具体是什么原因，但是我敢肯定的是，绝不可能是为了七夺蛟王。"

司蒙面有难色看了黑玫夫人一眼，道："夫人，还是跟祁先生说了吧？"他抬头看着乱窜出林的惊鸟，着急地道："明日就是第七天，再缓恐怕来不及了——"

杨睿听得迷迷糊糊，暗自吃惊，道："司总管，你是说，七夺蛟王明日就要苏醒？这蛟王到底有多恐怖？如果你们劝谏祝教主，放了火掌门和白虎山弟子游云，合大家之力难道还不能制服它？"

司蒙苦着脸道："劝谏教主？唉，你们有所不知，教主——教主他自己恐怕都已经——"

"司蒙!"黑玫夫人喝止道:"住口!"

花婆婆惊道:"祝亥他怎么啦? 快说!"

司蒙大声道:"夫人,事已至此,还有什么不能说的?"

杨睿道:"夫人,到底发生了什么事情? 难怪,我说呢,怎么到现在一直不见祝教主现身?"

黑玫夫人顿了一下,道:"好,既然如此,司蒙,你就告诉他们吧。"

司蒙道:"是,夫人!"

花婆婆急迫地道:"快说! 快说!"

司蒙对祁炫正色道:"其实,七夺蛟王七天前就已经苏醒,岛上差一点天翻地覆——"司蒙说到这里,脸上现出了心有余悸的神情。

祁炫一惊,道:"啊? 那七夺蛟王一旦苏醒,可是要地覆天翻的,不仅仅黑水岛会毁于一旦,要是它冲出了大泽,后果真的不堪设想。"

司蒙道:"先生说得没错。当年天画神君为了压制七夺蛟王,在困龙潭中央插上了一面黄色的神旗,只要神旗不倒,可保蛟王永世不得翻身。"

祁炫点头道:"不错,三年前,天画神君也是这样跟我说的。我之所以潜隐荒岛炼唤龙散,就是为了有朝一日能防止七夺蛟王意外苏醒,能有办法挽救苍生。"

司蒙道:"可是——可是不知为何,七天前,困龙潭上面的那面小神旗无端消失了。"

杨睿惊道:"那,那七夺蛟王岂不是——"

司蒙道: "是的,当时教主正与一个满脸通红的客人在伏虎崖聊天——"

杨睿急道:"满脸通红的客人? 是不是火掌门?"

司蒙道:"在下不知,教主只是吩咐,任何人不得靠近,我和扑龙、琥珀他们只能远远地伺立,至于他们说了一些什么,我们做属下的自然

387

碧
凌
剑

也不得而知。"

黑玫夫人插口道："正是，妾身知道。就在教主与他一起来岛上的那天，我听教主喊他师兄，对他极其尊敬。"

杨睿听黑玫夫人这样说，悬着的心放下了一半，心道："看来火掌门暂且并无性命之虞。"

司蒙道："可就在那时，忽然大家都感觉到了山峰微微晃动了一下。起先，我们以为是寻常的地颤，都没往心里去。可是，就在那时，只见一个狸鼠一样的怪物肩上扛着一面黄旗，大摇大摆地不知道从哪里钻了出来，居然跑到教主和客人面前，扑通扑通朝那红脸老人连磕了几个响头，道'掌门大侠，你是来救我的吗？可我现在还不想回去，你自己走吧'。"

杨睿又惊又喜，脱口而出道："是逗喜？"

"教主见到它肩头扛着的那面小黄旗，当场吓得脸色都变了。"司蒙道："紧接着，困龙潭那边的山谷传来了一声声低沉的吼声，整个山峰都开始摇晃了起来。"

祁炫道："啊？那是一个什么怪物？居然拔掉了镇压七夺蛟王的神旗？"

杨睿道："它叫逗喜，是白虎山中的精灵，半年前祝教主在虞国抓走游云的时候，它跟着去追主人的。"

司蒙苦着脸道："唉，这哪里是什么精灵，分明就是一个祸害。也不知道它是从何时就出现在了黑水岛上，居然不知天高地厚拔掉了困龙潭上面的神旗。要不是当时有那个红脸客人在岛上，与教主合力一处，恐怕七夺蛟王早就逃脱生天，那真的是人间从此永无宁日了。"

杨睿急道："那后来怎样？"

司蒙道："教主与红脸客人拼了命与七夺蛟王恶斗了一天一夜，终于暂时将它制住了。"

杨睿等都舒了一口气，不料，司蒙道："教主与红脸客人为了制服蛟王，甘愿以身饲龙，都进了蛟王的肚子里——"

此言一出，杨睿、花婆婆等大惊失色，瞠目结舌，道："啊？"

第一百零九章　难　题

困龙潭位于黑水岛中心的一座山峰之下，方圆数十丈，水质碧绿，在月光下显得幽深异常。杨睿等到了此处，人人都感到浑身发麻，饶是花婆婆这样天不怕地不怕之人，都背脊生凉。

据黑玫夫人说，此潭深不可测，潭底有渊，直通山外的大泽。当年，七夺蛟王被天画神君追得无处可逃，就是由此渊而潜进了黑水岛的。

七夺蛟王原本是天画神君玉佩上的一头灵兽，趁神君不备之时，脱得掌控，溜之大吉。神君为了追捕它，耗时半年有余，最后终于查得了它的行踪，可是它已经入了大泽。

蛟潜于渊，犹如龙行于天，再想擒住它，谈何容易？尽管天画神君是天地之大灵，可是面对茫茫大泽，她也是望洋兴叹。

为了能降伏七夺蛟王，天画神君想尽了一切办法。在荒岛之上采精铜锻造专门斩杀蛟王的六残铜刀，没想到被机智的七夺蛟王识破。刀虽锻成，却留有缺憾，未能达到像碧凌剑那样的威力。

天画神君用飞龙讯音之术，引得它冒头，六残铜刀出手。七夺蛟王自知难敌天画神君，便通过困龙潭底下的深渊潜进了黑水岛。

神君追击到此，使出神术，将蛟王封于潭底。六残铜刀与神旗也同时插在了困龙潭上。

时间过去了三百年，白虎山道妖走火入魔，有逆天之险，时任白虎门掌门的喜厌道人奉伏羲大帝之命除魔。道妖差一点命丧喜厌道人的碧凌剑下，仓皇而逃，到了这连飞鸟都鲜于光顾的黑水岛上。

由此，道妖发现了困龙潭的秘密，便占有了六残铜刀，作为七夺教以后传承历代的法器。但是对于困龙潭上的那面小黄旗，却不敢再将它拔去。

没想到，连当年七夺教开山祖师道妖都不敢做的事情，居然被逗喜无意之中做到了。

"逗喜现在去了哪里？"杨睿问司蒙。

司蒙道："它神出鬼没，谁知道啊？"

众人站在困龙潭边，均是一脸的茫然。

马相搏道："火掌门他们都在这潭底？"

司蒙点头道："不错，这困龙潭底有七夺教祖师筑建的水天道场。"

马相搏急道："那——那我游云师姐呢？"

司蒙道："你指的是上次教主带回来的那个姑娘？她自然也是在这潭底——"

"扑通"一声，马相搏还没等司蒙把话说完，已经纵身一跃，跳了下去。

杨睿大惊，叫道："马兄弟！"可是杨睿的一声叫喊，马相搏哪里还能听到？他一入水，就朝深底蹿了下去。

萧如期急道："这——这怎么办？"

花婆婆道："我们也下去吧！"

杨睿看了看祁炫，道："祁兄！你拿个主意！"

祁炫道："切不可鲁莽行事。"他问司蒙，道："司总管说的七日之期是何意？"

司蒙道："教主在入蛟腹之前曾经说过，他和红脸师兄可以在蛟腹之中支撑七日。七日之后如果请不来祁先生，就让我们赶紧弃岛逃生。"

祁炫闻言，苦笑摇头，道："唤龙散虽可以将七夺蛟王毁灭，可是现在不行了。"

司蒙道："那是为什么？"

祁炫道："唤龙散是精铜之丹，有腐蚀妖龙之能，可现在祝教主与白虎门的火掌门都在这孽兽腹中。一旦蛟王吞下，最先死的必定是他们二人。"

黑玫夫人一下子慌了，六神无主起来，道："那——那怎么办？"

祁炫道："棘手之极！"

杨睿忽然对黑玫夫人道："祝教主有没有跟夫人提起过一件东西？"

黑玫夫人道："是什么东西？"

"碧凌剑！"杨睿道："要是能将碧凌剑交给我，应该可以救得了蛟王腹中的二人。"

黑玫夫人一脸迷茫，道："什么碧凌剑？我听也没有听说过。"

司蒙道："碧凌剑？我倒是听到过这个名字？"

杨睿忙道："此剑现在何处？"

司蒙道："我并没有见过啊？是几天前我在一旁伺候教主与他的红脸师兄时，不经意间听到他们的对话，好像他的师兄也在问教主碧凌剑的事情，当时我站得很远，也没有听清楚。"

听到司蒙这样一说，杨睿顿时感到非常的无望，道："如果有碧凌剑在手，我定可将七夺蛟王斩杀，可是现在——"

花婆婆道："我们可以去潭底一试，说不定能齐心协力诛杀了那畜生，也未可知。"

祁炫急道："前辈万不可冒此大险。七夺蛟王就连当年的天画神君都险些拿它没办法，我看咱们还得从长计议。"

花婆婆顿时长叹一声，道："我与天画神君相比，那无异于天壤之别，那就眼睁睁这样耗着？马相搏可是已经到了深渊了呀。"

萧如期忽然道："一时之间找不到碧凌剑，但是要找到逗喜应该不难啊。"

杨睿喜道："对啊，我怎么没有想到？只要找到逗喜，将神旗重新插上，不就可以再次将蛟王镇住了吗？"

祁炫道："没有用的，镇龙黄旗一经拔出，就泄了神力，已经成了一面废旗了。"

黑玫夫人急得手足无措，道："这可如何是好？"她瞪着眼睛看着祁炫，道："先生定有良策，是不是？"

祁炫道："目前唯一的办法只能是玉石俱焚，我用飞龙讯音引它现身，再用唤龙散——"

黑玫夫人和花婆婆异口同声，道："绝对不行！"两个女人内心牵挂着的同一个男人此时正在蛟王的腹中，她们又怎么能眼睁睁看着他丧命？

司蒙道："刚才杨公子提到的碧凌剑，夫人真的没有见过？"

黑玫夫人无奈地道："别说见过此剑，这个名字我刚才也是第一次听说。"

萧如期怀疑地看着黑玫夫人，道："碧凌剑连扑龙他们四位使者都知道，你作为黑水岛的女主人，又岂能不知？"

黑玫夫人摇头道："我平时根本不过问教中的事，他也从来不对我提教中的事务。"

突然，一个声音在头顶的树杈间尖叫了起来，道："哈哈，你们这些人平时一个个的自诩英雄好汉，这下没招了吧？"

杨睿叫道："逗喜？！"

第一百一十章　战　栗

逗喜！逗喜终于出现了。

花婆婆喝道："逗喜，快给我滚下来！"

树杈间探出了一个油光水亮的尖尖的小脑袋，正瞪着滴溜溜转动着的小眼睛，不是逗喜是谁？

司蒙一见逗喜，气急败坏，叫道："就是这家伙！"探手就要去捉。

逗喜"刺溜"一下，又缩进了浓密幽深的树杈里，叫道："你们想好喽，我可是看在我家公子的分上，来帮你们的。"

杨睿急叫道："逗喜，别闹了，赶紧到我怀里来。我有话问你。"

逗喜忽然跳到了众人的跟前，舞动着手里的一面小黄旗，道："谁说是我坏了你们的大事？分明是你们自己无能，就喜欢赖别人。"说着，把手里的小黄旗奋力朝司蒙一扔，道："什么稀罕玩意？还给你！"

司蒙大怒，道："你这个孽畜，闯下了大祸，现在倒来说风凉话。"

逗喜翻着贼溜溜的眼睛，一只爪子叉腰，一只爪子指着司蒙，大声道："我闯祸？难道让我眼睁睁看着我们白虎山火掌门受你们欺负不管吗？"

杨睿道："逗喜，到底是怎么回事？"

逗喜道："公子，这个人在说慌。当时，那个凶神恶煞的祝教主和火掌门公公在一起不假，可是他们并不是在伏虎崖，而就在这里，你知道他们在干吗？"

杨睿催道："你快说！"

逗喜道："祝教主带着他手下的三个恶使和这个司总管，连同祝教主那个大恶人，逼着火掌门背诵什么龙诀给他们，如若不然，就要将火掌门投到这困龙潭底。火掌门好像身上有伤，又怎么是他们联合起来的敌手？要不是我及时拔掉了这面破烂不堪的小黄旗，朝他们喊一嗓子，他们早就对火掌门动手了。"

花婆婆怒气大起，道："好啊，你们也太欺负人了吧？趁人之危想得到我们白虎门的碧凌龙诀，还要颠倒黑白？"

黑玫夫人道："个中缘由我也不得而知，现在最重要的就是想办法如何诛杀蛟王，救出教主和火掌门。"

杨睿心念一动，道："三大恶使？不是有四个人吗？"

逗喜愣头愣脑，道："没有啊，我躲在暗处看得清清楚楚，当时在场之人，除了火掌门和那个祝教主，就剩下这个司总管，另外还有两女一男。那个男的我也见过，就是那个假国相扑龙，其中一个女的是以前追杀你的琥珀，还有一个穿红衣服的死丫头，我听他们喊她食迷。"

杨睿和萧如期面面相觑，如坠云雾。

萧如期道："你看清楚了？他们喊那穿红衣服的女孩'食迷'？"

逗喜歪着脑袋，道："是啊，怎么啦？"

萧如期看了一眼杨睿。杨睿道："她明明是黄雀呀，怎么可能是食迷呢？那——那燕千里是谁？"

逗喜两个爪子一阵乱摇，道："哎呀，别再婆婆妈妈的了，我们还是赶紧先去救我的老主人吧！"

杨睿道："你是说云儿？她不是也在困龙潭底吗？"

逗喜斜着眼睛，道："我老主人困在龙潭底？她怎么可能在困龙潭底呢？她一直被祝教主囚在伏虎崖。公子，我为什么一直没回去找你？因为我的老主人还被囚着呢，我怎么能丢下她而自己逃命呢？这也不是我逗喜大人的风格呀！"

杨睿喝问黑玫夫人，道："你到底隐瞒了多少不为人知的事？如此没有诚意，还企图让我们帮你？"

黑玫夫人道："伏虎崖是七夺教的死地，那里别说人，就连鸟兽都没有一只，我又怎么可能骗你？"

逗喜指着黑玫夫人道："你胡说，我亲眼见到的。自从我跟踪了你们教主来到了这里，别的事情没有做多少，可你们黑水岛的山花野果倒是吃了不少，犄角旮旯也没少逛，休想瞒我。"

杨睿面转向花婆婆，道："前辈，我们这就去伏虎崖。"

花婆婆点头，道："对，事不宜迟。"说着对逗喜道："你带路！"

没想到逗喜浑身打了一个寒颤，哆哆嗦嗦道："你们真的要去吗？那里全都是死人，会动的死人，我的老主人也——"

杨睿大惊失色，与萧如期异口同声道："妖兵？"

司蒙怒道："你这畜生，再在此胡说八道，妖言惑众，我宰了你！"一抬手，袖中飞出一道金光，射向逗喜。

花婆婆出手比司蒙更快，左手轻扬，一枚花镖后发先至，已经将司蒙的暗器击落，她喝道："想杀人灭口吗？"

一时之间，杨睿不知所措了。

——游云居然也被祝亥变成了妖兵？

——逗喜口中那个穿红衣服的死丫头是莺莺无疑，可是她不是七夺教四大恶使之中的黄雀吗？怎么忽然成了食迷？那难道燕千里是黄雀？

——燕千里又去了哪里？

——马相搏已经奋不顾身地扑到了困龙潭底，他虽然勇猛，可是技艺不精，他此时一个人在深渊，又将如何应付？

杨睿突然之间感到头痛欲裂。

祁炫见杨睿脸现痛苦之状，便道："杨睿，越是在这样的时刻，越要冷静，千万不能内心燥热，乱了方寸。"

杨睿暗自运气调息，感觉舒缓了许多，道："祁兄！现在该怎么办？"

祁炫道："眼下最最要紧之事，就是尽快找到碧凌剑，有了碧凌剑，你施以碧凌龙诀，便可以斩杀七夺蛟王，至于救其他什么人，倒不是急迫之事。"

杨睿内心还是难以平静，道："白虎门游云对我有救命之恩，我此番来到黑水岛，也与她有关。可是，她现在——"

想到游云以前如此娇柔无瑕，如今却成了令人见之作呕、丧失人性的妖兵。杨睿心如刀绞，他此时虽然没有见到游云，却已经可以预见她此时的模样了。

战栗，一种强烈的战栗，令杨睿几乎无法呼吸。他感到天旋地转，不经意间，杨睿见到身边的萧如期，正睁着一双水汪汪灵动的眼睛注视着自己。她的眼神之中充满了鼓励、安慰的深情。

逗喜忽然道："公子，婆婆，要不咱们杀了这祝教主的老婆和他们的管家，先替我老主人把仇报了，你们意下如何？"

第一百一十一章　困　龙

花婆婆早在虞国的时候夜探军营，就曾经险些遭遇过妖兵，后来她赶至虞国的王宫，那时候祝亥、杨睿等人已经散去。花婆婆虽然未与妖兵交过手，却亲眼见过妖兵死后恐怖的样子。

此时听逗喜说自己唯一的弟子游云，居然也变成了那般恐怖的模样，不禁惊怒万分，一把扣住了黑玫夫人的脉搏，喝道："快取解药来！"

黑玫夫人苦笑摇头，道："黑水岛大难临头，降伏了七夺蛟王，方可保大家无事。解药只有我夫君祝亥手里有，到时候再商议其他事情不迟。"

祁炫道："要想杀死七夺蛟王不难，但是现在它的腹中有人质。你们知道唤龙散是一种什么奇丹吗？其实它是一种化龙神药，可将这孽灵化为一股清气，到时候别说是它腹中的人质，就是精钢玉石，也会一同焚了。"

杨睿急道："那可如何是好？碧凌剑也在祝亥手里，如此一来，碧凌剑的着落岂不是永远无人知晓？"

就在这时，只听"咕噜咕噜"几声响，众人探头朝下望去，但见困龙潭内由底部朝上翻滚着股股白烟热浪。

黑玫夫人叫道："不好！七夺蛟王要出来了。"

忽然，"呼"的一下，潭中飞出来一个人来，却是马相搏，浑身乌黑，衣角上还有星星点点的火花。

花婆婆纵身跃起，一把将他接住，道："小子！下面境况如何？"

马相搏脸色苍白，连连咳嗽，道："底下——底下哪里有什么蛟王？根本也没有游云师姐他们，全都是呛人的黑水。"

黑玫夫人与司蒙面面相觑，道："不会啊！他们明明就在潭底，怎么会——"

萧如期"唰"地将剑架在了黑玫夫人的脖子上，喝道："说，你们到底是何居心？"

祁炫担忧道："这困龙潭与岛外的大泽相通，莫非蛟王已经逃出岛去？"

马相搏一脸茫然，道："下面——下面很可怕——"

杨睿道："可怕？"

马相搏心有余悸，喘着气道："从地底下有熔岩不断向外翻滚，好像要天崩地裂一般。"

祁炫道："天画神君曾经说过，七夺蛟王容身之处正是堵住了底下火神的出口。既然七夺蛟王已经逃遁而去，地下火神理应蹿出了。"

花婆婆喃喃自语，道："碧凌剑？！"

杨睿道："前辈，你是说，碧凌剑就在这困龙潭底？"

花婆婆道："自古天人合一，龙主阳而虎主阴，困龙潭是纯阳之所，可直通地下火神。碧凌剑乃至阴之神器，可压制火神。"

祁炫道："你的意思是说，既然七夺蛟王已经脱离了困龙潭，而火神不出，势必有制胜之器镇住了它，而这神器则非碧凌剑无疑？"

花婆婆点头道："理应如此——"

"哎呀！"萧如期一声尖叫，手里的六残铜刀已经被黑玫夫人抢去了。紧接着"砰砰"两声响，黑玫夫人与司蒙已经趁着诸人不备，跳入了困龙潭中。

杨睿大惊，叫道："前辈，不要让他们占了先机！"纵身跃下。

花婆婆叫一声："我来帮你！"也跟着跳了下去。

逗喜大急，道："你们这是干吗呢？都不想活了？"

杨睿和花婆婆较黑玫夫人、司蒙仅稍后一步入潭。

可两人一到潭下，随即惊骇了——困龙潭水下到处是黄烟弥散，气味呛鼻，几乎让人窒息，一丈之外即不可辨物。

随着身子不断下沉，水温越来越高。杨睿使劲扒拉着水底的浑浊之草，别说找到黑玫夫人，就是花婆婆也不知了去向。

杨睿屏住了呼吸，奋力在潭下探寻，可是潭底怪石林立，且加之潭水浑浊不堪，根本无法长久游走。

潭底浓烈的硫黄之气熏得杨睿眼睛都睁不开，四肢也有灼热之痛感。杨睿暗自叫苦，想借助一怪石之力而反弹上去，可是却感到头昏目眩，渐渐迷失了自己一般。

就在杨睿内心焦虑之时，身后"扑通""扑通"几声响，原来是萧如期和马相搏、祁炫相继跳了下来。

杨睿心知祁炫是一介书生，此时见他也是奋不顾身跳下了困龙潭，便知道祁炫是放心不下自己的安危，不由得很是感激。

忽然，众人见有数条大蛟张牙舞爪朝这边游来。

正当大家惊愕之际，祁炫已经翻身上了蛟背。

杨睿恍然大悟，与萧如期、马相搏一起也跃上了蛟背。

——原来平时凶猛的恶蛟此时却显得异常温顺，显然是祁炫对它们使了药功。

祁炫在孤岛上苦修三年，为的就是有朝一日能制服黑水岛上七夺蛟王——蛟王尚且能降，更何况这些普通的恶蛟？那自然是如烹小鲜，不在话下。

祁炫骑着蛟龙在深水里窜行。杨睿、萧如期、马相搏紧随其后，三人跟着祁炫向一处更深的水底潜去。

杨睿大惑不解，心道："祁兄这是要带我们去往何处？"杨睿别的倒不担心，他担心的是萧如期并没有练过玄功，屏息之能稍欠，万一支撑不住，那后果不堪设想。

想到这里，杨睿不由得转头朝萧如期望去，见她已经随着祁炫到达了清水区，居然并无艰难之态，不禁内心稍微安定了下来。

突然前方飘来一股殷红，杨睿等定睛一看，知道是一股血水，还没有等大家明白怎么回事，又有一具尸体漂来。

——司蒙的尸体。看样子司蒙和黑玫夫人已经抢先一步到了杨睿等的前面。

那是谁杀了司蒙呢？是黑玫夫人？

杨睿等不敢怠慢，继续朝前潜去，见前面不远处的水下有一废弃的石窟。窟门的上方横架着一只铁盒，上面锈迹斑斑，窟门下方，有两个人在闪转缠斗，正是花婆婆和黑玫夫人。

杨睿乍一见那铁盒，不由得大喜，他立刻明白了——祁炫猜得不错。碧凌剑果然被祝亥藏在了这困龙潭的水下，如果所料不差的话，那么这铁盒之内包裹着的必定是碧凌剑无疑了。

第一百一十二章　机　关

黑玫夫人手持六铜残刀，与花婆婆激战甚酣。

花婆婆赤手空拳，她双爪似铁钩一般，翻飞起伏间，看样子是想朝石窟的廊门逼近，却被黑玫夫人的一把六残铜刀封住了去路。

杨睿、萧如期等近得跟前，黑玫夫人大急，砍出两刀，迫得花婆婆往后退了一步，便欺身过来挡住了杨睿。

此时的杨睿才明白黑玫夫人到底有多厉害——花婆婆虽然手里没有兵刃，可是她本来就无须兵刃，因为她的双手就是兵刃。然而，在黑玫夫人的刀下，花婆婆居然几次冲击都没能成功。

司蒙的身上有刀伤，换言之，他应该是死于黑玫夫人的刀下。

黑玫夫人斩杀司蒙唯一的理由就是为了碧凌剑——

原来，司蒙与黑玫夫人一起蹿入潭底，二人都知石窟的所在，如果碧凌剑被祝亥藏于潭底，那唯一可藏之处就是石窟。

司蒙是抢在了黑玫夫人前面看到了石窟门廊上方的碧凌剑。

他欲取之，不料被身后的黑玫夫人赶上一步，一刀击杀，紧跟着，黑玫夫人自己刚想取剑，花婆婆潜近了跟前，于是二人大打出手。

萧如期上前帮花婆婆夹击黑玫夫人，她骑在蛟龙背上，行动疾速，一剑劈向了黑玫夫人的后肩。

黑玫夫人正向杨睿扑来，她对萧如期劈来的一剑，根本就置若罔闻——萧如期的一剑贴着对方的发髻削过。

黑玫夫人剑下脱险，径直扑向了杨睿，中途居然没有丝毫停留。

萧如期不禁暗自叹服，心道："不愧是黑水岛的女主人，连水下的剑速都能算得丝毫不差，而且如此从容不迫，这般本领绝非普通高手可以做到的。"

杨睿本想趁着花婆婆缠住黑玫夫人，自己去抢夺窟门上方的那个铁盒，没想到黑玫夫人竟然能从花婆婆手下脱身来攻，当下不容多想，手里的断剑一抒，直挂而下。

黑玫夫人抬刀一格，杨睿手里的断剑再一次进裂，手里仅剩一个光秃秃的剑柄，黑玫夫人刀锋不转，直直划向了杨睿。

杨睿手里无剑，本可以用指派龙吟之术来夺黑玫夫人的刀，可是此时他身在蛟龙的背上，无法腾挪。眼见黑玫夫人的刀锋已到了面门，却无法避让，不由暗叫一声："我命休矣！"

"铮"的一声，马相搏及时递出的一剑，救了杨睿的性命。可是马相搏手里的长剑也是瞬间被黑玫夫人手里的六残铜刀而废，断为两截。

黑玫夫人身形如鱼，直接蹿了上来。赶在了杨睿的前面，顺势一抄手，已将窟门之上方的铁盒抱在了手里。

刚才黑玫夫人以一己之力退花婆婆、避萧如期、挡杨睿、断马相搏手中长剑，都是在一瞬间完成的。直到此时她将铁盒抢到了自己的手里，其动作如同行云流水，一气呵成。

就在黑玫夫人夺下了铁盒的刹那间，祁炫已乘蛟而入，进得了石窟之内。

这是一处废弃的石窟，里面光秃秃地竖立着几根石柱，水下散落着几座残缺的石雕与几把锈迹斑斑的铁剑。

一具石棺静静地坐立在石柱下面，想必这就是黑玫夫人的父亲、七夺教老教主的安骨之棺了。

祁炫跳下蛟背，奋力一抬，将棺盖抬起，石棺内一道银色的虹光铺射开来，整个潭水翻腾汹涌起来，四下里响起了犹如炸雷般的声音。周围的水疾速旋转而逝，顷刻间困龙潭便成了一座空空如也的深穴。

萧如期已经屏住呼吸到了极致忍耐的限度，忽然大水一消去，她赶紧气喘吁吁，急吸几大口气，心道："好险！"

众人也都赶忙吁一口长气，抬头仰望，见潭壁之上满是青苔。自下而上，又何止千仞之高？均不由得倒吸了一口凉气。

黑玫夫人叫道："休要动家父的真身！"六铜残刀一横，抢上来将祁炫逼退，道："退后——"突然，黑玫夫人一下子愣住了。

——石棺内，一柄洁白无瑕的短剑笔直插在了一具尸骨的头颅之上。

黑玫夫人大惊失色，手里的六铜残刀"当啷"掉下，抚棺叫道："爹？！"

萧如期从后面一剑刺向黑玫夫人，哪知道黑玫夫人居然没有避让，被萧如期一剑洞穿了肩骨，她闷哼一声，翻身倒在了地上。

祁炫叫道："剑下留情！"

萧如期收住了剑式，道："这妇人可恶！"

杨睿等围上来看，见到石棺内那一把插着的白玉短剑，均一脸愕然。

花婆婆脸上如梦似幻一般，喃喃自语，道："碧凌剑！碧凌剑！"

黑玫夫人茫然地低头看看自己怀抱的铁盒，她慌乱地打开，忽然里面喷出了一股乌黑的浓烟。

黑玫夫人发出了一声凄厉的惨叫："啊——我的眼睛——我的眼睛——"

黑玫夫人的眼睛瞎了。

这一变故，谁也没有料到，原本大家都以为铁盒之内必定是碧凌剑。可是当众人见到石棺之内插在尸骨头颅上的那把玉剑，尤其是花婆婆一眼就认出了此剑就是碧凌剑的时候，顿时都傻眼了。

——黑玫夫人情不自禁地打开铁盒看的时候，也许她只是认为铁盒内是空的，却万万没有想到此举会毁了她的双眼。

黑玫夫人双手捂住眼睛，悲叫道："祝亥，你好歹毒！"

花婆婆似乎对身边刚才发生的一切都熟视无睹，兀自盯着石棺内的碧凌剑，自言自语道："二十年了——二十年了，这二十年来，我每天都被折磨得夜不能寐，现在终于可以安心了。"她仰天长啸，张开双臂，狂叫道："我，花千千，做了二十年白虎门的罪人！今日终于可以物归原主，他日即使死了，也有脸面去见白虎门的先师了。"

马相搏见花婆婆近乎发狂，担忧地上前道："花师叔！花师叔！你别这样！"

花婆婆老泪纵横，道："这么多年了，我为当年调包碧凌剑一事始终耿耿于怀，不能原谅自己，小子！现在压在我心头的那块大石头终于可以放下了。"

黑玫夫人忽然摇摇晃晃站起来，手指着众人，道："原来你们都不是什么好人，还好意思称什么玄门正宗，居然也干偷鸡摸狗的调包之事？哈哈！哈哈哈哈！"

萧如期见黑玫夫人一脸的悲怆，不禁心一软，道："夫人，我——我刚才那一剑，不应该出手的，我——"

黑玫夫人摇头悲号，道："我没有骗你们！我确实不知道这世间有这一把剑，我更没想到，我的夫君居然用此剑杀死了我爹——"

祁炫道："夫人所说，在下深信不疑，不然祝教主常年不在岛上，以夫人的本领，碧凌剑早就为夫人所得，又怎么会等到今天？"

第一百一十三章　治　眼

当年，黑玫夫人对于父亲的离奇暴毙，也曾心存疑虑。因为她当时见到临死之前的父亲其实并没有完全咽气——父亲临终之前曾经对她说，要将他死后的尸骨安放在困龙潭下。

黑玫夫人眼见父亲已经油尽灯枯了，便采纳了父亲临终前的建议。让祝亥将他送到了困龙潭下"卧棺而逝"，这就是先前黑玫夫人为什么说困龙潭是其父"殉道之处"的意思。

现在看来，当年七夺教老教主之死，疑点重重。

"枉我爹生前将他当作自己的亲儿子看待，"黑玫夫人幽幽道："万万没有想到他居然是如此歹毒之人。"

萧如期不解，道："不应该呀，按理说，你们已经成亲，他也如愿以偿做了七夺教的教主，为什么还要杀死你父亲呢？"

黑玫夫人道："我爹在入困龙潭之前，确实已经将教主之位传给了他，他不应该再对我爹下此毒手的。"

祁炫沉吟道："莫非他当年在送你父亲入石棺之时又生发了什么变故？"

黑玫夫人垂泪，道："当时都已经既成定局了，还能有什么变故？"忽然，她好像想起了什么来，道："难道是为了七夺蛊毒？"

"七夺蛊毒？"杨睿等一愣，道："我知道七夺教有三足飞龙蛊、木人蛊，怎么又冒出来一个七夺蛊？"

黑玫夫人道："七夺蛊是万蛊之王，此蛊由我祖父所创，由于它过于毒辣险恶，我爹并没有研习，而仅是保留了我祖父的蛊诀。"

杨睿道："万蛊之王？你们七夺教的三足飞龙蛊已经够邪恶了，那这七夺蛊毒又是何等的霸道？"

黑玫夫人道:"当年我爹将七夺秘籍交给我的时候,我曾经翻看过,里面记载的各种蛊毒的修炼法门,却唯独缺失了七夺蛊毒一章。"

祁炫道:"那这一章应该是令尊故意撕去的。"

黑玫夫人若有所思,道:"不错,现在想起来,似乎是我爹知晓如果将七夺蛊毒留于世间。其中厉害关系自然不言自喻,想必祝亥在送我爹入棺之时,逼问七夺蛊毒之法,既而下了毒手?"

花婆婆冷冷地道:"道妖百年前误入歧途,他终究还是没有想到,他自己亲手创下的恶蛊,到头来居然还是害了自己的儿子。"

黑玫夫人道:"花千千,人非圣贤,孰能无过?你不也自言当年背叛师门,偷偷掉换了碧凌剑?要不然,此剑乃是你们白虎门的镇山之宝,又怎么会散落在黑水岛长达二十年?"

花婆婆大怒,道:"这是我的事情,与你何干?"

黑玫夫人淡淡地道:"只许自己胡作非为,却容不得别人分辩?你这是哪门子的道理?"

杨睿道:"你们二位先不要吵了,这七夺蛊毒到底是何等邪恶?夫人你还没有说明白呢。"

黑玫夫人道:"一般的蛊毒仅限于一人一蛊,而七夺蛊毒却可以传染给别人——"

杨睿脱口而出,道:"妖兵?"

"不错,那些会动的死人就是被施了七夺蛊毒!"逗喜不知何时已经下得了困龙潭底。它一个筋斗跳到了石棺之上,蹲在上面,朝棺内看看,打了一个哆嗦,道:"哎哟,这是谁干的?下手如此狠毒?连死人都不放过?"探手一拔,将碧凌剑拔了出来,愕然道:"碧凌剑?!"

杨睿急忙道:"逗喜,你千万小心,别弄折了此剑。"

逗喜不以为然,道:"切,白虎门的无上至宝,怎么会那么容易就折了?你折一个给我试试?"顺手一抛,将碧凌剑抛给了杨睿。

杨睿伸手接住,仔细端详。见此剑是一段精白之玉铸就,剑身布满了荧光，剑刃虽不甚锋利，却寒气逼人。他不由得赞叹道："碧凌剑为当世之神器，果然非凡出奇。"

黑玫夫人道："好了，既然你们已经得到了想要的东西，那你们去做你们该做的事情吧！"

马相搏道："久闻黑水岛如同人间地狱一般，怎么岛上并不见教众出没？"

逗喜指着马相搏，哈哈大笑，道："你以为来黑水岛是赶集来了？要那么多人干吗？他们的人都被祝亥施了七夺蛊了，全在伏虎崖蛰伏着呢。"

黑玫夫人道："本岛上本来就没有太多的教众，除了扑龙、黄雀、食迷和琥珀之外，就剩下管家司蒙和几个奴仆，哪里有什么其他人？司蒙刚才已经为我所杀——"

祁炫道："你为什么要杀死自己的管家司蒙？"

黑玫夫人欲言又止，叹道："其实你们有所不知，司蒙他——唉，不说也罢。"

杨睿突然想起一事，问道："燕千里不是贵教四大恶使之一的食迷吗？"

黑玫夫人一愣，道："什么燕千里？本岛上没有这号人。"

杨睿道："四大恶使现今可在岛上？"

黑玫夫人摇摇头，道："我从来不过问教中之事，他们都是受教主直接调遣，我又从何知晓。"

祁炫走近黑玫夫人，道："夫人，你双眼伤得不轻，可否愿意让我看看？"

黑玫夫人苦笑道："瞎都已经瞎了，看了又有什么用？再说了，你们料定我是敌非友，即使有回春之术，又怎么可能帮我？"

祁炫不再言语，凑近黑玫夫人的脸庞，细细察看了一下她的眼睛，已经被毒瘴之气熏得发黑红肿，显然疼痛难忍，只是黑玫夫人性格倔强，才装作若无其事一般。

405

黑玫夫人叹一口气，道："你们别管我了，走吧！"

祁炫从怀中掏出一粒丹丸，捻碎轻轻弹在了黑玫夫人的双目上，道："有点疼，你得忍着点。"

杨睿道："祁兄，这是何丹药？"

祁炫微笑道："你有没有听说过一句话，叫白虎门的剑，七夺教的毒，青龙门的丹术，藏娇楼的巫——"

杨睿点头，道："听说过，此话说的是当今天下四大奇门绝技。"

祁炫道："我三年前在阳平关查虢寇的时候，曾经有缘得遇藏娇楼主，蒙她赐得灵巫神药几粒，没想到今日居然派上了用场。"

黑玫夫人的双眼沾上药粉，起初一阵剧痛，随即便变得清凉无比，自感眼珠灼疼之感顿消，不禁惊讶，道："祁先生真是神人！"她试着睁开眼睛，居然又能视物，不禁喜极而泣，道："多谢先生！"

第一百一十四章　惑　花

先是一阵隐隐约约的鸹叫声，由远及近传来，越来越近，众人抬头仰望天空——困龙潭的上空很高峭。

紧接着，三三两两的黑鸟从困龙潭的上空飞过。

鸹叫声更近了，很急很乱。

大片的黑鸹铺天盖地从困龙潭的上空窜逃而过，如逃难一般。

众人面面相觑，均感到一阵莫名其妙的恐慌。

祁炫蹙眉，道："它们到底在害怕什么？"

马相搏环顾四周，道："我们得出去。"

杨睿道："这满潭深水，居然顷刻间消失于无形，可见这潭底有通向别处的暗道。"

黑玫夫人道："我曾听家父生前提起过,这困龙潭与外界相连,只是至于通往哪里,就不清楚了。"

花婆婆眯着眼睛一直仰望着头顶的天空,她看着黑压压的鸹鸟仓皇从头顶飞过,道："这已经不是第一次见到这样的情景了。这岛上肯定有什么诡异之处。"

逗喜跳将起来,道："对,对,对!婆婆你果然是高人,号称天下第一魔教,岛上要是平淡无奇,那才是怪事呢!"

杨睿对黑玫夫人道："夫人,祝教主与火掌门一起勇斗七夺蛟王,就在此困龙潭,可是他们现在怎么都不见了呢?"

黑玫夫人摇头,道："就是啊,但是,那是司蒙管家所见,贱妾并未亲眼所见。"

祁炫仔细查看了一下四周的地形与岩石,道："这司蒙必定隐瞒了什么。此处理应是通向地下火界的入口。我们现在必须立刻离开这里,如若水泽倒灌,地下熔浆一旦喷发出来,那就糟了。"

在场诸人,除了祁炫是一介文士,其余个个都是技艺超群。困龙潭底离地面虽高百丈有余,均自能攀缘而上。

黑玫夫人肩背上受了萧如期一剑,所幸并没有伤及要害。

她感激祁炫刚才对她施以援手,助她重见光明,道："祁先生,我来背你上去!"

花婆婆冷笑道："你身上有伤,自己能脱此牢笼已算大幸,还信誓旦旦去帮助别人?"

黑玫夫人不理,正要去挟祁炫。花婆婆已经一把将祁炫的手抓住,道："走!"

杨睿等相继运功提气,朝困龙潭石壁攀去。

马相搏顺手拾起了石柱下的一把铁剑,紧跟着上去了。

逗喜"噌"的一下跳到了杨睿的肩膀上,道："我来看看你的轻身功夫有没有长进,快上!快上!"

众人上得地面，这时大家才意识到原来天已大亮，原来大家都置身在一处陌生的林间。

马相搏道："咦，怎么不是先前的那地方？"

黑玫夫人道："我们在困龙潭底乱游了一气，哪里还是原来跃下的地方？这是婆娑凼，穿过这婆娑凼，前面就是伏虎崖。"

逗喜拍着胸脯道："用不着你指路，黑水岛我熟悉得很。"

黑玫夫人道："你这个鬼精灵，伏虎崖居然也敢去游荡？我在岛上四十年，也只是小时候去过一次，还是在岛上迷失了方向才误打误撞到了那里，要不是我爹去把我找回，恐怕也是凶多吉少。"

杨睿道："伏虎崖到底有什么古怪？"

黑玫夫人道："我也说不上来，总感觉那里阴森森的。家父说那是黑水岛最不吉利的一块死地，平时严令岛上之人踏足半步。"

马相搏急道："逗喜说游云师姐就在伏虎崖，我们得赶紧去。"

杨睿怀抱着碧凌剑，道："不错，碧凌剑已经找到，得赶紧寻得云儿与火掌门最为要紧。"

忽然，花婆婆停下了脚步，脸色一下子变得凝重起来，压声道："且慢！"

杨睿一惊，道："前辈！怎么啦？"

花婆婆昂着头四下警觉张望，道："你们有没有发现什么异常？"

祁炫道："静！出奇地静！"

杨睿道："没错，刚才野鸱黑压压一片逃也似的飞过了，现在怎么反而一点声音都没有了？"

黑玫夫人道："这有什么稀奇？黑水岛上这样成群结队的寒鸦乱飞是常有的事情。"

萧如期奇道："它们为什么要这样飞？从它们飞的情形来看，显然是受到了什么惊吓。"

祁炫道："萧姑娘说得没错。虫鸟是对万物感知最灵敏的。它们每天这样惊恐地盘旋，却没有离开黑水岛，那一定是因为这汪洋大泽过于辽阔，无法越过，否则早就跑得一干二净了。"

杨睿道："祁兄的意思是，岛上必定有让它们胆寒的东西存在？"

黑玫夫人沉吟不语，若有所思起来。

祁炫道："这黑水岛上一直是这样的吗？"

黑玫夫人想了想，道："也不是，好像是最近几年才是这样，以前并没有发现它们整天乱飞。"

马相搏见身边的花婆婆痴痴地盯着周围的林子树木看，神情疑虑不定，轻轻唤道："花师叔！你——你怎么啦？"

花婆婆缓缓摇头，直道："不对，不对！"

杨睿和萧如期看一眼，各种狐疑地搜寻了一下四周，见树林静恰，没有丝毫异常。

萧如期上前道："前辈，什么不对？你发现了什么吗？"

花婆婆凑近一株旁边的野花，仔细端详起来，脸上的表情忽明忽暗，一会用鼻子轻轻嗅嗅，一会又伸出她那鹰爪一般的手指触碰几下花株的叶子，喃喃自语，道："奇怪，真的是奇怪！"

杨睿道："前辈，到底有哪里不对，你倒是说呀。"

逗喜忽然"刺溜"一下钻进了杨睿的怀里，颤声道："妈呀，我以为就我聪明，原来还有人跟我想的一样？"

花婆婆忽然勾着脑袋回头望着逗喜，斜着眼睛问道："孽畜，你倒是先说说——"

逗喜道："我——我其实早就感觉这岛上的花花草草有异样了。"

花婆婆点点头，道："不错，这些花草树木看着枝繁叶茂，其实它们没有了生气，早就已经死了。"

马相搏奇道："死了？花师叔，你——你怎么知道？"

花婆婆嘿嘿两声，道："辨花识木，是我老人家的绝活，要不然，怎么能叫'花婆婆'呢？"

第一百一十五章　任　宰

杨睿等人被花婆婆的举动弄得不知所措，均诚惶诚恐，不知道接下来将要发生什么事情。

杨睿紧紧握着手中的碧凌剑，在内心默默地吟诵了几遍碧凌龙诀，此诀在杨睿的心中每天都要默诵数十遍，自然是滚瓜烂熟。

作为白虎门的四大神术，碧凌龙诀自然不仅仅只是口诀而已。因为有了玄门神术的加持，杨睿每天默诵一遍，体内的罡气便多积一分。

但是，对于碧凌剑的威力，杨睿至今依然不明所以。上次通过摘星关一战，一把假的碧凌剑差一点让他丧失了对碧凌剑的信心。此时真的碧凌剑在手，他反而内心有点忐忑不安起来。

萧如期悄然问杨睿，道："这些草木死就死了，又有什么惧怕的呢？"

"是啊，"杨睿心道，"花婆婆是不是有点故弄玄虚了？"

黑玫夫人淡淡道："在你们的眼中，是不是黑水岛上的一花一草都已经被妖魔化了？"

祁炫静静地看着四周，道："那些盘旋的飞鸟就是受到了这些草木的惊吓，才惶惶不可终日的，因为它们——"

突然，不等祁炫说完，花婆婆宽袖一展，手里已经多了一把短刃，只见她以迅雷不及掩耳之势，"咔嚓"一下，斩断了一棵灌木的枝条。蓦地，断裂的灌木喷出一股黑色的黏液，直洒在了她和马相搏的身上。

众人大惊，纷纷朝后避让。

血，黑色的血。

杨睿一下子惊呆了，这是多么熟悉的血——

雍丘城内，赏月楼前，杨睿曾经亲眼见过天降黑血。那种恐怖的场景，非亲身经历，绝不能体会当时有多恐怖。

祁炫叫一声："大家小心！"

瞬间，狂风顿起，众人身边所有的枝叶都开始摇摆起来，伴随着"刺刺"的声响。

花婆婆挡在了马相搏的前面，叫道："你退后！"挥刃连斩，又砍断了两株朝马相搏扑上来的粗枝，黑血四溅。

祁炫失声叫道："七夺蛊？"

黑玫夫人提刀护住了祁炫，道："快走！"

杨睿、萧如期并肩执剑，盯着身边的草木，严阵以待。

整个树丛都响彻"刺刺"的尖锐之声，如万蛇奔涌。

直到此时，杨睿才明白七夺蛊毒真正可怕的原因。那是因为它不仅仅让人变成恐怖的妖尸，更可以布施在草木之上，使其成为祸害人间的恶魔。

所有的树木都舞动起来了，它们的枝叶扭曲缠绕在了一起，渐渐突显出了魔兽的形状，张牙舞爪朝杨睿等人扑了上来。

黑玫夫人与花婆婆断后，叫道："快跑！"

杨睿一跃而出，喝道："让我来！"左手拈诀，右手执剑，挥出一击，大片树妖发出了"嗷嗷"怪叫，纷纷倒下，漫天的黑血飞溅。

忽然，杨睿怀中的逗喜探出了头来，叫道："主人小心！"它说着"刺溜"一下，自己先跃出杨睿的怀中跑了。

杨睿手里的碧凌剑一竖，迎了上去——前面密密匝匝的树妖背后，一声破空的尖啸，一团黄影裹着银光，疾速朝杨睿飞扑了过来。

对方的这一击，犹如排山倒海一般。杨睿感到一股强大的阴风扑面，割得他脸颊生疼。一个趔趄，险些站立不稳，但是杨睿紧握着的碧凌剑却死死地攥在手里。一剑上撩，对方"刺"的一声，前胸被碧凌剑划出了一道口子，纵身越过了杨睿的头顶，消失在了他身后的树妖之中。

"祝亥！"花婆婆尖叫一声。

黑玫夫人手持六残铜刀，眼睁睁看着刚才的那团黄影没入了张牙舞爪的树妖丛中，茫然道："夫——夫君——"

花婆婆的一句叫喊，让杨睿一下子回过了神来，他扭头看时，哪里还有祝亥的身影？

花婆婆叫道："快去追！要想救出火不明和游云，就不能让他跑了！"

杨睿如梦初醒，此时的杨睿体内罡气澎湃，他返身一跃，碧凌剑当胸前挺刺出，顿时树妖"嗷嗷"之声不绝于耳，倒伏了一片。

萧如期仗剑，左冲右突，连连劈砍，叫道："等等我！"

然而，此时的她与马相搏、花婆婆他们已经被更多的树妖盘根错节地包围着，哪里还能脱得了身去？

马相搏的双腿已经被几株树妖的根死死缠住，想移动一步都不可能了。他只得仗着手里的一把锈迹斑斑的铁剑，奋力砍杀。

黑玫夫人内心充满了怨苦，在她的心中，祝亥一直都是一个大英雄。自从她嫁给他的那一天起，始终没有怀疑过祝亥的一切——尽管他近些年冷落了自己。

祝亥做什么，黑玫夫人都认为是对的。不错，他是为了黑水岛，为了不让自己的家园再受到那些来历不明的虢寇侵袭。渐渐地，她对他光复七夺教也表示了理解与支持。

然而，令黑玫夫人没想到的是，祝亥居然瞒着她，做了那么多的恶事。本来，她对祁炫、杨睿等人的话还心存疑虑，可是当她亲眼见到困龙潭下的石棺内那把插在父亲头颅上的碧凌剑之时，她其实已经渐渐清醒了——原来祁炫、杨睿等人说的话竟然全部都是真的。

"他是什么时候开始改变的？"黑玫夫人在心中不断地问自己："难道是上次他发现了自己的那件事？"想到这里，黑玫夫人心头发毛。

那是一件让黑玫夫人想起来至今都耿耿于怀的事情，也是她引以为耻的一件事。为此，她痛心疾首，常常彻夜不眠。

"啊！"萧如期的一声惊恐尖叫声传来。

黑玫夫人转头看去，见萧如期已经被几株魔兽般的树妖缠住了双臂，正在不停地挣扎。

　　花婆婆手臂微抬，几柄袖剑飞出，斩断了缠在萧如期身上的树妖。可是紧跟着却又有数十根张着血盆大口的树妖扑了上来。

　　马相搏也是在苦苦支撑，他浑身都已经爬满了树妖。幸亏他先前曾经跟随"虎山三圣"学过几式指派龙吟，尽量护住了头部。如若不然，早就被诸树妖给吞没了。

　　花婆婆内心暗暗叫苦，心道："没想到，邪魔外道居然有如此神通。斩又斩不尽，走也走不了，再这样下去，我们岂不是成了任人宰割的羔羊？看来今日注定是在劫难逃了。"心念及此，她不由自主朝四周看去，不由得错愕了——

　　祁炫一动不动地站着，手里托着一面小鼓，众树妖奇迹般地绕开了他，只攻击她和萧如期、马相搏，就连黑玫夫人，也居然安然无恙。

第一百一十六章　荧　攻

　　萧如期已经支撑不住了。如果这些树妖换作是活生生的人，凭萧如期凌厉的剑法与敢抢敢拼的性格，她哪怕是落败，也会丝毫不惧，然而，此时她面对的是恐怖的树妖。

　　花婆婆奋力来救，却被几条地上蠕动的妖根缠住了双足，她也是寸步难行了，她冲黑玫夫人叫道："你还不去帮她？"

　　黑玫夫人此时似乎已经神情恍惚，道："帮她又能如何？"

　　祁炫看上去气定神闲，其实此时他的内心，也是充满着焦虑与恐惧，更多的则是不解。

　　"为什么它们会故意避开我和黑玫夫人？"祁炫的脑子里飞速地转动

着。他在想："如果说，黑玫夫人是黑水岛的女主人，这些妖物尚且认主的话，可是我与它们没有丝毫瓜葛，它们居然不来攻击我？"

萧如期连连尖叫，令祁炫心急如焚，但是直觉告诉他，不能轻举妄动，否则不仅救不了萧如期，反而会白白赔上一条性命。

花婆婆袖中的利刃已经射光了，她正被群妖攻击着，自身难保，要不是她擅花煞擒龙绝技，将群妖不时探出来的头给击了回去，恐怕早就被妖灵吞噬了。此时她除了喝斥黑玫夫人快去相救萧如期，无能为力。

黑玫夫人箭步上去，连出数刀，斩飞了几颗伸向萧如期面门的恐怖头颅，恨恨道："都是你们惹出来的祸，现在反而还让我来出手救你！"

萧如期大怒，道："谁让你救？你尽可以脱身走人啊！"

黑玫夫人冷笑道："死到临头，你还嘴硬。"

突然，缠绕在萧如期身上的树妖"噼里啪啦"一阵乱响，节节爆裂。有的妖灵正张嘴欲咬萧如期，头昂在半空，突然炸开，连尖利的牙齿都被炸飞了。

紧接着，一旁的诸多妖灵也相继爆裂，发出了阵阵白烟与难闻的恶臭。

一阵低沉的埙声忽高忽低响起，群妖均瞪着恐怖的邪光，纷纷后退，瞬间马相搏和花婆婆的险境也立刻解除了。

祁炫又惊又喜，抬头四下寻找，只见一个高高瘦瘦的麻衣人从远处飘然而至。他脸色蜡黄，一只眼睛蒙上了眼罩，手里的一只陶埙就在嘴边吹着，发出了阵阵令人耳刺目眩的声音。

萧如期大喜，叫道："爹——"

来人正是清歌狂，他缓步走到萧如期身边，仔细打量着萧如期，道："你没事吧？幸亏我来得及时，杨睿呢？他怎么一个人逃了？"

马相搏在虞国的绒栀城和雍丘王城的天禄宫两次见过清歌狂，喜色道："原来是仙人驾到！公子追七夺教教主去了。"

清歌狂打量着祁炫和花婆婆、黑玫夫人几眼，道："就凭着杨睿那小子，敢去追击祝亥？"

花婆婆眯着眼睛看了几眼眼前的这个独眼人，她见萧如期叫他"爹"，不由得疑窦丛生，道："你是何人？我怎么看着你有些面熟？"

清歌狂还没有说话，马相搏道："花师叔，这位就是萧仙人。他曾经还是虞国的太子爷呢——"

花婆婆惊愕，道："什么？你——你是萧清歌？"

清歌狂一愣，道："你又是何人？居然知道我的名字？"

花婆婆忽然哈哈大笑起来，道："哈哈哈哈，想不到昔日手无缚鸡之力的萧太子，如今居然成了仙人？"

清歌狂正眼盯着花婆婆，道："你到底是谁？"

萧如期道："爹，她就是白虎门的花千千前辈！"

清歌狂惊呼道："你——你是花千千？"

花婆婆凄惶道："这个世间再也没有花千千这个人了，我是花婆婆。"

清歌狂惊讶不已，道："你——你怎么变成了这副模样？"

花婆婆叹道："岁月不饶人，你不也是一样。"

清歌狂喟然，道："一别二十年，想不到还能再见故人。唉，想当年，你们要不是为了保我性命，也不至于弄成今日的局面。"

萧如期道："爹啊，你怎么来啦？你的伤——"

清歌狂替萧如期将了将凌乱的秀发，道："爹的伤已经没事了，我师傅负琴生已经替为父清除了体内的残毒。"他说着，转向祁炫，道，"你是祁兄弟？"

祁炫一惊，道："尊驾认得我？"

清歌狂道："我是受天画神君之命，来助你们一臂之力的。"

祁炫惊恐，急忙拜倒："尊驾与神君相识？请受小生一拜！"

清歌狂呵呵一笑，道："祁兄弟不必多礼。天画神君与家师负琴生相交甚好，论辈分，你我一样。"

黑玫夫人静静看着清歌狂，道："阁下刚才不出一招一式，居然能退妖灵，可见来头确实不小，不知刚才阁下使的是何法术？"

清歌狂道："纯阴为鬼，纯阳为仙。这些妖灵受了七夺蛊毒的摆布，其实也属鬼类。刚才我使的就是青龙门的荧攻之术。"

黑玫夫人叹道："我本以为，天下之大，论本领，唯我夫祝亥为最。谁曾想，世间居然还有阁下这样的高手，真的是天外有天，请恕贱妾浅薄了。"

"你是祝亥的妻子？"清歌狂看看黑玫夫人，又看看花婆婆。

黑玫夫人道："我曾经听我夫君说起，知道萧太子是高贵出身，没想到今日能来黑水岛造访，贱妾很是荣幸。"

清歌狂欠身道："刚才你救了我女儿一命，应该是我感激你才是。"

萧如期道："爹，杨睿去追祝教主了，你赶紧去帮他！"

清歌狂道："杨睿虽然习得碧凌龙诀，可他要想跟祝亥兄比勇，还差一截，除非他得到碧凌剑。"

萧如期道："碧凌剑已经被杨睿意外获得——"

清歌狂道："哦？那他也还是未必能胜得了祝亥，因为碧凌剑虽然有灭魔之功，可祝亥的智谋远胜于他。"

萧如期急道："爹，那我们还不赶快去帮他？"

黑玫夫人忽然道："萧太子，贱妾有一个不情之请，不知道萧太子能否答应？"

清歌狂道："嫂夫人请说！"

黑玫夫人道："你既然叫我嫂夫人，想必在内心还把我夫君当成你的兄弟。我想，如果有可能，能否饶他一命？"

清歌狂道："我与祝亥曾经是生死交情，再说，要真的较量起来，谁饶谁的命，还说不定呢，嫂夫人又何必有此一虑？"

黑玫夫人幽幽地道："我知道他罪孽深重，可是——唉！"

第一百一十七章　香　殒

黑水岛名虽是岛，却是一座庞大的山系，山水层林，重峦叠嶂，宛若人间仙境。如果不是此时到处传来阴森恐怖的"刺刺"之声，简直就是一派绝美的画图。

祝亥的腾驾术出自魔道，杨睿提气追赶，始终无法企及。

对于祝亥此举，杨睿心知肚明——他是想故意引得自己去一处所在。不然凭祝亥的本领，迎战杨睿肯定是绰绰有余，他根本无须奔逃。

但是即使如此，杨睿也是别无选择。

二人一前一后，转眼已经过了婆娑凼，前面出现了一座突兀的石峰，其间深谷纵横，地势极其险要。

杨睿心道："看前面的崖谷纵横，必然有诈。"可是因为杨睿惦记游云和火坨坨的安危，便容不得他多想。见祝亥已经进得谷去，也只好硬着头皮奔了进去。

一入深谷，杨睿便傻眼了。祝亥已经不知所踪，前面却有两人挡住了去路，他们竟是扑龙和莺莺。

"杨睿哥哥！"莺莺还是咯咯而笑，道："你还真的来了？"

扑龙却一改往日国相的打扮，他披头散发，怀中抱着一副明晃晃的银钩，道："天堂有路你不走，地狱无门你偏来！"

杨睿持碧凌剑，指着扑龙和莺莺，道："四大恶使，来了两位，燕千里和琥珀呢？怎么不干脆一起亮相？"

"我来了！"随着一声低叱，琥珀如一只迅疾的飞燕，从前面的崖下腾空向杨睿掠了出来——她手里的剑倒握着剑柄朝前，剑尖闪动的银光拖在后面，不停地抖动。

剑未出，而招先动，此为必杀技。

几乎与此同时，莺莺和扑龙已经一左一右朝杨睿扑了上来。

莺莺手里还是握着一把柳叶刀，刀虽小，威力奇猛。萧如期曾经在望月山中就吃过它的苦头，被莺莺手里的这片薄薄的柳叶刀差一点割断了颈脖，饶是她躲闪得快，还是被划伤了脸。

杨睿手中的碧凌剑横划一击，一道白影由剑铺射出去。莺莺和扑龙挥动着手里的兵刃来挡杨睿的剑芒。而琥珀却身在空中，直直地飘了过来，反手托剑而转，自上而下，挂劈了下来。

莺莺和扑龙的夹击为杨睿的剑芒所阻，交叉着疾速换位而退。琥珀迎头一击，既快又狠。杨睿将剑撩起，架住了琥珀的长剑。

琥珀的剑招一点，借势越过了杨睿的头顶，反手一剑，倒刺向杨睿的后背。

杨睿右手挥剑挡开了扑龙的双钩，左手反探，五指疾拨，一下子沾上了琥珀的剑刃，"啪啪啪"三声脆响，琥珀手里的长剑硬生生为杨睿指尖的罡气所崩裂。

琥珀大惊，道："你——你这是什么功夫？"

杨睿挪步避过了莺莺的一招，道："指派龙吟！"

琥珀一愣，道："指派龙吟？好，好，好，我奉教主之命，几次取你性命不成，如今想来更是无望了，既然如此，我就与你同归于尽——"话音未落，已经扑了上来。

杨睿急忙举剑欲击，却不料琥珀一扑而偏，已经抱住了一旁的扑龙，"扑呲"一声，琥珀手中的断剑直插进了扑龙的心口。

扑龙惨叫一声，手里的双钩"当啷"掉在了地上，瞪圆了双眼，道："琥珀，你——你——"

琥珀不等扑龙倒下，拔剑而出，刺在了扑龙的颈部，手腕一旋转，扑龙还没有弄明白是怎么回事，便已经被琥珀割断了咽喉。

这一突然的变故，把杨睿惊呆了，他急叫一声："琥珀当心——"

莺莺掷出的一刀，插进了琥珀的背心。

"啊！"琥珀身子一晃，摇摇欲坠，扭头过来看着杨睿，道："杨公子！"

杨睿体内罡气涌动，一步上前，碧凌剑出手，将转身欲逃的莺莺阻住。剑光如虹，莺莺娇柔的身子一下子竟然被斩为两截，双目圆睁，死不瞑目。

琥珀扑倒，杨睿赶上前一把抱住。

杨睿急道："琥珀！琥珀！"

琥珀躺在杨睿的怀里，嘴角的鲜血不断往外溢出。她的脸上却满是凄然的笑容，道："公子！你——真的不应该来这里！"

杨睿慌忙替琥珀擦拭着嘴角边的血，道："琥珀，你怎么会帮我？"

琥珀不答，吃力地道："公子，这次——这次我真的要死了，而且还是——还是死在了你的怀里，我——我很开心——"

杨睿眼眶一热，道："琥珀，食迷呢？"

琥珀断断续续，道："刚才——刚才你杀的——就是食迷。"

杨睿迷惘了，愕然道："她是食迷？她不是黄雀吗？那燕千里是谁？"

琥珀道："燕——燕千里是千年——千年幽狼转世，是异类。七夺教四大使者都是人族，燕千里只是食迷手下的一枚棋子。"

杨睿道："那黄雀是谁？"

琥珀气若游丝，道："黄雀——黄雀——他——他是——"

杨睿急道："他是谁？"

琥珀道："他是——"双眼慢慢合起，嘴角含笑而逝。

杨睿将琥珀抱在怀里，看着她苍白的脸庞，不禁悲从中来。

琥珀虽为七夺教四大恶使之一，可是与其他三人相比，命运对琥珀可谓非常不公。她由于没有完成祝亥交付的使命，生前备受蛊毒之苦，所幸临死之前心下宽慰，含笑九泉。

想起与琥珀相识这两年来，杨睿百感交集，往日一幕幕的交集如在眼前。杨睿心道:"琥珀年纪轻轻,误入了七夺教,可谁又能知道她平时内心的苦楚?谁又能体会到她身受三足飞龙蛊,而生不如死的悲惨?谁又能理解她平日里内心的孤独与无助?"

如今,琥珀的一切都已经从这世间消失了,仿佛她从来没有到这人世间来过一样。

杨睿轻轻将琥珀的尸身放下,他看着一旁扑龙和莺莺的两具尸体,喃喃道:"琥珀生前应该时刻想着离开七夺教的,只是她被祝亥的蛊毒控制着。如今她为我而死,我不能再让她与这两个恶使沆瀣一气,免得辱没了她孤苦的用心。"抱起琥珀,将她移至一处谷下的溪边,放入溪水之上,眼望着她随波逐流,渐渐远去。

第一百一十八章　为　情

杨睿站在了伏虎崖下,举目四望,不觉倒抽了一口冷气——崖下深谷大壑。怪石嶙峋,如一只只趴伏的猛虎,大小不一,阴气逼人。

"主人!我来啦!"逗喜撒开了腿飞奔而来。

杨睿急问:"如期他们怎么样?"

逗喜摸摸头,道:"我比你先逃出婆娑凼的呀,你怎么还问起我来呢?"

杨睿埋怨道:"逗喜,我是追那个大恶人的,你那才是真正的临阵脱逃。"

逗喜委屈地道:"我当时要不先走一步,你还得分心保护我,是不是对你有害无益?"

杨睿忧虑道:"祝亥又不知去向了,早知道这样,我就与如期他们一起杀出婆娑凼,我真不该舍下他们。"

逗喜道:"嗨,你现在后悔也无济于事。现在回去救他们也已经晚了，该吃该咬，估计都已经被树妖吞得差不多了吧——"

"逗喜，你住口！"杨睿喝斥，垂泪道："你别再胡言乱语了，你怎么这样没心没肺呢？花婆婆和马相搏好歹也与你同出白虎山——"

逗喜指着杨睿，不以为然道："你看你，你看你，跟你开个玩笑嘛，你怎么还当真了呢？"朝杨睿身后一指，道："他们这不来了吗？"

杨睿回头望去，见花婆婆、祁炫等从远处大踏步赶来。萧如期身边多了一个人，高瘦如竿，正是清歌狂。不禁大喜，叫道："萧前辈也来了！"

萧如期一把将杨睿抱住，差一点哭出了声来，道："你幸好没事，可把我担心死了。"

杨睿轻轻拍了拍萧如期的肩，柔声道："我没事！我还正担心你呢！"

逗喜冲着萧如期没好气道："喂，你是怎么调教情郎的？他担心你归担心你，可刚才却怪起了我来，凶神恶煞一般，就差一点没把我给撕了，我就留在婆婆凼也帮不上什么忙呀，我是能踢还是能打啊？"

萧如期破涕笑了出来，道："逗喜大人，我替他向你赔不是了。"

逗喜"哼"了一声，扭过头去不理，自言自语道："我大人有大量，不跟某些人一般见识。"

马相搏急道："逗喜，这里就是你说的伏虎崖了，怎么看不到游云师姐？"

逗喜"咦"了一下，道："那个漂亮的美妇人怎么没有跟来？"它指的是黑玫夫人。

萧如期黯然道："她不忍见到祝亥罪有应得，干脆就避开了。"

花婆婆问杨睿道："祝亥呢？"

杨睿摇摇头，道："他的轻身腾跃功夫远胜于我，又有七夺教的两位恶使中途对我狙杀，所以被他跑了。"他不忍心将琥珀归于七夺教四大恶使之列，便只说遇到了扑龙与食迷莺莺二人。

就在这时，逗喜跳将起来，叫道："老主人！老主人！"

众人顺着逗喜指引的方向看去，见石阵最里面的一根高耸石柱下。

游云一袭白衣，袅袅婷婷而立，朝花婆婆喊道："师傅！师傅！"

马相搏大喜，道："是游云师姐！"说着就要奔去，被花婆婆一把拉住了。

花婆婆道："沉住气！"

祁炫环顾了一下四周，道："萧前辈，你怎么看待这里？"

清歌狂道："此处是按阴阳死地布设的，看这些卧虎所占之地。无不居其大煞位，如我没猜测错的话，一入此阵，即有可能遭遇机关陷害。"

祁炫点头，道："正是。此石虎阵看似平静，其实暗藏杀机，不可轻易闯进。"

马相搏焦急道："那——那怎么办？"

远处的游云看上去似乎并没有受伤，只是有一些憔悴。她朝众人招手，道："师傅！快来救我！杨公子！你也来了吗？我就知道你不会不管我的。"声音听上去虚弱无力却也异常温柔。

萧如期压声对杨睿道："她这声音里透着古怪。"

杨睿朗声道："云儿！火掌门也在吗？"

游云道："火师伯在，他快不行了，你们快过来呀！"

花婆婆叫道："死丫头，让你火师伯现身出来一见！"

远处传来一洪钟般的叫喊，道："花师妹！你们快走！不要管我！"正是火坨坨的声音。

杨睿看看花婆婆，道："是火掌门的声音。"

花婆婆内心激动难平，高声叫道："祝亥！我来了！你为什么不敢现身？"

突然，一阵狂笑声响彻整个伏虎崖，道："哈哈哈哈，千千何出此言？这黑水岛是我的地盘，哪里有客人来了，主人避而不见的道理？"

杨睿等循声搜望，见祝亥端坐于一巨型石虎之上，缓缓从崖下腾空升起，他持一鼋形杵杖，气定神闲。

众人均惊讶不已，心道："这石虎少说也有数千斤，祝亥居然能令它悬而不落，其魔功修为着实让人折服。"

花婆婆颤声道：“姓祝的，你好狠心。二十年了，你终于肯见我了！你知不知道，我等你等得生不如死？”

祝亥垂眉长叹，道：“千千！二十年前的祝亥，在逃出白虎山的那一天起，就已经死了，你又何必要苦苦等我呢？”

花婆婆尖叫道：“二十年了，你一句何必等你就将我挡了回去？你还记得当年在白虎山悬崖下分手的时候，你是怎么答应我的？”

祝亥道：“不错，当时我是答应你，只要我不死，就一定会重回白虎山去找你。”

花婆婆厉声道：“你倒也真的没有忘记啊。”

祝亥摇头道：“千千，可是我回不去了。自从我接掌了七夺教，我就知道，正邪势不两立。天地之间，只能允许有一个祝亥，那就是七夺教教主。”

杨睿道：“可是你是怎么坐上这个教主之位的？你杀了老教主——你自己的岳父。”

祝亥道：“杨睿，你错了，我没有杀他。”

萧如期嘲笑道：“想不到名满天下的七夺教教主，也有做了事情不敢承认的时候？我们在困龙潭底都已经亲眼见到了黑玫夫人令尊的尸骨。他的头颅上被你插上了碧凌剑，你还想抵赖？”

祝亥哈哈大笑，道：“我祝亥乃是天下第一人，做就做了，还用得着抵赖吗？岂不是笑话？当年，是老教主在临死前嘱咐我这么做的。”

众人诧异，萧如期斥道：“你胡说，天底下哪有这样荒唐的事？”

第一百一十九章　地　裂

祝亥的一番话令在场所有的人如坠云雾。

杨睿心道：“以祝亥的身份，他应该不可能胡诌。可黑玫夫人的父亲临死之前如此嘱托，这又是为何？"

祝亥道："我祝亥虽然身为魔头，可是向来不说假话。如果当年我不这样做的话，老教主将会死而复生，到那时候，他将会搅得人间天翻地覆，不得安宁。"

祁炫一直到现在没有说一句话，此时他插了一句，道："黑玫夫人的父亲也修了七夺蛊？他之所以突然暴毙，其实是他已经意识到了七夺蛊毒的危害，自断经脉？"

"不错！"祝亥道，"老教主确实曾想毁了七夺蛊，可他最终还是没能抵得住好奇之心。唉，魔教之魔，就体现在了这里。咦，你是谁？怎么会如此聪明过人？"

祁炫道："在下雍丘祁炫，见过祝教主！"

祝亥一愣，道："雍丘祁炫？三年前就是你破了平阳关之局？"

祁炫道："正是——"

瞬间，啸声大作，刚才还是犹如宗师说法一般的祝亥突然变得咆哮起来，如一条恶龙穿云，直取祁炫。

清歌狂在一旁始终一言不发，他等待的就是祝亥的这突如其来的一击。

祝亥这一击，犹如排山倒海，就在他冲击祁炫的刹那间，地上原本伏着的石虎也都呼啸着旋起，朝众人压了过来。

——无数的利箭从石虎的口中射出。

花婆婆站在最前面，惊叫道："大家小心！"双爪疾探，使出花煞擒龙，将射来的箭尽数移开，"叮叮"之声不绝，无数的利箭掉落在了石谷的地上。

清歌狂的手里已经多了一根玉箫，宽袍大袖舞动。

祁炫顿时感到一股雄浑的气场将自己周身裹住，再看清歌狂，见他已经和祝亥战成一团。

杨睿叫道："如期，快与花前辈和马兄弟去救火掌门他们。"碧凌剑一挺，数道剑芒乍现，形成了一道道银虹，扫向了乱空飞来的石虎。剑芒所到之处，一座座石虎如粉如齑，瞬间散塌。

清歌狂修的是纯阳正仙一路，原本与祝亥的魔功相拼，二者应当在伯仲之间，可是由于他此前在雍丘城的天禄宫受到了蛊毒侵害。虽然他及时赶赴师傅负琴生处求助，保住了不坏仙体，可毕竟耗损了诸多纯阳之气。

而此时祝亥聚集狂怒的一击，倾注了毕其功于一役的霸道。清歌狂为了保全祁炫不受伤及，硬碰硬地接了祝亥的这一招，顿时感到体内如翻江倒海一般，"哇"的一口鲜血吐了出来。

杨睿大惊，叫道："萧前辈！"仗剑迎上，剑气如虹，挡住了祝亥对清歌狂的追击。

祝亥挥动鼋杖和杨睿的碧凌剑斗在了一起，招式如疾风骤雨，丝毫不给杨睿有喘息的机会。因为他知道，要想战胜杨睿手中的碧凌剑，唯一的办法就是攻其不备，令杨睿疲于应战，内丹无法聚集。

杨睿当然知晓祝亥的用意。祝亥的魔功深厚，如不是自己有碧凌剑在手，以诀催剑。杨睿在祝亥如此拼命的搏杀之下，决计难过三招。

好在碧凌龙诀鼓动罡气，透于碧凌剑上，阴阳浑转，剑气荡扬。瞬间与祝亥已经斗了十几个回合，却丝毫无法将祝亥逼退。

石虎阵中，花婆婆、萧如期、马相搏三人已奔至游云跟前。

马相搏急道："师姐莫怕，我来救你！"

游云面露喜色，道："马师弟！"朝前迈了出来，身体乏力，一跤跌倒。

萧如期和花婆婆双双抢上前去，二人正要去搀扶，远处传来了逗喜的一声急叫，道："不要碰她——"

逗喜的话音还未落，游云已经匍匐着昂起了头，原本娇美的容貌一下子变得獠面狰狞，一下子将萧如期扑倒，张嘴就咬了下去。

萧如期手中的长剑脱手，吓得花容失色，"啊"的一声尖叫。

花婆婆根本来不及思索，五指如钩朝游云的天灵盖拍了下去。

突然，马相搏斜刺里飞身扑到，他用自己的身子挡住了花婆婆的一

425

碧
凌
剑

掌，道："不要杀——"

花婆婆的掌已经落下了，实实地击在了马相搏的背脊上，马相搏瞬间毙命。

游云被马相搏突然压了过来，身子一歪，一口咬偏，居然生生将一侧的一块乱石咬裂。她猛一回头，双眼通红，见到一旁的花婆婆，立时腰身一拱，将压在她身上已经咽气的马相搏弹飞了开去。喉咙里发出了"咕咕"的闷响，朝花婆婆猛扑过去。

萧如期顺手拾起剑，连滚带爬从地上起来，手忙脚乱地对着身前就是一顿空砍，叫道："我砍死你，我砍死你！"

游云发狂想要抱住花婆婆，可是花婆婆毕竟不是萧如期，尽管她不顾一切想要靠近，怎么能近得了花婆婆的身？

花婆婆错步躲避，她刚才情急之下对游云的一击，着实是出于本能反应。可现在当她面对兽性大发的游云，如何忍心再施以杀手？花婆婆流泪叫道："死丫头！为师养你十几年，叫我怎么下得了手？"

忽然，一个声音道："花师妹，让我来！"花婆婆看到火坨坨疾步赶来，她惊愕道："你——你不会也中了七夺蛊毒吧？"

火坨坨已到了花婆婆的面前，出指如风。在游云身上连封几处血脉，游云顿时瘫软了下来，昏死过去。

花婆婆双掌一错，护在胸前，心有余悸地道："你——你——"

火坨坨道："师妹莫怕，我有碧凌龙诀护体，七夺蛊毒奈我不得。"

花婆婆奇道："那你为什么刚才不出来相见？"

火坨坨惭愧道："我重伤之下被祝师弟从雍丘擒来，一直暗中调修，稍稍恢复，又与他一起降蛟，元气涣散，且被祝师弟封了玄关，顷刻之前，体内元神才聚起。"

花婆婆刚要说话，四周忽然隆隆之声大作，花婆婆惊道："这是什么声响？"

火坨坨道："不好！地要裂了！"

萧如期惊恐，道："地要裂了？地怎么会裂呢？"

第一百二十章　细　思

逗喜不知何时已经爬到了那根高耸的石柱上，在上面急得直跳脚，声嘶力竭地喊："可不得了啦，地要裂啦——"

紧接着，大地开始剧烈地晃动起来，伏虎崖巨大的山峰轰隆隆往下坍塌，一时之间尘烟四起。

祝亥与杨睿激斗正酣，突然一阵地动山摇，不禁也是大惊，暗叫一声："不好！"

杨睿全神贯注出剑，心无旁骛，只是一心想取胜祝亥，并没有在意山间的晃动。此时祝亥一分心神，杨睿碧凌剑的芒影趁势强压过去，祝亥立刻感觉有千钧之力覆盖过来，正要运功相抗，已经晚了一步。

杨睿"呼呼"补剑直追，祝亥顿时招架不住，手里的鼋杖脱手飞出。

祝亥疾转身体去抄手想接住，一下子却抄了个空，鼋杖直接掉到了万丈深渊之中——

不知什么时候，身边的一大块陆地已经倾塌，下面是滚滚熔岩，正"咕咕"朝上翻滚。

这样的阵势，杨睿、萧如期等何时见过？即使是祝亥和清歌狂、火坨坨这样的绝世高手，也被眼前发生的一幕给惊呆了。

放眼整个山谷，已经坍塌了大半，岛外的汪洋倒灌进来。地底下不时喷出的烈焰熔岩与大水相融，立刻掀起了滔天巨浪。

马相搏的尸体也一下子随着塌方倾入了汪洋之中。

众人均六神无主，慌作一团。

杨睿将碧凌剑怀揣，叫道："如期！如期！"

萧如期在远处惊声尖叫，道："杨睿！我在这里！"

杨睿循声看去，却见萧如期孤身颤颤巍巍，站在了一块随时坍塌的崖石上。她的四周已经被翻滚的恶水阻拦，根本过不来了。

——逗喜竟然爬到了萧如期的头顶上，吓得"吱吱"乱叫，瑟瑟发抖。

"萧前辈！这——这如何是好？"杨睿颤声道："前辈快想办法救她呀！"

清歌狂情急之下，也没了主意，叫道："你带着祁兄弟先走，我去救她。"说着朝前奔出几步，却也不敢再往前去。

火坨坨抱着昏死过去的游云，与花婆婆一起拼命朝这边奔来。

祝亥哈哈狂笑，道："哈哈哈，这下可好，大家一起死！各自无牵无挂，岂不快哉？"

就在这时，杨睿忽然惊喜地叫了起来，道："黑玫夫人？！"

清歌狂一侧身，看到远处的汪洋之中。黑玫夫人手持六残铜刀，正骑在了一头奇大无比的蛟龙身上。

"七夺蛟王？"杨睿惊叫了起来。

只见黑玫夫人身下的巨蛟一会潜入水里，一会又冒出身来，不肯就范。可是它背上的蛟鳍被黑玫夫人死死拽住，始终无法将她抛下。

"笃——笃——笃笃——笃笃笃——"一阵低沉却穿透力极强的鼓声响起。

——祁炫强自镇定，盘腿而坐，正在敲击着手里的那面小鼓。

杨睿脱口而出："飞龙讯音！"

忽然，又有一阵呜呜的埙声和着鼓声扬了起来，与飞龙讯音一扬一抑，传散开去。

七夺蛟王渐渐停止了扑腾，它昂起了庞大的头，朝祁炫他们这边游了过来。

杨睿大喜过望，叫道："我们有救了！"

"轰隆"一声巨响，又是一大片山崖塌向了水里。

萧如期尖叫道："杨睿！我这里也快要塌了！"

巨蛟游近，黑玫夫人急叫道："快跳上来！"

萧如期纵身一跃，上了巨蛟的背上，暗叫一声："好险啊！"

火坨坨抱着游云与花婆婆也一起跃上了巨蛟，火坨坨叫道："快去救他们！"

祝亥目睹着这一切惊呆了，他眼看着杨睿、祁炫、清歌狂均一一跃到了巨蛟的背上，自言自语道："为什么不一起去死？"

黑玫夫人叫道："夫君，你快上来啊！"

祝亥缓缓地摇了摇头，道："我是魔道，又岂能与你们为伍？受你们的恩惠？"

黑玫夫人焦急万分，一下子哭了出来，道："快上来，过去的就让它过去吧，我们重新开始——"

祝亥愣愣地道："重新开始？三年前我去虢国的时候，你与司蒙在岛上的事情，我都知道了，我们还怎么重新开始？"

黑玫夫人泪如雨下，道："夫君，那是司蒙在我病后失力，趁人之危，原本我想以死来向你谢罪，可是，可是我终于还是狠不下心来，你又如何得知？"

祝亥仰天大笑，道："枉我祝亥雄霸一世，却没想到最终却保护不了自己的女人？这真是老天对我的惩罚吗？"

一丛丛烈焰由大泽底下喷涌而出，水火交融间，又是大片山体塌入汪洋之中，嘈杂一片。

花婆婆叫道："祝亥！这辈子你欠我二十年，难道你真的不打算还我？宁愿去死？"

祝亥高声道："千千师姐！对不住了。谁说这世间有恩当偿？萧兄，我祝亥此生对你有再造之恩，你偿我了吗？"

清歌狂道："没错！你上来，我萧清歌甘愿以下半辈子来偿你！如何？"

祝亥狂笑，道："免了！哈哈哈哈——"

——轰然一声巨响，随着祝亥的笑声一起，没入了烈焰之水中。

花婆婆、黑玫夫人等齐声惊呼："祝亥——"

大家看着熔岩滚滚的滔天之水，似乎要将整个大地颠覆，祝亥早已经沉入了水底。

逗喜急叫道："快走呀！再不走，一旦蛟王被这沸水蒸熟，大家都要葬身于此喂王八！"

杨睿道："不错，得赶紧走！"忽然他失声叫道："哎呀，不好——"

萧如期道："怎么啦？"

杨睿道："祝教主已经葬身水下，可是还有件非常重要的事情没来及向他问清呢。"

祁炫道："何事？"

杨睿道："黄雀，黄雀是谁？"

七夺教四大恶使，扑龙、食迷、琥珀已死，唯独还有一个黄雀没有现形，他会隐匿在何处？

黄雀不除，七夺教依然存于世间，必定有朝一日还是会卷土重来。可是，如今还有谁知道黄雀的下落？是男是女？危险几何？令人细思极恐。

巨蛟遨游而去，众人望着身后水火交融的凶险场景，依然内心怦怦直跳。

杨睿转头看了看火坨坨怀抱中的游云，已经渐渐恢复了本来的模样。不由得想起已经身死的马相搏，不禁悲从中来，忍不住泪流满面，哽咽道："马兄弟是为了云儿而死，现在云儿已经转危为安，可惜他再也不知道了。"

萧如期轻轻替杨睿拭去泪水，依偎在他身上，柔声道："答应我，以后我们永远不要分开！哪怕遇到比今天再凶险百倍的事，要死就死在一起。"

杨睿含泪点头，将萧如期紧紧地抱在怀里。